골든 프린트
——
6

골든 프린트 6

지은이 은재
펴낸이 임상진
펴낸곳 (주)넥서스

초판1쇄 인쇄 2020년 10월 15일
초판1쇄 발행 2020년 10월 26일

출판신고 1992년 4월 3일 제311-2002-2호
10880 경기도 파주시 지목로 5
Tel (02)330-5500 Fax (02)330-5555

ISBN 979-11-90927-62-8 04810

이 도서의 국립중앙도서관 출판예정도서목록(CIP)은 서지정보유통지원시스템
홈페이지(http://seoji.nl.go.kr)와 국가자료공동목록시스템(http://www.nl.go.kr/
kolisnet)에서 이용하실 수 있습니다. (CIP제어번호 : CIP2020040861)

www.nexusbook.com

골든 프린트

은재 지음

역공

GOLDEN | PRINT

6

──── 디자인을 완성시킬 단 하나의 선, Golden Print ────

차례

역공 … 7

시민들의 앞에서 … 36

부정(否定)하는 것과 부정(不正)한 것 … 62

물이 들어올 때 노를 젓는 방법 … 90

가장 뜨거운 여름 … 116

신뢰 … 145

새로운 보금자리 … 164

타운 하우스 … 182

2012년의 가을 … 207

천년의 그대 … 234

방해꾼 … 255

Cameo … 283

Noblesse … 302

덫 … 330

사냥꾼과 사냥감 … 350

비 온 뒤에는 땅이 굳는다 … 381

졸업반 … 391

우진의 이야기 … 401

역공

이호설계사무소는 오늘 무척이나 분주했다. 지난 몇 달 동안 가장 많은 인력을 투입하여 준비한 올해의 메인 프로젝트. 〈성수 전략정비구역〉의 통합설계 공모 최종 프레젠테이션 날이 바로 오늘이었으니 말이다.

"다들 빨리 움직여! 오후에 출발해야 하는데, 아직까지 리터칭하고 있는 게 말이 돼?"
"죄송합니다, 대표님. 마감처리 최대한 신경 쓴다고⋯."
"점심 이후에는 작업 일절 하면 안 된다, 알지?"
"넵, 전부 픽스해서 대기시켜 놓겠습니다."

사실 공모 마감 자체는 이미 일주일 전에 끝난 상황이었다. 일주일 전인 6월 마지막 주가 바로 1차 마감일이었고, 이호설계사무소는 1차 심사를 아주 쉽게 통과했으니까. 그리고 원칙상으로는 그때까지 모든 설계가 끝나 있어야 맞는 것이었다.
1차 설계에 제출했던 프레젠테이션 파일과 설계·조감도를 가지고, 2차 심사에서 프레젠테이션 발표를 하는 게 원칙이었으니 말이다. 다만 오늘까지도 이호설계사무소의 직원들이 분주했던 이유는 어쩐 일인지 그 룰이 바뀌었기 때문이었다. 공모 주최 측에서 2차 마감일까지 추가수정을 허용해준 것이다.

'후, 진짜 협회장님 아니었으면 큰일 날 뻔했지.'

일주일 전을 떠올린 이호설계사무소의 대표 김준호는 안도의 한숨을 살짝 내쉬었다. 만약 이렇게 룰이 바뀌지 않았더라면, 아주 곤란한 상황이 될 뻔했다. 준호는 공사비가 조 단위를 넘어가는 수준의 설계의뢰가 처음이었던 탓에 의욕만 앞서 설계를 크게 벌려 놨다가 일정을 제대로 맞추지 못했었으니까.

'그래도 결과적으론 잘됐지, 뭐. 퀄리티 하나는 정말 잘 나왔으니까.'

작업하는 직원의 뒤에서 그의 모니터를 응시한 준호는 흡족한 미소를 지었다. 모니터 위에는 준호가 디렉팅하여 디자인하고 설계된 성수 전략정비구역의 조감도가 멋들어지게 뽑혀 있었으며, 그것은 객관적으로 보기에도 눈길을 확 사로잡을 정도로 완성도 높은 작품이었다.

'어차피 공모 당선이야 이미 확정이나 다름없겠지만, 그래도 내 이름 걸고 서울시에 이만한 규모의 건축을 할 기회는 앞으로 없을 테니…'

준호는 작업 중인 직원들을 꼼꼼히 둘러보며, 최종 발표 문서들을 패킹하기 위해 분주히 움직였다. 조금이라도 완벽을 기하기 위해, 점심마저 거르면서 일했다. 비록 협회장 권주열의 인맥과 힘

덕에 수월하게 당선될 예정이기는 했지만, 그래도 실력도 없고 역량도 안 되는 놈이 협회장 백으로 이런 대형 공모를 가져갔다는 이야기는 듣고 싶지 않은 준호였다.

'분명히 시기 질투하는 놈들은 어디에든 나올 테지.'

물론 권주열이 아니었더라면 1차에서 잘려나갔을 준호에게는 아이러니하기 그지없는 사고방식이었지만 말이다.

"송 팀장!"

"예, 대표님."

"이제 패킹 끝내고, 출발하자고!"

"알겠습니다."

"윤 실장도 준비 다 했지?"

"네. 저는 준비 끝났어요, 대표님."

마지막까지 최선을 다해 준비를 마친 준호와 이호설계사무소의 직원들은 회사 차량을 타고 발표장으로 출발하였다. 그리고 그 차량 안에서 준호는 점점 더 가슴이 두근대기 시작하였다. 자신의 설계로 시작된 이번 전략정비구역의 건축이 완공된다면 이호설계사무소의 입지는 지금과 완전히 달라져 있을 테니까. 국내 최고 설계사무소의 반열에 이호설계사무소의 이름을 올려놓을 생각에 준호의 가슴이 한껏 부풀어올랐다.

— * —

서울시장 구윤권은 부임한 이후로 하루도 여유로운 날이 없었다. 부임 직후에 일이 많은 것은 당연한 부분이지만, 그런 것을 감안하더라도 일 더미에 깔린 수준으로 바빴던 것이다. 여기에는 몇 가지 이유가 있었는데, 그중 가장 영향력이 큰 것은 이 두 가지였다.

첫째, 전임시장이 임기 마지막까지 벌려놓은 일이 너무 많았다는 점. 둘째, 구윤권이라는 사람 자체가 또 일을 많이 벌리는 사람이라는 점.

윤권은 전임시장이 엉성하게 벌려놓은 일을 수습하면서도 그것을 더 발전시켜 자신의 일로 만들고 있었으니 야근이 일상화될 정도로 바빴던 것이다. 하지만 윤권은 이렇게 바쁘고 정신없는 와중에도 항상 신경 쓰고 있는 프로젝트가 하나 있었는데, 그것은 바로 이번 성수 전략정비구역의 통합 개발이었다.

그것은 당연했다. 윤권은 부임한 이래로 벌써 많은 일들을 시작했지만 그중에서도 압도적으로 규모가 큰 개발 사업이 바로 강변북로 지하화가 포함된 성수동 전략정비구역의 프로젝트였으니까. 윤권이 실무자들을 독려하면서 항상 하는 말이 있었는데, 바로 다음과 같은 이야기였다.

"영동대교부터 성수대교까지… 이 구간에 멋진 건축물들이 들어오면서 일대가 정비되고 나면, 서울시 한강 동쪽의 경관이 완전히 살아날 겁니다."

그런데 이렇게 이번 프로젝트에 신경 쓰던 중 윤권은 최근 불쾌한 경험을 한 번, 아니, 여러 번 해야 했다. 성수지구 프로젝트는 워낙 사업의 규모가 크다 보니 서울시 독단으로 진행할 수 없었는데

10

설계 공모와 관련된 국토교통부와의 소통 과정에서, 불합리한 상황을 여러 번 겪게 된 것이다. 일단 가장 처음에 겪었던 불합리한 처사는, 바로 서울시와 상의 없이 내려간 국토부의 공문이었다.

"실장님. 이번 공문, 진짜 기획조정실에서 오피셜하게 나간 겁니까?"

[그렇습니다, 시장님. 무슨 문제라도….]

"아니, 국토부와 연계됐다고는 하지만 이번 설계 공모를 주관하는 기관은 엄연히 서울시입니다."

[그렇지요.]

"그런데 어떻게 서울시와의 상의도 없이 독단으로 공문을 쏘실 수가 있는 겁니까?"

[아… 시장님께서 공모 과정에까지 신경 쓰실 줄은 몰랐습니다. 죄송합니다.]

"아니, 그게 대체 무슨…!"

[서울시에서도 역대급으로 크게 진행되는 사업입니다. 이런 사업에서 발생하는 비용이 해외로 빠져나가는 것은 서울시에서도 원치 않을 것이라 생각했습니다.]

"시공만 국내 건설사에 맡겨도 되는 문제 아닙니까! 설계는…."

[1차관님께서 직접 지시한 부분이라… 정말 죄송합니다.]

"후우…."

구윤권은 똑똑한 사람이다. 때문에 이 상황에 어떤 외압이 들어왔음은 처음 공문을 확인하는 순간부터 알고 있었다. 그럼에도 뒤집어엎지 않은 이유는 실리적인 문제 때문이었다. 중요한 사업이 진행되는 상황에서 이 정도의 문제로 국토부와 한바탕 싸웠다가는 사업 진행 자체에 불협화음이 나오게 될 수 있었으니 말이다.

'그래. 일단 넘어가자. 해외 설계사무소에서 들어오지 못한다고 해도… 서 대표의 설계는 받아볼 수 있을 테니까.'

구윤권은 이번 사업이 자신 임기 내에 진행된 첫 사업인 만큼, 정말 최고의 아웃풋을 뽑아내고 싶었다. 그래서 우진의 WJ 스튜디오가 공모에 참가하는 것을 정말 다행이라고 생각하였다. 해외 스튜디오들의 멋진 설계를 고려해볼 수 없음은 아쉽게 되었지만, 그래도 우진이라는 믿음직한 보험이 하나 있는 셈이었으니까. 하지만 구윤권을 불쾌하게 하는 일은 여기서 끝이 아니었다. 얼마 전 이번 공모를 주관하는 도시관리국의 국장과 대화에서 생각지도 못했던 이야기를 또 듣게 되었으니 말이다.

"국장님, 우리 오늘이 1차 마감이지요?"

"1차 마감이라면… 아! 성수 전략 정비 말씀이시군요, 시장님!"

"예, 맞습니다."

"어제까지가 마감이었습니다. 그렇지 않아도 오늘부터는 공모 들어온 설계들 하나씩 부서에서 검토 중일 겁니다."

"오호, 혹시 몇 개사나 지원을 했던가요?"

"어… 제가 정확히 지금 기억은 나지 않는데, 아마 다섯 개사가 안 되었던 것으로 기억합니다."

"네에…?!"

"아마 정상적으로 지원한 설계사무소가 네 곳이었던 것 같고… 조금 늦게 제출한 곳이 한 곳 있는데, 여길 어떻게 처리해야 할지 지금 고민 중이라고 들었거든요."

국장의 이야기를 들은 구윤권은 그 순간 기분이 싸늘하게 식는 것을 느꼈었다.

'공모에 참가한 사무소가 다섯 곳이 안 된다고?'

어마어마한 설계비가 달린 공모였다. 어쭙잖은 사무소에서 엄두 낼 수 있는 수준의 공모가 아닌 것은 맞았지만 그렇다고 해도 한 자릿수의 공모참가는 말이 되지 않는 수준이었다. 1차 심사를 거쳐 뽑혀 나온 설계사무소가 다섯 군데라면 몰라도, 처음 지원한 회사가 다섯 곳 미만이라는 것은 생각지도 못했던 상황이었던 것이다.

'대체 이게 무슨 상황이지? 어떻게 이럴 수가….'

윤권은 당장에 국장에게 이야기하여 회사 명단을 받아보았고, 그나마 WJ 스튜디오가 포함되어 있다는 사실에 안도의 한숨을 쉴 수 있었다. 그런데 이 와중에 구윤권은 또다시 불쾌한 전화까지 한 통 받게 되었다.

[시장님, 이번에 참가 사가 너무 적다는 이야기를 들었습니다.]

"예, 차관님. 그렇지 않아도 그것 때문에 골머리를 싸매고 있던 중이라…."

[일단 참가 신청한 사무소들은 전부 다 1차 심사는 통과시키십시다.]

"예? 아무리 그래도 제대로 심사는 해야 하지 않겠습니까?"

[어차피 최종심사에서 가장 뛰어난 설계 하나를 채택하면 되는 것 아닙니까.]

"…."

[그러니까 1차는 생략하고 진행하자는 겁니다.]

윤권은 이 전화로 확신할 수 있었다. 이번 1차 심사에 들어온 설계사무소 중, 국토부 쪽에 강력한 뒷배를 가진 사무소가 분명히 존재한다는 것을 말이다. 하지만 당장 어떻게 할 수도 없는 노릇이었기에, 머리가 지끈지끈 아파오기 시작하였다.

　'후, 이런 일이야 분명히 벌어질 것이라고 생각했지만…'

　차관급이 직접 전화를 걸어올 정도라면, 분명히 그 윗선까지도 영향력이 닿아있을 터였다. 어지간한 수준의 외압이라면 그냥 서울시장 직권으로 찍어 눌러버리면 그만이었는데, 더 윗선까지 이해관계가 얽혀있다면 그리 단순하게 해결할 수 없는 복잡한 문제일 테니까. 그래서 윤권은 고민했고…

　'설계 수준을 전부 봐야 하긴 하겠지만… 마음에 드는 수준의 설계가 없다면 공모를 다시 열 생각까지 해야겠어.'

　우진이 자신이 기대하는 것 이상으로 뛰어난 설계를 들고 왔길 간절히 바랐다.

　'서 대표의 설계가 멋지게 뽑혀 나왔으면 좋겠군. 그러면 나도 마음껏 WJ 스튜디오를 밀어줄 텐데 말이지.'

　어차피 이렇게 고위인사까지 이번 이해관계에 포함되어 있다면, 윤권의 힘으로도 완전히 막아내는 건 불가능한 일이다. 어떤 설계사무소가 부정한 카르텔의 힘을 빌려 공모에 참여했는지, 그걸 식별해내고 확실한 증거를 잡는 것 또한 쉬운 일은 결코 아니었고 말이다. 그래서 윤권은 머릿속이 점점 더 복잡해져 갔다.

　'내 첫 번째 프로젝트를 이대로 시궁창에 박아 넣을 수는 없어. 그러려면 누구도 부인할 수 없을 만큼 확실한 명분이 필요한데…'

　설계 공모의 프레젠테이션 날이 하루 앞으로 다가온 일요일 밤.

윤권은 머리를 식히기 위해 차가운 커피를 타서 서재 소파에 앉았다. 그런데 윤권이 커피를 한 모금 마시려던 바로 그 순간, 탁자 위에 올려놓았던 윤권의 스마트폰이 요란히 진동하기 시작하였고,

지이이잉-

발신자를 확인한 그는 적잖이 놀란 표정이 될 수밖에 없었다.

"…!"

스마트폰의 화면에 찍혀있는 번호의 주인이 전혀 예상치 못했던 사람이기 때문이었다.

— * —

"아니…! 갑자기 그게 무슨 말씀이십니까, 서기관님."

[말씀드린 그대롭니다, 과장님. 예비타당성 관리의 일환으로, 차주부터 감사가 진행될 예정입니다.]

"예비타당성 조사는 이미 적격으로 판정 나지 않았습니까?"

[조사가 아니라 관리라고 말씀드렸습니다.]

"…!"

[민간자본의 비중이 더 크다고는 하나, 그래도 국고지원만 삼백억 넘게 들어가는 사업입니다.]

"그…렇긴 합니다만….."

[서울시에서 최근 진행되는 사업들 중 가장 규모가 커서 그런지, 감사 수준을 더 철저하게 하라는 지시가 내려왔습니다.]

"그렇군요."

[여튼… 메일로 공문은 발송드렸으니, 번거로우시더라도 협조 부탁드리겠습니다.]

"알겠습니다. 수고하십니다."

[수고하십니다.]

뚝-

국토교통부의 운영지원과장 김지환은 전화를 끊는 순간 열불이 뻗쳐오르는 것을 느꼈다.

'아니, 뜬금없이 감사라고? 이것들이 진짜…!'

지난 두 달 동안 지환이 예쁘게 차려놓은 밥상 위에, 고춧가루가 툭 하고 뿌려졌으니 말이다.

'하… 기재부 이 새끼들이….'

방금 김지환에게 전화를 걸어온 사람은 기획재정부의 4급 공무원으로, 지환보다 직급이 낮은 사람이었다. 하지만 이런 대규모 사업 시행에서 돈줄을 쥐고 있는 기획재정부는 직급과 별개로 갑중에 갑이었다. 아무리 국토부에서 공을 들여 신규 사업을 세팅해놓아도, 기재부에서 자금승인이 떨어지지 않으면 꼼짝없이 묶여버리니 말이다.

'그나저나 감사라니. 대체 무슨 짓을 하려는 거지?'

국토부 측에서 이번 프로젝트의 진행을 관리하는 입장인 김지환은 기재부의 감사가 너무 싫을 수밖에 없다. 정상적이고 아주 투명한 사업장이라고 해도, 감사가 들어오는 순간 갑자기 늘어나는 페이퍼워크 때문에 진절머리가 나는 게 사실인데 이번 사업장의 경우는 약간의 이해관계까지도 얽혀있었으니 말이다. 그래서 지환은 전화를 끊자마자, 기재부에서 보냈다는 공문부터 급하게 열어서 확인해보았다. 그리고 다음 순간,

"후우."

지환의 입에서 저도 모르게 한숨이 새어 나왔다.

'진짜 갑자기 왜 이러는 건데?'

공문에 담긴 내용은 무척이나 단순하였다. 이번 프로젝트의 진행을 위한 모든 민간사업자의 선정 과정에서 어떤 비리나 유착 관계없이 완전히 공정한 프로세스가 적용되었는지를 철저히 감사하고 조사하겠다는 내용. 뒤에 켕기는 부분이 많은 김지환으로서는 발등에 불이 떨어진 것이나 다름없었다.

'제기랄, 이러면 다음 주에 잡아뒀던 제운건설 미팅도 취소해야겠는데….'

그나마 다행인 것은 지환이 본격적으로 콩고물을 챙기기 이전에 감사 이야기가 나왔다는 점이었다. 만약 한 달만 더 늦었더라면, 지환은 이미 건설사들로부터 쌈짓돈을 적당히 챙긴 뒤였을 테니까. 그래서 지환은 벌려놓은 일을 수습하기 위해 여기저기 전화를 급히 돌리기 시작하였다.

"네, 팀장님. 통화 가능하시죠? 다름이 아니고 차주 예정되어 있던 미팅 건 말입니다…."

"아, 어쩌다 보니 좀 곤란한 상황이 됐습니다. 이해 좀 부탁드리겠습니다."

"그럼요. 따로 만나 뵙진 못하더라도, 최대한 도움은 드려야지요."

그런데 그렇게 세 통 정도의 전화를 하고 났을 쯤 지환의 머릿속에 문득 한 가지 잊고 있던 사실이 떠올랐다.

'잠깐, 그런데 다음 주부터 감사라면… 당장 월요일 설계심사부

터잖아?'

솔직히 감사 이야기가 나왔을 때, 설계권 쪽으로는 신경도 쓰지 않았던 지환이었다. 설계 파트는 시공과 비교하면 새 발의 피 수준으로 자금집행 규모가 작았고 그만큼 해먹을 수 있을 만한 건덕지도 거의 없었으니까. 다만 선배인 건축가협회장 권주열의 편의를 좀 봐준 것이 조금 켕기기 시작하였다.

'설마… 그 정도 가지고 기재부에서 태클을 걸려나? 그렇진 않겠지?'

김지환은 자신이 '선'을 잘 지켰다고 생각했다. 해외 업체들의 참가를 막은 것 정도는 명분도 있었으니 공정성에 큰 문제를 제기하지 않을 것이라고 생각하였고 공모 참가업체 숫자가 너무 적어서 1차 심사를 생략한 것이었으니, 이 또한 특정 업체를 위한 처사는 아니었다고 잡아떼면 그만이라 생각하였다.

그래서 조금 찝찝하지만, 지환은 일단 다른 불부터 끄기 위해 다시 수화기를 들었다. 설계권 관련해서는 어떤 금품이나 이권을 '실질적으로는' 주고받은 적이 없었으니, 괜찮을 것이라고 생각한 것이다. 하지만 지환은 이때만 해도 알 수 없었다. 그가 기재부 직원의 전화를 받았던 그 순간, 이미 눈덩이는 구르기 시작했다는 사실을 말이다.

— * —

주말 저녁, 윤권의 전화기를 울린 장본인은 다름 아닌 황종호였다.

[우리 시장님, 통화 가능하신가.]

18

"하하, 선배님. 어쩐 일로 전화를 다 주셨습니까?"

[쉬고 있을 시간에 너무 뜬금없이 전화한 건 아닌지 모르겠구먼.]

"아닙니다, 선배님. 소파에 앉아서 머리나 좀 식히고 있었습니다."

[머리 아플 일 많지?]

"그야 어쩌겠습니까. 제 자리가 그런 자리인데요."

[많이 컸네, 우리 시장님.]

"흐흐, 감사합니다."

구윤권과 황종호는 꽤 친분 있는 선후배 관계였다. 관계부처에 있을 때도 일하는 스타일이나 성향은 다른 편이었지만, 대쪽 같은 성품 자체는 비슷한 측면이 많은 두 사람이었으니 말이다. 하지만 최근에는 사적으로 연락을 주고받은 적이 없었고 항상 연락을 하더라도 후배인 윤권이 먼저 전화를 거는 경우가 대부분이었었다.

그랬기에 주말 저녁 갑작스레 걸려온 종호의 전화는 윤권을 놀라게 하기에 충분한 이벤트였다. 두 사람은 기분 좋은 목소리로 사적인 대화들을 잠시 나누었고, 그렇게 오 분 정도 지났을 즈음 수화기 너머로 황종호의 의미심장한 한마디가 툭 하고 흘러나왔다.

[그나저나 요즘 자네 추진 중인 그 성수지구 사업 말이야.]

"예, 선배님."

[국토부랑 불협화음이 좀 있었다고 들었는데.]

"…!"

종호의 말을 들은 윤권은 흠칫 놀랄 수밖에 없었다. 이제 청와대 정책실장으로 발령이 났다고는 하지만 한동안 실무에서 한 걸음 떨어져 있던 사람이 황종호였는데 이런 내부 사정까지 알고 있을 줄은 몰랐으니 말이다. 하지만 잠시 후, 윤권은 더욱 놀라게 되었다. 종호가 이러한 정보를 입수한 경로가 완전히 예상 밖의 인물을 통한 것이었으니까.

"어떻게 아셨습니까?"
[서 대표에게 들었지.]
"네? 서 대표라면…."
[자네가 아는 그 WJ 스튜디오의 서우진 대표 말이야.]

종호는 우진에게 들었던 이야기들을 윤권에게 전해주었다. 그리고 이 이야기를 듣는 동안, 윤권의 두 눈은 시시각각 크게 확대되었다.

[설계 공모 과정에서 국토부에서 밀어주려는 내정자가 따로 있는 것 같더군.]
"서 대표가 그런 이야기를 했습니까?"
[정확히 이렇게 이야기를 한 것은 아니야.]

우진과 약간의 친분이 생기기는 했지만, 그렇다고 그에게 내부 정보를 이야기해준 적은 전혀 없었다. 그런데 종호의 말을 들어보면, 우진은 이미 거의 모든 정황을 확실하게 알고 있는 듯 보였다. 그렇게 충분한 정황과 정보를 종호에게 전달했기에 종호가 이렇게 단정 짓듯 이야기할 수 있었던 것이고 말이다.

'정말 서 대표는, 몇 가지 정황만 가지고 여기까지 유추했다는 건가?'

서우진이 황종호에게 이러한 이야기를 건넨 이유는 어렵지 않게 추측할 수 있었다. 공모에 참가하는 우진의 입장에선 부당한 정황을 확인했으니 그것이 못마땅했을 것이었고 그의 지인 중에 가장 힘 있는 인물이 황종호일 테니, 그에게 도움을 요청했을 것이라 생각한 것이다.

그리고 여기까지 생각이 미치자, 윤권은 조금 씁쓸한 표정이 되었다. 우진의 답답함은 이해하지만, 이런 종류의 이해관계를 그렇게 무 자르듯 딱 잘라 해결하는 것은 쉽지 않았으니 말이다.

'아무리 선배님이라 하더라도, 그게 그렇게 간단히 하실 수 있는 일은 아닌데….'

하지만 잠시 후, 윤권은 자신의 그 추측이 틀렸다는 사실을 깨달을 수 있었다.

"서 대표가 부정참가 사(社)를 색출해달라고 하던가요?"

[아니, 오히려 그냥 두라던데?]

"예…?"

[다만, 하나 부탁을 하더라고.]

"그게 뭔가요?"

[건설 비리 쪽을 좀 쑤셔달라고 말이야.]

"네에…?"

번번이 깨지는 예상과 추측에, 구윤권은 머릿속이 혼란해지기 시작하였다. 하지만 종호의 이야기가 이어지면 이어질수록, 우진이 어떤 그림을 그리고 있는 건지 깨달을 수 있게 되었다.

[설계 공모 쪽까지 이렇게 이권이 개입되어 있을 정도라면, 분명 시공 쪽은 시궁창일 거라고 하더라고.]

"시공 쪽이라면… 시공사 선정 과정에서의 비리를 말함이겠지요?"

[그렇지. 분명 담당자나 관계자 몇몇이 여기저기서 적당히 받아먹고, 컨소시엄(consortium)[*]하는 방향으로 밀고 나가려고 할 거라던데?]

"허허, 그런….."

황종호의 이야기는 꽤 길었지만, 그 안에 들어있는 핵심은 다음과 같은 것이었다. 증거조차 잡기 애매한 설계 공모 쪽에서 부정정황을 밝혀내자고 씨름하는 것보다는, 대충 낚싯대를 걸쳐놔도 대어가 줄줄이 낚여 올라올 시공 쪽을 쑤시는 게 훨씬 더 효율적일 것이라는 것.

여기서 국토부의 약점을 제대로 잡는다면 서울시에서 주도권을 잡기도 한결 수월해지는 데다, 설계 공모 쪽 비리까지도 자연스레 딸려 나올 테니 이거야말로 가장 효율적인 대처법이라는 것이다. 이 모든 이야기가 서우진의 머릿속에서 나왔다는 이야기를 들은 구윤권은 고개를 절레절레 저으며 순간 이런 의문까지 짓게 되었다.

---

* 공통의 목적을 위한 협회나 조합. 건축업계에서는 여러 건설사가 공동으로 시공하는 것을 컨소시엄이라 부르기도 한다.

'서 대표가 혹시 이쪽에서 일했던 적도 있나?'

물론 우진의 나이를 생각하면 말도 안 되는 의문이었지만, 잠깐이나마 그런 의문을 떠올릴 정도로 우진의 혜안은 소름 돋는 것이었다. 그런데 이 이야기들을 듣던 구윤권은 문득 궁금한 게 하나 생겼다.

"그런데, 선배님."

[말씀하시게.]

"혹시 서 대표에게 이런 질문은 해보지 않으셨습니까?"

[어떤 질문?]

"서 대표는 시공 비리가 있을 것이라 확신하지만, 만약 그쪽을 털어서 먼지가 나오지 않았을 때… 그땐 어떻게 할 생각인지 말입니다."

구윤권의 말을 듣던 황종호는 갑자기 껄껄 웃기 시작하였다.

[하하, 허허허허.]

"왜 그러십니까, 선배님?"

[재밌어서 웃지.]

"예?"

[내가 했던 질문을 자네가 완전히 똑같이 했으니까.]

"아하."

종호의 말을 들은 윤권은 흥미진진한 표정으로 그의 다음 이야기를 기다렸다. 그가 같은 질문을 했다면 우진이 그에 대한 답도 내어놨을 것이고 그 답이 뭐였을지 너무도 궁금해진 것이다. 그리고 다음 순간 수화기 너머에서 흘러나온 이야기는 윤권의 그 기대를 결코 저버리지 않았다.

[일단 그럴 일은 없을 거라더군. 그쪽으로도 서 대표가 이미 정황을 좀 찾아놓은 모양이더라고.]

"아하."

[그리고 재미있는 건….]

"…?"

[만약 그렇게 된다고 해도 상관없대.]

"네?"

황종호가 재밌다는 목소리로 이야기를 계속하였다.

[그게 바로 내가 자네에게 전화를 건 이유야.]

"그게 무슨…."

종호의 말을 잘 이해하지 못한 윤권이 고개를 갸웃하였고, 이야기는 다시 이어졌다.

[서 대표의 부탁대로 내가 손을 좀 써서, 이번 프로젝트를 기재부에서 대대적으로 감사할 거야.]

"민간사업자 선정 과정을 감사하는 거죠?"

[그렇지, 그 일환으로 내일 서울시에도 공문이 하나 내려갈 거고.]

"어떤 공문입니까?"

[감사 보고서 제출을 위해, 모든 공모 과정을 전부 다 기록해달라는 공문이지.]

"헉…."

이야기를 듣던 윤권이 헛바람을 집어삼켰다. 감사를 위해 공모 발표과정을 전부 다 기록해야 한다면, 이 또한 일거리가 늘어나는 셈이었으니 말이다. 하지만 윤권은 다음 순간 안도의 한숨을 내쉴 수 있었다. 기록이라는 게, 윤권이 생각했던 그 서류작업은 아니었으니까.

[그렇게 당황할 것 없어. 그냥 영상으로 전부 기록하라고 할 거야.]

"아… 그럼 다행이네요."

그리고 이어진 종호의 마지막 이야기에 바로 우진이 노리는 핵심이 담겨있었다.

[그리고 그 영상을, 서울시 공식 SNS에 올려달래.]

"네…?"

[그러면 그 게시물에다가, 자기가 따봉을 박겠다던데?]

"….."

우진의 SNS 계정은 팔로워가 어지간한 셀럽들만큼이나 많았고, 그 팔로워들 중에는 유리아처럼 유명한 연예인들도 꽤 있었다. 그리고 2012년 여름은 SNS가 한창 불타오르기 시작하던 시절이었다.

— * —

월요일 아침, 최근 들어 잠이 줄어든 탓에 일찍 일어난 권주열은 맛있는 아침 식사를 한 뒤 기분 좋게 동네를 산책하였다. 압구정에 사는 주열은 조금만 걸어 나가면 한강공원에 도착할 수 있었고, 그래서 그의 아침 산책코스는 항상 한강공원이었다. 여느 때처럼 키우는 강아지를 끌고 나가 산책을 하던 주열은 아침 햇살로 반짝이는 한강을 보며 기분 좋은 미소를 지었다.

'언제 봐도 한강은 아름답단 말이지.'

주열이 처음 압구정에 집을 사던 20여 년 전만 해도 한강변의 아파트는 대부분의 사람들이 기피하는 공간이었다. 특히나 한강 남쪽인 압구정의 경우 한강뷰가 나오려면 북향으로 아파트를 지어야 했는데, 당시에는 조망권이 아파트를 선택하는 데 그리 큰 매력점이 되던 시절이 아니었으니 한강이 바로 옆에 있음에도 불구하고 아파트를 전부 남향으로 지었던 것이다.

그러다 보니 조망권마저 잃어버린 한강변의 아파트들에게 남은 것은, 강변을 따라 넓고 길게 이어져 있는 올림픽대로의 소음과 분진뿐이었다. 그래서 주열 또한 압구정 아파트를 매입할 때, 한강변보다는 압구정역에 가까운 아파트를 매수했다.

하지만 이제는 시대가 바뀌었다. 완전하지는 않지만, 소음과 분진도 어느 정도 해결되었으며 한강을 포함한 멋진 서울시의 시티뷰가 시원하게 보이는 한강변의 신축 아파트들은, 많은 사람들에게 로망이 되었다.

그것은 주열도 마찬가지였다. 그래서 주열은 다음 이사 갈 집으로 이번에 협회 후배가 설계 중인 성수 전략정비구역이나 아직 개발준비가 한창인 한남 뉴타운 등을 생각하고 있었다. 자식들도 전부 다 키워 시집 장가를 보낸 주열은 이제 학군도 필요 없었고 그래서 딱히 강남에 미련이 남아있지 않았다.

'사업자 선정이 끝나고 본격적으로 공사가 시작되면⋯ 조합 쪽에 슬쩍 숟가락을 얹어봐야겠군. 분양 홍보할 때 내 이름도 가져가 써야 할 테니⋯ 쉽게 모른 척할 수는 없겠지.'

이미 주열의 머릿속에 성수 전략정비구역의 설계는 〈이호설계사무소〉의 설계로 확정되어 있는 상황이었다. 그 설계의 총괄 고문으로 주열 자신의 이름이 올라와 있었고, 이렇게 되면 분명 조합이나 시공사는 일반분양을 홍보할 때 자신의 이름을 팔 수밖에 없을 것이었다. 아직 대중에게 이름이 잘 알려져 있지 않은 이호설계사무소의 설계로 지어졌다는 홍보보다는 고(故) 박문주 건축가의 제자이자 현 건축가협회 회장인 자신의 이름을 부각시키는 것이 대중에게 더 먹힐 게 분명했으니 말이다.

이런 상황에서 몇 다리만 건너면 시공사 관계자도 연이 닿을 테고 국토부까지 주열의 편일 테니 수많은 일반분양분 중 한 채 정도를 조금 저렴하게 분양받는 정도는 어렵지 않게 해낼 수 있으리라. 물론 '비공식'적인 절차로 진행되겠지만 말이다. 그런데 이런 기분 좋은 생각들을 하던 도중, 주열의 머릿속에 문득 한 가지 사실이 떠올랐다.

"그러고 보니 오늘이 발표 날인가?"

어차피 설계 공모는 형식적인 절차라고 생각한 탓에 그 날짜까지 잊고 있었는데 생각해보니 월요일인 오늘이 바로 설계 공모의 최종 프레젠테이션 날이었던 것이다. 똑똑한 후배의 얼굴을 떠올린 주열은, 생각난 김에 곧바로 휴대폰을 주머니에서 꺼내었다.

그리고 곧바로 전화를 걸기 시작하였다. '약간'의 도움을 주기 위해서 말이다. 오늘 발표가 있을 후배 준호를 격려하기 위한 전화는 아니었다. 그의 휴대폰 화면에 떠오른 수신자 번호는 이번 프로젝트를 총괄 운영하는 국토부의 담당자 김지환이었다.

띠리리링-

주열이 전화기를 귀에 대고 있는 동안, 심플한 송신음이 여러 번 울렸다. 하지만 꽤 긴 시간을 기다렸음에도, 김지환은 전화를 받지 않았다.

[지금 고객님께서 전화를 받을 수 없어….]

뚜- 뚜-

전화기를 귀에서 뗀 주열은 고개를 갸웃하였다.

"흠, 너무 바쁜 시기에 전화를 했나…."

직속 후배인 지환은 어지간하면 주열의 전화를 곧장 받던 사람이었는데 전화를 받지 않으니 조금 의아했던 것이다.

'그래. 뭐, 알아서 하겠지.'

대수롭지 않게 여긴 주열은 휴대폰을 주머니에 집어넣고 다시 걸음을 옮기기 시작하였다. 7월의 날씨는 더웠고, 주열은 해가 더 높이 떠오르기 전에 아침 산책을 빨리 마치고 집으로 귀가할 생각이었다.

— * —

〈우리 집에 왜 왔니〉의 공진영 PD는 오전에 무척이나 반가운 전화를 받았다. 신인이었던 그녀를 한달음에 예능 스타 PD로 만들어 준 작품인 〈우리 집에 왜 왔니〉. 이 프로그램의 개국공신이나 다름없는 게스트로부터 오랜만에 전화를 받은 것이다.

"어머, 서 대표! 왜 이렇게 오랜만이에요!"

[하하, 제가 최근에 워낙 바빴어 가지고….]

"촬영장 한번 놀러 오시라니까, 안 오시고."

[촬영장 가면 일일 게스트 한다고 할 때까지 집에 안 보내주실 거 아닙니까.]

"칫, 그건 당연하죠. 서 대표 너무 비싸다니까. 요즘 콘텐츠 쥐어짜느라 나 머리에 쥐난다고요. 서 대표가 게스트로 한번 나와 주면 얼마나 좋아."

[시즌 끝나기 전에 한 번은 꼭 나가겠습니다. 걱정 마세요, 흐흐.]

"정말이죠?! 약속한 겁니다아!"

[네. 정말입니다, PD님.]

"<u>으흐흐</u>, 좋아!"

오랜만에 우진의 전화를 받은 진영은 이런저런 사적인 이야기를 나누었다. 하지만 역시나 우진은 그냥 안부 인사 차 전화한 것이 아니었다.

[그나저나, PD님.]

"네?"

[요즘 콘텐츠가 부족하시다고 그랬죠?]

"더 말하면 입 아프죠. 지금 이 프로그램만 몇 년챈데… 아직 콘텐츠가 남아있으면 그게 신기한 거 아니에요?"

[제가 괜찮은 콘텐츠 하나 알고 있는데….]

"아니, 그런 게 있으면 당장 말해줘야죠! 무슨 콘텐츤데요?"

대화하던 도중 뜬금없이 〈우리 집에 왜 왔니〉에 방영할 만한 괜찮은 콘텐츠 하나를 공 PD에게 투척한 것. 심지어 그것은 공진영이 충분히 솔깃해할 만한 콘텐츠였다.

[수하 누나 마포에 아파트 산 거 아시죠, PD님?]

"그거야 알죠. 아직 짓는 중이라던데…."

[그거 다음 주에 사검입니다.]

"사검? 그게 뭐에요?"

[사전점검이요. 아파트 입주하기 직전에, 하자는 없는지 집주인이 한번 둘러볼 수 있는 날이 있거든요.]

"오, 오오!"

우진의 말을 듣자마자, 공진영 PD의 머릿속이 빠르게 회전한다.

"그런데 서 대표님. 사전점검 때 촬영을 들어가려면, 건설사에 따로 허락을 받아야 하는 것 아니에요?"

[당연하죠.]

"음, 그건 사업부에 전화하면 해주려나…?"

[원하시면 건설사 쪽에 제가 연결해드릴게요.]

"진짜요?"

[네, 그 아파트 시공사가 천웅건설인데 거기 저랑 좀 친하거든요.]

"대박!"

[그러니까 수하 누나 한번 슬쩍 떠보세요. 제가 말했다고는 하지 마시고요.]

"오, 오케이! 좋았어. 고마워요, 서 대표. 이거 진짜 괜찮은 그림 나올 것 같아."

공진영은 우진이 갑자기 이 이야기를 던져주는 이유를 알 수 없었지만, 그런 것이 중요하진 않았다. 마침 촬영 비축분이 없어서 머리가 지끈지끈 아파오던 참이었는데 메인 패널인 임수하가 새 집을 장만했다는 콘텐츠는 몇 회 분량을 아주 재밌게 때워 넣을 수 있을 만한 훌륭한 소재였으니까. 그런데 우진의 이야기는 여기서 끝이 아니었다. 우진도 한 가지 원하는 것이 있었다.

[대신 PD님, 저도 부탁 하나만 해도 될까요?]

"뭔데요? 제가 해드릴 수 있는 거라면 당연히⋯."

[사전점검 촬영 나갈 때, 제 이름 좀 최대한 많이 팔아주세요.]

"네? 대표님 이름을 팔라고요?"

[거기 처음 홍보관 오픈했을 때, 홍보관 디자인이랑 건축모형 제작 전부 제가 했었던 곳이거든요.]

"오⋯! 우와!"

[찾아보면 당시 기사도 꽤 많이 뜰 텐데, 그때 자료 첨부하면서 제 이름 언급 좀 많이 해주세요.]

우진의 부탁은 공 PD의 입장에서 사실 어려울 게 없었다. 어차피 우진이 처음 유명해진 프로그램이 〈우리 집에 왜 왔니〉였고, 시청자들 대부분이 우진을 기억하고 있었으니 프로그램의 감초 역할로 우진에 대해 언급하는 것은, 오히려 흥미 유발 차원에서 프로그램에 도움이 되는 것이다.

'요즘 시청자 게시판 보면, 서 대표 언제 다시 나오냐는 이야기도 많으니까⋯.'

그래서 공진영은 곧바로 고개를 끄덕였다.

"그 정도야 어렵지 않죠. 그거면 돼요?"

[네, 됩니다.]

"호호. 알겠어요, 서 대표."

[감사합니다, PD님. 제가 조만간 밥이라도 한 끼 살게요.]

"오케이. 좋아, 밥 먹으면서 출연 날짜도 같이 잡는 거죠?"

[어쩌면… 그럴지도 모르겠습니다.]

"크으! 대박!"

우진과 통화하던 공진영은 두 주먹을 불끈 쥐며 환호하였다. 시즌이 끝나는 시점에서 우진이 한번 출연해준다면, 마무리까지 깔끔하게 장식할 수 있을 것 같았으니까.

"고마워요, 서 대표. 그럼 조만간 봐요, 우리!"

[그럼 저는 일이 좀 있어서 이만… 다시 연락드리겠습니다, PD님!]

"네, 연락 줘요."

뚝-

하지만 진영은 전화를 끊는 순간까지도 우진이 왜 그런 부탁을 했는지는 전혀 관심이 없는 모양이었다.

— * —

전화를 끊은 우진이 조수석 의자에 허리를 기대었다. 그러자 운전대를 잡고 있던 진태가 우진에게 물어보았다.

"누구야?"

"공진영 PD님."

"그 〈우리 집에 왜 왔니〉?"

"맞아."

우진은 오늘 성수 전략정비구역 통합설계 발표를 위해, 진태와 함께 시청으로 향하는 중이었다. 원래 발표장소는 성수동에 있는 고등학교의 대강당으로 잡혀있었지만, 서울시에서 갑자기 시청으로 장소를 바꾼 것이다. 다른 발표자들이야 그 이유를 몰랐지만, 우진은 잘 알고 있었다.

'종호 어르신께서 움직여주신 모양이네.'

서울시청으로 발표장소를 옮겨서 발표내용을 영상으로 기록하고, 그것을 서울시 공식 SNS에 올려 이슈화시키자는 전략. 그것이 처음 기획된 것이 바로 우진의 머릿속이었으니 말이다. 그리고 오늘 공 PD에게 전화를 한 것도 이 계획의 일환이었다.

"PD님이랑은 무슨 이야기를 한 거야?"

"그냥 별 얘기 아냐. 오랜만에 안부 차 전화나 한번 드린 거지 뭐."

"그런 내용이 아닌 것 같던데…."

"흐흐, 지금 설명하긴 좀 복잡하고 발표 끝나면 다 얘기해줄게."

"그러든가."

아마 오늘의 발표는 서울시 공식 SNS 계정에 아주 적나라하게 게시될 것이다. 오늘 우진이 시청을 향해 출발하기 전, 이미 모든 참가사에 서울시가 협조공문이 내린 상황이었으니까. 하지만 우진을 제외한 다른 참가사의 발표자들은, 이게 별것 아닌 이슈라고 생각할 터였다.

서울시의 공식 SNS라고 해봐야 아직 팔로워 숫자가 수천 명도 채 되지 않는 작은 규모였고, 이런 공공기관의 SNS는 아직까지 파급력을 갖기 힘든 상황이었으니 그냥 탁상행정의 일부라고 생각할 게 분명했다. 그리고 우진이라는 변수가 빠진다면, 실제로 그런 양상이 될 확률이 높기도 했다.

'만약 내가 따로 손을 쓰지 않으면 묻힐 수도 있겠지만….'

그래서 오늘 공 PD와의 연락도 지금 우진이 지피고 있는 불씨를 더욱 활활 타오르게 만들어줄 설계의 일환이었다. 대중에게 '서우진'이라는 이름이 더 많이 언급될수록 자신의 SNS계정 팔로워들이 늘어날 테고 그가 직접 서울시 게시글을 스크랩하고 팔로워들에게 공유한다면 그것이 곧 파급력으로 이어질 테니 말이다.

우진은 지난 몇 달 동안 준비한 자신의 디자인과 설계를 SNS와 미디어를 통해 최대한 많은 대중에게 알릴 생각이었다. 함께 발표할 다른 회사들의 작품까지 같이 알리는 것은 덤이었다. 그들과 비교해서 WJ 스튜디오의 설계가 얼마나 뛰어난지, 그것을 서울시민들의 앞에 증명하는 것이 우진의 최종 목표였던 것이다.

'그러려면 오늘 이 발표에서, 내가 할 수 있는 최고의 프레젠테이션을 하는 게 먼저겠지.'

끼익-

우진이 이런 생각을 하는 동안 진태가 운전하는 차는 시청 주차장에 도착하였다. 그러자 뒷자리에 앉아있던 직원이 우진을 향해 조심스레 말했다.

"대표님, 도착했습니다."

"아, 벌써 왔군요. 내리시죠."

차에서 내린 우진은 발표 자료가 들어있는 가방을 챙겨 천천히 걸음을 옮기기 시작하였다. 우진은 자신 있었다. 오늘의 발표를 기

점으로, 그가 짜놓은 판 위에 묻은 뜻밖의 오물들을 깔끔히 청소해
낼 자신이 말이다.

시민들의 앞에서

2012년 7월, 서울시청 건물은 번쩍거리는 신축 건물이었다. 5월에 완공되어 외관이 공개된 뒤, 이제는 거의 모든 부서가 신관으로 다시 이전되어 들어와 있었고, 때문에 오늘 성수 전략정비구역 통합설계 프레젠테이션 또한 이 신청사의 컨퍼런스 홀에서 진행될 예정이었다. 우진은 전생에 이 신청사 건물에 몇 번 와봤었지만, 너무 오래됐기 때문인지 신선한 느낌이었다.

'디자인이야 어쨌든, 새로 지어서 그런지 깔끔하고 좋네.'

건물 안으로 들어가 미리 받은 표찰을 보여주자, 직원이 우진 일행을 홀로 안내해주었다. 컨퍼런스 홀은 우진이 들어선 입구에서 가까운 1층 전면에 바로 위치해있었고, 그래서 찾아 들어가는 것은 별로 어렵지 않았다. 홀 안에 들어서자 커다란 스크린이 가장 먼저 눈에 들어왔고, 우진은 그 전경을 한차례 둘러보았다.

'슬슬 좀 긴장되는 것 같기도 하고⋯.'

기분 좋은 긴장감이 가볍게 피어올랐고, 우진은 시청 직원의 안내를 받으며 천천히 앞으로 걸어갔다. 컨퍼런스 홀의 크기 자체는 EAC 발표장이었던 AA스쿨의 홀보다 훨씬 더 큰 수준이었지만, 당

36

연히 그때만큼 긴장할 리는 없었다. 오늘 이 자리는 우진이 설계했다고 해도 과언이 아닌 자리였으니까.

발표자인 우진은 당연히 배정되어 있는 자리가 있었고, 자리에 앉은 우진은 양손에 깍지를 끼고 가볍게 손을 풀었다. 발표 시작까지는 아직 10여 분 정도가 남아있었으니 여유 있었다. 가방을 발밑에 내려놓은 우진은 힐끔 주변을 둘러보았다.

'오늘 발표자가 나까지 총 다섯인가?'

발표자 지정석으로 표시된 자리는 총 다섯 석. 그중에 두 자리가 아직 비어있었는데, 재밌는 것은 그 비어있는 두 자리가 우진의 양 옆자리라는 점이었다. 우진은 먼저 와서 앉아있던 발표자 한 사람에게 기분 좋게 인사하였다.

"반갑습니다. WJ 스튜디오 서우진이라고 합니다."

우진의 인사를 받은 남자는 자못 놀란 표정이었다. 그는 우진을 알고 있었던 모양이었다.

"엇, 반갑습니다. 서 대표님도 이번 공모에 참여하셨군요."

"네, 열심히 준비했죠."

그런데 어쩐 일인지, 남자는 표정이 어두워 보였다. 그는 씁쓸한 표정으로 우진을 향해 다시 입을 열었다.

"저희도 열심히 준비했습니다만… 괜히 그랬나 싶습니다."

"예?"

"아, 아닙니다. 무튼, 반갑습니다, 서 대표님."

남자의 예상치 못했던 반응에 우진은 고개를 갸웃했지만, 곧 그 이유를 알 수 있었다. 잠시 후 그가 옆자리 다른 발표자와 나누는 대화를 들을 수 있었으니까.

"우리, 발표하지 말고 그냥 나갈까요?"

"그래도 여기까지 왔는데… 하고 나가야죠."

"으음…."

"어차피 당선이야 불가능하겠지만, 그래도 서울시 SNS에 올라가기까지 한다던데 아예 불참하면 회사 망신 아니겠습니까."

그들 또한 이번 설계 공모에 이권이 개입되었다는 사실을 알고 있었던 모양이었다.

'음… 하긴, 조금 정보가 늦을 수는 있어도 이런 공모에 참여할 정도면 협회 쪽이랑 몇 다리 건너서라도 인맥이 연결돼 있을 테니까.'

우진의 입에서 저도 모르게 한숨이 새어 나왔다. 기득권이 잇속을 챙기기 위해 자신이 깔아놓은 판을 더럽혀놨다는 것이, 다시 한 번 확 와닿은 것이다.

'진짜 이게 뭐야.'

우진은 처음 이 프로젝트가 성사되었을 때, 프레젠테이션 자리를 무척이나 기대했었다. 역량 넘치는 국내외 다양한 설계사무소들의 디자인과 설계들을 본다면, 공모결과 외적으로도 시야를 넓혀갈 수 있다고 생각했었으니까. 하지만 누군가가 뿌려놓은 오물들 때문에, 그런 발전적인 축제의 장은 기대할 수 없게 되었다. 우진은 그것이 너무도 마음에 안 들었다.

'협회 놈들… 이러니까 발전이 없지.'

우진은 자신의 양쪽에 빈자리를 보며, 다시 한번 고개를 절레절레 저었다. 두 사람의 대화로 미루어봤을 때, 아마 아직 도착하지 않은 두 사람 중 한 명이 협회에서 정한 내정자인 듯싶었다.

'나머지 한 사람은 그럼, 내정자가 있다는 사실을 듣고 아예 오지도 않은 사람일지도.'

그리고 잠시 후, 우진은 자신의 그 예상이 맞았음을 확인할 수 있었다.

"하하, 안녕하십니까. 이호설계사무소의 대표 김준호입니다."

다섯 자리 중 가장 끝자리. 우진의 오른쪽 자리에 와서 앉은 사람이 기분 좋은 표정으로 먼저 와있던 발표자들에게 인사했으니 말이다. 하지만 그 인사에도, 우진을 제외한 다른 발표자들은 데면데면하였다. 대충 봐도 이 남자의 인사가 못마땅한 눈치. 그것으로 우진은 알 수 있었다. 협회의 내정자가 뒤늦게 도착한 이 남자라는 사실을 말이다.

'흠, 이호설계사무소라… 이름도 처음 들어보는데.'

하지만 우진은 다른 사람들과 달리, 딱히 불쾌해할 필요가 없었다. 그래서 밝은 표정으로 김준호가 청하는 악수를 받았다.

"반갑습니다, 김 대표님. WJ 스튜디오의 대표 서우진이라고 합니다."

우진의 인사를 들은 김준호가 꽤나 놀란 표정이 되었다.

"엇…! 그 〈우리 집에 왜 왔니〉에 출연하셨던…!"

"하하, 맞습니다."

"화면으로 봤던 것보다 더 젊으시네요."

"감사합니다."

하지만 잠시 후, 김준호의 표정은 살짝 비틀려 있었다.

"오늘 한번 잘해봅시다. EAC에서 인정받은 건축가의 프레젠테이션을 눈앞에서 볼 수 있게 될 줄은 몰랐군요."

누가 들어도 비꼬는 듯한 김준호의 어투에, 우진은 피식 웃을 수밖에 없었다.

"하하, 저도 김 대표님 발표 기대하겠습니다."

김준호의 목소리에서 복잡한 감정을 읽을 수 있었으니 말이다.

'그릇 하고는….'

EAC의 발표자라는 타이틀부터 시작해서 우진이 가지고 있는 대중적인 인지도. 준호의 목소리에는 그것에 대한 시기심이 담겨있음과 동시에, 우진을 얕보고 내려다보는 시선이 동시에 깔려있었다. 그의 눈에 우진은 운 좋게 예능 출연으로 인지도가 생긴 뒤, 그게 자신의 실력인 줄 아는 '건방진 애송이' 정도였다.

'건방진 놈.'

EAC의 발표자라는 타이틀을 어떻게 땄는지는 몰라도, 그 또한 거품일 것이라고 생각했다. 유럽 건축협회 쪽에 인맥이 있어서, 운좋게 단상에 한 번 선 정도로 이해한 것이다.

'하지만 여긴 한국이고. 오늘 쓴맛을 제대로 한번 보여주마.'

겉으로는 웃으며 우진과 악수를 나눈 김준호는 자리에 앉아 발표 준비를 시작했다.

준호는 오늘, 실력으로도 인맥으로도 이 애송이를 제대로 눌러줄 생각이었다. 물론 그런 기색을 느꼈음에도, 우진은 아랑곳하지 않았지만 말이다. 그리고 우진은 오히려, 이 김준호라는 사람의 발표가 너무 질 떨어지진 않기를 바랐다.

'역시 그 나물에 그 밥으로 보이긴 하지만… 그래도 발표가 너무 허접하진 않았으면 좋겠네.'

협회라는 배경만 믿고 완전히 허접한 발표를 들고 왔다면, 우진은 더 기분이 나쁠 것 같았으니 말이다.

위이잉-

우진이 그런 생각을 하는 사이, 까맣게 암전되어 있던 스크린이 환한 빛을 내며 켜졌다. 그리고 단상 위에 올라온 진행자가 마이크에 대고 입을 열기 시작하였다.

"반갑습니다, 여러분. 오늘 성수동 전략정비구역의 통합설계 공모 발표의 진행을 맡은 고승철이라 합니다."

그는 간단히 오늘의 행사에 대해 설명하였고, 이어서 본격적으로 행사가 시작되었다. 그리고 홀의 뒤편에서는, 캠코더 몇 대가 고화질로 영상을 촬영하기 시작하였다.

— ＊ —

2010년 이후 가파르게 주가를 올리고 있던 수하는 최근 〈한남동 로맨스〉라는 이름의 영화를 찍고 있었다. 그렇게 큰 투자를 받은 영화도, 유명한 감독이 찍는 영화도 아니었지만 스토리부터 시작해서 배역까지 그녀의 마음에 쏙 든 작품인 〈한남동 로맨스〉.

그래서 수하는 무척이나 바빴음에도 불구하고, 그것과 별개로 기분은 항상 행복했다. 좋아하는 일을 하며 좋아하는 작품을 찍고 또 그것으로 충분한 돈을 벌고 있는 지금의 상황은 그녀가 무명시절 항상 꿈꿔오던 인생이었으니 말이다.

게다가 이제 며칠 후면, 인생에 처음으로 그녀 명의의 집이 생긴다. 그리고 이 집은, 그녀에게 무척이나 의미가 큰 집이었다. 〈우리 집에 왜 왔니〉를 시작으로 무명생활을 벗어나기 시작하던 바로 그 시점, 그녀의 인생 전환점에서 처음 계약한 첫 집이었으니까.

그래서 수하는 청담 선영아파트 재건축의 추가 분담금을 낼 돈이 빠듯할 때도, 대출을 더 받아내면서까지 이 집을 팔지 않았다.

그리고 그렇게 소중히 생각했던 첫 집에 곧 들어가볼 수 있다는 사실은, 그녀를 최근 들어 더욱 설레게 만들고 있었다.

"히히."

촬영지로 향하는 밴 안에서 히죽거리며 웃는 수하를 보며, 운전대를 잡고 있던 매니저 송지호가 핀잔을 주었다.

"뭐가 그렇게 좋냐?"

"말 걸지 마, 오빠. 지금 우리 집 구경 중이니까."

"뭐야, 아직 짓고 있는 거 아니었어?"

지호의 질문에도, 수하는 눈길 한번 주지 않고 스마트폰에 시선을 고정시키고 있었다.

"모델하우스 이미지는 폰에 저장해뒀지."

"야, 모델하우스가 너네 집이냐? 그 사진을 아직도 가지고 있다고?"

"으히히, 곧 이사한다! 이사다!"

행복해하는 수하를 보며, 지호가 피식 웃었다. 벌써 그녀와 함께 일한 지 8년이 다 되어가는 지호에게, 수하는 가족이나 다름없는 사람이었다.

"부럽다, 임수하. 나도 그때 분양받을 걸."

"지금이라도 분양하는 아파트 하나 청약 넣어보는 건 어때?"

"너네 집 싸게 전세 주면 안 되냐?"

"그걸 말이라고 해?"

"너 청담동 집도 있잖아!"

"그건 아직 다 지으려면 멀었거든."

"거기로 이사 갈 때 마포 집 전세, 콜?"

"흠, 생각 좀 해보고."

잠시 티격태격한 뒤, 차 안은 다시 조용해졌다. 그리고 모델하우스 사진 감상이 시들해진 수하는, 요즘 재미 들린 SNS 앱을 켜서 피드를 구경하기 시작하였다. 최근 대중적으로 인기가 많아진 SNS 페이스북은, 지인들의 피드를 살펴보는 것도 흥미로웠고 팔로워를 늘리는 것도 재미가 쏠쏠하였다. 수하의 폰 화면을 힐끔 훔쳐본 지호가, 잔소리를 시작하였다.

"너, SNS에 또 엽사 올리면 진짜 죽는다?"

"아, 알겠다고, 진짜. 그 얘기 벌써 100번은 들은 것 같아."

"네가 페북 켤 때마다 내가 노이로제 걸릴 것 같거든? 또 무슨 사고를 칠지 모르니까."

"내가 무슨 애야?"

"애지 그럼."

"하…."

"그냥 페이스북 어플 삭제하면 안 돼?"

"싫어."

"왜!"

"재밌잖아!"

"…."

수하와 말씨름을 하던 지호는 한숨을 푹 쉬고는 다시 운전대를 잡았다. SNS가 대중에게 퍼지게 된 게 얼마 되지 않은 시점이었지만, 벌써 SNS 때문에 이미지에 큰 타격을 입은 연예인들이 많았다. 매니저인 지호로서는, 천방지축인 수하가 걱정될 수밖에 없는 것이다. 운전대를 잡은 채 내비게이션을 한번 확인한 지호는 수하를 향해 다시 입을 열었다.

"이제 10분이면 도착이야, 임수하. 내릴 준비해."

"알겠어."

"10분이라니까? 너 화장도 고치고 준비할 거 많다며!"

"아, 알겠어. 잠깐만."

수하의 대답을 듣던 지호는 고개를 갸웃하였다. 보통 이렇게 말하면 휴대폰을 집어넣고 할 일을 하는 수하였는데, 오늘은 들은 체도 안 하고 뭔가를 뚫어지게 보고 있었으니까. 그래서 신호 앞에서 차가 멈추자, 지호는 수하가 뭘 보는지 슬쩍 훔쳐보았다. 혹시 쓸데없는 SNS를 한다고 정신이 팔려있는 것이라면, 폰을 뺏어버릴 생각으로 말이다.

그런데 잠시 후, 수하의 스마트폰 화면을 확인한 지호는 고개를 갸웃할 수밖에 없었다. 그녀의 스마트폰 위에 떠있는 영상이 전혀 예상치 못했던 종류의 것이었으니 말이다.

"야, 이게 뭐야?"

"응?"

"지금 보고 있는 거."

"아… 이거?"

"서울시 공식 SNS 계정? 이런 걸 왜 보고 있는데?"

수하의 스마트폰 화면 위에는, 어떤 디자인 발표회 같은 영상이 재생되고 있었고 이 영상을 스트리밍 중인 계정은 서울시 공식 SNS 계정이었다. 고개를 갸웃하는 지호를 향해, 수하가 피식 웃으며 대답하였다.

"아, 이거. 우진이가 좋아요 좀 눌러달라고 부탁해서."

"우진이면… 서우진 대표?"

"응, 오늘 무슨 서울시에서 디자인 피티 같은 거 하는데 그거 영상 좀 공유하고 좋아요 눌러달랬거든."

44

"아하."

"그런데 보다 보니까 계속 보게 되네. 마침 우진이가 발표 시작했거든."

"그래?"

"이거 지금 같이 보는 사람도 꽤 많아."

"몇 명인데?"

"라이브 인원 찍혀있는 게, 5만 명이 넘는데?"

— * —

서울시청의 컨퍼런스 홀은 넓다. 하지만 그 넓은 홀에 빈자리는 거의 없었다. 사람들로 빼곡하여 발 디딜 틈이 없을 정도는 아니었지만, 수백 석이 넘는 좌석들만큼은 전부 들어찬 것이다. 일단 자리를 채운 인원 중 절반 정도는 성수 전략정비구역의 조합원들.

사실 이 설계안 자체가 그들의 '새집'을 위한 설계이기도 하다 보니, 그 어떤 서울시민들 중에서도 가장 이번 프로젝트를 기대할 사람들이 바로 그들인 것이다. 하여 조합원들을 제외하고 나면, 나머지 절반은 다양한 인물들로 구성되어 있었다. 서울시와 국토교통부의 관계자들부터 시작해서, 공모에 참가한 스튜디오 직원들까지.

그렇다면 이 관계자들을 제외한 나머지 자리는 누가 채운 것일까? 그들은 바로 프로젝트와 관계없는 평범한 서울시민인 시청 직원들이었다. 관계자들이야 전부 합해도 100명이 채 되지 않는 수준이었고 남은 좌석들을 채운 것은 전부 일반 직원들이었던 것이다.

이렇게 발표현장에 비관계자들이 많이 들어올 수 있었던 데에는 당연히 이유가 있었다. 그것은 바로 서울시장 구윤권의 지시. 윤권은 황종호의 전화를 받았을 때 우진의 의중을 완벽히 이해하였으며 우진이 원하는 방향성이 자신이 생각하는 이상적인 방향성과 완전히 일치하다고 생각하여, 전폭적으로 도움을 준 것이다.

구윤권이 한 일은 간단했다. 월요일 아침에 출근하자마자, 서울시청의 전 직원들에게 메일을 보낸 것이다.

[존경하는 직원 여러분, 서울시장 구윤권입니다. 금일 있을 특별한 행사와 관련하여…]

…중략…

[참여시 행사가 진행되는 두 시간 정도를 근무시간으로 인정해드릴 예정이오니, 업무에 지장 받지 않으시는 선에서 자율적으로 참여해주시면 감사하겠습니다.]

메일은 간결했다. 하지만 그것으로 충분했다. 시장이 직접 발송한 이 메일은 수많은 서울시청 직원들의 호기심을 자극하기에 부족함이 없었으니까.

"응? 오늘 뭐 행사 있나?"

"성수지구 프로젝트 있잖아."

"그거야 알지. 근데 왜?"

"오늘 그거, 설계 공모 발표 날이거든."

"아하!"

"시장님이 엄청 신경 쓰시는 프로젝트라고 하더니… 메일까지

보내셨네."

"한번 가볼까?"

"점심 먹고, 시간 봐서 생각하자."

 물론 시청 직원의 대부분은 각자 해야 할 일이 바쁘기 때문에, 행사 참여 시간을 근무시간으로 인정해준다는 것이 그렇게 큰 메리트는 아니었다. 일이 다 끝나지 않으면, 결국 야근하는 것은 마찬가지니까. 하지만 중요한 것은 '오늘 이런 행사가 있다'라는 사실을 많은 사람들에게 알렸다는 점이었으며 근무 중에라도 잠시 들러볼 명분을 만들어줬다는 것이었다.

 시청 직원들이 컨퍼런스 홀에 와봐야 천 명이 되기는 힘들 테지만, 그들이 또다시 입에서 입으로 지인들에게 전파할 것이고 이런 작은 부분들이 모이면 커다란 시너지를 내게 되는 것이다. 특히 이 메일의 효과를 극대화시켜준 것은, 행사 참가 인증 방식으로 SNS를 활용했다는 점이었다.

"밥 먹고 잠깐 와봤는데, 근무 인정받으려면 어떻게 해야 해요?"

"서울시 공식 SNS를 팔로우해주시고, 인증사진이나 영상을 SNS에 올려주시면 됩니다."

"오…! 재밌네요."

 명분은 서울시 공식 SNS의 팔로워를 늘리고 인지도를 높이겠다는 취지였기 때문에, 아무도 이상하게 생각하지 않았다.

"디자인 프레젠테이션이라고? 이런 거 처음 보는데…."

"신기하네. 우리 잠깐만 보고 갈까?"

"좋아."

이렇게 컨퍼런스 홀에 들어온 직원들 덕분에 첫 번째 발표가 시작될 즈음, 모든 좌석은 사람들로 가득 차있었다. 그리고 이 수많은 사람들 앞에서, 가장 먼저 단상에 올라선 사람은 다름 아닌 우진이었다.

— * —

저벅- 저벅-

우진의 발표 차례는 1번이었다. 총 다섯의 참가사 중, 가장 먼저 프레젠테이션을 하게 된 것이다. 그리고 디자인 프레젠테이션에서, 이 1번이라는 순서는 명확한 장단점을 가지고 있었다.

'이런 규모의 발표에서 첫 순서로 피티하는 건 또 처음이네.'

첫 순서의 가장 큰 장점은 청자들이 가장 집중력이 좋을 시점에 프레젠테이션을 할 수 있다는 점이었다. 아무래도 긴 발표내용을 듣다 보면 시간이 지날수록 집중력이 떨어지게 되니 시청자들의 입장에서는 가장 의욕 있고 집중력도 좋은 상황에서 듣게 되는 프레젠테이션이 당연히 첫 번째 순서일 수밖에 없는 것이다.

반대로 이 첫 번째 프레젠테이션의 가장 큰 단점은, 전체 발표의 길이가 길어질수록 잊히기도 쉽다는 점이었다. 첫 순서에서 임팩트 있게 발표를 했다 하더라도 뒤 순서에 더 확실하게 이목을 끄는 발표가 이어진다면 이전 발표의 임팩트가 많이 죽어버릴 수밖에 없는 게 사실이었으니 말이다.

그렇다면 장점을 가장 살리면서 이 단점도 확실히 극복할 수 있는 방법은 뭐가 있을까? 그건 당연히 압도적인 발표내용이다. 가장 집중력이 좋은 관객들의 앞에서 처음부터 최고의 발표를 보여준다면 그 뒤에 어지간히 대단한 발표가 나오지 않는 이상, 존재감을 묻어버리기는 힘들 테니까. 우진이 원하는 그림이 바로 이러한 그림이었다.

'생각보다 사람도 많이 왔네?'

예상했던 것보다 훨씬 많은 관람객들이 모인 이 상황에서 그가 준비한 모든 것들을 완벽하게 보여주고 각인시켜서, 뒤에 이어질 부실한 프레젠테이션들이 자신의 발표내용과 비교되게 만드는 것 말이다.

미리 내정자를 정해뒀던 국토부의 심사위원들이라고 하더라도, 차마 원래 생각해뒀던 선택지를 집기 민망하다는 생각이 들 정도의 압도적인 차이. 그 정도의 차이를 보여줄 각오로, 우진은 단상 위에 올라왔다. 우진이 입을 열자, 그의 나직한 목소리가 마이크를 통해 울려 퍼졌다.

[안녕하십니까, 성수 전략정비구역 조합원 여러분. 그리고 서울 시민 여러분.]

그리고 이 첫 마디가 울려 퍼지자, 관객석이 조금씩 웅성이기 시작하였다.

"어? 저 사람, 서우진 아니야?"

"잠깐, 잘 안 보여."

"그런 것 같은데?"

이어서 우진이 자신을 소개했을 때,

[이번 성수지구 통합설계 공모에 참가하게 된, WJ 스튜디오의

대표 서우진입니다.]

그 웅성임은 조금씩 더 커지기 시작하였다.

"어, 서우진? 나 저 사람 알아."

"어어…? 〈우리 집에 왜 왔니〉에 나왔던, 그 서우진 아니야?"

지금 이 시점은, '서우진'이라는 키워드가 왕십리 패러필드로 인해 크게 이슈된 지 얼마 되지 않은 시점이다. 때문에 업계와 관련이 없는 사람들이라고 해도, 우진의 이름을 기억하는 사람이 제법되었다.

"우와, 너 알고 있었어?"

"뭘?"

"오늘 발표자에 서우진 있는 거."

"아니, 몰랐지 나도."

"대박! 사진 찍어도 괜찮은 거겠지?"

"몰라, 너무 대놓고 찍지는 마."

단상 위에서 좌중을 내려다보고 있던 우진도 당연히 이러한 분위기를 느끼고 있었다. 그리고 관객들의 집중도를 끌어올릴 수 있는 이 기회를 쉽게 놓칠 우진이 아니었다.

[서울시의 오랜 숙원사업이자, 아름답고 쾌적한 한강을 만들기 위한 첫걸음.]

우진의 단단한 목소리에, 웅성임은 다시 잦아들었다.

[개발구역으로 묶여 오랜 기간 낙후된 주거에서 고생하신 성수동 전략정비구역 조합원 여러분께, 최고의 프리미엄 주거를 선물해드리기 위한 성수지구 통합설계 프로젝트.]

많은 사람들이 호기심 어린 시선으로 우진의 입에서 이어질 다음 말을 기다리고 있었고…

[이런 의미 있는 프로젝트에 저희 WJ 스튜디오의 역량을 쏟아부을 수 있는 기회를 주신 조합원 여러분들과 서울시민 여러분들께, 진심으로 감사드린다는 이야기를 먼저 드리고 싶습니다.]

그 호기심을 흥미와 관심으로 바꿔내는 것이, 지금부터 우진이 해야 할 일이었다. 우진이 스크린을 향해 손을 뻗자, 홀의 한쪽 벽을 가득 채울 정도로 커다란 스크린에 하얗게 불이 들어왔다.

"오…!"

"우와!"

그리고 그 커다란 스크린 위에 떠오른 이미지는 다름 아닌 우진과 WJ 스튜디오에서 설계하고 디자인한, 새로운 성수지구의 아름다운 조감도였다.

[서울시민 여러분들께, 최고의 한강공원을 선물 드리고 싶었습니다.]

우진의 말이 다시 울려 퍼졌지만, 좌석에 앉아있는 관객들의 시선은 오로지 스크린에 꽂혀있었다.

[그리고 조합원 여러분들께는 이 아름다운 주거환경에서 비롯된 최고의 프리미엄 주거를 선물해드리고 싶었습니다.]

그 어떤 설명도 필요 없었다. 다 쓰러져가는 낡은 건물들과 후줄근한 빌라들이 즐비해있던 성수 한강변의 전경이 과연 저렇게 아름다운 공간으로 탈바꿈되는 것이 가능할까 싶을 정도로 충격적인 조감도였으니까.

"저…게 뭐야? 아파트야?"

"그럴걸? 이거 원래 재개발 프로젝트였잖아."

"그래?"

"성수 재개발이랑 전 시장님께서 추진하시던 강변북로 지하화

사업이랑, 콜라보해서 진행한 프로젝트더라고."

그 비주얼에 관객들은 말을 잃어버렸으며, 한층 여유가 생긴 우진이 계속해서 말을 이었다.

[성수지구 개발 프로젝트는, 전 세계 어디에서도 찾기 힘든 아름다운 한강을 더욱 아름다운 우리만의 공간으로 가꿔나가기 위한 첫걸음입니다.]

좌중을 한 차례 둘러본 우진의 발표가 본격적으로 시작되었다.

[그 첫걸음에 부족하지 않은 설계가 될 수 있도록 저와 WJ 스튜디오는 가진 모든 역량을 다해 준비했습니다.]

———— * ————

처음 사회자로부터 우진이 호명 받아 단상 위에 올라갈 때만 해도 준호는 그 뒷모습을 보며 옅은 비웃음을 던질 뿐이었다.

'꼴에 자신감은 있어 보이네.'

그 비웃음은 당연히 이호설계사무소의 설계가 우진의 것보다 훨씬 나을 것이라는 확신으로부터 비롯된 것이었다.

'어디 한번 그 잘난 EAC 디자이너의 설계를 구경해보자고.'

그 확신에 대한 근거는 단순히 우진이 어리기 때문만은 아니었다. 일단 이번 프로젝트에 주어진 시간 자체가 미리 정보를 입수한 이호설계사무소에서도 일정이 어긋났을 정도로 빠듯했으며, 우진에게 변변한 포트폴리오도 아직 하나 없다고 생각했기 때문이었다.

물론 최근에 우진을 이슈화시켜준, 패러필드의 파빌리온이라는 확실한 포트폴리오는 존재한다. 하지만 준호가 보기에 그 파빌리온은 브루노라는 걸출한 건축가가 디자인해놓은 결과물에 숟가락만 올린 정도일 뿐이었다.

마치 자신이 협회장인 권주열의 도움을 받은 것처럼 대외적으로만 우진의 작품이라고 발표됐을 뿐, 실상은 브루노의 작품이나 다름없는 것일 것이라고 지레짐작한 것이다. 원래 사람의 생각이라는 것은 자신이 원하는 방향으로 왜곡되기 마련이지만, 그런 왜곡의 정도가 사람의 그릇과 편협함에 따라 차이 나는 것 또한 부인할 수 없는 사실이었다.

'어디서 대학 과제 수준의 작품을 설계라고 들고 온 건 아니겠지.'

그래서 준호는 느긋했다.

그가 오늘 준비해온 설계와 디자인은 지금껏 그가 십 년이 넘게 업계에 구르면서 해왔던 작품 중 가장 뛰어난 수준의 것이었고, 그 개인적으로는 세계 어디에 내어놓아도 꿇리지 않는 설계일 것이라 자부하는 수준이었으니 말이다.

다만 준호는 자신의 이 발표를 봤을 때 저 자신만만하던 꼬마의 표정이 어떻게 변할지가 궁금할 뿐이었다. 그렇게 상상하던 그 표정을 잠시 후 자신이 짓게 될 것이라는 생각은 꿈에서조차 하지 못한 채로 말이다.

"서우진, 실제로 보니까 잘생겼는데?"

"훤칠하게 키도 크네."

"아직 대학생이랬지?"

"와, 무슨 대학생이 이런 설계 공모를 참여해?"

준호는 우진을 알아보고 웅성거리는 관객들의 목소리들이 무척이나 거슬렸지만, 이 또한 발표가 시작되면 비난으로 바뀔 것이라

믿어 의심치 않았다. 단상 전면에 커다랗게 펼쳐진 스크린 위에, 한 장의 조감도가 펼쳐지기 전까지만 해도 말이다.

"…!"

푸른 하늘빛이 그대로 담겨있는 아름다운 한강, 그 한강변을 따라 예쁘게 펼쳐져 있는 조경과 물결처럼 이어져 올라가는 파랗고 아름다운 건축물들. 이미 지어져 있는 건축물과 공간이라 해도 믿을 정도로 높은 퀄리티로 뽑혀 나온 우진의 렌더컷을 확인한 준호는, 두 눈을 점점 더 크게 확대시킬 수밖에 없었다.

— * —

이번 성수지구 개발 프로젝트에서 우진이 가장 큰 의미를 둔 핵심 키워드는 바로 '조화'였다. 그것은 사업의 방향성 차원에서 가장 중요한 가치이기도 했으며, 우진의 디자인 키워드이기도 했다. 처음 우진이 이 사업을 서울시장 구윤권에게 제안했을 그 시점부터 이 프로젝트는 개인의 이익과 공공성이라는 두 마리 토끼를 다 잡아야 했던 프로젝트였으니까.

조화와 공생의 개념이 없이는 시작조차 될 수 없던 프로젝트였고, 우진은 그 가치가 결국 디자인 프로세스에도 반영되어야 한다고 생각했다. 낙후된 공간에서 거주하던 주민들을 행복하게 만들어줄 수 있는 프리미엄 주거 공간. 성수동을 방문하는 모든 시민들이 행복한 여가를 보낼 수 있는 아름다운 한강공원. 나아가 서울시를 더욱 아름다운 도시로 만들어줄 수 있는 아름다운 랜드마크.

이 모든 가치를 만족시키는 최고의 공간을 만들기 위해서라도, 우진은 디자인 설계 프로세스에 '조화'라는 가치를 가장 중요시할 수밖에 없었던 것이다.

"여러분, 이 '한강 르네상스'라는 프로젝트의 본질이 뭐라고 생각하십니까?"

그래서 우진의 발표는 그 자신이 생각하는 '가치'에 대해 자신 있게 역설(力說)하는 것으로 시작되었다.

"한강을 아름답게 만드는 것? 그렇다면 뭘 위해서 한강을 아름답게 만드는 것일까요?"

우진의 화법은, 청자로 하여금 공감을 사게 만드는 효력이 있었다. 함께 고민하고 그에 대한 답을 함께 찾고, 나아가 우진이 말하고자 하는 결론에 수긍하고 공감하게 만드는 효력 말이다.

"이 의문에 대한 해답을 찾기 위해서는, 먼저 '아름다움'이라는 가치에 대한 정의부터 내려야 한다고 생각합니다."

우진은 자신이 이번 프로젝트를 디자인하고 설계하는 과정에서 고민했던 모든 프로세스를 최대한 쉽고 간결하게 서울시민들과 공유하고 공감하고자 하였다.

"'아름다움'이라는 것은, 단순히 그것의 형태에 깃든 미관(美觀)만을 의미하는 것이 아니니까요."

우진이 이번 프로젝트를 진행하는 과정에서 얼마나 많은 고민을 하였는지, 그 고민들이 어떤 결과를 도출하였으며 나아가 어떤 설계와 디자인으로 표현될 수 있었는지 말이다.

"공간에 있어서 아름다움의 가치는, 그 공간을 사용하는 사용자의 '편리'에서 비롯될 수도 있는 것이며… 그 과정에서 생기는 기분 좋은 감정. 그리고 지금까지 비슷한 종류의 공간에서 느껴보지 못했던 신선하고 새로운 경험들까지."

이 모든 것들을 청자들이 완벽하게 공감하고 이해하였을 때, 비로소 우진이 가지고 온 디자인의 진정한 가치를 알아봐줄 수 있다고 생각했으니 말이다.

"단지 외적인 아름다움을 제외하고도 이렇게 많은 가치들이 '아름다움'이라는 한 단어 안에 녹아들어 있는 것입니다."

물론 이러한 과정에서 공감을 이끌어내지 못한다면, 이러한 우진의 화법은 오히려 역효과만 불러일으킬 수도 있었다. 공감할 수 없는 억지 논리와 가치가 선제된다면, 디자인을 본격적으로 보여주기 전에 이미 청자들에게 거부감이 생길 테니까. 하지만 우진은 이러한 부분에 대해 확실한 자신이 있었고, 그 자신감은 충분한 근거에서 비롯된 것이었다.

"그래서 저는 이 다양한 측면에서의 가치를 최대한 만족시킬 수 있는 가장 아름다운 디자인을 만들고자 노력하였으며…."

그렇기에 우진의 발표는 이미 이 컨퍼런스 홀 안의 모든 청자들을 휘어잡고 있었다.

"그것이 곧, '한강을 아름답게 만들기 위함'이라는 한강 르네상스 사업의 본질적인 가치에 가장 근접한 것이라고 생각하였습니다."

우진은 한 자 한 자 힘 있게 이야기하며, 프레젠테이션의 첫걸음을 떼었다.

"이 다양한 가치를 최대한 만족시킬 수 있는 Good Design."

잠시 뜸을 들인 우진이 좌중을 둘러보며 또박또박 말을 이었다.

"저는 '조화'라는 키워드에서, 그 해답을 찾고자 하였습니다."

우진이 손을 뻗자, 아름다운 조감도가 떠올라있던 스크린이 다음 페이지를 비추기 시작하였다.

— ✳ —

준호는 믿을 수 없었다. 처음 단상 위에 우진이 올라선 뒤 대형
스크린에 불이 들어온 바로 그 시점부터 지금까지의 모든 상황들
을 두 눈으로 보았음에도 믿을 수 없는 수준이었으니 말이다.

'저걸… 저 어린놈이 전부 디자인했다고?'

일단 처음 좌중을 침묵하게 만들어버린 어마어마한 퀄리티의 조
감도부터가 비현실적이었다. 이 정도 퀄리티의 조감도를 뽑아내
려면 모델링 실력부터 시작해서 렌더링 실력까지 CG를 전문적으
로 작업하는 기업의 수준이 되어야 하는 데다, 그 정도의 역량을
가진 인력이 꼬박 2주 정도는 작업해야 만들어낼 수 있는 수준이
었으니까.

애초에 우진이 직접 이런 작업을 했다고는 생각조차 하지 않았
지만, WJ 스튜디오라는 회사가 이런 역량을 가지고 있었다는 것도
믿기지 않았다. 그래서 준호는 일단 이 조감도의 경우, 외주를 보
낸 것으로 생각할 수밖에 없었다.

'그래, 이걸 직접 했을 리가 없지. 대충 스케치만 뽑아서, CG 업
체에 외주 돌려버린 걸 거야. 사업만 따내면 설계비용으로 백억
이상이 떨어질 테니, CG 외주에 몇천 정도 쓰는 건 아깝지 않았
겠지.'

준호의 입장에서는 본인의 역량을 기준으로 놓고 봤을 때, 지금
눈앞에 있는 우진의 작품이 거의 불가능에 가까운 결과물이었다.
그렇기에 이것을 부정할 수밖에 없었으며, 그러기 위해서 어떤 이

유든 찾아 만들어야 했다.

'더러운 수를 썼네. 설계 디자인까지 다 끝내고 모델링을 시작하면 일정에 다 맞출 수 없을 테니… 일단 스케치 대충 때려서 예쁘게 만들어달라고 외주부터 먼저 넣은 거겠어.'

준호는 자신이 생각해낸 그 이유들을 머릿속에서 기정사실화하였고, 이것은 일종의 자기방어 기제 같은 것이었다.

'그래 봐야 좀 더 발표하면 들통날 텐데… 결국 이런 식으로 작업하면, 실시설계랑 완전히 다른 모형일 수밖에 없을 테지.'

하지만 준호의 그 망상은 그저 희망 사항일 뿐이었고, 그래서 잠시 후, 더욱 절망할 수밖에 없었다.

[우선 제가 여러분께 말씀드린 이 조화라는 키워드. 그것이 어떻게 외관 설계에 적용되었는지, 그 프로세스부터 보여드리도록 하겠습니다.]

우진의 프레젠테이션이 이어지면 이어질수록, 자신이 생각했던 모든 가설과 가정이 부정당했으니 말이다. 처음 우진이 옐로페이퍼 위에 그려낸 아이디어 스케치를 보여줬을 때까지만 하더라도 고개를 주억거렸으나…

'역시. 아이디어 스케치부터 보여주네. 실시설계랑 대조하면 외관 생김새가 완전히 달라질 테니, 어쩔 수 없겠지.'

이어서 스크린 위로 튀어나온 세부설계와 부분 조감도는, 준호의 입을 그대로 다물어지게 만들었던 것이다.

[한강변을 따라 이어진 곡선은, 갈대의 단조로운 색감과 핑크뮬리(Pink Muhly Grass)의 산뜻한 파스텔 톤으로 구성된 조경을 따라 한강공원으로 자연스럽게 이어지게 됩니다.]

"음…."

더 이상 생각하기를 멈춘 준호는 침음성을 흘렸고, 그것과 별개로 우진의 프레젠테이션은 계속해서 이어졌다.

[하지만 이 지점부터는 조경을 깔기가 애매해집니다. 이 구간부터 여기까지는 기존의 강변북로가 지하화되어야 하는 구간이기 때문이지요.]

우진이 보여준 설계도와 첫 화면의 조감도를 오려놓은 부분 조감도는 정확히 일치하였으며,

[그래서 저희는 도로와 기존의 한강공원이 만나는 경계지점에서, 의도적으로 단차를 만들고 자연스러운 돌계단을 집어넣었습니다. 이렇게 설계가 된다면 강변북로를 덮은 콘크리트는 돌계단으로 이어지며 자연스레 단차가 맞춰질 테고….]

그 하나하나를 설명하는 우진의 프레젠테이션은 일말의 막힘조차 없었다.

[한강공원의 꽃과 같은 자전거도로의 흐름 또한 방해하지 않고 자연스럽게 어우러질 수 있기 때문입니다.]

우진이 지금 이야기하고 있는 부분들은, 이번 프로젝트를 똑같이 진행했던 준호 또한 한 번씩 생각해봤던 문제들이었다. 때문에 지금 우진의 이 발표가 껍데기뿐이 아니라는 것을, 이 안에 있는 누구보다도 준호가 확실히 느끼고 있었다.

'조경을 저런 식으로 풀었군….'

지금의 상황이 여전히 불쾌하기 짝이 없었지만, 그래도 준호는 이 업계에서 10년을 넘게 일한 베테랑이었다. 때문에 우진의 프레젠테이션을 지켜보면서, 자연스레 그 프로세스에 빨려 들어갈 수밖에 없었다.

[조경의 아름다움은 높은 곳에서 내려다본 큰 틀에 가장 크게 영향을 받습니다. 조경은 그 바로 앞을 거닐며 산책하는 사람들의 눈에도 아름다워야 하지만, 창밖으로 그것을 내려다보는 사람들의 눈에 더욱 아름다울 수 있기 때문이지요.]

그래서 우진의 프레젠테이션을 이해하면 이해할수록….

'젠장.'

준호는 더욱 이를 악물 수밖에 없었다.

[그리고 방금 말씀드린 그 커다란 틀 안에서, 저는 한강이 가지고 있는 자연적인 아름다움과 '조경'이라는 인위적인 아름다움이 조화를 이루며 자연스레 한강공원까지 이어지기를 바랐습니다.]

그리고 딱딱해진 표정으로, 그저 우진의 발표를 듣고 있을 수밖에 없었다.

[한강이 가장 자연 그대로에 가까운 아름다움을 가지고 있다면, 제가 디자인한 건축물들은 가장 인위적인 아름다움을 가지게 될 것이며…]

[지금 보여드린 한강공원의 이 조경은 바로 그 중간의 단계에 있을 것입니다.]

[서로 다른 두 가지 아름다움이 '조화'를 이룰 수 있도록 중간다리 역할을 하는 징검다리가 되어주는 것입니다.]

우진이 설계와 디자인을 보여주며 가장 많이 역설한 부분은, 공간과 공간 사이의 경계를 어떤 아름다움으로 채워 넣느냐는 것이었다. 수많은 다양한 사람들이 방문하게 될 이 '한강공원'이라는 공공재와 그 어떤 공간보다 프라이빗 해야 하는 '프리미엄 주거'라는 사적인 공간, 마지막으로 자연 그대로에 가까운 '한강'이라는 공간.

결국 우진이 추구하고자 했던 디자인은 이 세 종류의 공간들이 자연스럽게 이어지며 어우러질 수 있는 조화의 공간이었던 것이다.

[단지 이뿐만이 아닙니다.]

이 모든 우진의 이야기들은 청자의 공감을 사기에 부족함이 없었으며, 그 청자 안에는 결국 준호 또한 포함되어 있었다.

[이렇게 한데 어우러진 공간은, 이들끼리의 조화를 넘어 서울시라는 도시의 아름다움에도 자연스레 녹아들어야 하니까요.]

실용(實用)과 조형성(造形性), 거기에 우진 본인이 가지고 있는 디자인 철학과 가치관까지. 우진은 자신이 보여줄 수 있는 이 모든 것을 조화라는 키워드를 활용하여 설명하고 있었고, 그렇게 자신이 디자인한 건축물에 생명력을 불어넣고 있었다.

[저는 완전히 탈바꿈될 이 성수지구의 실루엣이… 한강이라는 평면 위의 곡선에서부터 남산 스카이라인이라는 수평 위의 곡선에 이르기까지, 그 어떤 형태와도 조화를 이룰 수 있도록 디자인하기 위해 심혈을 기울였습니다.]

그렇게 우진이 생각하는, 최선이자 최고의 디자인이 완성되어 가기 시작하였다.

부정否定하는 것과 부정不正한 것

성수 전략정비구역의 조합원인 김 씨는 오늘 시청에 방문하였다. 오늘 시청에서, 미래에 그의 집이 될 설계에 대한 발표가 있었기 때문. 사실 그는 반년 전까지만 하더라도, 이 개발사업에 무척이나 부정적인 사람이었다. 낙후됐다고는 하지만 이 성수지구는 그의 수십 년 인생이 담긴 삶의 터전이었다.

그런데 이 모든 것을 허물고 새로운 것들을 들여온다는 자체가, 일흔이 넘어가는 김 씨에게는 부담이었으니 말이다. 그래서 1지구에 지분이 있던 그는 작년 겨울까지만 하더라도, 비대위에 속하여 개발사업을 지속적으로 반대하고 있었다. 곽홍식이라는 인물을 만나보기 전까지만 하더라도 말이다.

"선생님께선, 이 개발사업을 왜 반대하십니까?"
"그야, 내 삶과 추억이 담긴 이 공간이 망가지는 것을 보기 싫어서요."
"추억이 왜 망가진다고 생각하십니까?"
"…"

"낡은 것을 새것으로 교체하고, 불편한 것을 더 편리함으로 교체하는 과정… 이 또한 추억의 일부라고 생각해주실 수는 없으시겠는지요."

이제까지 조합설립 추진위원회라는 곳에서 설득을 위해 나왔던 사람들은 하나같이 돈의 논리만을 들이댈 뿐이었다. 이제까지 개발되어온 다른 지역의 사례들을 가져오면서, 김 씨가 가진 집이 신축되어 새 아파트가 되면 얼마나 비싼 값에 팔릴지에 대한 이야기를 우선적으로 하던 것이다.

물론 개발사업에 돈의 논리가 빠질 수 없는 것은 당연하다. 당장 김 씨도 말은 이렇게 하지만, 지분이 작은 사람들보다 손해를 보는 것이 못마땅하여 반대하고 있었던 것이기도 하니까. 하지만 그것과 별개로 김 씨는 이렇게 자본의 논리만 들이대는 사람들에게서 환멸을 느끼고 있었다.

"결국 개발은 진행될 거고, 동의서를 주시지 않으면 어르신께서만 손해를 보십니다."
"일 없다니까."
"현금청산까지 계속 버티시렵니까?"
"내 집에서 나가줬으면 좋겠는데."

그래서 끝까지 개발을 거부하고 있었고, 그것은 앞으로도 변함이 없으리라고 생각했다. 그런데 어느 날 찾아온 홍식이라는 인물이 그의 마음을 움직인 것이다.

"낡은 추억은 결국 오롯이 선생님만의 것입니다. 자식들에게 물려줄 수 없는 종류의 것이지요."

"으음…."

"하지만 변화와 새로움까지 추억의 일부로 포용해주신다면, 그것은 자녀분들께 또 다른 추억이 되어 남을 것입니다."

"허허."

어느 정도 마음이 열리고 나자, 사업성과 관련된 부분들까지도 귀에 들어오기 시작하였다.

"강 건너 청담 선영아파트, 혹시 알고 계십니까?"

"아, 알고 있습니다. 얼마 전에 신축에 들어갔다지요?"

"아직 공사 중이긴 하지만… 여기 브로슈어를 보시면, 이렇게 멋진 아파트로 짓고 있습니다."

"허어…."

"그리고 제가 이곳 청담 선영아파트의 조합장이었습니다."

"그게, 정말입니까?"

"성수 전략정비구역도 선영아파트 못지않게 멋진 곳으로 만들어보겠습니다."

"…!"

"한번 믿고 맡겨줘 보시면 어떻겠습니까?"

곽홍식의 나이가 김 씨와 크게 차이 나지 않아서인지, 아니면 그의 말에서 진정성이 크게 느껴졌기 때문인지 김씨는 결국 동의서에 사인을 하였고, 홍식을 신뢰해보기로 하였다. 청담 선영아파트

자리에 새로 지어질 클리오 써밋 아파트처럼 성수 전략정비구역의 재개발 또한, 그런 멋진 건축으로 거듭날 수 있으리라는 기대를 해보기로 한 것이다.

그렇기에 김 씨는 오늘 이 자리에 나온 것이기도 했다. 이제껏 살아왔던 낡은 성수동에 애정을 가지고 있었던 것처럼 이제는 새롭게 탈바꿈될 미래의 성수동에도 그만한 애정이 생겼는데 어떻게 보면 오늘 이 자리는 홍식이 말했던 그 미래의 아름다운 성수동을 미리 엿볼 수 있는 자리였으니까.

'서우진이라. 저 친구가 곽 조합장이 얘기했던 그 친구로군.'

게다가 우진에 대해 미리 조금 들었던 바도 있었으니, 김 씨는 무척이나 기대하고 발표를 보기 시작하였다. 그리고 김 씨는 그 기대했던 것 이상을, 오늘 이 자리에서 보고 있었다. 우선 처음 눈에 들어온 조감도부터가 눈이 휘둥그레질 정도로 아름다웠으며…

"최대한 많은 세대가 한강뷰를 확보할 수 있게 단차를 조절함과 동시에, 한강에서부터 남산타워까지 이어지는 스카이라인에 어우러지도록 다양한 높이로 건축물들을 구성했습니다."

그 설계와 프레젠테이션에서 느껴지는 사용자에 대한 배려 또한 그의 마음에 쏙 들었다.

'정말 저렇게 설계가 된다면, 조합원들은 대부분 전망 좋은 고층을 분양받을 수 있겠어.'

물론 단지 커뮤니티 시설을 외부로 개방해야 된다는 이야기를 처음 들었을 땐, 조금 거부감이 들었던 게 사실이었다.

"강변북로 지하화로 인해 넓어진 한강공원 부지와 재개발 조합에서 기부채납하게 될 부지를 연결하여… 대규모 복합문화시설에서나 볼 수 있었던 커다란 규모의 워터파크를 조성하였습니다."

그러나 이 또한, 충분한 근거를 바탕으로 한 설명을 듣기 시작하자 고개를 끄덕일 수밖에 없게 되었다.

"서울시와 구체적인 논의가 더 오가야 하겠지만, 이 워터파크의 운영은 아파트에서 관리하는 방향으로 민영화하게 될 것이며… 공공부지를 할애하여 짓는 만큼, 거주민뿐 아니라 모든 서울시민들에게 오픈될 예정입니다. 물론 무상으로 오픈하는 것은 당연히 아닙니다. 아파트에서도 운영비용 이상을 충당해야 운영할 이유가 생길 테니까요."

"자전거 대여소나 널찍한 카페 라운지 등 한강공원에서 유용한 역할을 할 만한 몇몇 커뮤니티 시설들 또한 이렇게 외부 오픈 방식으로 운영될 것입니다."

"그리고 이러한 시설들의 운영으로 발생한 수익은 아파트 관리비로 충당될 수 있겠지요."

"물론 공공성을 띤 시설들이 될 예정이므로 단가는 비교적 싸게 책정될 겁니다. 때문에 모든 아파트 관리비 이상이 충당될 정도의 다이내믹한 매출이 나오기는 힘들겠지만… 적어도 입주민들의 관리비 부담을 현저히 줄여주는 역할을 할 수 있을 겁니다."

"단지 규모와 워터파크 등 시설의 예상 매출액을 계산해보면, 각 세대에서 부담해야 할 평당 관리비가 2천 원대 이하로 떨어지는 것을 확인할 수 있습니다."

"이 지표 또한, 무척이나 보수적으로 잡았음을 말씀드리는 바입니다."

"게다가 조합원분들께서는, 이 모든 시설들을 외부인보다 압도적으로 저렴하게 이용하실 수 있겠지요."

"서울시민들은 아파트 관리사무소의 책임하에 쾌적하게 운영되는 시설들을 싼값에 이용할 수 있게 되어 좋고, 조합원분들께서는 그것으로 관리비 부담을 줄이실 수 있어서 좋으니 이 또한 상생과 조화의 맥락에서 제안드리는 부분입니다."

"그리고 지금 제가 제안드리는 이 설계들은… 오로지 강변북로 지하화와 연계된 이번 성수지구 통합설계 프로젝트에서만 가능한 특별한 제안이라고 말씀드릴 수 있겠습니다."

"지금까지 어떤 재개발 재건축 사업장도, 이렇게까지 공공성을 띨 수 있었던 곳은 없었으니까요."

사실 아파트 거주민의 입장에서는, 어떤 방식으로든 커뮤니티 시설을 공유하는 것이 싫을 수밖에 없다. 하지만 건축부지의 대부분이 한강공원과 이어진 공공부지 비중이 높은 데다 관리·운영으로 인한 수입이 아파트 관리비 충당에 얼마나 큰 도움이 될지까지 데이터로 보여주니… 거부감이 희석되는 것도 당연하였다.

'평당 2천 원이면… 30평대 기준으로 6만 원 수준 관리비잖아?'

게다가 우진의 설계는 무조건적으로 커뮤니티의 공공화를 지향하고 있지도 않았다. 애초에 공공화됐을 때 효율적일 만한 시설들이 아니라면, 철저하게 단지 내의 공간으로 들여 넣어 프라이빗함을 유지할 수 있게 하였으니까. 심지어는 워터파크에서 단지로 이어지는 동선을 짜는 과정에서도 외부인은 접근할 수 없게 설계함으로써, 단지 내부로 외부인이 유입되는 것을 완벽하게 차단하였다.

"한강공원에서 서울숲으로 직접 이어지는 생태 육교를 설계했으며, 이는 단지 산책로에서도 접근이 가능하도록 동선을 조정하였습니다."

"단지 커뮤니티와 한강공원의 공공시설들이 조화를 이루되, 주거지의 프라이버시를 해치지 않으면서 최대한 장점만 가질 수 있도록 동선을 고민하였습니다."

물론 우진의 프레젠테이션만 듣고 김 씨와 같은 일반인이, 이 모든 설계를 완벽하게 이해할 수는 없는 게 맞다. 하지만 김 씨는 적어도 한 가지를 확실하게 느끼고 있었다. 서우진이라는 디자이너가 이 공간을 설계하는 과정에서, 얼마나 사용자의 입장에서 많은 생각을 했고 정성을 들였으며 심혈을 기울였는지. 피티를 듣는 동안, 그 진정성 하나만큼은 확실하게 와닿은 것이다.

'정말 저 설계대로 지어질 수 있다면….'

그리고 이런 감정을 느끼고 있는 것은, 김 씨뿐만 아니라 다른 조합원들도 마찬가지였다. 따로 마련된 지정석에 앉은 백여 명이 넘는 조합원들은, 우진의 프레젠테이션을 거의 넋 놓고 듣고 있었으니까. 심지어 처음부터 워낙 수준 높은 프레젠테이션을 봐서인지, 다음 발표 순서들까지 기다려질 정도였다.

'처음부터 이런 수준의 설계라니… 다음 발표도 점점 더 궁금해지는구먼.'

'모든 설계가 이런 수준이라면, 어떤 설계에 표를 던져야 할지 모르겠군.'

그런데 이렇게 행복한 고민을 하고 있는 사람들이 있는 반면, 또 다른 관객석에서는 다른 종류의 고민을 해야 하는 사람들도 있었다.

— * —

'하, 이거 처음부터 너무 센데.'

국토교통부의 실무담당자 유 사무관은, 한 시간에 가까운 프레젠테이션을 넋 놓고 지켜보았다. 그리고 발표가 끝나갈 때 즈음, 저도 모르게 머리가 지끈지끈 아파오고 있었다. 그 이유는 바로 오늘의 행사가 끝난 뒤 설계사무소 선정 때문.

'과장님께서 분명 이호설계사무소를 밀어줘야 한다고 하셨는데….'

처음 이 부탁을 받았을 때에는 솔직히 별로 어렵지 않은 일이라고 생각했다. 이런 종류의 공공사업에서 설계사무소 선정은 그가 여러 번 해봤던 업무였고 그때마다 느꼈던 것은, 어떤 사무소든 '고만고만하다'는 것이었으니 말이다.

그래서 이번 사업에서도 당연히 비슷한 수준의 설계사무소들이 참가했을 것이라 생각했고 그만그만한 수준의 설계들 중에 윗선에서 밀어주고자 하는 설계를 선택하는 것은 별로 어려운 일이 아니라고 생각했다. 하지만 WJ 스튜디오의 이 첫 발표를 들은 순간, 유 사무관은 직감할 수 있었다.

뒤에 이어질 프레젠테이션들이 아직 시작조차 되지 않았음에도 불구하고, 오늘 저 서우진이라는 디자이너의 설계를 넘어설 수 있는 작품은 없을 것이라는 사실을 말이다. 유 사무관은 건축업계에 해박한 지식을 가진 실무자였기에, 우진의 이 발표가 어느 정도 수준인지를 확실하게 느낄 수 있었으니까.

'대형 건설사 입찰 때도, 이 정도 수준의 피티는 본 적이 없었어.'

유 사무관의 입에서 깊은 한숨이 새어 나왔다.

"휴우."

일단 이호설계사무소라는 곳의 발표가 WJ 스튜디오에서 보여준 프레젠테이션의 80퍼센트 정도라도 되기를 바랄 뿐이었다.

'윗선에서 점찍은 내정자라면 어떻게든 밀려고 하긴 할 텐데….'

하지만 유 사무관의 그러한 바람은, 잠시 후 산산조각이 나버릴 수밖에 없었다.

"서우진 디자이너님의 발표, 정말 너무 잘 들었습니다."

"하하, 감사합니다."

"WJ 스튜디오에서 보여주신 이 설계대로 성수지구가 완전히 새롭게 탄생한다면, 정말 멋진 공간이 될 것 같군요."

우진의 발표가 끝난 바로 다음 순서가 바로 이호설계사무소의 순서였으며…

"자, 그럼 다음 발표순서는, 이호설계사무소에서 나오신 김준호 건축가님이십니다!"

사회자의 호명에 따라 단상 위로 올라온 김준호의 얼굴은 이미 까맣게 죽어있었으니 말이다.

'하….'

우진의 멋진 발표 덕분인지 컨퍼런스 홀의 분위기는 최고조에 달해있었으며, 홀을 가득 채우고 있던 많은 사람들은 누구 하나 자리를 뜨지 않고 단상을 응시하고 있었다. 대부분의 사람들은 기대에 찬 눈빛으로 김준호를 응시하고 있었으며, 또 어떤 멋진 디자인 프레젠테이션을 볼 수 있을지 기대하고 있었다. 하지만 단상에서 아주 가까운 곳에 있었던 유 사무관은 확신할 수 있었다.

"망했군."

지금 단상 위에 올라온 이 남자는 정상적으로 발표를 마무리할 수만 있어도 다행이라는 사실을 말이다.

— * —

차라리 첫 번째 순서가 우진이 아니었더라면, 그랬더라면 조금 은 더 나았을까? 이것이 발표를 마치고 내려온 준호의 머릿속에 가장 먼저 떠오른 생각이었다.

'젠장….'

준호는 알 수 있었다. 오늘 발표는 완전히 망가졌다. 애초에 설계·디자인 퀄리티에서 큰 차이가 난 것도 문제였지만, 멘탈이 완전히 흔들려버린 게 더 커다란 문제였다. 가까스로 발표를 마무리 짓기는 했으나, 본인이 생각하기에도 너무 아쉬운 발표였다.

준비한 것들조차도 깔끔하게 다 보여주지 못했던, 그런 발표였으니까. 마지막 이야기를 마치고 청중들을 둘러보았을 때, 그들의 표정만 봐도 명확히 알 수 있었다. 컨퍼런스 홀을 가득 채웠던 인원의 절반 정도가 이미 자리를 빠져나간 상황이었으며 남아있는 사람들도 그저 심드렁한 표정이었으니까.

자리를 지키고 있던 사람들은 대부분 발표를 듣기 위해서가 아니라, 관계자이기 때문에 남아있는 것이었다. 발표가 끝났으니 박수를 쳐주기는 했지만 그뿐. 오늘의 발표에 가장 많은 관심을 가지고 있을 조합원들 중에서도, 꾸벅꾸벅 졸고 있는 사람이 있었을 정도였다.

그래서 준호는 속이 까맣게 타들어갔지만, 내색 않고 자리에 돌아와 앉았다. 아니, 본인만 그렇게 생각한 것일 수도 있었다. 준호의 얼굴은 이미 꺼멓게 죽어있었으니까. 자리에 다시 앉은 준호는, 한 차례 크게 심호흡을 한 뒤 마인드 컨트롤을 시작했다.

'그래. 어차피 저놈이 아무리 날고 긴다 하더라도, 이미 당선작은 내 설계로 내정돼 있던 공모야. 결국 승자는 나라고.'

그렇지 않을지도 모른다는 불안감이 가슴 한편에서 스멀스멀 피어올랐지만, 준호는 가까스로 그것을 눌러 삼켰다. 오늘의 공모를 위해 그가 쏟아부은 노력과 비용을 생각하면, 그런 일이 있어서는 안 됐다. 설계와 디자인에 투입된 인력들의 인건비도 인건비였지만, 권주열을 따라다니며 국토부 인사들을 접대하는 데 들어간 비용도 무시할 수 있는 수준이 아니었으니까.

그래서 가까스로 마음을 다잡던 도중, 겨우 붙잡아 둔 멘탈을 산산조각 내는 목소리가 옆에서 들려왔다. 그것은 바로 별다른 감정조차 담겨있지 않은 담담한 우진의 목소리.

"발표 잘 들었습니다, 김 대표님. 고생하셨네요."

그러나 그 한마디는 김준호의 멘탈을 가루로 만들어버리기에 충분한 것이었다.

서울시청에서 열린 오늘의 설계 공모 발표 행사는, 이 자리에서 모든 결과가 결정되는 행사는 아니었다. 현장에 나온 심사위원들이 각자 매긴 점수가 사업 시행 위원회에 올라가게 되고 거기서 최종적으로 '투명한' 점수집계가 이뤄진 뒤 며칠 뒤에 입찰결과가 발표 나게 되는 시스템인 것이었으니까.

여기서 '투명하다'는 것은, 사실 조금 아이러니한 부분이었다. 애초에 외부에 공개되는 것은 각 심사위원들의 공모점수일 뿐, 그 점수가 어떤 식으로 산정되었는지는 결국 심사위원들의 주관에 달린 부분이었다. 그리고 김준호가 끝까지 믿고 있는 부분이 바로 이것이었다.

'심사위원 열 명 중 여덟 사람이 정부 부처 관계자야. 내가 떨어질 리가 없어.'

심사위원은 총 열 명이었고, 이 중 서울시청의 직원이 4명, 국토부 관계자가 4명이었다. 민간위원인 남은 두 사람을 제외하더라도, 과반수의 지지는 무조건 얻으리라 생각한 것이다. 국토부와 함께 일을 해야 하는 서울시는 어지간하면 국토부에서 밀려고 하는 설계를 지지할 수밖에 없다고 생각했다. 그래서 준호는 이렇게 얘기할 수 있었다.

"서 대표, 아직 이십 대라고 하셨지요?"
"예, 그렇습니다만…?"

모든 발표가 끝난 뒤 컨퍼런스 홀 앞에서 잠시 우진과 마주한 준호. 발표가 끝난 뒤 우진에게 들었던 한마디 때문에 속이 부글부글 끓었던 준호는 결국 참지 못하고 우진에게 한마디를 하고 있었다.

"그 나이에는 알기 힘들겠지만, 세상에는 결코 알고 싶지 않은 불편한 사실들도 존재하는 법입니다."

조카뻘이나 다름없는 우진에게 조롱을 당했다고 생각했으니 이렇게 한마디라도 하고 가지 않는다면 분해서 몇 날 잠을 이루지 못할 것 같았던 것이다.

"불편한 사실이라…. 이를테면요?"

우진은 속으로 어이가 없었지만, 그래도 준호의 말을 들어주기로 하였다. 아무래도 그 '불편한 사실'이라는 것을 모르는 쪽은 우진이 아니라 준호인 것 같았으니까. 옅은 웃음까지 띠고 있는 우진의 표정을 확인한 탓인지, 이어진 준호의 말에서는 억눌린 화가 느껴졌다.

"때로는 당연하다 생각했던 것이 당연하지 않을 때도 있다는 것."

"무슨 말인지 모르겠군요."

"이번 공모의 결과를 보고, 서 대표가 너무 큰 충격을 받을지도 모르기에 충고하는 겁니다."

가까스로 표정 관리를 하고 있었건만 준호 마지막 한마디를 들은 우진은 결국 피식 웃음이 새어 나올 수밖에 없었다. 김준호의 두 눈을 똑바로 응시한 우진이 천천히 다시 입을 열었다.

"그 말씀은, 오늘 공모전에 어떤 외부적인 요인이 작용할 거라는 이야깁니까?"

준호가 이를 악문 채 답했다.

"역시… 머리는 잘 돌아가시는군요."

우진은 더욱 어이없는 표정이 되었다. 이 말인즉, 자신의 부정(不正)을 인정하는 것과 다름이 없었으니 말이다.

'대체 어떻게 이렇게 뻔뻔할 수가 있는 거지?'

때문에 우진은 상대에 대해 가지고 있던 일말의 존중조차 필요 없음을 깨달았다.

'이렇게 얘기하면, 내가 당황이라도 할 줄 알았나 본데….'

그래서 우진의 표정에는 대놓고 준호에 대한 비웃음이 떠올랐다. 우진의 말이 다시 이어졌다.

"김 대표님."

"이제 좀 현실이 와닿으십니까, 서 대표님?"

우진의 입에서 실소가 새어 나왔다.

"대표님께선 본인의 부정(不正)에 대해서는 부정(否定)하지 않으시면서… 대체 왜 현실은 부정하시는 겁니까?"

"뭐요?"

우진이 목소리를 좀 더 낮춰 말했다.

"이미 알고 계시는 듯하지만, 김 대표님께선 지금 제게 실력으로 지셨습니다."

"…!"

"그리고 곧 한 가지 더 알게 되실 겁니다."

아예 말문이 막혀버린 준호를 향해 우진이 한마디 덧붙였다.

"그 어떤 외적인 역량을 동원하시더라도, 오늘의 결과는 극복하실 수 없을 거라는 사실을 말입니다."

대놓고 비웃는 우진을 보며 준호는 주먹이 부들부들 떨렸지만, 이를 악물고 대꾸하였다.

"그야, 며칠 뒤에 보면 알겠지."

더 이상 나눌 대화조차 없다는 듯 우진은 걸음을 돌리며, 준호가 했던 말을 돌려주었다.

"김 대표님께선 믿고 싶지 않으시겠지만, 세상에는 결코 알고 싶지 않은 불편한 사실들도 존재하는 법입니다."

— ✱ —

김준호가 이렇게 우진의 앞에서 멍청한 이야기를 한 이유는, 사실 그가 정말 바보라서는 아니었다. 일단 멘탈이 산산조각 나 감정 제어가 잘되지 않은 것도 영향이 있겠지만 그보다 우진이 깔아둔 판들을 정확히 인지하지 못하고 있기 때문이 맞았다.

애초에 이 설계 공모라는 판 자체가 우진의 머릿속에서 나온 것이라는 사실부터 당연히 몰랐으며 우진이 건축가협회를 등에 업은 자신 이상으로 더 강력한 인프라를 가지고 있었다는 사실도 알 턱이 없었다. 그리고 마지막으로, 이미 오늘의 발표가 SNS를 통해 퍼져나가 돌이킬 수 없는 상황이 되었다는 사실까지도 알지 못했다.

ㄴ 와, 발표 대박이다. 이게 강변북로 지하화하면서 새로 개발되는 성수지구 설계 공모라고?

ㄴ 디자인 설계 공모가 이런 거였구나… 대박. 멋있어.

ㄴ 이거 보니까, 나도 건축해보고 싶다. 지금이라도 전과 한번

해봐?

ㄴ서 대표님! 〈우리 집에 왜 왔니〉 다시 나와줘요! 보고 싶어!

ㄴ조만간 한 번 나온다던데?

ㄴ진짜?

ㄴ지난주 방영분에서 떡밥 나왔잖음.

ㄴ오오…! 대박!

ㄴ와, 저기 분양 안 하나? 서우진이 지은 집에 나도 살아보고 싶다.

ㄴ청담 클리오 ㄱㄱ

ㄴ거기도 서우진이 디자인한 아파트였음?

ㄴ그럴걸?

ㄴ거긴 너무 비쌈.

ㄴ성수도 싸진 않을 걸?….

서울시에서 라이브로 스트리밍한 영상은, 댓글만 이미 수천 개가 넘게 달려있었다. 실시간 최대 시청자가 숫자 5만 명이 넘었으니, 조회수는 이미 십만 단위가 훌쩍 넘어있었으며 달려있는 댓글의 대부분은 서우진에 대한 이야기뿐이었다.

ㄴ잘생겼다 서우진!

ㄴ잠깐, 이거 유리아 계정 아니야?

ㄴ미친! 진짜다! 진짜 유리아다!

ㄴ리아 누나, 팔로워 신청 좀 받아줘요 ㅠㅠㅠ

ㄴ언니, 서 대표님이랑 예능 한번 나와줘요 ㅠㅠㅠ 케미 다시 보고 싶어….

└으아아! 유리아다!

대부분이 긍정적인 댓글들 가운데 간혹 부정적인 댓글이 보이기
도 했는데, 그것은 거의 다른 발표에 대한 이야기들이었다.

└이게 설계 공모라고?
└그렇다는데? 왜?
└아니, 이럴 거면 그냥 서류심사에서 서우진 뽑고 끝내지. 수준
차이가 너무 심하잖아.
└ㅋㅋㅋ 그건 그러네.
└서우진 뒤로 조금 더 보다가 껐음. 두 번째 발표자는 거의 대
학교 과제 수준이던데.
└ㅋㅋ 그건 좀 과장이고. 디자인 자체는 그렇게 나쁘지 않았어.
그냥 서우진이랑 너무 비교돼서, 말도 더듬고 좀 불쌍하더라.
└그 뒤는 좀 괜찮은가?
└아니, 그 뒤 순서도 비슷함.
└네 번째 발표자는 아예 기권한 것 같던데?
└기권?
└발표장에 오지도 않았더라고.

그리고 한편에는, SNS에 새로운 콘텐츠를 업로드한 서울시에
대한 칭찬 글도 있었다.

└서울시 SNS 관리자 열일하시네.
└이런 거 자주 올려주세요! 개발계획 공시 띄워둬도 일반 시민

들은 잘 확인도 안 한다고요!

└ 맞아, 맞아. SNS에 이런 거 올라오니까, 개발소식도 알게 되고 좋은데?

댓글 창에는 정말 다양한 네티즌들이 있었지만, 이 모든 이들은 한 가지 공통점을 가지고 있었다. 그것은 바로 영상을 시청한 모든 사람들이 이미 이 공모의 당선자를 서우진으로 생각하고 있다는 점.

└ 이거 공모결과는 언제 나온대?
└ 몰라? 근데 그건 알아서 뭐하게.
└ 궁금하잖아.
└ 궁금할 거 있나. 어차피 서우진인데.
└ 하긴, 이 발표 보고 다른 놈 뽑아주면… 그게 말이 안 되긴 하네.
└ 다른 놈 뽑히면 서울시 심사위원 비리 조사해봐야 함. 대체 여기서 서우진 말고 누굴 뽑냐? ㅋㅋ

때문에 이제 이번 설계 공모는, 더 이상 돌이킬 수 없는 상황이 되어버렸다. 눈 딱 감고 준호를 밀어준 뒤, 입을 싹 닫아버릴 수 있는 그런 상황이 아니라는 이야기다. 그리고 이 사실을, 준호는 사무실에 다시 도착해서야 알 수 있었다. 사무실로 돌아왔을 때, 그의 스마트폰으로 한 통의 전화가 걸려왔으니까.

[김준호, 내가 왜 전화했는지 알지?]

“네? 협회장님, 그게 무슨….”

[인마, 말아먹어도 적당히 말아먹었어야지!]

“…!”

[방금 후배한테 연락 왔다.]

“무… 슨 연락 말씀이십니까?”

[어지간하면 작업해보려고 했는데, 도저히 답이 없다더라.]

“그, 그럼….”

[어떻게 넌, 내가 밀어줘도 새파랗게 어린놈 하나 못 잡냐?]

“시, 심사 결과가 벌써 나온 겁니까?”

[심사는 얼어 죽을. 너 때문에 내 체면까지 싹 다 구겨먹었어! 어쩔 거야, 자식아.]

권주열로부터 걸려온 전화를 끊은 뒤, 준호는 그대로 자리에 털썩 주저앉았다. 오늘 한나절 동안 있었던 일들이 주마등처럼 머릿속을 스쳐 지나갔다. 하루 사이에 천당에서 지옥으로 떨어진 기분. 이제 이번 공모로 인한 손실을 어떻게 메워야 할지, 눈앞이 캄캄해진 준호였다.

— * —

공모전 결과가 나왔다. 사실상 모두가 예상했던 결과. 하지만 그 결과를 본 우진은 다른 측면에서 조금 아쉬운 기분이었다.

'쩝, 여기서 이렇게 꼬리를 자르고 나간단 말이지?'

우진은 평소 공격적인 성향은 아니었지만, 먼저 걸어온 싸움을 피하지는 않는다. 그래서 이렇게 크게 판이 갈린 김에, 건축가협회를 비롯해 그들과 연계된 국토부 인물들까지 제대로 한 방 먹여줄 생각을 하고 있었다.

우진은 아무리 자신이 압도적인 발표를 했다 해도 국토부와 협회에서 예정대로 준호를 밀어줄 것이라 생각했고 그렇게 됐더라면 준비된 패들을 적극 활용하여 제대로 물을 먹여줄 생각이었던 것이다. 하지만 저들은 우진의 생각보다, 훨씬 더 판단력이 좋았다. 깔려있는 판 자체의 불리함을 느낀 것인지, 그대로 발을 빼버렸으니까.

'하긴. 그렇게 쉽게 걸려들 놈들이었으면, 이렇게 오래 해먹고 있지도 못하겠지.'

어쩌면 저들의 판단력보다는 우진이 깔아놓은 설계들이 기대했던 것보다 더 효과가 좋았던 건지도 몰랐다. 특히 SNS는 우진의 상상을 초월할 정도의 파급력을 보이고 있었으니까. 아마 우진을 의식했다기보다는, 이 상황에서 출혈을 감수하면서까지 준호를 밀어주는 게 잃는 것이 더 많은 선택이라 판단한 모양이었다.

'하지만 뭐, 어찌 됐든….'

공모 결과가 떠올라 있는 웹 페이지를 끈 우진이 기분 좋게 자리에서 일어났다.

"이 정도면 베스트지, 뭐."

협회에 한 방 먹여주지 못한 게 아쉬운 것과 별개로, 우진은 모든 실익을 전부 챙겼다. 처음 우진이 제안했던 대로 모든 프로젝트가 성사되었으며, 그 프로젝트의 설계를 직접 맡게 되었고 개발계획의 가시화 덕에 우진이 가진 성수동 지분도 몇 배 이상으로 가격이 뛰어올랐다.

지금 사무실이 입주해있는 지식산업 센터를 비롯해서 서울숲 옆에 짓고 있는 신사옥 그리고 성수 1지구에 매수해놓은 대형지분의 재개발 단독주택까지. 마치 톱니바퀴가 굴러가듯 정확히 맞아떨어진 이 모든 것들을 이익으로 환산한다면, 아마 천문학적인 액수를 산정할 수 있을 터였다.

"그러니까 형, 오늘은 오랜만에 회식이나 한번 할까?"

"좋지."

퇴근 직전 진태에게 부탁해 회식 예약을 잡은 우진은 오랜만에 전 직원들과 회식을 하였다. 언제나 그랬듯 WJ 스튜디오의 회식은 참석이 강제되지 않는 자율회식이었지만, 대부분의 직원들이 자발적으로 회식 자리에 왔다.

특히나 오늘같이 특별히 좋은 일이 있는 날에는, 더더욱 빠지는 사람이 없었다. 이번 프로젝트를 추진한 것은 우진이었지만, 이 모든 결과물을 얻을 수 있었던 것은 직원 모두의 노력 덕분. 그들 서로서로를 축하해주기 위한 자리였다.

"다들 배 터지게 먹읍시다!"

"고생하셨습니다, 대표님!"

"감사합니다, 대표님!"

그리고 이렇게 훈훈한 분위기 속에서 WJ 스튜디오의 7월도 막을 내렸다.

— * —

권주열은 기분이 무척이나 나빴다. 근래 들어 이렇게까지 기분이 다운됐던 적이 있었나 싶을 정도. 그 이유는 당연히 성수 전략정비구역 통합설계 프로젝트 때문이었다. 건축가협회장이 된 이후, 작정하고 누군가를 밀어줬던 프로젝트에서 이렇게까지 물을 먹어본 것은 처음이었으니까.

"김준호, 이 멍청한 자식…."

심지어 이 결과를 가지고, 어디다 항의할 수 있는 방법도 없었다. 이 상황은 그가 가진 인맥과 권력을 전부 사용해도 어찌할 도리가 없는, 완벽히 외통수나 다름없는 상황이었으니 말이다.

SNS라는 것이 가장 큰 문제였다. 만약 대외적으로 이 모든 심사 과정이 오픈되지 않았더라면, 어떻게든 윗선에 압력을 넣어보겠지만 십만 명이 넘는 서울시민이 발표 영상을 본 시점에선, 권주열이 담당자라 하더라도 어쩔 도리가 없었다.

때문에 그의 권력이 닿는 실무자에게 화를 낼 수도 없는 상황이었으며, 그냥 이렇게 뜻대로 아무것도 되지 않는 모든 상황에 화가 날 뿐이었다.

"야, 임 실장."

"예, 협회장님."

"너는 일이 이 지경이 될 때까지 어떻게 아무것도 모르고 있을 수가 있어?"

"죄, 죄송합니다."

"하… 진짜. 빌어먹을."

그래서 권주열의 화가 가장 먼저 향한 곳은 바로 자신이 떠먹여 준 밥을 제대로 삼키지조차 못한 김준호였으며 그 이후 최종적으로 화가 뻗친 곳은 이런 상황을 만들어낸 서우진이었다. 물론 SNS부터 시작해서 이렇게 판을 뒤집어버린 장본인이 서우진이라고는 생각하지 않았다. 우진에게 그런 정도의 역량이 있다는 것은 너무 비현실적인 생각이었으니까.

하지만 그런 배경을 떠나서라도 이번 사업을 '건축가협회와 아무 연관 없는' 우진이 따갔다는 자체가 짜증이 났으며 이번 이슈로 인해 그런 근본 없는 어린놈을 '최고의 건축 디자이너'라며 떠받들고 있는 대중이 마음에 들지 않았다.

서우진이라는 놈이 발표하는 영상도 잠깐 틀어봤다. 하지만 이미 색안경이 잔뜩 쓰인 상태에서 본 우진의 발표 영상은, 그저 겉만 번지르르한 어린놈이 말만 그럴싸하게 잘하는 느낌일 뿐이었다.

'이 짜증 나는 놈을 어떻게 할 방법이 없을까?'

주열은 자신과 건축가협회가 우진보다 훨씬 더 우월한 실력을 가지고 있다는 사실을 대중에게 증명하고 싶었다. 나아가 한국의 건축업계에서, WJ 스튜디오가 발붙일 곳 없도록 만들어버리고 싶었다. 그렇게 주열은 우진을 벼르기 시작하였다.

— * —

더위가 막바지 기승을 부리는 8월이 되었다. 그리고 WJ 스튜디오의 직원들은, 오늘도 그 더위만큼이나 열정적으로 근무하고 있었다. 7월까지 WJ 스튜디오의 가장 큰 관심사가 성수지구 프로젝트 공모에 관련된 것이었다면 8월에 가장 많이 떠오른 이슈는, 바로 삼성동 코엑스에서 열릴 국제 리빙페어였다. 급박하게 진행된 프로젝트 때문에 일정도 빡빡해져서, 직원들은 정말 밤낮없이 일하고 있었다.

물론 그중에서도 가장 바쁜 사람은 바로 우진이었다. 리빙페어 프로젝트는 SJ엔터에서 제작하는 〈천년의 그대〉부터 시작해서, 벨로스톤즈의 민주영 대표 거기에 서울 디자인 재단까지 연계되어 있는 프로젝트였고, 이 사이 연결고리가 바로 우진이나 다름없었기 때문에 우진은 이 모든 부분들을 조율하기 위해 오늘도 바삐 움직이고 있었다.

"아, 네! 대표님. 이제 거의 다 왔습니다."

[천천히 오셔도 돼요. 아직 시간 좀 남았는걸요.]

"그, 오늘 가면⋯ 홍보에 쓰일 트레일러 영상도 볼 수 있는 거죠?"

[물론이에요. 멋지게 준비해놨으니까, 걱정 마세요.]

"흐흐, 기대하겠습니다."

우진이 오늘 향하는 곳은 SJ엔터테인먼트의 본사 사옥이었다. 그리고 SJ엔터로 향하는 우진의 차에는 한 사람이 더 타고 있었는데, 그의 정체는 바로 서울시 디자인 재단의 사무관인 오현태였다.

"오, 서 대표님. 오늘 트레일러 영상도 볼 수 있답니까?"

오현태의 물음에, 우진이 씨익 웃으며 고개를 끄덕였다.

"그렇다는데요?"

"그, 〈천년의 그대〉 드라마에 방영될 영상을 편집한 느낌이겠죠?"

"그럴 겁니다. 아무래도 리빙페어와 한류 콘텐츠관 홍보만을 위해 따로 트레일러를 제작할 여력은 촬영팀에도 없을 테니까요."

"아, 당연히 그걸 바라고 말씀드린 이야기는 아닙니다. 그냥 궁금해서⋯."

우진이 디자인 재단의 실무자와 함께 SJ엔터로 향한 이유는 간단했다. 한류 콘텐츠와 콜라보 된 이번 특별한 리빙페어에서 〈천년의 그대〉만큼 그 콘셉트를 잘 살리는 콘텐츠는 없었다. 때문에 〈천년의 그대〉와 관련된 콜라보 전시부스만큼은 디자인 재단의 실무자인 오현태가 직접적으로 관리하고 있었으니 말이다. 특히 나 방금 이야기한 트레일러 영상의 경우, 현태 개인적으로도 무척 이나 기대하고 있던 영상이었다.

'서 대표님이 디자인한 그 세트장에서… CG까지 제대로 들어간 영상이 뽑히면 얼마나 멋있을까.'

이미 우진이 디자인한 세트장을 사진뿐 아니라 현장에서 직접 봤던 현태는 이 트레일러 영상이 멋있을 수밖에 없을 것이라 확신 하고 있었다. 물론 현태가 〈천년의 그대〉 주연 여배우인 성하영의 팬이라는 부분도 기대감에서 큰 지분을 차지하긴 했지만 말이다.

끼이익-

오랜만에 방문하는 SJ엔터 건물 주차장에 능숙하게 차를 댄 우 진은 현태와 함께 차에서 내려 건물 입구로 걸어 들어갔다. 그런데 엘리베이터를 타려던 우진의 귓전으로, 문득 반가운 목소리가 들 려왔다.

"야, 서우진! 너 여기 어쩐 일이야?"

목소리의 주인공은 다름 아닌 SJ엔터의 소속 배우 임수하였다.

— * —

또르륵-

시원한 냉커피가 한 잔씩 세팅되자, 가장 먼저 입을 연 것은 소정 이었다.

"그래서, 수하까지 같이 끼어 들어온 거야?"

"그냥 어쩌다 보니….."

멋쩍은 표정이 된 수하가 오현태를 슬쩍 응시하며 다시 입을 열었다.

"오 사무관님이 괜찮다고 하셨어. 그렇죠, 사무관님?"

배시시 웃으며 묻는 수하를 향해, 오현태가 허둥지둥 고개를 끄덕이며 대답했다.

"다, 당연합니다. 임수하 배우님도 엄연히 관계자 아니십니까?"

소정이 피식 웃으며 고개를 끄덕였다.

"뭐, 카메오 출연도 출연은 출연이니까… 관계자 맞네요. 프흐흐."

훈훈한 대화를 시작으로 가벼운 담소가 오갔다. 워낙 프로젝트 진행이 순조롭게 잘 되고 있다 보니, 불편한 대화를 해야 할 일은 없었다.

"그나저나 이번에 서 대표님 덕에, 저희 프로젝트도 콩고물 좀 떨어지는 것 아니에요?"

소정의 이야기에 우진이 어깨를 으쓱하며 대답했다.

"뭐, 효과가 없진 않겠지만… 그게 뭐 드라마에까지 그렇게 영향을 끼치기는 힘들지 않겠습니까?"

이번에는 오현태가 대답했다.

"하하, 서 대표님 너무 겸손하시네요. 대표님 그 영상 덕에, 최근에 리빙페어까지 이슈화되지 않았습니까."

"그거야 일부러 저희 쪽에서 푸시를 했으니….."

우진은 멋쩍은 표정으로 겸손히 이야기했지만, 지금 우진의 상황은 말 그대로 '물이 들어오고 있는' 형국이었다. 시청에서 했던 프레젠테이션 영상이 이슈화되면서 우진의 모든 행적이 재조명되는 시점이었고 이런 상황에서 리빙페어와 〈천년의 그대〉라는 새로운 떡밥은, 대중의 관심을 끌어 모으기에 충분한 것이었으니 말이다.

이런 부분에 대해 누구보다 예민하게 반응하는 기획사 대표인 소정은 우진의 동의를 받은 뒤 드라마에 대한 정보까지 타이밍 좋게 풀어놓았다. 대형 여배우 성하영을 비롯한 최고의 배우진과 무려 백억이라는 커다란 액수가 투입된 블록버스터급 드라마라는 정보를 시작으로 드라마의 메인 촬영지가 이번에 이슈가 된 우진이 디자인한 세트장이라는 정보를 곁들여놓으니, 크게 힘들이지 않고도 여기저기로 소문이 퍼지기 시작한 것이다.

이것은 바이럴 마케팅의 일환이었는데, 그 파급력은 소정과 우진이 기대했던 것보다 더 뛰어났다. 그 세트장이 처음 대중에 공개되는 것이 리빙페어라는 한 줄 정도의 정보만으로도 이번 코엑스 리빙페어에 대해 관심을 갖는 사람들이 꽤 생겨날 정도였으니까.

"그래도 이 정도면 진짜 효과 좋은 겁니다. 덕분에 이사장님께서도 요즘 엄청 기분 좋으십니다, 하하."

"그래요?"

"소정 대표님께서 진짜 발 빠르게 대처 잘해주신 것 같아요."

소정이 빙긋 웃으며 대답했다.

"물 들어오는 데 얼른 노 저어야죠."

우진이 냉커피를 절반 정도 마셨을 즈음, 가벼운 이야기들은 어느 정도 정리가 되었다. 어쨌든 오늘 이 자리는 마케팅을 비롯해 구체적인 프로젝트 일정 회의를 위한 자리였고 서울시 디자인 제단과 관련된 프로젝트인 만큼, 어찌 보면 공무 수행을 해야 하는 중요한 자리였으니 말이다. 그래서 웃고 떠들던 수하도 슬쩍 자리에서 일어났고, 곧 우진의 말을 시작으로 본격적인 회의가 시작되었다.

"그러니까 오 사무관님, 이천시 쪽에서 특별한 제안이 하나 들어왔다는 거죠?"

물이 들어올 때 노를 젓는 방법

우진이 운을 떼자, 모두의 시선이 오 사무관의 입을 향해 모였다. 이어서 그가 고개를 주억거리며 말을 시작하였다.

"그렇습니다. 이천시 문화국장님께서 저희 이사장님께 다이렉트로 연락을 주셨고, 두 분이 함께 계실 때 얘기하는 게 맞는 것 같아서 오늘 이 자리가 만들어진 거지요."

오 사무관의 이야기에, 우진과 소정의 눈이 동시에 반짝였다. 물론 우진은 이천시의 제안이라는 것을 얼추 예상하고 있었다. 차를 타고 이곳 SJ엔터에 오는 동안, 오 사무관에게 개략적인 이야기 정도는 들었으니까. 하지만 오피셜한 내용을 정확히 듣는 것은 또 다른 문제였고, 그래서 우진은 기대에 찬 표정으로 오 사무관의 다음 말을 기다리고 있었다.

"그럼 이제, 그 제안이라는 걸 들어볼 수 있을까요?"

소정의 물음에 고개를 다시 한번 끄덕인 오 사무관이 천천히 다시 입을 열기 시작하였다.

"물론입니다. 그러니까 이게 어떻게 된 거냐면…."

그리고 이어진 오 사무관의 이야기는 무척이나 흥미로운 내용을 담고 있었다.

"그러니까 시작은, 이번에 이슈가 된 서 대표님의 프레젠테이션이었던 거군요?"

강소정의 물음에, 오 사무관이 설명을 이었다.

"그렇지요. 정확히는 서울시 공식 SNS에 게재된 영상이 이슈화돼서, 다들 아시다시피 그것으로 인해 여러 기사들이 파생됐잖습니까?"

"그랬죠?"

"그때 그 기사들 중에 이런 기사가 있었거든요. '경기도 이천시에 건축가 서우진의 새 작품 들어선다.'"

오 사무관이 언급한 기사는 우진도 본 적이 있는 기사였고,

"아하."

그와 별개로 오 사무관의 얘기는 계속해서 이어졌다.

"그 기사를 이천시 문화국 직원 하나가 봤고, 어리둥절해서 상부에 보고를 올렸답니다."

소정이 의아한 표정으로 물었다.

"왜 어리둥절해요?"

"이천시청 공무원인 본인들도 모르는 사실이 기사로 떴으니, 어리둥절할 만하죠."

"오호, 재밌네요."

여기까지 우진은 그 '제안'이라는 것이 뭔지도 듣지 못한 상황이었지만, 그것과 별개로 벌써부터 흥미진진했다.

'일이 이렇게 굴러갈 수도 있네.'

물론 우진이라는 사람의 인지도가 갈수록 더 커지는 지금의 상황에서 그가 이슈화될 때마다 어떤 방식으로든 파급력이 생기는

것은 너무 당연한 수순이라고 할 수 있었다. 하지만 이게 이천시 공무원의 귀에까지 들어가 역제안을 받게 될 줄은 우진조차 예상치 못했던 상황인 게 맞았다. 그리고 우진이 그런 생각을 하는 사이, 드디어 오 사무관이 본론을 꺼내기 시작했다.

"그래서 그 제안이라는 건 간단합니다."

잠시 뜸을 들인 그가 말을 이었다.

"이번에 리빙페어에서 최초 공개되기로 한 〈천년의 그대〉 세트장을, 이천시와 동시 공개하는 방향으로 바꿔줄 수 없겠냐는 거지요."

이 말이 나온 순간 우진과 소정의 머리가 빠르게 굴러가기 시작했다. 소정이 먼저 말했다.

"가는 게 있다면, 오는 것도 있겠죠?"

"물론입니다."

"들어볼 수 있을까요?"

"일단 여러 가지 제안들이 있는데, 가장 파격적인 것은 아무래도 '관광특구 후보지' 지정이겠네요."

"네…?"

"관광특구 지정은 도지사가 하지만, 후보지 선정은 이천시장의 권한으로도 할 수 있습니다. 만약 후보지 지정이 된 뒤 관광특구로 지정되기 위한 조건을 전부 충족시킨다면, 큰 변수가 생기지 않는 한 된다고 볼 수 있을 수준이죠."

오 사무관의 이야기에 일단 소정은 잠시 얼어붙었다. 관광특구라는 단어만 들었을 때, 이게 뭔가 좋은 것이라는 정도는 알 수 있었지만, 업계 종사자가 아닌 그녀로서는 구체적인 내용까지 알 수 없었으니 말이다. 하지만 우진은 달랐다. 처음 이곳에 세트장 소유권을 가져오던 시점부터, 관광특구에 대한 생각까지 하고 있었던 우진이었으니까.

"후보지 지정이라… 확실히 괜찮은 제안이네요."

"그렇죠."

"이천시에 이미 지정되어 있는 다른 후보지는 없는 건가요?"

"그렇게 알고 있습니다. 사실 쌀 문화 축제가 열리는 이천시 설봉공원 정도가 후보지로 지정됐던 적이 있었는데, 아무래도 조건 충족이 힘들어서 해제된 것으로 들었거든요."

"사무관님께선 자세히 알고 계시네요?"

"아, 저도 당연히 그쪽에 물어본 겁니다."

"그렇다면 꼼꼼하시군요."

"하하, 감사합니다."

관광특구에 지정되기 위해서는, 다음과 같은 조건들을 만족시켜야만 한다. 첫째, 외국인 관광객 수가 10만 명 이상일 것. 둘째, 문화체육관광부령으로 정하는 바에 따라, 관광 안내시설, 공공편익 시설 및 숙박 시설 등이 갖추어져 외국인 관광객의 관광수요를 충족시킬 수 있는 지역일 것. 셋째, 임야·농지·공업용지 또는 택지 등 관광 활동과 직접적인 관련성이 없는 토지의 비율이 10%를 초과하지 않을 것. 그리고 마지막으로, 위 조건을 갖춘 지역들이 서로 분리되어 있지 않을 것.

당연히 우진이 매입한 세트장의 부지는, 위 조건들을 단 하나도 만족시키지 못하는 상태다. 관광수요를 충족할 수 있는 시설들이 있기는커녕, 외국인 관광객 숫자가 백 명도 되지 않을 만한 지역인 것이다. 이천시에서 그나마 관광객들이 많이 찾는 쌀 문화 축제도, 관광객이 만 명 단위를 넘었던 적이 없었으니, 지금의 시점에서 이것은 너무도 당연한 것.

그러나 이것은 지금의 이야기일 뿐, 〈천년의 그대〉 세트장에는 강력한 세 가지의 무기가 있었다. 첫째로 최근 이슈화된 우진이 세트장을 설계·디자인한 디자이너라는 점. 둘째로 곧 이 세트장을 모듈화시켜 설치한 코엑스의 국제 리빙페어가 성황리에 개막될 예정이라는 점. 마지막으로 〈천년의 그대〉라는 드라마 자체가, 거액의 자본이 투입된 블록버스터급 드라마라는 점까지 말이다.

이것을 감안했을 때 외국인 관광객 10만 명이라는 수치는 결코 허황된 숫자가 아니었고 그만한 유입력이 보장된다면, 관광시설이 갖춰지는 것은 시간문제일 뿐이었다. 심지어 마지막 조건인 토지계획과 관련된 부분도 무척이나 쉽게 충족할 수 있다. 애초에 이 세트장의 위치는, 처음부터 새로 개발해야 하는 수준의 허허벌판이었으니까. 도시에 비유하자면 계획도시를 만들 수 있는 환경인 것이다.

'물론 이천시에서 적극적으로 지원해줘야 가능한 얘기겠지만….'

그래서 우진은 물어보았다.

"그럼 사무관님."

"말씀하세요, 대표님."

"이천시 쪽에서 얘기하는 그 '후보지 지정'이라는 게… 단순히 생색에서 끝나는 수준은 아니겠지요?"

우진의 질문이 예리했는지, 오 사무관이 살짝 놀란 표정이 되었다.

"오… 중요한 부분을 잘 말해주셨군요."

"그렇죠. 아무래도 이천시 입장에서 후보지로 지정만 해주고 아무런 지원을 해주지 않는다면, 사실 빛 좋은 개살구에 지나지 않으니까요."

"서 대표님은 이런 부분까지 어떻게 빠삭하신 겁니까?"

"뭐… 사업 머리가 조금 잘 돌아가는 정도라고 해두죠."

오 사무관은 우진이 새삼 다르게 보였다. 뛰어난 역량을 가진 사업가이자 디자이너라는 사실은 잘 알고 있었지만, 그것은 결국 실제로 겪어보진 못했던 부분이었다. 그런데 이렇게 핵심을 찌르는 예리한 질문을 들으니, 우진의 사업적인 역량이 한층 피부에 와닿은 것이다. 오 사무관의 설명이 다시 시작되었다.

"일단 이천시의 현재 상황을 생각했을 때, 그렇게 공수표만 던질 이유가 없긴 합니다."

"어째서 그렇죠?"

"이번 프로젝트 이전에도, 현 이천시장님께서는 시 차원에서 외국인 관광객을 유치하기 위한 시도를 수차례 해오던 상황이었으니까요."

"아하."

"솔직히 이건 이천시 입장에서도 기횝니다. 숙원사업 중 하나였던 관광객 유치를 달성할 수 있는 절호의 기회죠."

"그렇게 볼 수 있겠군요."

"다만 시에서는 연간 예산이 정해져 있으니… 최소한의 지원으로 최대한의 결과물을 뽑아내려고 할 텐데, 서 대표님 입장에서는 최대한 많은 지원을 받아내야 하는 게 중요하다고 생각하시면 됩니다."

우진의 머리가 다시 팽팽 회전하기 시작했다.

이런 종류의 딜에서 가장 중요한 것은, 꺼내놓을 수 있는 패 중에서 상대가 가장 매력적으로 생각할 부분이 뭔지 정확히 판단하는 것이다. 그리고 우진은 그것을 바로 '실적'이라고 생각하였다.

'뒷돈이라도 해먹으려는 사람이 아니고서는… 공무원에게 실적만큼 매력적인 떡밥도 없지.'

두루뭉술한 약속이어서는 안 된다. '정확히 언제까지, 어떤 결과를 보여주겠다'를 구체적으로 명시한 패를 꺼내든다면… 이천시에서는 전폭적인 지원을 해줄 수밖에 없을 것이라고 우진은 생각하였다.

"그럼 이 부분에 대해서는… 다음에 이천시 문화국 실무자분이랑 자리를 한번 만들어주셨으면 좋겠습니다."

"직접 이야기를 나눠보실 생각이군요."

"물론입니다. 아무래도 민감하고 중요한 부분이니까요."

"좋습니다. 그럼 제가 내일 국장님께 전화 드려서 날짜 한번 잡아보는 걸로 하겠습니다."

"그렇게 해주신다면야, 정말 감사하지요."

오 사무관은 무척이나 적극적으로 우진을 도왔다. 이번 프로젝트의 흥행은 결국 같은 맥락에서 서울시 디자인 재단의 '실적'에 큰 영향을 줄 수밖에 없는 것이었으니까. 그래서 오늘의 회의는 아주 순조롭게 흘러갔다. 우진과 소정, 그리고 오 사무관은 모두 〈천년의 그대〉와 연계된 프로젝트의 흥행이라는 같은 방향성을 가지고 있는 사람들이었으니 소정과 오 사무관이 이야기를 꺼내면 우진이 교통정리를 하는 방식으로 착착 정리가 된 것이다.

하여 그렇게 한 시간 정도가 지났을까? 세 사람의 표정은 무척이나 밝아져있었다. 소정은 〈천년의 그대〉에 도움 될 만한 소스들을 풍족하게 얻은 것에 만족하였으며 오 사무관은 실무자로서 프로젝트를 앞으로 어떻게 풀어가야 할지 시야가 밝아진 느낌이었고 마지막으로 우진은 계획했던 것보다 더 빠르게 원했던 부분들을 취할 수 있게 된 것 같아 기분이 좋았다.

"일단 오늘은 이 정도로 정리할 수 있을 것 같군요."

"좋아요."

"저도 좋습니다."

"그럼 차후에 진행 사항은 메일로 지속적으로 공유해드리도록 하지요."

"수고 많으십니다, 오 사무관님."

"하하, 별말씀을요. 여기 두 분 대표님께서 가장 고생이 많으시지요. 아, 이 자리에 계시지 않은 민주영 대표님까지 포함입니다."

세 사람은 기분 좋게 웃으며 커피를 홀짝였다. 중요한 이야기가 어느 정도 정리되고 난 뒤, 세 사람의 다음 일정은 소정이 준비한 트레일러 영상을 보는 것이었다.

"와… CG가 진짜 장난 아닌데요? 이거 어색함도 없고, 진짜 실사 같아요."

"여기 이 부분은 CG 아니에요, 사무관님."

"예?"

"실제로 세트장 가보시면, 건물이 이렇게 생겼어요."

"아니, 이렇게 생긴 건물이 어떻게 안 쓰러지죠? 허공에 떠있는 수준인데?"

"구조적으로 트릭을 좀 썼죠. 사실 별건 아닌데, 착시현상 같은 겁니다."

영상을 보는 오 사무관의 입에서는, 연신 감탄사가 터져 나오고 있었다. 하지만 지금 이 자리에서 가장 놀란 사람은 오히려 우진이었다.

'이거… 내가 알던 〈천년의 그대〉가 맞아?'

우진이 놀란 이유는 다른 것이 아니었다. 드라마 팀에서 찍어낸 트레일러 영상의 퀄리티는 우진이 전생에 봤던 그 드라마와 완전 다른 차원의 것이었으니까. 세트장이야 우진이 직접 설계 디자인해서 퀄리티가 올라갔다곤 쳐도, CG나 연출까지 이렇게 좋아질 줄은 우진으로서도 전혀 예상할 수 없었던 것이다.

이것은 우진의 전생보다 SJ엔터의 예산이 더 넉넉해졌으며, 우진 덕에 아끼게 된 세트장 제작비용이 완성도를 높이는 데 쓰이게 됐기 때문이었는데, 아무리 우진이라 해도 여기까지 생각할 수는 없는 노릇이었다.

'이거, 진짜 재밌겠는데?'

3분도 채 되지 않는 짧은 영상을 본 것만으로, 이미 스토리를 다 아는 우진조차 흥미가 동할 정도의 수준 높은 트레일러 영상. 우진은 그것을 다시 돌려보면서 생각했다. 어쩌면 이번 프로젝트에 배팅한 판돈을 더 키워봐도 괜찮겠다는 생각 말이다.

— * —

'관광특구'로 지정되기 위해서는, 총 세 가지 단계를 거쳐야 한다. 일단 첫 번째는, 이천시에서 제안한 부분인 '관광특구 후보지' 선정. 이 단계까지는 사실 실질적인 근거가 없어도 추진이 가능한 단계다. 후보지라는 건 결국 이천시와 같은 지자체에서 해당 지역을 관광특구로 밀어보기 위한 후보로 채택한다는 것인데, 후보지로 선정된다고 해서 행정상으로 약속되는 혜택 같은 것은 없는 부분이었으니까.

그래서 정부 기관으로부터 정말 실질적인 도움을 받기 위해서는 두 번째 단계에 들어서야 하는데, 그것이 바로 '관광특구 예비지정'이었다. 예비지정 단계에 들어간 지역은 결정권이 있는 상위 행정기관에서도 이곳을 관광특구로 지정할 의향이 있음을 방증하는 것이었고 그때부터는 해당 지역을 제대로 된 관광특구로 만들어보기 위해, 도 차원에서 다양한 지원이 서류상으로 약속하게 된다.

이렇게 서류상으로 지원이 약속된 다음에는, 사실 마지막 단계인 구역지정이 기정사실화되는 것이고 말이다. 우진이 허울뿐인 후보지 지정을 걱정한 이유도 바로 여기에 있었다. 예비지정이 아닌 후보지 지정 정도는 사실상 이천시에서 언제든 철회할 수 있는 행정절차였으니까. 그래서 오 사무관으로부터 이천시의 제안을 듣자마자, 우진은 곧바로 이천시청의 문화국과 약속을 잡았다.

이제 리빙페어도 코앞으로 다가왔으니, 시간 끌 것 없이 빠르게 결론을 내리기 위해서 말이다. 강소정 대표로부터는 금전적인 부분을 제외한 드라마와 관련된 협상의 전권을 위임받았다. 그녀가 우진을 얼마나 믿는지 잘 보여주는 방증이라고 할 수 있었다.

"자, 이제 거의 다 온 건가?"

"맞아, 저쪽 큰길로 우회전하면 될 거야."

오늘 우진과 함께 이천시청에 온 사람은 다름 아닌 진태였다. 원래는 오 사무관과 함께 오려 했었지만, 갑작스레 업무가 생겨 진태와 동행하게 된 것이다. 하지만 딱히 상관은 없었다. 어차피 오 사무관과는 사전에 이야기를 다 나눈 상황이었으니까.

끼이익-

이천시청의 주차장은 서울과 달리 무척이나 널널했고, 시청 입구에서 가까운 곳에 여유롭게 차를 댄 우진과 진태는 성큼성큼 건물 안으로 들어섰다. 계단을 올라 문화국을 찾아가자 이천시 문화국장 조용현이 두 사람을 맞아주었다.

"오! 반갑습니다, 문화국장 조용현이라고 합니다."

"만나 뵙게 되어 반갑습니다. WJ 스튜디오 대표 서우진입니다."

"이사 김진탭니다."

"하하, TV에서나 뵙던 분을 이렇게 코앞에서 만나 뵙게 되다니 이거 연예인이라도 만난 기분입니다. 허허."

"연예인이라니요. 하하, 이거 부담스럽네요."

"여튼 이쪽으로 오시지요. 회의실을 한 자리 비워두었습니다."

문화국장 조용현은 투실투실한 외모의 푸짐한 인상을 가진 호인이었다. 나이는 대략 40대 초반 정도로, 진태보다 조금 더 많아 보이는 느낌이었다. 작은 원탁이 놓여있는 회의실에는 얼음이 동동 떠있는 냉커피가 준비되어 있었고, 세 사람은 거의 동시에 자리에 앉았다.

"오는 길에 차는 막히지 않으시던가요?"

"뭐, 언제나 그렇듯… 서울만 빠져나오면 한산하지요."

"허허, 다행입니다. 점심시간 잘못 걸리면, 요 앞에 로터리도 엄청 막힐 때가 있긴 하거든요."

일단 우진과 조 국장은 커피를 마시며 가벼운 이야기들을 나눴다. 중요한 미팅을 위해 오기는 했지만, 만나자마자 다짜고짜 일 얘기부터 꺼내는 것도 이상했으니까. 그래서 한 십여 분 정도 잡담을 한 뒤에야, 본론이 슬슬 시작되었다.

"일단 오 사무관님 통해서 이야기는 들었습니다."

"오오. 사무관님께서 말씀하시기로는 서 대표님께서 꽤 긍정적으로 제안을 수용해주셨다고 들었는데요."

"물론입니다. 관광특구로 지정된다면, 세트장은 물론 드라마에
도 큰 도움이 될 테니까요."

이야기가 시작되자, 우진과 조 국장의 표정은 확실히 달라졌다.
웃음기 어린 밝은 표정인 것은 같았지만, 확실히 진지한 분위기가
형성된 것이다. 조 국장의 입장에서도, 우진의 입장에서도 이번 딜
은 무척이나 중요했으니 당연한 부분이었다. 조 국장이 다시 입을
열었다.

"이미 사무관님께 들으셨겠지만, 관광특구를 만들어내는 것은
저희 이천시의 숙원사업입니다."

"예, 들었습니다."

"그래서 저희 시에 지어진 드라마 세트장이 서 대표님의 작품이
라는 이야기를 들었을 때, 정말 이거다 싶었지요."

일단 협상의 시작점에서 먼저 이야기를 풀어놓기 시작한 것은
조 국장이었다. 그리고 그 이야기들은 꽤나 진솔한 것들이었다.

"사실 저는 건축을 잘 모릅니다. 그래서 서 대표님의 건축이 얼
마나 뛰어난지는 객관적으로 판단할 수가 없습니다."

우진이 고개를 끄덕이며 답했다.

"당연히 그렇겠지요."

조 국장이 다시 입을 열었다.

"그래서 제가 본 것은 서 대표님의 인지돕니다. 〈우리 집에 왜 왔
니〉는 저도 딸아이와 함께 무척 재밌게 봤던 프로그램이었고… 서
대표님께서 국제적으로 인정받은 건축가라는 것까지도 사실이니
까요. 제 주관이나 어떤 판단이 필요 없는 사실 말입니다."

우진은 무척이나 흥미로운 표정이 되었다. 조 국장이라는 사람

은, 첫인상과 달리 또 새로운 캐릭터였으니 말이다. 많은 협상 테이블에 앉아본 우진은 그만큼 많은 유형의 실무자를 겪어보았는데 이렇게 조 국장처럼 자신이 가진 패를 전부 꺼내놓으며 협상을 시작하는 유형은 처음이었다.

"최근에 이슈됐던 서 대표님의 프레젠테이션 영상도 봤습니다. 직원 한 분이 알려주시더군요."

"이거 부끄럽네요."

조 국장은 우진이라는 인물의 인지도와 〈천년의 그대〉라는 드라마에 투입된 제작비에 대한 이야기들 그리고 곧 서울시에서 진행될 국제 리빙페어에 대한 이야기들을 하였다. 그것들이 지금 우진이 디자인한 세트장이 훌륭한 관광지로 성장하기 위한 가능성이자 근거라는 것이다.

그리고 우진은 이러한 조 국장의 화법을 들으면서, 나쁘지 않은 전략이라고 생각했다. 조 국장은 시에서 느끼고 있는 〈천년의 그대〉 세트장에 대한 매력을 솔직하게 이야기하여 먼저 우진의 호감을 산 셈이었으니까. 이렇게 먼저 호감을 사놓는다면, 이후에 아쉬운 소리를 하기도 좀 더 쉬워지는 법이다.

어느 정도 조 국장의 이야기가 일단락된 뒤, 우진이 다시 입을 열었다.

"그럼 이천시에서 가장 원하는 것은, 결국 관광특구 지정을 통한 지역경제의 활성화겠네요?"

조 국장이 고개를 끄덕이며 대답했다.

"바로 그렇습니다."

이야기를 하느라 목이 탔는지, 커피를 한 모금 홀짝인 조 국장이 다시 말을 이었다.

"그래서 저희는 서 대표님과 최대한 협력해보고 싶습니다. '후보지 지정'이라는 말씀을 드린 것도, 그런 의지의 표현이라고 생각해주시면 좋겠습니다. 가능한 범위 내에서 최대한의 지원을 약속드리겠다는 의지 말입니다."

우진은 속으로 슬쩍 웃었다. 조 국장의 말에서, 약간의 '뼈'를 느낀 것이다.

'가능한 범위 내라….'

우진은 본능적으로 느꼈다. 지금부터가 협상의 시작이었다.

"국장님."

"네, 말씀하시지요."

"그럼 혹시, 그 '지원'이라는 게 어떤 부분들이 될 수 있을지 여쭤도 되겠습니까?"

"…!"

"저희도 좀 더 적극적으로 협력드릴 수 있는 부분들에 대해 이런저런 생각을 해왔습니다만… 이천시에서 어느 정도로 지원이 가능한지를 알아야 말씀드릴 수 있는 부분이라서요."

"허헛."

조금 멋쩍은 표정이 된 조국장을 힐끔 살핀 우진이 떡밥을 하나씩 꺼내어 던졌다.

"이를테면 국제 리빙페어의 마케팅 전단에 이천시 관광지역 개발계획에 대한 홍보를 해드릴 수도 있고…."

"…!!"

"드라마 방영기간 동안 한시적으로 세트장을 무료 개방해드릴 수도 있습니다. 방영 이후에는 팬 사인회 장소를 이곳 세트장으로 잡을 수도 있겠고요."

"확실히 매력적인 이야기들이로군요."

"그렇지요?"

우진의 반문에 조국장이 다시 한번 고개를 끄덕였다. 방금 우진이 꺼낸 이런 이야기들은, 자신으로서는 제안해볼 생각조차 하지 못했던 것들이었으니 말이다. 그런데 우진의 얘기는 거기서 끝이 아니었다.

"하지만 전 아직 가장 중요한 제안들은 꺼내지도 않았습니다."

"가장 중요한 제안들이라니요?"

"국장님께서 가장 탐내실 만한, 실질적이고 확실한 제안들 말입니다."

"그게 정말입니까?"

조 국장은 놀람을 숨기지 않았고, 우진은 고개를 주억거리며 말을 이어갔다.

"그렇습니다. 그래서 국장님께 여쭙는 겁니다."

"지원에 대한 구체적인 이야기들 말이지요?"

"예, 국장님."

회의실에 잠시 침묵이 흘렀다. 하지만 그것이 부정적인 분위기의 침묵은 아니었다. 다만 조 국장이 머릿속에 가지고 있던 제안들을 다시 한번 정리하고 있었으며, 우진이 그것을 기다리고 있었을 뿐이었다. 하여 잠시 동안의 침묵이 지나간 뒤, 조 국장의 입이 다시 열렸다.

"우선, 가장 먼저 지원 드리려 했던 부분은 세트장이 지어진 인근 임야의 용도변경 건입니다."

"오호."

"일단 주변 지역에 관광시설이 들어올 수 있도록, 용도변경을 통해서 숨통을 트여놓는 것이지요."

이번에는 우진이 놀란 표정이 되었다. 이 첫 번째 이야기만 들어봐도, 조 국장이 간만 보려 한 것이 아님은 알 수 있었으니 말이다. 가장 먼저 꺼내놓은 제안부터, 우진이 기대했던 것 이상으로 파격적이었던 것. 용도변경이라는 것은 결코 간단한 행정절차가 아니었다.

'확실히 주변 임야 일부의 용도변경만 진행된다 하더라도… 관광시설 유치가 편해지는 게 사실이지.'

지금 우진이 세트장을 지은 부지의 가장 큰 단점은, 주변이 임야로 둘러싸여 있어 상업 시설이 들어서는 데 어려움이 있다는 점이었다. 이천 도심과 가깝고 교통이 좋음에도 불구하고, 땅값이 쌌던 것이 바로 그런 이유 때문. 그래서 이 하나의 제안만으로도, 충분히 파격적인 딜이라고 할 수 있는 것이다. 게다가 조 국장의 이야기는 여기서 끝이 아니었다.

"그래서 이 첫 번째 스텝이 진행되고 나면, 그 뒤에는 택지개발 계획을 띄워볼 생각입니다."

택지개발이란 대규모의 토지를 대상으로 도로 건설 등의 공공시설 정비를 시작으로, 건물이 지어질 수 있는 택지를 조성하는 개발행위를 의미한다. 물론 관광특구로 지정되기 위해서는 무조건 선행되어야 하는 것이 바로 이 택지개발이었지만, 드라마든 리빙페어든 어떤 결과가 가시화되기도 전에 이런 이야기를 실무자가 먼저 꺼냈다는 사실이 중요한 것.

조용현 국장은 그 이후에도 여러 가지 구체적인 계획들을 이야기해주었고, 그것들은 하나하나 우진이 기대했던 수준을 충분히 충족시킬 만한 것들이었다. 때문에 우진은 본인도 가지고 온 패를 전부 꺼내어 보이기로 결정하였다.

지금 조용현이 제시한 제안들 역시 당장 해주겠다는 것이 아니었고, 서로의 제안이 하나씩 진행되면서 순차적으로 이행될 부분들이었으니까. 그래서 우진은 오늘 이 자리에 들고 온 가장 매력적인 카드 하나를 조용현 국장의 앞에 꺼내 들었다.

"좋습니다. 그럼 이천시에서 저희에게 보여주실 수 있는 원 스텝은 인근 임야의 용도변경 건인 거죠?"

"그렇습니다."

"정말 시에서 그 정도로 사전지원이 가능하다면….'

잠시 뜸을 들인 우진이 은근한 목소리로 다시 입을 열었다.

"저는 월말에 방영 예정인 〈우리 집에 왜 왔니〉 특집을 이천시 세트장에서 촬영하도록 한번 추진해보겠습니다."

정말 상상조차 못 한 이야기를 들은 조용현 국장의 두 눈이, 왕방울만 하게 확대되었다.

— * —

미디어의 파괴력은 상상 이상이다. 특히나 〈우리 집에 왜 왔니〉처럼 예능 시청률 최상위권을 장기간 유지해온 메이저 예능이라면 더더욱 말이다. 첫 방영이 시작한 지 2년이 지난 지금, 대한민국에 〈우리 집에 왜 왔니〉라는 프로를 모르는 사람은 찾기 힘들 정도였고, 때문에 지금 〈우리 집에 왜 왔니〉는 유명 연예인들도 게스트로 한 번쯤 출연하고 싶어 할 만큼 인지도 높은 프로그램이었다.

이런 이유로, 조용현 국장이 놀란 것은 당연하다고 할 수 있었다. 우진은 지금 이 정도 인지도 있는 프로그램에 촬영장소와 콘텐츠를 제안해줄 수 있을 정도로 영향력이 있다고 말하고 있는 셈이었으니까. 그래서 우진의 제안을 들은 조용현의 첫 마디는, 거의 정해져 있었다.

"그… 그런 게 정말 가능합니까?"

조용현이 물었고, 우진은 망설임 없이 대답하였다.

"가능합니다."

"가능할 수도 있다는 게 아니고… 확실히 가능하다는 이야기지요?"

"물론입니다."

우진의 대답은 단호함이 느껴질 정도로 간결했고, 순간적으로 말을 잃은 조용현은 꿀 먹은 벙어리가 되었다.

'이거… 허세 아니야?'

초기 출연진인 만큼 우진이 〈우리 집에 왜 왔니〉 PD와 친분이 있을 수 있다고는 충분히 생각하지만 친분이 있다고 해서 프로그램의 향방에까지 영향을 줄 수 있는 것은 아니다. 그래서 우진의 장담이, 조용현의 입장에서는 허장성세로 느껴지는 게 당연했다. 물론 우진은 절대 허세가 아니었지만 말이다.

'역시 쉽게 믿지는 못하려나?'

이것은 사실 이천시와의 딜이 아니었더라도, 이미 우진이 지난주부터 추진하고 있던 계획이었으니까.

[서 대표! 지난주 방송 봤죠?]

[봤습니다.]

[어때요. 내가 확실하게 밀어줬지?]

[그러게요. 지난주 방영분에는 확실히 제 언급이 많더군요.]

어차피 이천시와의 거래를 배제하고라도, 우진의 입장에선 이 〈천년의 그대〉와 연관된 모든 프로젝트들이 최대한 잘되어야만 한다. 리빙페어부터 시작해서 세트장 부지까지 마치 복잡하게 뒤 엉킨 실타래처럼, 우진은 이 프로젝트의 어디에도 연관되어 있지 않은 곳이 없었으니 말이다. 그래서 얼마 전 공 PD와의 통화에서 이미 우진은 슬쩍 운을 떼어본 바 있었다.

[말했잖아요. 내가 신경 많이 썼다니까. 자료화면으로 그… 그, 왕십리 파빌리온까지 띄운 거 봤죠?]

[봤습니다.]

[흐흐. 그럼 이제 나는 약속을 지켰으니까… 서 대표가 약속을 지킬 차례네요.]

[흐음, 그렇겠네요.]

[아, 진짜. 서 대표, 이제 그만 빼고 한번 나와줄 때도 됐잖아?]

우진은 〈우리 집에 왜 왔니〉에 오랜만에 출연하기로 한 공 PD와 의 약속을 지키면서, 바로 이 세트장에서의 촬영까지도 슬쩍 떡밥 을 흘렸다. 아주 먹음직스럽게 말이다.

[물론이죠, PD님. 제가 언제 약속 안 지키는 것 봤습니까?]

[어, 음… 그렇긴 하죠.]

[당연히 PD님께 약속드린 대로 조만간 출연하긴 할 건데….]

[그런데요?]

[그 촬영 관련해서, 제가 제안 하나 드려도 돼요?]

[제안이라면….]

[PD님 좋아하실 만한 괜찮은 콘텐츠가 하나 있거든요.]

[오호라.]

[어때요. 한번 들어보십니까?]

[좋아요.]

우진이 공 PD에게 흘린 떡밥이 바로 〈천년의 그대〉 세트장을 〈우리집에 왜 왔니〉 촬영장으로 활용하는 것. 그리고 이것은, 모두의 이해관계를 최대한으로 활용한 짜임새 있는 제안이었다.

[그 이천에 있는 〈천년의 그대〉 세트장 말인데요. 거기가 제가 디자인하고 시공한 세트장인 것 아시죠?]

[알죠.]

[제가 오랜만에 출연하는 특집 방송에서, 거기를 촬영장으로 무상임대 해드릴까 하는데….]

[오…?!]

[흐흐, 구미가 좀 당기시죠?]

사람의 말이라는 것은 본래 아 다르고 어 다른 법이다. 같은 이야기를 하더라도 우진은 '세트장을 무상으로 빌려주겠다'는 식으로 이야기를 함으로써 오히려 공 PD와 〈우리집에 왜 왔니〉 촬영팀이 이득을 보는 것처럼 느끼도록 만들었고, 때문에 공 PD는 우진이 어떤 요구를 한다는 생각보다는 호의를 보여준다는 생각이 먼저 들게 된 것이다.

[대박. 당연하죠! 잘됐다! 콘텐츠 떨어져서 뭐 해야 되나 고민이

었는데.]

물론 우진이 아무리 말을 잘해도 공 PD의 입장에서 없던 이득이 생기지는 않는다. 다만 우진의 이 제안은 지금 〈우리집에 왜 왔니〉와 공 PD에게 분명히 도움이 될 만한 제안이었는데, 그것이 더욱 부각되어 보이도록 이야기한 것이라고 할 수 있었다.

[콘텐츠 재밌게 잘 짜주시면, 제가 강 대표님께도 한번 연결해드릴게요.]
[강 대표님이요? 아! 강소정 대표님?!]
[네, 기왕에 〈천년의 그대〉 세트장에서 촬영하는 거 드라마 출연 배우들까지 같이 섭외해주면 그림이 더 나오잖아요?]
[오오…! 그 생각까지는 못 했는데.]
[그럼, 이렇게 한번 진행해보십니까?]
[저는 당연히 좋아요. 크으…! 역시 서 대표님 붙들고 늘어지면 뭐라도 하나씩 건진다니까!]

그리고 이렇게 딜이 성립되고 나면, 우진은 이렇게 얘기한다.
[아니에요. 오히려 제가 더 고맙죠, PD님.]
[옙?]
[덕분에 제 세트장 홍보도 되고… 아마 강 대표님도 고마워하실 거예요. 소속사 배우들이 〈우리 집에 왜 왔니〉에 출연할 수 있는 기회가 생기는 거잖아요?]

이렇게 되면 상대의 입장에서는, 우진과의 대화 안에서 기분이

나빠지려야 나빠질 수가 없는 것이다.

[내가 이래서 우리 서 대표님 좋아한다니까.]

[감사합니다.]

[여튼, 그럼 조만간 봐요.]

[네, PD님. 제가 강소정 대표님께는 지금 바로 전화 넣어놓을게요.]

[굿! 좋아요!]

어찌 됐든 이미 공 PD와 우진의 사이에서는 이러한 대화가 오간 상황이었고, 때문에 이천시에서 어떤 결정을 내리든 다음 주 정도면 세트장에서 〈우리 집에 왜 왔니〉의 촬영 일정이 잡힐 것이다. 하지만 조용현 국장은 이런 사실을 알 턱이 없었고, 그래서 우진이 던진 이 제안을 거부할 수 없을 터였다. 방송을 한번 타는 것만큼, 지역의 인지도를 확 끌어올릴 수 있는 방법은 없었으니 말이다.

"만약 대표님께서 말씀하신 대로 되기만 한다면… 그것만큼 좋은 것은 없겠지만…."

말꼬리를 살짝 흐리는 조용현을 향해, 우진이 다시 입을 열었다. 여기서 조 국장에게 확신을 심어주고 필요한 것을 얻어내야 모든 계획이 완벽해진다.

"그럼 이건 어떻겠습니까, 국장님?"

"네?"

우진이 나지막한 목소리로 힘주어 말했다.

"제가 먼저 〈우리 집에 왜 왔니〉 촬영 일정을 픽스하고, 관련 서류를 첨부하여 메일로 드리겠습니다."

"…!"

"그럼 그 날짜를 기점으로, 국장님께서도 움직여주시지요."

이런 경우, 설득은 무의미하다고 우진은 생각했다. 행동으로 최대한 빠르게 보여주는 게, 이런 타입의 인물로부터 신뢰를 얻을 수 있는 가장 빠른 지름길인 것. 그래서 우진은 승부수를 던진 것이었고, 그것은 아주 확실한 한 수였다.

"그게 정말입니까?"

"물론입니다."

우진의 확언을 들은 뒤, 조용현의 두 눈이 비로소 반짝이기 시작했다. 이 정도 파급력을 가진 플랜이 확정적으로 가시화된다면 그 또한 우진을 지원할 명분이 충분히 생기는 것이었으니까. 그래서 마음을 정한 조용현이 우진을 향해 다시 입을 열었다.

"그럼 서 대표님을 믿고, 일단 서류작업부터 전부 해놓겠습니다. 액션이야 서 대표님 서류 받아보고 진행하겠지만, 준비는 먼저 할 수 있는 거니까요."

"감사합니다, 국장님. 그래 주시면 정말 좋죠."

"그리고 말씀드렸던 대로 저희 문화국의 첫 번째 스텝은 인근 임야의 용도변경이 될 겁니다."

"그 또한 좋습니다."

조국장의 이야기에 우진은 만족스런 표정이 되었다. 실무자가 우진이 기대했던 이상으로 일처리가 명석하다고 느껴졌으니 말이다. 그런데 조용현의 이야기가 여기서 끝은 아니었다. 그는 공과 사를 확실하게 구별할 줄 아는 사람이었다.

"하지만 한 가지 알아주셔야 할 부분이, 이 용도변경이라는 행정 절차가 생각보다 많이 까다롭다는 점입니다."

"그 말씀은…."

"공시가 나기까지 꽤 긴 시간이 걸린 이야기지요."

"아하, 그야 인지하고 있습니다."

"그리고 혹시나 해서 드리는 말씀인데… 택지조성에 꼭 필요한 경우가 아닌 대지는 용도변경 대상에서 제외될 겁니다."

조 국장이 말하는 바를 정확히 이해한 우진이 고개를 끄덕였고…

"용변 대상에서 이미 세트장이 지어져 있는 해당 부지는 제외된다는 말씀이지요?"

이렇게 정확히 짚어낼 줄 몰랐는지, 조 국장은 다시 한번 놀랐다.

"헛…! 바로 그렇습니다."

이 택지조성이라는 것은 결국 세트장이 들어선 부지 주변에 관광시설을 유치하기 위한 개발사업이다. 때문에 이미 세트장이 지어져 있는 땅은 용도변경을 할 이유가 전혀 없다. 건축된 세트장 자체가 이미 본래 토지 용도에 맞는 건축법에 의거하여 합법적으로 지어진 건물일 테니까.

하지만 용도변경 자체가 지가 상승을 불러오는 트리거였기 때문에, 조 국장은 우진이 세트장 부지의 용도변경을 기대할 것이라고 생각했던 것이었는데, 우진은 여기까지도 이미 예상하고 있었던 것이다.

'세트장까지 용도변경해서 상업지로 만들어주면 좋겠지만, 그건 너무 도둑놈 심보지.'

어차피 주변 지가가 오른다면, 용적률 낮은 세트장 부지도 어느 정도 땅값이 따라서 오르게 되어 있다. 게다가 우진은 이미 세트장 주변의 대지를 광범위하게 매입해두었으니, 그 부지 일부도 분명

용도변경 대상에 포함될 것이다. 이 정도의 이득이면 우진은 충분히 만족했다.

"그럼 어느 정도 얘기가 정리된 것 같군요, 국장님."

"그렇습니다. 서 대표님께서 워낙 파격적인 제안을 해주신 덕에⋯."

"아닙니다. 솔직히 이천시에서 제시해주신 계획들이 훨씬 더 파격적이라고 생각합니다."

"그렇게 생각해주신다니, 정말 다행입니다."

일 얘기가 얼추 마무리됐지만, 우진은 곧바로 자리에서 일어서지 않았다. 조용현이라는 사람이 꽤 말이 잘 통하는 사람이었기에, 잡담을 조금 더 나눈 것이다. 우진은 꽤나 큰 커피잔이 바닥을 보일 즈음에야, 천천히 자리에서 일어섰다.

"그럼 국장님, 촬영 일정 잡혔을 때 연락드리겠습니다."

"하하, 감사합니다, 서 대표님. 그날 꼭 찾아뵙도록 하겠습니다."

"따님도 함께 오시는 거죠?"

"물론입니다. 〈우리 집에 왜 왔니〉 출연진 분들 사인 받으러라도 꼭 가야지요."

진태와 함께 회의실에서 나온 우진은 천천히 주차장을 향해 걷기 시작했다. 그리고 휘적휘적 걷는 우진을 따라 걷던 진태가 의아한 표정으로 물어보았다.

"야, 우진아."

"응?"

"난 오늘 대체 왜 데려온 거냐?"

사실상 진태는 오늘 자리에서, 거의 한마디도 한 바가 없었다. 그저 웃고 떠들 때에나 맞장구를 치고 추임새를 넣으며, 조금씩 거들었을 뿐. 하지만 당연히 우진은 진태를 운전기사로 부려먹으려 데 려온 것이 아니었다.

"형도 자꾸 봐야 하니까."

"응?"

"앞으로 이런 미팅이 계속 더 많아질 텐데… 내가 계속 갈 순 없 잖아?"

"아…!"

우진이 피식 웃으며 말했다.

"가장 믿을 만한 사람이 형이랑 석현인데, 걘 좀 그래."

"왜?"

"맨날 같이 있으면서 몰라? 숙맥이잖아."

"그건 그렇지."

"아마 미팅 보내놓으면, 어버버 하다가 그냥 돌아올걸?"

진태와 떠들며 주차장에 도착한 우진은 조수석에 앉아 창밖을 응시하였다. 오늘의 미팅이 생각보다 더욱 깔끔하게 잘 풀려서인 지, 우진의 표정은 그 어느 때보다 더 밝아 보였다.

가장 뜨거운 여름

우진은 오랜만에 마포구로 향하고 있었다. 마포구 쪽에 개점한 카페 프레스코 매장공사가 한창일 때는 종종 방문하던 마포구. 하지만 올해가 되어서는 마포구에 올 일이 거의 없었는데, 오늘 이렇게 갑자기 오게 된 이유는 바로 수하 때문이었다.

오늘은 다름 아닌 수하의 집들이 날이었다. 그녀가 2년 전에 분양받았던 마포 클리오 프레스티지 아파트. 수하가 드디어 그 아파트에 입주한 것이다.

[어디쯤이야, 서우진?]

"거의 다 와 가, 누나."

[너 빼고 다 왔어. 빨리빨리 오라고.]

"일 늦게 끝난다고 미리 얘기했잖아. 최대한 빨리 가는구먼."

[아무튼!]

"잔소리 그만하고, 주차장에 차량번호 등록이나 해줘."

[오…? 너 우리 집에 방문객 차량번호 등록기능 있는 거 어떻게 알았어?]

"거기 모델하우스, 내가 디자인했었거든?"

[그게 무슨 상관이야.]

"그냥 클리오라는 브랜드 자체에 내가 빠삭하다는 얘기지."

[잘난 척은….]

"여튼, 내 차 번호는 ○○가 ○○○○이야."

[알겠어, 등록해놓을게.]

신호등에 파란 불이 들어오는 것을 확인한 우진은 수하와의 전화를 끊고 운전대를 다시 잡았다. 우진은 오늘 무척이나 기분이 좋았다. 진행했던 업무들이 깔끔하고 만족스럽게 마무리되기도 했지만 무엇보다 오늘 그의 기분이 좋은 이유는, 당연히 좋은 사람들을 오랜만에 만날 예정이기 때문이었다. 오늘 수하의 집에 오기로 한 사람들은 〈우리 집에 왜 왔니〉 원년 멤버인 재엽과 리아였다.

부우웅―

집들이 선물로 고급 와인까지 챙긴 우진은 흥얼거리며 클리오 아파트의 주차장으로 진입하였다. 우진의 차량번호를 인식한 차단기가 자동으로 열렸고, 우진의 차가 미끄러지듯 주차장 안으로 들어섰다.

'역시, 주차장부터 잘해놨네.'

마포 클리오 프레스티지는 당연히 우진이 설계에 참여한 아파트는 아니었다. 이때 우진의 역할은, 아파트 모형을 제작하고 모델하우스 인테리어를 하는 것이었으니까. 하지만 우진은 이 마포 클리오에 대해 잘 알고 있었는데, 이 아파트는 우진의 전생에서도 똑같이 지어졌던 아파트였기 때문이다. 회귀한 우진이 개입하기 이전에 이미 설계가 다 끝나 분양계획까지 마무리돼있던 아파트였으니, 너무 당연한 것이었다.

'전생에도 클리오는… 3세대 신축 아파트의 새 지평을 열었던 브랜드였지.'

마포 클리오 프레스티지가 분양할 당시, 마포구 아현동은 부촌과는 거리가 좀 있는 지역이었다. 아현 뉴타운이라는 재개발 지역으로 묶여있기는 해도, 아현동 자체가 그리 좋은 주거지역 느낌은 아니었으니까. 때문에 당시에는 분양가를 책정하는 데 한계가 있었고, 그래서 공사비는 무척이나 빠듯했다. 천웅건설은 이 클리오라는 브랜드를 전에 없던 프리미엄 아파트라는 슬로건으로 홍보했으며, 때문에 최대한 고급스럽게 시공해야 했으니까.

'어떻게 그 평단가로 이만한 수준의 프리미엄 아파트를 뽑아낼 수 있었는지, 참….'

전생에서도 감탄했지만, 우진은 다시 한번 천웅의 시공능력에 감탄하며 엘리베이터에 올라탔다. 최근 들어 회귀 이전과 너무도 바뀐 세상들을 봐왔던 탓인지, 이렇게 전생의 기억과 거의 같은 것을 마주하는 게 오히려 신기한 우진이었다.

띵-!

엘리베이터에서 내린 우진은 천천히 수하의 집으로 가 초인종을 눌렀다. 그러자 잠시 후, 가벼운 쇳소리와 함께 현관문이 열렸다.

"서우진 왔어?"

"그래, 왔다."

"빨리 들어와, 짜샤. 떡볶이 다 식었어."

"떡볶이? 웬 떡볶이?"

"오랜만에 실력 발휘 좀 했지."

"혹시 무조건 먹어야 한다거나 하는 규칙이 있는 건 아니지?"

"시끄러, 오늘은 진짜 맛있다고."

우진은 이제 남매처럼 친해진 수하와 투닥거리며 집 안으로 들어섰다. 그러자 미리 와있던 리아와 재엽이 우진을 반겨주었다.

"우진이 왔어?"

"이야. 요즘 잘나가는 서 대표님 아니야?"

"누나, 오랜만. 그리고 재엽이 형은 진짜 오랜만이네."

"그러니까. 좀 얼굴 좀 비추고 해. 왜 이렇게 보기가 힘들어, 요즘?"

"이 형이, 나만 바쁜 것처럼 몰아가네. 형도 바쁘면서."

먼저 와 있던 두 사람과도 반갑게 인사를 나눈 우진은 자리에 앉아 수하가 만들었다는 떡볶이를 한입 찍어 먹어보았다. 다행히 맛있는 척 연기는 가능한 맛이었다.

"이거 우리 서 대표님 모시기에 너무 누추한 집 아닌가 모르겠네."

수하의 말에 우진이 피식 웃으며 대꾸했다.

"마음에도 없는 소리 하긴."

"히히, 맞아. 사실 이사해서 너무 좋아."

"진짜 그때 분양받길 정말 잘했지?"

"더 말하면 입 아프지!"

콜라를 한 모금 마신 수하가 새삼스럽다는 표정으로 다시 입을 열었다.

"잠깐, 그러고 보니… 서우진 처음 만난 게 클리오 모델하우스에서였네?"

"그랬지."

옆에 있던 리아가 맞장구치며 끼어들었다.

"맞아, 들은 적 있어. 대박."

재엽도 기분 좋게 웃으며 한마디 거들었다.

"이 집이 참, 여러모로 의미 있는 집이네, 임수하."

"프히히. 인정, 인정."

정말 오랜만에 네 사람이 전부 다 모였기 때문일까? 분위기는 그 어느 때보다 화기애애했고, 우진은 기분 좋게 웃고 떠들며 대화를 나누었다. 그렇게 7월의 어느 날, 기분 좋은 여름밤이 지나갔다.

— * —

스페인의 건축가 마테오는 오늘 국제공항에 나와있었다. 공항에 나와 있는 이유는 당연히 출국 일정이 잡혀있었기 때문. 그런데 출국 수속을 받는 마테오의 표정은 무척이나 밝아 보였다. 그 이유는, 오늘의 출국이 비즈니스와 전혀 연관이 없기 때문이었다. 정말 오랜만에 일에서 벗어난 마테오는 완전히 휴가만을 위해 비행기 티켓을 예매한 것이다.

'이렇게 마음 편히 공항에 오는 것도 오랜만인 것 같군.'

세계적으로 유명한 건축가인 마테오는 자주 비행기를 탄다. 그의 스튜디오에서 진행하는 프로젝트들은 전 세계는 아닐지언정 적어도 유럽 전역에 퍼져있었으니까. 그러나 이렇게 비즈니스와 전혀 관계없는 비행은 수년 만의 일이었고, 그래서 마테오는 설레는 표정이었다.

"한국이라… 정확히 일 년 만인가?"

작년 이맘때쯤, 정확히 이 자리에서 한국행 비행기를 탔던 마테오는 묘한 표정이었다. 그때나 지금이나 한국행 비행기에 오르는 것은 매한가지였지만 상황이나 마음은 완전히 달랐으니 말이다. 작년 여름 한국행 비행기를 타던 날은 마테오의 인생에서도 손에 꼽을 만큼 절박했던 날이었다.

'브루노의 이야기를 듣고 한달음에 티켓을 예매하긴 했었지만… 사실 100퍼센트 확신을 가지고 비행기를 탔던 것은 아니었으니까.'

비정형 스타디움 설계에 대한 답을 찾기 위해 한국 비행기 티켓을 끊었던 마테오. 지금이야 웃으며 회상할 수 있지만, 다시 생각해도 정말 아찔했던 순간이었다.

'브루노와 우진은 잘 있는지 모르겠군.'

우진의 얼굴을 떠올린 마테오는, 빙긋 웃으며 가방 앞주머니에 손을 집어넣었다. 그리고 그 안에서 하얀 봉투 하나를 꺼내어 든 마테오는 더욱 기분 좋은 표정이 되었다. 그것은 바로 우진에게서 온 초대장이었으니 말이다.

[서울에서 이번에 국제 리빙페어가 열립니다, 마테오.]
[한국 콘텐츠 문화 사업과 리빙 사업이 콜라보된 정말 특별한 전시지요.]
[제 작품이 메인 로비에 전시되어 있으니, 시간적 여유가 되신다면 와주시면 감사하겠습니다.]

봉투 안에는 우진의 편지와 함께, 코엑스 국제 리빙페어의 티켓이 담겨있었다. 마침 공사가 시작되면서 어느 정도 여유가 생긴 마테오는 오랜 친구인 브루노의 얼굴도 볼 겸 우진도 만날 겸 한국행을 결정한 것이고 말이다.

'한국의 문화 콘텐츠 사업과 공간디자인의 콜라보라… 어떤 멋진 디자인들을 볼 수 있을지 벌써부터 기대되는군.'

수많은 리빙페어에 참여해봤던 마테오는 리빙페어라는 단어 자체에 크게 설렘이 없다. 하지만 문화 콘텐츠와의 콜라보라는 부분은 그로서도 처음 들어볼 정도로 무척이나 신선했고 무엇보다 '서우진'이라는 건축 디자이너의 작품이 메인 부스에 들어갔다는 사실이 그를 기대하게 만들었다.

'즐거운 휴가가 됐으면 좋겠는데 말이야.'

출국 수속을 마친 마테오는 기분 좋게 비행기에 올랐다. 그리고 잠시 후, 마테오를 태운 비행기가 한국을 향해 출발하였다.

— * —

〈천년의 그대〉 드라마 촬영은 이천과 서울에서 반반씩 이뤄진다. 드라마의 내용 절반을 차지하는 천 년 전의 스토리들이 이천의 세트장에서 촬영되었으며 나머지 절반을 차지하는 현대의 스토리들은 서울에서 촬영되었으니 말이다. 그래서 최근 이천에서의 촬영이 일단락된 뒤 〈천년의 그대〉 드라마 촬영팀은 지난주부터 서울에서 촬영을 시작하였다.

그리고 서울 안에서도 가장 많은 촬영이 잡혀있는 곳이 바로 성수동이었다. 천년을 살아온 남자주인공 서후는 현대의 배경에서 재벌이라는 설정을 가지고 있었고, 그가 사는 집으로 설정된 곳이 바로 성수동 최고의 프리미엄 아파트인 서울숲 클라시아 포레스트였으니까.

그래서 〈천년의 그대〉의 여주인공인 성하영은 오늘도 성수동에서 촬영이 한창이었다. 오늘 촬영하는 신은 남자주인공인 서후와 여자주인공인 인서가 서로의 정체를 모른 채 서울숲에서 데이트하는 장면이었다.

"컷! 여기까지!"

촬영의 끝을 알리는 감독의 목소리와 함께, 여기저기서 기분 좋은 목소리들이 울려 퍼졌다.

"오늘도 고생 많으셨습니다!"

"고생하셨어요!"

"감독님, 수고 많으셨습니다!"

그리고 방금 마지막 컷을 촬영한 하영 또한 함께 호흡을 맞춘 남자배우 민우에게 기분 좋은 표정으로 인사하였다.

"민우 씨, 오늘도 고생 많으셨어요."

"별말씀을요. 선배님 덕에 촬영이 빨리 끝났죠."

"겸손은… 민우 씨 연기 진짜 잘하신다니까요?"

"감사합니다, 선배님. 더 열심히 해서 이번 드라마 대박 내야죠!"

"그랬으면 좋겠네요, 정말."

오늘 촬영에 특별한 분장이나 소품들이 없어서인지, 촬영장은 금세 정리되었다. 그리고 촬영장을 빠져나오기 전, 다시 민우를 마주친 하영이 문득 그를 향해 물어보았다.

"이제 내일이면 주말인데."

"그렇죠, 선배님."

"민우 씨는 주말에 뭐해요?"

민우에게 관심이 있다거나 한 것은 당연히 아니었다. 하영은 민우와 나이 차이도 제법 났고, 무엇보다 민우는 그녀에게 실력 있고 싹싹한 후배일 뿐이었으니까. 그래서 하영은 그저 인사 차 물어본 것이었고, 그에 민우는 웃으며 대답하였다.

"이번 주말에는 아마 전시 보러 갈 것 같아요."

"전시… 요?"

의외의 대답에 하영이 고개를 갸웃하자, 민우의 말이 다시 이어졌다.

"아, 생각해보니 선배님께도 말씀드릴 걸 그랬네요."

"뭐를요?"

"내일부터 코엑스에서 저희 드라마 세트장이 일부 전시되는 리빙페어가 열리거든요."

그 이야기를 듣고서야, 하영은 비로소 고개를 끄덕였다.

"아…! 그 리빙페어가 내일부터였구나!"

"네. 제가 서 대표님이랑 조금 친분이 있어서, 내일 놀러 가기로 했거든요."

"오, 그래요?"

하영이 눈을 반짝이자, 민우가 신나서 말을 이었다.

"네네, 선배님도 시간 되시면 들리세요. 댁도 가깝지 않으세요?"

"네, 맞아요. 코엑스면 차로 20분 거리도 안 되죠."

민우의 이야기를 들은 하영의 표정에 호기심이 어렸다. 얼마 전까지만 해도 이천의 세트장에서 촬영했던 그녀는 그 세트장의 퀄리티가 얼마나 뛰어난지 누구보다 잘 알고 있었는데 이 세트장의 일부가 코엑스에 전시된다면, 어떤 그림이 그려질지 궁금해진 것이다.

'그 커다란 세트장 어디를 코엑스에 재현한 거지? 그게 실내에

재현이 가능한 스케일인가?'

민우와 몇 마디를 더 나눈 하영은 가볍게 인사를 나눈 뒤 매니저가 기다리고 있던 밴에 올라탔다. 그리고 의자에 푹 기대 누운 그녀는 문득 생각했다. 이번 주 주말에는 딱히 일정이 없었으니, 코엑스 리빙페어에 슬쩍 들러보는 것도 재밌겠다는 생각 말이다.

— * —

2012년 8월 4일. 8월의 첫째 주 토요일은 코엑스의 국제 리빙페어가 열리는 날이었다. 정확히는 한류 콘텐츠 기획전과 리빙페어가 콜라보된, 새로운 개념의 특별한 통합전시가 열리는 날. 이는 코엑스 전시장의 A섹터와 B섹터가 전부 하나의 맥락으로 이어지는 초대형 전시였고, 때문에 전시 관계자들은 이른 새벽부터 분주했다. 부스 세팅과 내부 공사는 전부 끝난 상황이었지만, 그렇다고 해도 할 일은 태산같이 많았으니까.

"가온 인테리어 실장님! 이쪽으로 소품 옮겨주세요!"

"그쪽은 메인 로비라서 건들면 안 됩니다! 방문객 동선 방해되니까, 그쪽에는 소파 놓지 말아주세요!"

"소품이나 물건 전시하실 때, 전반적인 톤 앤 매너는 맞춰주시길 바랍니다!"

그리고 리빙페어 참가 업체가 주로 세팅되어 있는 B섹터에서는 가장 넓은 부스를 차지하고 있는 업체가 바로 민주영 대표의 벨로스톤즈였다. 두 전시의 콜라보가 기획되기 전부터 오늘 국제 리빙페어의 메인 부스로 내정되어 있던 업체가 바로 벨로스톤즈였으니 말이다.

그래서 민주영 대표는 오늘 새벽 5시부터 코엑스에 나와있었다. 메인 로비까지 연결되어 있는 모든 공간의 자재가 전부 벨로스톤즈의 제품들로 구성되어 있었으니 본인의 눈으로 최종점검을 해야 직성이 풀리는 민주영으로서는 일찍부터 현장에 나와 있지 않을 수 없었던 것이다.

하지만 새벽같이 나왔음에도 불구하고, 민주영의 표정에는 생기가 넘쳤다. 그도 그럴 것이, 오늘의 전시로 벨로스톤즈의 인지도가 몇 배 이상 올라갈 것이 눈에 보였으니까. 평범한 국제 리빙페어에서 메인 부스를 차지했다는 사실만으로도 기존 인지도가 배 이상은 오를 수 있는 기회였는데, 우진이 끼면서 처음 생각했던 것보다 판이 세 배 이상은 커진 것 같았다.

'미디어 콘텐츠와 콜라보라니… 정말 상상도 못 했지.'

하여 오늘 오픈 직전의 부스를 전부 돌아봤을 때, 주영은 이 전시의 파급력이 어디까지 확장될 수 있을지 가늠하기조차 힘든 수준이었다.

"고 실장님, 저희 이제 점검 끝난 거죠?"

"네, 대표님. 아침 일찍부터 정말 수고 많으셨습니다."

"수고는요. 당연히 해야 하는 일인 걸요."

기분 좋게 웃은 민주영이 부스를 다시 한번 천천히 둘러보며 입을 열었다.

"이제 30분 뒤면 오픈이니까… 현장 인원 점검만 한번 해주시고, 실장님도 잠시 눈 좀 붙이세요."

"넵. 그렇게 하겠습니다, 대표님."

실장이 고개를 꾸벅 숙여 인사한 후 부스 안쪽으로 사라지자, 빙긋 웃어 보인 주영도 천천히 부스 안으로 걸어 들어갔다. 사실 지금 주영이 서있던 로비까지도, 벨로스톤즈의 부스나 다름없는 공간이었지만 말이다.

'디자인 진짜 잘 뽑혔단 말이지.'

자재는 전부 벨로스톤즈의 것이지만, 디자인은 전부 WJ 스튜디오의 것이다. 그 안에서도 콘셉트 디자인부터 기본 설계까지는, 9할 이상이 우진의 작품. 전시 오픈 직전의 완성된 공간을 거닐면서, 민주영은 다시 한번 감탄할 수밖에 없었다.

'전시품들이 들어서기 전까지는 너무 단조로운 디자인 아닌가 생각했는데… 디피(Display)된 상품들을 부각시킬 수 있는 최상의 디자인이었어.'

마지막 점검을 한다는 생각으로 주영은 부스 곳곳을 꼼꼼히 살피며 천천히 걸음을 옮겼다. 로비를 지나 본격적인 벨로스톤즈의 부스 안으로 들어서자, 가장 먼저 시야에 들어오는 것은 역시 〈천년의 그대〉 세트장을 재현해놓은 웅장한 구조물이었다. 어지간한 작은 회사의 부스 서너 개를 합해놓은 수준으로 커다란 면적을 차지하고 있는 단일구조물.

이것은 벨로스톤즈의 부스 안에서도 절반 이상의 면적을 차지하고 있었지만, 주영은 충분히 그만한 넓이를 할애할 만했다고 생각하였다. 전통건축의 아름다움을 모던하고 미니멀한 조형으로 재해석하여 만들어진, '작품'이라는 단어가 전혀 아깝지 않은 멋진 건축 조형.

이 작은 건축의 모든 마감자재는 벨로스톤즈의 상품들로 구성되어 있었으며 이것은 민주영이 생각할 때, 최상급 품질을 가진 벨로스톤즈의 자재들이 더없이 돋보일 수 있는 작품이었다.

'이천에 있는 〈천년의 그대〉 세트장에는 이런 건축물들이 수십

채는 지어져있다고 했었지. 전시 끝나면 거기는 꼭 한번 가봐야 겠어.'

민주영 대표는 아직 이천 세트장에 가보지 못했다. 정확히는 세트장이 완공된 이후에 가보지 못한 것. 리빙페어 준비부터 시작해서 일이 너무 바빠 가볼 시간이 없었던 것인데, 이렇게 부스에 들어온 세트장 모듈을 보니 없는 시간이라도 쪼개어서 가봐야겠다는 생각이 든 것이다.

그리고 주영은 이렇게 아름다운 세트장에서 촬영했다는 〈천년의 그대〉라는 드라마 또한 무척이나 궁금해졌다. 이런 분위기의 공간에서 촬영된 영상은 시각적으로 어떤 느낌을 줄 수 있을지. 드라마의 스토리도 스토리였지만, 그런 시각적인 자극에 대한 욕구가 주영의 호기심을 자극하였다.

'그러고 보니 아쉽네. 드라마가 방영된 뒤에 리빙페어가 열렸다면… 우리 벨로스톤즈의 이름이 더 크게 이슈화됐을 텐데.'

그런 생각을 떠올리던 민주영이 피식 웃으며 고개를 절레절레 저었다. 지금 이 정도 수준의 판이 깔린 것만 하더라도 처음 기획 당시의 수준을 아득히 초월하는 것. 여기서 더 욕심을 부리는 것은 도둑놈 심보라고 생각했다.

또각- 또각-

주영은 그렇게 이런저런 생각을 떠올리며 부스를 한 바퀴 돌았다. 하여 그렇게 10분 정도가 더 지났을 즈음.

"엇, 대표님!"

전시장이 오픈하기 직전에, 주영은 반가운 얼굴을 발견할 수 있었다.

"하하, 민 대표님 일찍부터 와계셨다면서요?"

남자의 정체는 바로 오늘 이 전시가 있을 수 있게 만들어준 WJ 스튜디오의 대표 서우진이었다.

— * —

오늘 코엑스의 전시에는 수많은 관계자들이 있지만, 우진은 그 중에서도 가장 많은 지분을 갖고 있는 인물 중 한 사람일 것이었다. 서울 디자인 재단이나 콘텐츠 진흥원 등 주최 측부터 시작해서 KSJ엔터, 벨로스톤즈 등의 참가사까지. 다양한 측면에서 전시에 영향력을 끼친 사람이 바로 우진이었으니 말이다. 때문에 오늘 우진이 현장에 늦게 나타난 이유는, 현장과 관련하여 할 일이 없어서가 아니었다. 우진은 오늘 아침 일찍부터 주최 관계자들을 만나고 오는 길이었다.

"이사장님께서 뭐라고 하시던가요?"

주영의 물음에, 우진이 웃으며 대답했다.

"뭐, 다들 기분 좋아하시지요."

"그래요?"

"티켓 판매량도 역대 최대수량 경신했고… 마케팅 효과도 상당히 좋은 것 같아요."

"오… 오늘 기대 좀 해볼 만하겠네요."

"그렇죠."

우진이 오늘 주최 관계자들을 아침부터 만난 이유는 리빙페어를 시작으로 연계될 넥스트 스텝과 관련된 플랜을 짜기 위해서였다. 계획한 모든 시나리오를 최대한 잘 연계시켜 시너지를 만들어내려면, 리빙페어의 파급력을 최대한 근접하게 예상하는 게 중요한 부분이었으니 말이다.

"주영 씨."

"네?"

"작년 리빙페어 첫날 몇 명이었는지 알아요?"

"첫날이야 일반적으로 만 명이 넘지 않죠. 바이어나 관계자들에게만 오픈되니까요."

"그렇죠?"

"그건 왜요?"

"이사장님께서 오늘 예상 방문객이 2만 명 정도라고 하셔서…."

우진의 이야기에 민주영의 두 눈이 휘둥그레졌다.

"헉…! 그게 말이 돼요? 2만 명이면 2, 3일 차에도 찍기 어려운 숫자인데…."

"그러게요."

"하지만 주최 측에서 뽑은 데이터라면, 얼추 맞아떨어지긴 할 거예요. 빅데이터 기반으로 도출된 결론일 테니까… 대박이네요."

"지켜보면 알겠죠."

주영의 반응을 본 우진은 고개를 끄덕이며 속으로 생각했다.

'데이터만 들었을 땐 확 와닿지 않았었는데… 민 대표 반응을 보니 확실히 대단한 수준이긴 한가 보네.'

우진이 그런 생각을 하고 있을 때, 주영이 다시 입을 열었다.

"그럼 서 대표님."

"넵."

"주최 측에서, 기간 내 총 방문객 숫자는 몇 명 정도로 보시던가요?"

"한 30만에서 50만 정도 보셨어요."

"…!"

더욱 경악한 표정이 된 민주영을 보며, 우진이 가볍게 웃었다.

"그렇지 않아도, 역대 최고 수치 예상이라고 하셨어요."

"그건 역대 최고 수준이 아닌데요? 이제껏 10만을 넘었던 리빙 페어도 거의 없었는데…."

"일단 기간부터가 3일이 아니라 일주일인 데다… 명실상부한 국제 리빙페어잖아요?"

"아무리 그래도…."

"애초에 방문객 타깃 범위가 지금까지와는 차원이 다른 수준이니까, 얼마든지 가능한 수준이라고 생각해요."

주영과 이런저런 이야기를 나누던 우진은 천천히 전시 부스 바깥으로 걸어 나왔다. 전시 첫날인 오늘은 일반 방문객의 출입이 제한되지만, 우진과 주영은 아마 가장 바쁜 하루를 보내게 될 것이었다.

대부분의 매체와 기자들의 방문이 오늘로 잡혀있었기 때문에, 우진에게 잡혀있는 인터뷰 일정만 해도 열 건이 넘는 수준이었으니까. 그래서 두 사람은 전시 오픈 이전에 마지막 여유를 즐기기 위해 캔커피를 한 잔씩 뽑아 들었다. 특히 새벽부터 지금까지 계속 전시장 안에만 있던 주영은 바깥 공기를 좀 쐬고 싶었기에, 테라스 쪽으로 걸음을 옮겼다. 그런데 테라스의 문을 열고 바깥으로 나간 순간,

"…!"

주영은 또다시 놀란 표정이 될 수밖에 없었다. 그런 그녀의 표정을 본, 우진이 웃으며 한마디 건네었고 말이다.

"아까보다 더 늘었네요. 아까는 이 정도는 아니었는데."

주영의 시야에 들어온 것은, 건물 바깥까지 길게 늘어서 있는 방문객의 행렬이었다.

— * —

오랜만에 만난 두 스페인의 건축가는 오늘 기분 좋게 코엑스에 방문하였다.

"하하, 바이어(Buyer)라. 딱히 오늘 여기에 뭘 사러 온 건 아니었는데 말이야."

"꼭 뭘 사야 바이어던가. 그냥 업계 관계자면, 다 바이어라고 할 수 있지."

"하긴. 오늘 마음에 드는 자재업체라도 있다면, 내 스튜디오와 거래하는 시공업체들에게 소개해줄 수 있을 테니… 딱히 틀린 말도 아니로군."

"쓸데없는 소리 말고, 들어가기나 하세."

두 스페인의 건축가란, 당연히 브루노와 마테오를 의미하는 것이었다. 마테오는 어제 서울에 도착하여 브루노의 집에서 하루를 묵었고, 때문에 오늘 코엑스 전시장에도 브루노의 차를 타고 함께 오게 된 것이다.

"흐흐, 기대되는구먼."

"뭐가 말인가?"

"서우진 대표의 작품도 기대되고, 미디어 콘텐츠와 공간의 융합이라는 걸… 어떻게 표현했을지도 기대되고."

"확실히 흥미로운 전시이긴 하지."

[Buyer]라고 인쇄되어 있는 표찰을 만지작거리던 마테오는 그 것을 목에 걸고 전시장 입구를 통과하였다. 전시장에 일찍 도착했음에도 불구하고, 두 사람은 꽤 오래 기다려서야 부스 안에 들어올 수 있었다. 물론 우진에게 연락했다면 따로 줄을 설 필요 없이 입장할 수 있었겠지만, 두 사람은 일부러 그러지 않았다.

두 건축가 모두 프로젝트가 일단락되어 오랜만에 시간적인 여유도 많이 있었고, 무엇보다 현장감을 그대로 느끼며 전시 부스를 관람하고 싶었으니 말이다. 그래서 둘은 일부러 한류 콘텐츠가 메인으로 구성되어 있는 A섹터에 먼저 입장하였다. 어차피 한 바퀴 돌면 B섹터까지 동선이 이어져있기도 했다.

"Korean wave(한류)라…."

"우리에겐 꽤 생소한 용어지만, 요즘 유럽 젊은이들 중에도 이한국 대중문화에 관심 있는 청년들이 많다고 들었네."

브루노의 설명에, 마테오가 흥미롭다는 표정으로 턱을 만지작거렸다.

"그렇군. 재미있어."

"사실 나는 K-POP은 잘 모르겠고, 요즘 한국 드라마를 그렇게 재밌게 시청하는 중이지."

"하하, 프로젝트 끝나고 한국에서 뭐하나 했더니 드라마나 보면서 노닥거리고 있었구면?"

"생각보다 재밌다니까? 뭔가 스토리가 유치한 것 같으면서도, 다음 편을 계속 보게 만드는 마력을 가지고 있단 말이지."

두 디자이너는 전공 분야와는 연관성이 적은 A섹터의 부스들도 꽤 흥미롭게 관람하였다. 한류 콘텐츠들이 흥미롭기도 했지만, 단지 그 때문만은 아니었다. 오늘의 전시 자체가 이 한류 콘텐츠와 공간디자인이 콜라보된 전시다 보니 리빙페어가 아닌 A섹터의 공간구성도 꽤 짜임새 있고, 세련되게 디자인되어 있었던 것이다. 하여 A섹터를 한 바퀴 전부 돌았을 때, 두 건축가의 표정은 더욱 상기되어 있었다.

"이제 저쪽으로 이동하면 B섹터인 거지?"

"그렇지. 슬슬 넘어가 볼까?"

"좋아, 이 콘텐츠들을 공간 디자인적인 측면에서 어떤 방식으로 풀어냈을지 몹시 궁금하구먼."

두런두런 이야기를 나누며 천천히 걸음을 옮긴 두 사람은, 기대감 넘치는 표정으로 B섹터에 들어섰다. 비교적 좁은 통로를 지나 부스 안쪽으로 들어서자, 높은 천정고를 가진 탁 트인 로비가 가장 먼저 둘의 눈에 들어왔다. 그리고 그 널찍한 로비에 발을 딛은 순간,

"와우."

"크…!"

두 사람은 본능적으로 알아차릴 수 있었다. 로비 뒤편에 가장 먼저 보이는 멋들어지는 건축 조형이 바로 우진이 작업한 작품이라는 사실을 말이다.

— ＊ —

[Media와 Living의 콜라보. 코엑스에서 열린 디자인페어가 세계를 놀라게 하다.]

[기사 입력 2012.08.06. 오후 4:30]
[데일리 디자인, 유지수 기자]

8월의 여름은 뜨거웠다. 그리고 〈국제 리빙페어〉의 열기는 그 여름의 열기보다도 더욱 뜨거웠다. Media와 Living이라는 다소 연관성을 떠올리기 힘든 두 가지 콘텐츠는 감탄을 자아낼 정도로 완벽히 조화를 이루었으며, 전에 없던 새롭고도 멋진 전시를 관람객들 앞에 선보였다.

…중략…

이러한 흥행에 일등공신의 역할을 한 것은, 다름 아닌 드라마 〈천년의 그대〉와 WJ 스튜디오의 대표 서우진 디자이너였다. 〈천년의 그대〉는 제작비 100억 이상이 들어간, 모든 회차가 사전제작으로 촬영되는 드라마다. 이 〈천년의 그대〉의 촬영이 이뤄진 세트장 일부가 리빙페어의 메인 부스에 전시되었는데, 이는 WJ 스튜디오의 서우진 대표가 직접 디자인·설계한 작품이다. 일반 관람객들은 물론 리빙페어에 방문한 수많은 업계 관계자들은, 이 멋진 작품을 향해 극찬을 아끼지 않았다.

[드라마 〈천년의 그대〉의 세트장 / 사진 : 김정수]

"정말 놀랍습니다. 리빙페어에 와서 이런 멋진 작품을 보게 될 줄은 몰랐어요."
"말 그대로 환상적입니다. 전통건축의 아름다움을 이렇게 멋지게 현대적으로 재해석한 작품이라니…."

"서우진 디자이너의 작품이라는 얘기를 들었습니다. 오늘 이 작품을 눈앞에서 볼 수 있었던 것만으로도, 두 시간 넘게 줄 서있던 수고를 보상받는 것 같군요."

천 년 전의 과거와 현대를 오가며 스토리가 진행되는 〈천년의 그대〉 세트장은, 전통의 멋을 살리면서도 현대건축의 세련된 아름다움을 멋지게 표현한 작품이었다. 전반적으로 발 디딜 틈이 없을 정도로 많은 인파가 몰린 전시였지만, 특히 이 작품 앞에는 구름처럼 많은 사람들이 모여 있었다. 전시가 오픈한 4일 오후 타임에는, 〈천년의 그대〉에 주연을 맡은 배우 성하영과 민우가 현장에 방문하여 드라마에 대한 애정을 과시하기도 했다.

"저희 드라마 세트장을 디자인해주신 서우진 대표님께 정말 감사드립니다. 덕분에 드라마, 정말 예쁘게 잘 나왔어요!"

"서우진 대표님은 개인적으로 친분이 조금 있는 형님이기도 합니다. 워낙 바쁘셔서 자주 뵙지는 못하지만… 하하. 드라마 첫 방영 날에는 같이 본방 사수하기로 했어요."

…중략…

한편 콘텐츠 업계의 전문가들 또한, 이번 전시를 무척이나 긍정적으로 평가하였다는 후문이다.

"콘텐츠의 확장성은 무한합니다. 콘텐츠는 곧 문화이며, 어떤 분야에도 문화는 항상 존재하죠. 새로운 시도를 보였다는 사실만으로도 이번 전시는 높게 평가받아 마땅하지만, 심지어 최근에 있었던 그 어떤 페어보다 아름다운 전시였다고 생각합니다. 이번 전시를 기획한 주최 측과 그 안에 단단한 알맹이를 채워 넣은 모든 참가사 여러분께 찬사를 보냅니다."

이번 코엑스 〈국제 리빙페어〉는 8월 4일 토요일부터 8월 10일 금요일까지 총 일주일 동안 오픈한다. 그 어느 때보다 볼거리가 많은 전시인 만큼, 일반적인 페어보다 2배 이상 긴 기간 동안 전시가 이어진다. 서울 디자인 제단의 이사장 안정묵은 이번 페어의 총 방문객 숫자가 역대 최고 수준인 50만 명을 넘을 것으로 추측하였다.

— * —

11년 하반기부터 12년 상반기까지 우진이 쉼 없이 뛰어다니며 만들어낸 결과물인 리빙페어는 그야말로 대성공을 거두었다. 전시를 기획한 주최 측과 관계자들이 예상했던 것보다 훨씬 더, 그리고 우진이 생각했던 것보다도 훨씬 더 크게 말이다.

그것은 이제까지 우진이 이슈화시켰던 그 어떤 일들보다도 훨씬 더 파급력이 강력했는데, 이것은 너무 당연한 수순이었다. 일단 전시장에 방문한 인원만 50만 명이 넘는 수준에, 해외 방문객이 그 중 10퍼센트나 차지할 정도였으니, 전시가 진행되는 내내 저녁 뉴스 헤드라인으로 코엑스 국제 리빙페어가 도배될 정도였던 것이다.

우진은 이 결과는 결국 미디어 콘텐츠와의 콜라보 덕분이라고 생각하였다. 우진이 아무리 날고 기어 멋진 건축 디자인을 전시에 선보였다고 해도, '미디어 콘텐츠'라는 무기 없이 이렇게 대중적인 관심을 끌어모으는 것은 어려웠을 테니 말이다.

전시가 마무리되어 가는 금요일 저녁. 오랜만에 성수동 단골 바에서 만난 우진과 소정은 칵테일을 한 모금씩 마시며 대화를 나누고 있었다.

"한류 콘텐츠 전시를 보러 A섹터에 방문했던 방문객들도, 결국 한 번씩은 B섹터를 둘러봤을 겁니다."

"아무래도 그렇겠죠. 전시 내용 자체가 전부 다 물 흐르듯 이어져 있었으니까요."

"하영 씨가 왔다 간 것도 이슈화에 큰 역할을 했고요."

"그러게요. 민우가 온다는 얘기는 들었는데, 하영 씨가 방문할 줄은 저도 몰랐어요."

두 사람은 무척이나 기분이 좋아 보였다. 이 리빙페어에 가장 많은 노력을 부은 사람이자 가장 큰 수혜를 보게 될 사람인 우진은 당연했으며 숙원사업이나 다름없는 〈천년의 그대〉가 성공적으로 첫발을 내딛은 셈인 소정 또한, 우진만큼이나 기분이 좋았던 것이다.

"어쨌든… 모두가 잘해주신 덕에 대박 난 것 같습니다."

"이제 드라마만 재밌으면 되겠군요?"

"소정 대표님만 믿습니다."

"으… 이거 부담돼서 큰일 났네요."

"왜 갑자기 약한 척하세요? 항상 자신감 넘치시던 분께서."

"이제 드라마 잘 안 되면, 핑계 댈 곳도 없잖아요."

"크크, 그야 그렇죠."

어깨를 으쓱하며 너스레를 떠는 소정을 보며, 우진은 피식 웃을 수밖에 없었다. 그녀의 목소리에서, 절반쯤의 농담과 절반쯤의 진심이 느껴졌으니 말이다.

'떨리겠지. 진짜 소정 대표님 입장에서는 올인인데.'

리빙페어의 흥행으로 인해 〈천년의 그대〉가 대중들에게 크게 알려졌고, 이것은 분명 드라마 흥행에 청신호라고 할 수 있다. 하지만 반대로 드라마가 재미없고 반응이 좋지 않다면 오히려 이것은 역효과가 날 수도 있다. 대중의 기대감은 최고조로 높아져있는 상황이었고, 이렇게 훌륭하게 깔린 판 위에서 대차게 말아먹는다면 그만큼 더 크게 욕을 먹을 테니 말이다.

'어차피 성공할 드라마라고, 걱정 말라고 해줄 수도 없고, 참….'

우진은 말없이 칵테일을 다시 한 모금 홀짝였다. 그리고 잠시 후, 소정을 향해 다시 입을 열었다.

"대표님."

"네?"

"우리 내기 하나 할까요?"

"무슨 내기요?"

소정의 물음에, 우진이 씨익 웃으며 다시 말을 이었다.

"우리 드라마, 첫 방 언제였죠?"

우진의 물음에, 소정의 입에서 1초도 지체 없이 대답이 튀어나왔다.

"12월 5일. 수요일이요."

"어, 편성이 좀 바뀌었나 보네요?"

"아무튼, 그게 중요한 건 아니고… 왜 물어봤어요? 내기하자면서요?"

조금 장난기 어린 우진의 목소리에, 소정이 눈을 빛내며 대답을 재촉하였다. 그에 우진이 피식 웃으며 입을 열었다.

"별건 아니고… 첫 방영 시청률 내기 한번 해볼까 했죠."

소정은 더욱 흥미로운 표정이 되었다.

"오… 그거 재밌겠는데요?"

그리고 소정이 대답하는 사이, 우진은 전생의 기억을 떠올려보고 있었다.

'원래 〈천년의 그대〉 시청률이 얼마쯤이었더라… 한 20% 정도 됐었나?'

우진이 다시 물었다.

"요즘 드라마, 첫 방 시청률 몇 퍼센트 정도가 대박이죠?"

소정이 대답했다.

"10퍼센트만 넘어도 괜찮죠. 대박이라고 하면… 한 15퍼센트쯤?"

2020년대쯤에는, 공중파 드라마의 파급력이 많이 줄어든다. 2010년대 후반부터, 넷플릭스 등 수많은 영상 미디어 콘텐츠들이 시장의 파이를 갈라먹기 시작하니 말이다. 그래서 사실상 첫 방영 10퍼센트라는 시청률을 찍는 드라마는 없다고 봐도 무방한 수준.

하지만 2012년에는 20퍼센트 이상의 시청률도 가능하다. 우진의 기억에 〈천년의 그대〉는 분명 20퍼센트에 육박하는 시청률을 기록했었다.

'한 18? 19퍼센트 정도였던 것 같은데… 전생에는 리빙페어도 없었고, 이슈화도 훨씬 덜 됐었으니까….'

스토리부터 등장인물, 제작진까지 전부 같았으니 아마 최고시청률은 비슷할지도 모른다. 하지만 첫 방영은 마케팅발도 많이 받는 회차였고… 분명한 것은 지금, 우진의 전생에 비해 〈천년의 그대〉가 훨씬 더 크게 이슈화됐다는 사실이었다.

"전 25프로에 걸겠습니다."

우진의 말에, 소정이 당황한 표정으로 반문하였다.

"25퍼센트요?"

"네, 왜요?"

"혹시 제 말 잘못 들은 건 아니죠?"

"음…?"

"대박 나야 15퍼센트라니까요? 20퍼센트만 되어도 초대박이에요."

"그렇겠죠?"

"25퍼센트면 내기 져주겠다는 소리 같은데…."

우진이 웃으며 어깨를 으쓱하였다.

"뭐, 어쨌든 전 25퍼센트에 겁니다. 참고로 전 져드릴 생각은 없어요."

"진짜요?"

"네, 그래서 소정 대표님은 몇 퍼센트에 거십니까?"

단순한 내기일 뿐이라 해도 25퍼센트라는 이야기에 기분이 좋아졌는지, 소정이 배시시 웃으며 다시 입을 열었다.

"그럼 난 24프로."

그리고 소정의 말에, 우진은 어이없는 표정이 되었다.

"와, 치사한 것 봐."

"뭐가 치사해요?"

"이러면 25퍼센트보다 조금만 낮아도 무조건 소정 대표님이 이기잖아요."

"그러게 누가 그렇게 기분 내래?"

"무를 수는 없는 거죠?"

"남자가 한 입으로 두말하기 있어요?"

"뭐, 어차피 이길 거니까. 콜!"

우진은 자신 있게 콜을 외쳤지만, 사실 미래를 아는 그라 해도 25퍼센트의 시청률은 장담할 수 없었다. 기존의 〈천년의 그대〉 시청률보다도, 무려 5포인트 이상을 높게 잡은 수치였으니까.

'그래도 이길 확률이 더 높다고 생각은 하지만….'

그래서 내기에는, 나름 현실적인 조건을 걸었다.

"좋아! 그럼 내기에는 뭘 거는 거예요?"

"일단 내가 지면, KSJ엔터 신사옥 지어드릴게요."

"헐, 정말?"

"물론 시공비랑 설계비는 주셔야죠. 디자인 피를 공짜로 해드린단 소립니다."

"우와, 대박!"

"그럼 소정 대표님은?"

"난 음… 조금만 더 생각해볼게요. 당장은 안 떠올라."

"기대해도 되죠?"

"뭐, 어차피 제가 이길 것 같지만… 아니다. 우진 씨가 이겼으면 좋겠네. 내기 져도 첫 방송 시청률 25퍼센트면 기분 째질 것 같아."

우진 덕에 행복회로가 가동됐는지, 소정의 표정은 한결 밝아졌다. 원래 걱정이란 것을 한번 하다 보면 끝도 없이 하게 되지만 반대로 행복한 상상을 하다 보면 또 긍정적인 생각들을 계속하게 되는 법. 그리고 소정의 밝아진 표정을 보니, 우진의 기분 또한 한결 더 좋아졌다.

"내기는 내기고, 우리 짠이나 한 번 더 해요."

"좋죠."

술잔을 가볍게 부딪친 두 사람은 기분 좋은 분위기 속에서 이런저런 이야기들을 더 주고받았다. 사적인 이야기도 있었지만, 대부분은 앞으로의 사업 방향성에 대한 이야기들.

"소정 대표님, 〈우리 집에 왜 왔니〉 방영은 다음 주였죠?"

"뭐, 촬영은 잘 끝났고… 아마 다음 주 맞을 거예요."

"그때 맞춰서 또 이것저것 준비하셔야겠네요."

"저야 뭐 하는 것 있나요. 우리 마케팅 팀이 발에 땀나게 뛰어다니겠죠."

어느새 비즈니스 파트너를 넘어 친구가 된 두 사람은 그렇게 밤늦게까지 〈천년의 그대〉가 흥행한 뒤의 플랜에 대해 이야기하였다.

신뢰

이천시 문화국의 국장 조용현은 오랜만에 예능을 시청하기 위해 호프집에 자리를 잡고 앉았다. 평소에도 예능을 좋아하는 그였지만, 그래도 이렇게 시간까지 맞춰가며 기다려서 예능을 시청하는 것은 오랜만.

오늘 그가 온 곳은 후라이드 치킨이 맛있는 시청 근처의 호프집이었고, 그는 오늘 여기서 문화국 직원 몇몇과 맥주를 한 잔씩 하며 〈우리 집에 왜 왔니〉를 시청하기로 하였다. 어찌 보면 일요일까지도 업무의 연장선인 것처럼 느껴질 수도 있겠지만, 조용현을 비롯한 문화국 직원들은 딱히 그런 생각으로 호프집에 나오진 않았다.

일단 〈우리 집에 왜 왔니〉라는 예능프로 자체가 재미있는 예능이었으며, 오늘 이 예능에 출연하는 우진 덕에 최근 문화국 전체가 활기를 띄고 있었으니 말이다. 지난번 우진과의 딜 이후로 조용현은 이천시장에게 1차적으로 보고를 올렸었고 그 직후에 코엑스에 있던 리빙페어가 대박이 나면서, 시장의 지지를 크게 얻을 수 있었던 것.

이번 프로젝트가 제대로 성사되기만 하면 문화국 직원들의 실적은 역대급으로 치솟을 테니… 주말에 모여 치맥과 함께 예능을 시청하는 정도는, 그들에게 업무라고 느껴지지도 않는 것이 당연하였다.

"국장님! 늦어서 죄송합니다."

"늦기는 무슨. 아직 3분 남았어."

"진식이도 지금 다 와간대요."

"치킨 시켜놨으니까, 맥주는 알아서 주문해."

"네, 국장님."

물론 오늘 호프집에 문화국의 직원 전체가 다 오는 것은 아니었다. 이번 프로젝트를 직접적으로 진행하는 실무 요직의 인원들만 호프집에 나와있었고, 인원은 조용현 국장을 포함해 총 네 사람이었다.

"강호, 어제는 뭐 했어? 아들내미랑 놀러 간다더니."

"서울 다녀왔습니다."

"서울?"

"롯데월드 갔다 왔어요. 애가 하도 졸라서."

"난 또, 서울이라기에 리빙페어라도 보러 갔다 온 줄 알았네."

"리빙페어 지난주에 닫았잖아요."

"아, 그랬나?"

"그리고 제가 아무리 일을 열심히 해도 그렇지, 주말에 아들내미 데리고 리빙페어까지 갈 정도는 아닙니다."

"열심히 하기는 개뿔."

"하, 국장님. 너무하시네."

"크크크."

오랜 시간 함께 일한 동료들인 만큼, 문화국 직원들은 화기애애한 분위기 속에서 이런저런 잡담을 떨었다. 그러는 동안 치킨과 함께 맥주가 나왔고, 오늘 이 자리에 나오기로 했던 모든 인원이 모였다. 이어서 맥주잔을 한 차례 부딪쳤을 때,

쨍-

광고가 전부 끝나고 〈우리 집에 왜 왔니〉가 시작되었다.

"어, 시작한다."

그리고 〈우리 집에 왜 왔니〉의 첫 장면이 떠오르는 순간, 직원들의 입에서는 거의 동시에 탄성이 새어 나왔다.

"오오…!"

"대박!"

"크, 역시!"

그들이 탄성을 터뜨린 이유는 간단했다. 오늘 〈우리 집에 왜 왔니〉의 첫 장면부터가, 이천시에 있는 〈천년의 그대〉 세트장이었던 것이다. 출연진이 등장하기 전 드론을 활용한 P.O.I(Point Of Interest)* 항공촬영 기법으로, 세트장 전경을 보여주는 것이 오늘 방영분의 시작이었던 것.

문화국 직원들은 일단 우진이 완벽하게 약속을 지켰다는 사실에 가장 먼저 감탄하였으며 항공촬영으로 한눈에 들어오는 세트장

---

* 피사체를 중심으로 카메라를 회전시키며 촬영하는 항공촬영 기법.

전경의 수려함에 또 한 번 감탄하였다. 그들은 〈천년의 그대〉 세트 장의 현장에 직접 가본 적이 있었지만, 이렇게 전경 전체가 눈에 들어오는 항공뷰로 보는 것은 처음이었다.

"캬, 이렇게 보니까 진짜 멋있네요."

"콘셉트가 무슨 하늘궁전이라더니. 진짜 그런 느낌 나는데?"

"바닥에 비싼 청백색 대리석을 왜 깔아놨나 했더니…."

"구름 위의 궁전 같네요, 정말."

저마다 감탄사를 한마디씩 터뜨린 네 사람은 치킨을 뜯는 와중에도 TV에 시선을 고정시키고 있었다. 이어서 잠시 후, 〈우리 집에 왜 왔니〉의 고정 출연진들이 화면에 모습을 드러내었다. 가장 먼저 프로그램의 시작을 알린 것은, 역시 메인 진행자인 재엽이었다.

[우리 집에 왜 왔니, 왜 왔니, 왜 왔니!]

[PD님. 이 오프닝 멘트 좀 바꾸면 안 될까요? 2년이 지났는데 아직도 적응이 안 돼.]

[재엽 오빠, 이제 포기할 때도 되지 않았어? 바꿔주실 거면 이미 예전에 바꿔주셨을 듯.]

[하….]

초기의 〈우리 집에 왜 왔니〉가 재엽과 리아의 티키타카로 시작되었다면, 최근에 리아의 역할을 하고 있는 사람은 바로 수하였다. 지난 시간 동안 많은 포맷이 달라져있는 〈우리 집에 왜 왔니〉였지만, 프로그램에서 느껴지는 기본 색깔만큼은 아직도 변함이 없었다.

[그런데 잠깐, '우리 집'에 왜 왔냐면서요. 대체 여긴 누구네 집인데요?]

수하의 물음에, 옆에 있던 박두영이 추임새를 넣었다.

[우와… 여기 무슨 궁궐이야?]

박두영은 재엽·수하와 함께, 첫 방영부터 지금까지 〈우리 집에 왜 왔니〉를 지키고 있는 터줏대감이었다.

[당연히 집주인을 모셨지요.]

재엽의 말에 두영이 다시 물었다.

[집주인? 이런 궁궐에 집주인이 어디 있어? 지금이 조선 시대야?]

수하가 끼어들었다.

[궁궐이 아니고 '하늘궁전'이라고요, 선배님.]

[하늘궁전?]

재엽이 다시 말했다.

[정확히는 '천신궁'이라는 멋진 이름을 가지고 있는 곳이지요.]

[뭐야, 재엽이 너 무협지를 너무 많이 읽은 것 아냐?]

두영이 과장된 표정으로 너스레를 떨었고, 재엽이 다시 입을 열었다.

[자, 두영이 형뿐만 아니라 시청자 여러분께서도 이 으리으리한 집에 대해 궁금하신 것들이 많을 텐데요…!]

이어서 그가 카메라 우측을 향해 손을 뻗었다.

[일단 이 천신궁의 주인들을 먼저 만나보도록 하겠습니다. 궁금한 건 집주인에게 물어봐야죠! 반갑습니다, 집주인 여러분!]

재엽이 뻗은 손이 가리키는 방향을 따라, 카메라가 자연스레 이동하며 게스트들의 면면을 비추었다. 오늘의 게스트들은 총 네 사람. 우진과 리아 그리고 〈천년의 그대〉의 주인공인 민우와 하영이 었다. 출연진들의 박수 소리와 함께 게스트들이 소개되었고, 게스트들이 소개된 순간 호프집도 웅성이기 시작하였다.

"와, 오늘 게스트 진짜 빵빵하네?"

"이야! 유리아도 나왔어. 오랜만에!"

"저 젊은 친구는 누구야?"

"저 친구가 서우진이잖아."

"아, 그래? 〈우리 집에 왜 왔니〉 초창기 멤버라더니, 오랜만에 나온 건가?"

"여기 세트장도 서우진이 작품이래."

"진짜?"

"그렇다니까? 저 친구 진짜 물건이야, 물건."

금일 〈우리 집에 왜 왔니〉 방영분의 촬영지가 이천시이기 때문인지 문화국 직원들을 제외하고 호프집에 있던 다른 사람들도, 무척이나 흥미롭게 TV를 시청하고 있었다. 원래 유명 프로에 익숙한 동네가 나오면, 괜히 내 어깨가 으쓱하고 기분이 좋은 법이었다.

"벌써부터 재밌는데요?"

"오바는….."

부하직원 진식의 너스레에 한 차례 핀잔을 준 조용현이 다시 TV에 시선을 고정시켰고, 화면에서는 출연진들과 게스트들이 반갑게 서로 인사를 나누는 장면이 이어졌다. 초창기 〈우리 집에 왜 왔니〉에서 단짝이었던 재엽과 리아가 틱틱대는 것을 시작으로…

[이야, 유리아. 너 오랜만이다?]

[오빠는 못 본 사이에 살이 왜 이렇게 쪘어?]

〈우리 집에 왜 왔니〉 흥행의 일등공신인 우진 또한, 고정 출연진들의 격한 인사를 받았다.

[크, 서 대표님! 이거 완전히 금의환향 아닙니까?]

[금의환향이라뇨. 전 엄연히 게스트일 뿐이라고요. 다시 고정출연하는 거 아닙니다. 오해 마세요.]

[쳇, 야박하시네, 우리 아우님.]

그렇게 출연진들이 인사를 나누는 것으로 분위기는 한층 더 달아올랐고, 잠시 후 민우의 얼굴이 스크린에 확대되었다. 한껏 꾸미고 나온 민우의 얼굴은 이제 아역배우라는 프레임을 완전히 벗은 잘생기고 멋진 모습이었다.

[잠깐. 집주인 '들'이라니요, 선배님.]

민우의 이야기에 재엽이 어리둥절한 표정으로 반문했다.

[응? 난 대본대로 읽은 것뿐인데?]

재엽의 애드리브에 출연진들이 킥킥거리며 웃었고, 민우가 다시 입을 열기 시작하였다.

[천신궁은 '서후'네 집이라고요. 그러니까 집주인은 저 혼자인 거죠.]

민우가 말을 한 직후, 약간의 화면연출과 함께 드라마 〈천년의 그대〉의 트레일러 영상을 비롯한 미공개 영상들이 잠깐 스크린에 비춰졌다. 그리고 호프집에 있던 모든 시청자들은 마치 빨려 들어가기라도 하듯 그 영상에서 눈을 떼지 못하였다.

"이거 드라마 맞아?"

"그러니까… 퀄리티가 뭐 이렇게 좋아?"

그냥 촬영해도 멋진 천신궁의 건축물들에 CG가 입혀지고, 그 위에서 각기 캐릭터에 완전히 몰입한 배우들이 열연을 펼친다. 앞뒤가 다 잘린 짧은 영상들이었지만, 그것만으로도 사람들은 감탄을 금치 못하였다.

"이거 드라마 제목이 뭐라고?"

"〈천년의 그대〉라잖아."

"와… 제목 유치해서 B급 사극인 줄 알았는데…."

"대박, 이거 방영이 언제야?"

호프집 여기저기서 웅성이는 사람들의 목소리에, 조용현은 괜히 자신이 뿌듯해지는 것을 느꼈다.

'이천시에서 이런 퀄리티의 드라마가 촬영되다니….'

지금 우진과 딜이 오가는 프로젝트가 깔끔하게 진행된다면 드라마의 흥행은 곧 이천시의 발전이나 다름없는 상황이 된다. 드라마의 스토리나 퀄리티도 퀄리티지만, 애초에 〈천년의 그대〉가 처음 이슈화되는 중심에 '천신궁 세트장'이 있었으니 흥행으로 인한 관심도의 대부분을, 관광수요로 빨아들일 수 있는 최적의 조건이 성립되었으니 말이다.

그리고 너무도 당연한 수순이겠지만, 이 프로젝트를 처음 제안하고 우진에게 컨택한 조용현의 실적은 그만큼 크게 인정될 것이었다. 〈천년의 그대〉 트레일러 영상을 잠깐 본 것으로 여기까지 행복 회로를 돌린 조용현 국장의 얼굴엔 더욱 푸근한 미소가 떠올랐다.

[야, 민우 출세했네. 집 너무 근사한 거 아냐?]

[그래서 요즘 행복해요, 선배님. 촬영하다 보면 진짜 여기가 내 집 같고… 그렇다니까요?]

재엽과 민우가 대화하던 중, 옆에 있던 수하가 슬쩍 한마디 거들었다.

[이 세트장이 얼마 전에는 코엑스에서 열렸던 국제 리빙페어에서도 엄청 화제가 됐었다죠?]

그리고 그 말을, 재빨리 재엽이 받았다.

[그렇다고 하더라고요. 전통건축의 멋을 현대적인 건축기법으로 아름답게 살린 건축이라고, 해외 매체에서도 칭찬이 아주 자자하다고 합니다.]

[크, 역시 서 대표님! 〈우리 집에 왜 왔니〉가 낳은 아들!]

대본에 있던 내용은 아니었지만, 수하와 재엽이 손발을 맞춰가며 슬쩍 우진을 띄워준 것.

[우진이는 우진이 어머님께서 낳으셨지, 프로그램이 낳았냐?]

[말이 그렇다는 거지, 말이! 괜히 꼬투리 잡기는.]

재엽과 수하는 티격태격하며 다음 순서를 진행하였고, 그 과정에서 출연진은 자연스레 세트장 안으로 이동하였다.

[오늘은 촬영장이 평소보다 무척이나 넓은 만큼, 재밌는 미션을 기대해봐도 되겠죠?]

[글쎄요, 이상한 건 시키지 말았으면 좋겠는데….]

그리고 이 모든 과정을 스크린을 통해 흥미진진하게 지켜보던 조용현 국장은 저도 모르게 두 주먹을 불끈 쥐고 있었다.

'됐다. 됐어.'

아직 오늘 방영분이 시작한 지 15분도 채 지나지 않은 시점이었지만 오늘 방송이 끝나고 나면, 이천시와 세트장이 뜨겁게 이슈화될 것은 분명하다는 확신이 들었으니 말이다.

— * —

대부분의 협업에서, 신뢰라는 것은 그 어떤 가치보다도 우선시되어야 한다. 협력 과정에서 신뢰가 한번 비틀어지기 시작한다면, 애초에 협업이라는 구조 자체가 성립하기 힘들어지니 말이다. 그래서 우진은 신뢰를 상대방에게 100퍼센트 확실하게 보여주는 것이야말로 협업의 시작지점에서 가장 중요한 부분이라고 생각했다.

그래서 약속한 그 어떤 사소한 부분도 소홀하게 생각하지 않았다. 이천시의 세트장을 〈우리 집에 왜 왔니〉의 특집 촬영장으로 확정 지은 것은 물론 그 특집 촬영에 등장하는 모든 등장인물부터, 세트장의 관광지 개발과 관련된 언급을 조금씩 방송 중에 던져주는 것까지. 이천시 문화국의 관계자들이 완벽하게 만족할 만큼, 그가 시청에서 언급했던 모든 부분을 확실하게 이행한 것이다.

'이 정도면 훌륭하지.'

물론 우진과 협업하게 될 문화국장 조용현이 반대로 신뢰가 없는 사람이라면, 아무리 우진이 이렇게 노력했다 하더라도 그 노력의 빛이 바랠 수도 있을 것이다. 하지만 우진은 자신의 사람 보는 눈을 믿었다.

그날 시청에서 만났던 조용현 국장은 적어도 솔직하고 담백한 사람이었다. 보통 허풍이 없고 담백한 사람들은, 책임감과 신뢰를 중요하게 생각하는 준수한 인격을 가지고 있을 확률이 높았다.

'조 국장도 아마 지금 이 화면을 보고 있겠지. 그리고 내 예상이 틀리지 않는다면… 아마 내일 오전에는 바로 전화가 올 거야.'

우진과 조용현 국장이 미리 짜둔 플랜은 스텝 하나하나가 지체할 수 없을 정도로 빡빡하게 구성되어 있었다. 〈우리 집에 왜 왔니〉 방송이 나가는 날을 기점으로 〈천년의 그대〉 드라마의 첫 방영 날까지 남아있는 기간은 고작 4달 정도가 전부였는데, 이 안에 진행해야 하는 행정절차가 한두 가지가 아니었으니까. 그래서 우진은 지금이라도 그에게 전화하고 싶었고, 그것은 조용현도 마찬가지일 것이었다. 물론 주말 저녁이라, 둘 다 그렇게 생각만 할 뿐이었지만 말이다.

우진이 그런 생각을 하는 사이 어느새 방송이 끝났고, 다음 화 예고편이 나오기 시작하였다. 예고편으로 흘러나오는 영상 역시, 오늘 방송된 내용의 연속. 이천시 〈천년의 그대〉 세트장에서 찍은 촬영분은 거의 3회 방영분이었고, 그래서 아마 3주 동안은 〈천년의 그대〉 특집이 진행될 터였다.

탁–

맥주캔을 딴 우진이 시원한 맥주를 크게 한 모금 들이마셨고, 옆에서 같이 〈우리 집에 왜 왔니〉를 시청하고 있던 석현이 그를 향해 물어보았다.

"이야, 영상 진짜 잘 뽑혔다, 우진아."

"영상? 내가 말했잖아. 오늘 편 재밌을 거라고."

우진의 대답에 석현이 고개를 저으며 대꾸했다.

"아니 〈우리 집에 왜 왔니〉 말고, 〈천년의 그대〉 말이야."

"아하."

"중간중간 토막 영상 나오는 거만 봤는데도, 드라마 당장 보고 싶네."

"그 정도야?"

"그렇다니까? 영상 편집을 기가 막히게 잘한 건지, 진짜 드라마 가 재밌게 뽑힌 건지는 모르겠는데… 일단 드라마 방영 시작하면 무조건 첫 화는 볼 것 같아."

"오…."

석현의 평가가 우진은 〈우리 집에 왜 왔니〉가 재미있었다는 말 보다 더 기분이 좋았다.

'역시. 내 눈에만 콩깍지가 쓰인 게 아니었어. 전생에 봤던 〈천년 의 그대〉보다 훨씬 더 재밌는 게 맞아.'

그리고 기분 좋은 표정이 짓는 우진을 향해, 석현이 은근한 목소 리로 한마디 더하였다.

"그리고 일단 성하영이 너무 예쁨."

김빠지는 석현의 이야기에, 우진이 한숨을 푹 내쉬며 대꾸했다.

"그럼 그렇지."

하지만 석현은 우진의 그런 표정은 신경조차 쓰지 않으며, 눈을 초롱초롱 빛내기 시작하였다.

"야, 너 성하영 본 적 있지?"

"하영 씨? 한 두세 번 정도 봤지."

"와 씨, 하영 씨래."

"왜?"

석현이 한 차례 헛기침을 하고는 다시 말했다.

"다음에 뵐 일 있을 때, 나도 좀 데려가면 안 되냐?"

"너 리아 누나 팬 아니었냐?"

"그거랑 이게 무슨 상관이야. 리아 누나 팬이기도 하고, 성하영 팬이기도 한 거지."

석현의 말에, 우진은 고개를 절레절레 저으며 피식 웃을 수밖에 없었다.

"흠, 우리 신사옥 완공되면 하영 씨가 한번 놀러 오시겠다고 하긴 했는데…."

"오, 대박. 미친! 진짜?"

"석구 외근 나가는 날 불러야겠다."

"홀리! 그건 좀 아니지 않냐, 친구야."

"너 하는 거 봐서."

"젠장! 제이든! 이 악덕 사장 좀 혼내줘!"

흥분한 석현의 목소리에, 옆에서 졸고 있던 제이든이 벌떡 일어나며 눈을 떴다.

"무슨 일이야, 석현? 악덕 사장이 또 무슨 사악한 일을 꾸민 거야?"

"글쎄, 이 나쁜 놈이 그러니까…."

소파에서 방방 날뛰며 비난하는 두 덤앤더머를 보며, 우진이 한숨을 푹 내쉬었다.

"그렇게 시끄럽게 굴 거면 내 집에서 나가줄래, 친구들?"

우진의 말에, 석현과 제이든이 쌍둥이처럼 동시에 대답했다.

"그럴 순 없지."

"그건 안 되지."

"…."

어이없는 표정이 된 우진이 다시 입을 열었다.

"집 주인은 난데?"

석현이 먼저 대답했고.

"어머님께서 안 계신 이런 날에, 베스트 프렌드를 집에 혼자 둘 순 없어."

제이든도 대답했다.

"어쩔 수 없어. 오늘은 석현이 내 승급전을 도와주기로 했거든."

"게임은 제이든의 집에서 하면 되잖아."

제이든이 고개를 저었다.

"안 돼. 우진의 컴퓨터에서 플레이를 해야, 승리할 확률이 높아지니까."

"그건 또 무슨 논리야?"

"Probability and Statistics."

"뭐?"

이번에는 석현이 대답했다.

"빅데이터를 기반으로 한, 확률과 통계에 의해 도출된 결론이래."

"빅데이터? 우리 집에서 게임을 몇 판이나 했다고."

제이든이 말했다.

"다섯 판. 그중에 무려 세 판이나 이겼지."

"…"

다시 한숨을 쉬며 고개를 저은 우진이 TV를 끄고 소파에서 일어났다.

"난 들어가 잘게. 둘이 알아서 잘해보라고."

아무래도 오늘은, 일찍 잠드는 게 정신건강에 좋을 것 같다는 생각이 든 것이다. 물론 우진이 잠을 청하도록 순순히 둘 친구들이 아니었지만 말이다.

"그럴 순 없어, 우진. 이 제이든 님의 환상적인 플레이를 봐야 하니까."

"오랜만에 같이 놀자며. 이러기야, 대표님?"

그래서 결국 우진은 새벽 세 시가 넘어서야 잠을 청할 수 있었다.

— * —

월요일 아침, 우진은 퀭한 얼굴로 석현과 함께 출근했다.

"대표님, 오셨어요?"

"네, 조금 늦었죠?"

"아뇨, 늦기는요. 평소에 워낙 빨리 오셨던 거죠."

평소 우진의 스케줄과 업무정리를 도와주는 비서실의 직원이, 우진의 책상 위에 파일 몇 개를 얹어놓으며 말했다.

"지난주 회의 자료랑, 요청해주셨던 리서치 자료들입니다."

"네, 감사합니다. 거기 두고 가세요."

"예, 대표님!"

직원이 책상 위에 두고 간 자료는 전부 〈천년의 그대〉와 관련된 자료들이었다. 리빙페어 이후 연결된 여러 업체들과의 협업 계약서부터 시작해서, 〈천년의 그대〉가 이슈화된 이후 웹상에 뜬 여러 가지 기사들을 스크랩한 파일들. 하지만 당장에 급한 업무들은 아니었기에, 일단 우진은 의자를 뒤로 젖혀 기대고 눈을 감았다.

'어휴, 피곤해.'

석현, 제이든과 노는 것은 언제나 즐거운 일이었지만, 즐거웠다고 해서 피곤하지 않은 것은 아니었으니 말이다.

'한 10분만 쉬었다가 시작해 볼까?'

의자에 몸을 누인 채 눈을 감고 있었지만, 우진은 머릿속으로 오늘 해야 할 업무들을 정리하고 있었다. 워낙 벌여놓은 일들이 많다 보니, 하루에도 생각해야 할 것들이 수없이 많은 우진이었다.

'성수지구 기본 설계안은 금요일 날 넘겼고. 오늘 오후에는 신사옥 현장감리 한번 가기로 되어있고….'

결국 눈 감고 마음 편히 누워있지 못한 우진은 정신을 깨우기 위해 일어나 커피를 한 잔 내렸다. 시원한 냉커피를 한 잔 먹고 나면, 정신이 좀 맑아질 테니 말이다.

'그나저나 이제 슬슬 전화가 올 때도 됐는데….'

커피를 타던 우진은 책상 위에 엎어 둔 스마트폰을 슬쩍 응시하였다. 그가 기다리고 있던 전화는 당연히 조용현 국장의 전화. 물론 우진이 먼저 전화할 수도 있었지만, 그것은 모양이 빠지는 일이었다. 이쪽에서 묵직한 걸 먼저 넘겨주었으니, 다음 스텝은 받은 쪽에서 먼저 밟는 게 그림이 좋았으니까. 그리고 우진이 그런 생각을 하고 있을 때, 기다렸다는 듯 그의 스마트폰이 진동하기 시작하였다.

지잉- 지이잉-!

그것을 발견한 우진은 커피에 얼음을 몇 개 동동 띄운 뒤, 커피잔을 탁자 위에 올려놓고 다시 의자에 앉았다. 이어서 스마트폰을 귀에 대었을 때, 우진이 예상했던 바로 그 목소리가 흘러나왔다.

[서 대표님! 저, 조용현입니다! 혹시 통화 가능하십니까?]

낮은 중저음의 굵직한 목소리임에도 불구하고, 상기된 기분이 그대로 드러나는 조용현의 목소리. 그것을 느낀 우진이 기분 좋게 웃으며 전화에 대고 입을 열었다.

"예, 국장님. 통화 가능합니다."

우진의 대답에 곧바로 조용현의 말이 이어졌다.

[하하. 다름이 아니라, 어제 본방사수 했거든요.]

"〈우리 집에 왜 왔니〉 말씀이시죠?"

[물론입니다. 직원들이랑 같이 봤습니다.]

"어제 주말이었는데요?"

[호프집에서 맥주 한잔했지요.]

"아하."

[다들 재밌게 봤습니다. 서 대표님도 훤칠하게 화면발 잘 받으시던데요?]

"하핫, 감사합니다, 국장님."

두 사람은 잠깐 동안 안부 인사를 나누었다.

양쪽 모두 하고 싶은 이야기들은 많았지만, 그래도 오랜만에 통화하는 만큼 곧바로 일 얘기부터 선뜻 튀어나오지는 않은 것이다. 하지만 그 또한 잠시뿐, 조용현이 먼저 본론을 꺼내기 시작하였다.

[전 오늘 출근하자마자, 기안부터 올렸습니다.]

"기안이라면…?"

[말씀드린 용도변경 건에 대한 사업제안서 말입니다.]

"오…! 이렇게나 빨리…."

[서 대표님을 믿었으니까요. 하하. 미리 준비 다해놓고 기다리고 있었습니다.]

"그렇게 말씀해주시니 정말 감사하네요."

우진은 고개를 주억거리며 무척이나 흡족한 표정이 되었다. 조용현 국장으로부터 전화 온 시간을 봤을 때, 출근하자마자 서류작업부터 다 끝낸 뒤 전화했다는 그 말은 아무래도 빈말이 아닌 것 같았다. 조용현이 다시 입을 열었다.

[드라마 토막 영상도 정말 잘 봤습니다. 장담하셨던 것처럼, 진짜 재밌는 드라마가 될 것 같더군요.]

"관계자라서 드리는 말씀이 아니라, 드라마는 정말 잘 될 겁니다. 기대하셔도 좋습니다."

[하하, 아무렴요.]

기분 좋게 웃은 조용현이 말을 이었다.

[그래서 말인데요, 서 대표님.]

"네, 국장님."

[혹시 드라마 마케팅에 쓰인 시청각 자료라든가, 개략적인 투자 스펙이라든가… 저희가 받아볼 만한 자료가 좀 있을까요?]

조심스러운 조용현의 물음에, 우진이 곧바로 대답하였다.

"기안은 올리셨다고 했으니… 추가 보고자료 만드실 때 쓰시려는 거죠?"

[예, 그렇습니다. 저야 이제 이 프로젝트에 대해 확신이 있지만, 아무래도 위에서는 타당성 검토가 좀 더 필요하니까요.]

"당연히 해드려야지요. 최대한 준비해두겠습니다."

[그럼 그 자료는 언제쯤 받아볼 수 있을까요?]

"늦어도 수요일 전에는 보내겠습니다."

[감사합니다.]

조용현과 통화를 하는 중, 우진은 메모장을 열어 간단히 이런저런 메모를 작성했다. 지난번 시청에서도 느꼈지만, 조용현은 우진과 꽤나 합이 잘 맞는 사업 파트너인 것 같았다.

162

'이렇게 시원시원하게 일이 처리되기도 쉽지 않은데 말이지.'

하여 통화가 이어지는 동안, 우진의 입가에 걸린 미소는 점점 더 짙어지고 있었다. 이제 반대로 조 국장과 이천시가 우진에게 신뢰를 보여줄 차례였다.

새로운 보금자리

WJ 스튜디오가 바쁘게 굴러가는 사이, 슬슬 늦더위도 가시고 선선한 바람이 불어오기 시작하였다. '더도 말고 덜도 말고 한가위만 같아라'라는 말이 있듯 이렇게 시원해진 날씨는, 민족 대명절인 추석이 다가오는 방증이라 할 수 있었다.

"이번 추석은 일요일부터네. 휴일 하루 아깝다."
"그래서 대표님이 이번 주 금요일부터 쉬자고 하셨잖아요."
"어? 진짜요?"
"지난 연휴 때도 그랬었는데, 새삼스럽게 놀라기는."
"저 입사하기 전이잖아요, 지난 연휴는."
"아 그렇구나."
"진짜 대표님 대박….'"

2012년의 추석은 9월의 마지막 날인 일요일부터 시작이었다. 하지만 WJ 스튜디오의 연휴는 9월 28일 금요일부터 시작이었고, 직원들은 그 연휴만 바라보며 9월의 마지막 주를 불태우고 있었

164

다. 특히나 이 9월 마지막 주는 평소보다도 더 바빴는데, 그 이유는 다른 것이 아니었다.

올해 있었던 사내 행사 중 가장 큰 행사라고 할 수 있는, WJ 스튜디오의 서울숲 신사옥 준공식이 바로 추석 직전에 있었으니 말이다. 이제 WJ 스튜디오는 처음 성수동으로 이사 올 때보다 거의 10배 이상 덩치가 커져있었고, 때문에 새 보금자리로 이사하는 것은 보통 일이 아니었던 것이다. 그것은 이사할 곳이 아무리 가깝다고 해도 별개의 문제였다.

"엇, 대표님 오셨다. 저 먼저 일어설게요."
"네, 수영 님. 수고하세요!"

올여름부터 본격적으로 WJ 스튜디오에 출근 중인 유수영은 멀리서 우진이 사무실에 들어오는 것을 보고는 재빨리 자리에서 일어났다. 아직 인턴인 그녀는 디자인 감리를 맡는 부서 쪽에서 일하고 있었는데, 오늘은 처음으로 '대표님'과 함께 감리를 나서는 날이었다.

'실수 않고 잘해야 할 텐데…!'

K대학교의 산학협력 프로그램을 통해 입사하게 된 그녀는 사실 WJ 스튜디오에 지원하기 전부터 우진의 팬이었다. 같은 과 선배는 아니었지만 같은 디자인학부의 선배인 우진은 디자이너 지망생이었던 그녀에게 동경할 수밖에 없는 대상이었고, 그래서 의상디자인을 전공하고 있었음에도 불구하고 다른 의류회사를 젖혀두고 WJ 스튜디오에 가장 먼저 지원했던 것이다.

당연히 건축·인테리어 쪽에 관심도 가지고 있었다. 그녀는 의상

디자인을 공부하면서도, VMD(Visual Merchandiser)에 무척이나 큰 관심을 가지고 있었으니까. 브랜드 콘셉트에 맞춰 제품을 전시하는 등 매장 전체를 꾸미는 직종을 VMD라고 하는데, 이 분야는 사실상 공간디자인과 의상디자인이라는 두 분야의 교집합이라고 할 수 있는 직종이었다. 그러니까 완전히 팬심으로 산학협력에 지원한 것은 아니라는 말이다.

똑똑-

수영이 대표실의 문을 두들기자, 안쪽에서 우진의 목소리가 흘러나왔다.

"들어오세요."

이어서 그녀가 조심스레 문을 열고 대표실로 들어서자, 우진이 기분 좋은 표정으로 수영을 맞아주었다.

"아, 오늘은 수영 씨가 같이 가기로 했었나?"

"네, 대표님."

"준비는 다 된 거죠?"

"물론입니다!"

"수영 씨 이제 인턴 한 지도 한 달 넘지 않았어요?"

"그, 그쯤 됐습니다."

"왜 이렇게 얼어있어요, 하하. 편하게 일해요, 편하게."

자리에서 일어선 우진은 차 키를 챙겨 들고 천천히 걸어 나갔다. 그러자 수영이 그 뒤를 쪼르르 따라나섰다. 엘리베이터를 타기 전, 수영이 팔에 끼고 있는 두꺼운 파일을 본 우진이 고개를 갸웃하며 물었다.

"그건 다 뭐예요?"

"마감 도면이랑… 머테리얼 보드입니다!"

"헛, 그렇게까지 다 챙길 필요 없는데…."

"그, 그럼 두고 올까요?"

"아닙니다. 엘리베이터 타시죠, 일단."

안절부절못하는 수영을 보며, 우진은 피식 웃을 수밖에 없었다. 사실 우진보다 고작 한 살 어릴 뿐인 그녀였지만 우진은 수영이 거의 햇병아리처럼 보일 수밖에 없었다.

'귀엽네. 나도 저런 때가 있었을 텐데.'

물론 회귀 전의 일이었지만, 우진도 처음 사회생활을 할 때에는 수영과 다를 것이 없었다. 의욕적이면서도 어떤 면에서는 소심하고, 직장 선임들의 인정을 갈구했던 시절. 수영에게서 과거 자신의 모습을 일부 발견한 우진은 피식 웃으며 엘리베이터에서 내렸다.

띵-!

이어서 수영과 함께 차에 탄 우진은 대시보드 서랍에 있던 아이패드를 하나 꺼내어 수영에게 건네주었다.

"그 무거운 도면이랑 머테리얼 보드는 뒷좌석에 두고 내려요."

"아, 네! 넵!"

"여기 패드 안에 필요한 도면이랑 마감재 정보 다 들어있으니까, 그거 들고 따라오시면 돼요."

말을 마친 우진은 그녀로부터 대답을 듣기도 전, 시동을 걸고 액셀을 천천히 밟았다.

부웅-

사실 현장까지는 걸어가도 될 정도로 가까웠지만, 조금이라도 시간을 아끼기 위해서 차를 타고 이동하는 우진이었다. 건물의 지하주차장을 빠져나온 우진의 차는 금세 큰길을 달리기 시작하였고, 현장으로 이동하는 동안 차 안은 무척이나 조용하였다.

우진에게 받은 패드를 꼭 쥔 채 조수석에서 얼어붙어 있던 수영이, 가끔 한 번씩 운전하는 우진의 옆모습을 힐끔거릴 뿐이었다. 처음 우진과 함께하는 일정이 생겼을 때만 해도 그에게 이리저리 말을 걸어봐야겠다고 생각했던 수영은, 단둘이 차를 타고 있는 동안에도 한마디도 하지 못하고 얼어있었다.

'으… 대표님께 궁금한 게 많았는데….'

이제 갓 학부를 벗어나 처음 실무라는 것을 해보는 수영에게 우진은 다가가기 힘든 우상 같은 존재인 모양이었다.

'체크리스트… 체크리스트….'

결국 우진에게 말 걸기를 포기하고, 현장에 도착해서 해야 할 업무를 열심히 머릿속에서 되뇌기 시작한 수영. 그런데 그것도 잠시뿐, 조수석 창문 밖으로 보이기 시작한 풍경이 그녀의 시선을 사로잡기 시작하였다.

'우, 우와!'

우진의 차가 어느덧 펜스를 지나 현장 안쪽으로 들어서기 시작하자 지금껏 실물로 가까이서 본 적 없던 WJ 스튜디오 신사옥의 파사드가 수영의 눈에 그대로 들어왔다. 업무 시설 치고는 넉넉하게 책정된 건폐율 때문인지, 꽤 널찍하게 트여있는 공간에는 예쁜 조경들도 만들어져 있었다. 렌더링 이미지로는 몇 번이고 본 적 있었지만, 실물로 보니 더욱 기하학적이고 아름다운 외관을 뽐내는 WJ 스튜디오의 신사옥.

'멋지다…!'

방금 전까지만 해도 잔뜩 긴장해 굳어있던 수영의 동공에 멋진 건축물의 모습이 가득 담겼고 그런 그녀를 태운 우진의 차가 곧 건물 정문 앞에 멈춰 섰다.

끼익-

"자, 내리시죠, 수영 씨."

그리고 그제야 정신을 차린 수영이 패드를 챙겨든 채 허겁지겁 우진을 따라 차에서 내렸다.

— * —

사실 서울숲 신사옥의 실무적인 측면에서의 감리는 오늘 우진이 오기 전에도 이미 끝난 것과 다름이 없었다. 대표인 우진이 최종감리를 오기 전에, 이미 WJ 스튜디오의 전문 감리팀이 꼼꼼하게 감리를 해뒀으니 말이다. 그러니까 오늘 우진이 최종감리를 위해 여기 온 이유는 상징적인 측면이 꽤 강했다.

당연히 한 번 더 공간들을 둘러보며 디자인 감수를 하기도 하겠지만 그보다는 이 신사옥 시공의 마침표를 본인이 직접 찍고 싶었던 이유가 더 컸던 것이다. WJ 스튜디오 서울숲 사옥은 우진에게 여러모로 의미가 큰 건축물이었으니까.

'진짜 감개가 무량하네.'

직접 설계부터 시작해서 시공까지 해낸 우진의 첫 번째 포트폴리오면서 그와 동시에 WJ 스튜디오의 첫 번째 사옥인 서울숲 신사옥. 완성된 건물의 안으로 걸음을 딛는 우진은 감격스러운 표정일 수밖에 없었다.

'전생에는 이런 날이 올 거라고 상상조차 하지 못했었는데 말이지.'

성진건설과 합병된 뒤 처음으로 WJ 스튜디오가 하나의 건물에 입주하게 된다는 점에서도 의미가 있었다. 지난 일 년 동안 성진건설의 직원들은 이미 WJ 스튜디오에 많이 융화되었지만 그래도 이렇게 하나의 건물에 입주한다는 것은 또 다른 의미가 있었으니까. 하여 이 모든 의미들이 우진의 가슴을 더욱 벅차오르게 만들었다. 여러 가지 프로젝트들로 바쁜 와중에도, 시간을 쪼개서 이렇게 현장에 나온 보람이 느껴졌다.

저벅- 저벅-

공사가 완전히 끝났기 때문인지, 텅 빈 서울숲 신사옥은 무척이나 고요하였다. 그런데 그렇게 조용한 가운데, 낯익은 목소리 하나가 우진의 귓전에 들려왔다.

"하하, 대표님 오셨습니까!"

반갑게 인사하며 우진에게 다가온 남자는 이번 신사옥의 시공 총 책임자인 고진철이었다.

"아, 실장님. 고생이 많으셨습니다."

"고생은요. 이렇게 다 지어진 모습을 보니 뿌듯해 죽겠습니다."

고진철은 성진건설에서부터 벌써 20년 가까이 업계에 몸담고 있던 베테랑이었다. 때문에 그가 책임지고 완공한 건축물만 해도, 족히 열 손가락을 다 채울 정도. 그래서 '준공'이라는 것만 놓고 봤을 때, 고진철에게는 그렇게까지 특별한 행사가 아니었다.

하지만 그것과 별개로 뿌듯해 죽겠다는 그의 말은 결코 빈말이 아니었다. 이번 달 완공된 WJ 스튜디오의 서울숲 사옥은 그가 지어왔던 아니, 그가 경험했던 그 어떤 건축물보다도 멋지고 아름다운 작품이었으니까.

"설계가 워낙 까다로워서, 실장님께서 고생 제일 많이 하셨다고 들었는데…."

우진의 이야기에, 고진철이 너스레를 떨며 대답했다.

"처음에는 진짜 죽는 줄 알았죠."

"하하, 그 정돕니까?"

"이 일 수십 년 하면서, 3차원 도면이라는 건 처음 접해봤으니까요."

"그야 그렇지요."

"하지만 워낙 도움 주신 분들도 많았고… 고생에 비해 배운 게 훨씬 많은 작업이었습니다."

"그렇게 생각해주시니 정말 감사드립니다."

"대표님 덕분에, 진짜 귀중한 경험을 했습니다."

WJ 스튜디오의 신사옥 건축은 우진이 하고 싶던 디지털 건축의 모든 기법이 다 담긴 정수라고 해도 과언이 아니었다. '골든 프린트'가 보여주었던 아름다운 빛과 그림자를 최대한 표현해내려면, 기하학적인 구조가 한두 가지 들어가야 하는 것이 아니었으니 말이다. 그래서 아무리 업력이 튼튼한 전(前) 성진건설 실무진들이라 하더라도, 쉽게 해낼 수 있는 일은 아니었다. 그래서 우진은 삼차원 설계를 시공하는 과정에서, 조운철 교수의 인맥에 큰 도움을 받을 수밖에 없었다.

'생각해보면… 9월에 준공된 게 기적이네, 기적이야.'

잠시 그런 생각을 하고 있던 우진이 고진철을 향해 다시 입을 열었다.

"들어오면서 보니까, 조경도 다 끝난 것 같던데요."

"예, 오늘 오전에 마무리 공사까지 하고, 작업자들 전부 철수시켰습니다."

우진이 웃으며 다시 말했다.

"그럼 오늘 제가 도장 찍고 나가면, 바로 내일 준공식 해도 되겠네요?"

고진철이 자신 있는 목소리로 대답했다.

"물론입니다, 대표님. 그렇지 않았더라면 오늘 대표님을 모시지도 않았을 겁니다, 하하."

고진철과 기분 좋게 대화를 나눈 우진은 입구를 지나 메인 로비에 들어섰다. 그러자 3층 높이까지 뻥 뚫린 커다란 공간의 사방에서 아름다운 빛줄기가 우진을 환영하기라도 하듯 쏟아져 들어왔다. 마치 아름답게 세공된 거대한 다이아몬드의 한가운데에 서기라도 한 것처럼 각기 다른 각도에서 우진을 향해 쏟아져 들어오는 빛줄기들.

왕십리의 파빌리온이 떨어져 내리는 빛의 흐름을 따라 수놓아진 아름다운 구조물이었다면 이곳 로비에 우진이 만들어놓은 것은, '빛' 그 자체로 만들어진 파빌리온이었다. 우진은 자신이 직접 설계한 작품임에도 불구하고, 그 빛의 향연을 넋 놓고 바라보았다.

— * —

WJ 스튜디오의 신사옥이 완공되었다는 소식은 꽤 빠르게 업계에 퍼져나갔다. 사실 WJ 스튜디오는 아직까지 중소기업이나 다를 바 없는 회사였고, 일반적인 경우라면 이런 작은 회사의 사옥이 지어졌다는 소식이 이슈화될 일은 없었지만 우진과 WJ 스튜디오는 경우가 좀 달랐다.

올봄 왕십리의 패러필드부터 시작해서 리빙페어, 그리고 〈천년의 그대〉 세트장까지. 지금은 서우진이라는 건축가가 지속적으로 이슈화되고 있던 시점이었으니 말이다. 게다가 이 WJ 스튜디오의 신사옥은 클라이언트도 따로 없었다. 우진이 건축가이자 클라이언트였고, 그렇다는 말은 우진의 건축철학과 디자인 역량을 담기도 가장 좋은 건축이라는 이야기. 때문에 업계의 관심이 집중된 것은 당연한 수순이었다.

"네, WJ 스튜디오입니다."

[안녕하세요. '아트온'이라는 디자인 잡지사의 에디터 이지은이라고 합니다.]

"무슨 일이시죠?"

[저희 잡지사에서 서우진 대표님의 인터뷰를 좀 하고 싶어서요.]

"아, 인터뷰요?"

[네, 이번에 WJ 스튜디오의 신사옥을 서우진 대표님께서 직접 설계하고 디자인하셨다고 들었거든요.]

"네, 맞습니다."

[서울숲 명물이라고 벌써부터 얘기도 자자하고 그래서… 디자인 인터뷰를 꼭 좀 한번 해보고 싶은데, 가능할까요? 인터뷰 일정은 대표님 일정에 최대한 맞추겠습니다.]

"아… 알겠습니다. 어디 잡지사라고 하셨죠?"

['아트온'의 이지은이라고 합니다.]

"저희 회사 메일로 연락처 남겨주시면, 대표님께 여쭤보고 연락 드리도록 하겠습니다."

[감사합니다!]

그래서 WJ 스튜디오의 비서실과 마케팅팀은 최근 들어 더욱 바쁜 하루하루를 보내고 있었다. 우진을 만나고 싶은 사람이 많아졌으니 비서실의 업무가 그만큼 늘어난 것은 당연했으며, 이렇게 우진을 비롯해 회사가 이슈화되는 상황을 최대한 살려 WJ 스튜디오의 브랜드 가치를 높이기 위해서는 마케팅 부서도 발에 땀이 나도록 뛰어다녀야 했으니 말이다.

뚝-

오늘도 벌써 우진에 대한 인터뷰 요청만 세 통의 전화를 받은 마케팅팀의 직원 윤 대리는 아트온의 이지은이라는 이름을 메모장에 기록하며 한숨을 푹 쉬었다.

"후우."

그러자 옆에 있던 다른 직원이 그녀를 향해 물었다.

"왜 그래요, 대리님?"

"아니, 대표님 인터뷰 문의 또 들어와서요."

"아하."

"벌써 인터뷰 요청만 열 곳은 넘게 들어온 것 같은데. 이거 대표님께서 하실 수 있으려나 모르겠네."

"절대 못하실 걸요."

"아무래도 그렇죠?"

"당연하죠. 비서실 친구 얘기 들어보니까, 대표님 시간 아무리 쪼개도 인터뷰 한두 개 나가기도 힘드시다고 하더라고요."

동료직원의 말에, 윤 대리가 고개를 절레절레 저었다.

"진짜, 대표님은 어떻게 그렇게 사시나 몰라."

"그렇게라니요?"

"아니, 저 같았으면 한 달도 못 버티고 방전될 것 같아서요."

"아….."

"그렇잖아요. 제가 뭐 대표님 스케줄 다 알고 있는 건 아니지만… 그냥 대충 봐도 여가라곤 없으신 것 같던데."

"그렇게 하시니까 그 나이에 이런 회사 키우신 거겠죠, 뭐."

"하긴, 그것도 그러네요."

동료직원과 잠시 얘기하던 윤 대리는 책상 위에 놓여있던 커피를 한 모금 홀짝이고는 메모장을 들고 자리에서 일어났다. 일단 어떤 매체에서 들어오는 연락도 소홀히 하지 말라는 윗선의 지시가 있었으니, 까먹기 전에 비서실에 전달하려는 생각이었다.

또각- 또각-

자리에서 일어나 걸음을 옮긴 그녀는 위층으로 올라가기 위해 엘리베이터에 올라탔다.

땅-

마케팅팀의 사무실은 10층이었고 대표실과 비서실이 있는 곳은 최상층이었다.

'올라가는 김에 옥상에서 바람이나 좀 쐐야겠다.'

건물 외곽에 위치한 엘리베이터에 타자, 탁 트인 서울숲의 전경이 한눈에 들어온다. WJ 스튜디오의 신사옥은 외관 전체가 유리로 마감된 커튼 월 디자인은 아니었지만, 채광 때문인지 거의 절반 이상의 면적이 투명 소재로 지어져 있었다. 엘리베이터가 올라가는 동안 바깥 전경을 응시하던 윤 대리는 왠지 모를 뿌듯함이 느껴졌다. 그녀가 이 WJ 스튜디오에 입사한 지도 어느덧 1년 반이 지났고, 그사이 그녀의 회사는 정말 눈부시게 성장해 있었으니까.

— * —

M일보의 경제부 기자 김규식은 금요일 오후 외근을 나와있었다.

"날씨 좋고…!"

오후 취재가 끝나면 곧바로 퇴근 예정이기 때문인지, 규식의 표정은 무척이나 밝아 보였다.

"인터뷰 끝나면 대충 네 시 반 정도 되려나…? 오랜만에 약속이나 잡아볼까?"

택시 뒷좌석에 앉아 스케줄을 확인하던 규식은 조금 멀미가 올라오는지 다이어리를 덮고 창밖을 바라보았다. 그가 오늘 취재를 나온 곳은 다름 아닌 성수동. 그리고 인터뷰를 하기로 되어있는 사람은 그와 꽤나 인연이 있는 사람이었다.

'오늘도 기사 한번 기깔나게 만들어봐야지.'

오늘 인터뷰가 잡혀있는 사람인 우진을 떠올린 규식은 기분 좋은 미소를 지었다. 그를 떠올릴 때면, 규식은 항상 처음 그를 만났던 송파구 잠실동의 종합운동장이 떠올랐다. 선영아파트 시공사 선정 총회에서, 굴지의 대기업 발표자들을 압도하며 시공권을 따냈던 이십 대 초반의 젊은 청년.

규식은 그 청년을 처음 봤던 순간부터 분명 큰 인물이 될 것이라 생각해왔고, 그래서 그가 성장해나가는 모습을 보면 항상 뿌듯했다. 우진의 발자취가 남아있는 대부분의 곳에는 규식의 기사도 남

아 있었고 때문에 그의 기사가 우진의 성장에 조금이라도 기여를
한 셈이었으니 말이다.

'오늘 인터뷰에 기자가 몇 명이나 오려나…'

우진의 일정 때문에 단독 인터뷰는 딸 수 없었지만, 그렇다 해도
규식은 크게 아쉽지 않았다. 공개 인터뷰 일정이 잡히자마자 WJ
스튜디오에서는 가장 먼저 규식에게 연락을 해주었고, 규식은 그
것으로 충분했으니 말이다. 인터뷰가 끝나고 나면, 잠깐이지만 서
대표와 커피라도 한잔할 수 있을 터였다.

"아저씨! 여기서 내려주세요."

"네, 손님. 감사합니다."

택시에서 내린 규식은, 최근 이슈가 되고 있는 WJ 스튜디오의 신
사옥을 천천히 올려다보았다. 건축에 완전히 문외한인 그가 보기
에도, 더없이 아름다운 외관을 가지고 있는 WJ 스튜디오의 서울숲
신사옥. 그곳으로 걸음을 옮기는 규식의 얼굴에는, 적잖은 기대감
이 떠올라 있었다.

— * —

우진이 말했다.

"우리는 모두 다른 일상을 살아갑니다."

그리고 많은 사람들이, 그의 말을 경청하고 있었다.

"하지만 아이러니하게도, 너와 나의 일상이 다를 뿐… 나의 오늘
과 내일은 크게 변함이 없는 게 평범한 현대인의 일상이지요."

그의 목소리가 울려 퍼지는 곳은, 서울숲로에 지어진 WJ 스튜디
오의 신사옥 로비였으며… 담담한 목소리로 이야기하는 우진을

수많은 카메라들이 촬영하고 있었다.

"물론 같은 길을 지나도 천천히 산책하듯 걷는 사람이 있으며, 자전거를 타고 시원한 바람을 느끼며 지나는 사람도 있고, 자동차를 타고 다른 목적지를 향해 빠르게 이동하는 사람도 있습니다."

"하지만 그러한 다양한 경험은, 공간에 부여된 '목적성'이 강해질수록, 반대로 마모되고 희석될 수밖에 없는 것들이지요. 음식점에 와서 축구를 하는 경험을 할 수는 없을 테니까요."

아직 우진을 한국에서 가장 뛰어난 건축가라고 생각하는 사람은 거의 없었다. 하지만 적어도 한국에서 가장 많은 대중들에게 알려진 건축가가 누구냐고 한다면, 대부분의 사람들이 우진을 꼽을 것이다.

"그런 의미에서 이곳 WJ 스튜디오 사옥은, 목적성이 아주 뚜렷한 건물입니다."

우진이 웃으며 말을 덧붙였다.

"저를 포함한 모든 임직원분들께선, 오늘도 이곳에 일을 하기 위해 출근하셨으니까요."

기자들은 우진의 목소리를 한마디라도 놓치지 않기 위해, 집중해서 인터뷰를 경청하고 있었다. 우진의 인터뷰가 훌륭한 기삿거리이기 때문만은 아니었다. 건축에 대한 자신만의 철학이 담긴 우진의 이야기는 듣는 이들로 하여금 빨려들게 하는 마력이 있었다.

"그래서 저는 처음 이 공간을 설계할 때 이런 생각을 했습니다."

우진이 잠시 뜸을 들이자 모두의 시선이 그의 입으로 모였고, 잠시 후 우진의 말이 다시 이어졌다.

"매일매일이 새롭게 느껴지는 공간을 설계할 수는 없을까?"

"매일매일, 새로운 아름다움을 경험할 수 있는 건축을 할 수는 없을까?"

"그리고 저는 이 물음들에 대한 대답을 어느 정도 찾았다고 생각합니다."

우진의 이야기를 듣던 사람들은 우진이 이 자문(自問)에 어떤 답을 도출했을지 몹시 궁금해졌다. 그냥 눈으로 봐도 아름다운 이 공간이 지금 그들이 서 있는 WJ 스튜디오 사옥의 로비였지만, 이 공간을 설계한 우진으로부터 이 건축에 담긴 철학을 듣다 보면 더 깊은 아름다움과 감동이 느껴질 테니 말이다. 그리고 우진은 그런 청자들의 기대에 기꺼이 부응하였다.

"건축은 움직이지 않습니다. 변하지도 않지요."

말하는 우진의 두 눈이 반짝였다.

"하지만 오늘과 내일. 아니, 당장 조금 전과 지금 사이에도 계속 변하고 있는 것이 하나 있었습니다."

우진의 이야기가 여기까지 이어졌을 때, 눈치 빠른 몇몇 기자들은 탄성을 터뜨리고 있었다. 그의 입에서 이어질 다음 말이 어떤 것일지 깨달을 수 있었으니 말이다.

"그것은 바로 시간. 그리고… 그 시간에 따라 달라지는 '빛'이었습니다."

우진이 또렷한 목소리로, 한마디를 덧붙였다.

"시간에 따라, 계절에 따라… 적어도 365일 동안, 빛은 단 한 번도 같은 날이 없으니까요."

우진의 말을 듣던 사람들은 너 나 할 것 없이 로비를 두리번거렸다. 단지 수십 갈래의 각도에서 쏟아져 들어오는 빛과 그 빛에 어우러진 공간이 무척 아름답다는 생각만을 했었는데, 우진의 말을 듣고 나니 새로운 부분들이 느껴지기 시작했던 것이다.

'그러고 보니… 처음 여기 도착했을 때랑 분위기가 조금 달라진 것도 같은데?'

'해가 조금 넘어가서 그런지, 바닥에 깔린 빛의 패턴이 달라졌어.'

어쩌면 '기분 탓'일 수도 있겠지만, 우진의 말을 들은 사람들은 그 미약한 공간의 변화를 느끼기 시작하였다. 그리고 감탄하였다. 그 변화 속에서도, 이 건축의 이 공간은 여전히 아름다웠으니까.

우진의 말이 다시 이어졌다.

"이 공간에 떨어져 내리는… 시간에 따라 달라지는 빛의 각도와 흐름. 그것들을 분석하고 연구하여 공간의 일부로 만든다면, 그 빛 또한 건축의 일부가 될 수 있지는 않을까?"

우진의 물음은 여전히 자문(自問)이었으나, 그 질문을 들은 청자들은 자연스레 그 물음에 대한 답을 생각해볼 수밖에 없었다. 그리고 이 자리에 있던 모든 사람들의 머릿속에 떠오른 대답은 바로 긍정이었다. 적어도 우진이 지은 이 건축 안에서, 빛은 완벽히 공간의 일부로 녹아있었으니 말이다.

"저는 그 질문에 대한 답을, 제가 건축한 이 공간으로 대신 드리고 싶습니다. 누군가에게는 이 건축이 답이 될 수도 있겠고, 누군가에게는 답이 되지 못할 수도 있겠지요."

하얗게 떨어져 내리는 빛. 몇 걸음 옮겨 다시 그 가운데 선 우진이 오늘의 인터뷰에 마침표를 찍었다.

"제 건축, 이 공간이 최대한 많은 사람들의 머릿속에 최대한 다양한 모습으로 기억되었으면 좋겠습니다."

타운 하우스

우진의 인터뷰가 나간 이후, WJ 스튜디오의 신사옥은 그야말로 문전성시를 이루었다. 그렇지 않아도 유동인구가 점점 더 많아지고 있던 서울숲에 이전보다도 더욱 많은 사람들이 방문하기 시작한 것이다. 우진의 인터뷰는 일반적인 기사뿐 아니라 다양한 디자인잡지와 매체에도 실려 나갔으며 그 인터뷰에 꼭 빠지지 않는 것이 바로 아름다운 WJ 스튜디오 사옥의 사진이었다.

특히 사옥 안에서도 가장 우진이 공들인 공간인 메인 로비는 방문객들의 SNS에 빠짐없이 등장하였다. 서울숲 인근에 오면 꼭 방문하여 인증샷을 한 장 정도는 남겨야 하는 성수동의 명소가 된 것이다. 재밌는 것은 인터넷에 떠돌기 시작한 수백, 수천 장의 사옥 로비의 사진들이 우진이 얘기했던 것처럼 저마다 다른 느낌을 가지고 있다는 점이었다.

시간에 따라 로비에 내리쬐는 빛의 각도와 사진을 찍은 사람의 위치 등 그런 모든 요소들에 따라, 다른 분위기와 빛의 패턴을 만들어내는 이 공간은 전문가들뿐 아니라 평범한 일반인들에게도 흥밋거리가 될 만한 요소였다.

(사진)

┗ 와, 여기 어디에요? 해외 같은데?

┗ 성수동 WJ 타워예요. 이번에 서우진 건축가가 건축한 건물이라고 하더라고요.

┗ 서우진? 그 〈우리 집에 왜 왔니〉 서우진이요?

┗ 네, 그 서우진 건축가님 맞아요. 저도 얼마 전에 방문했는데, 진짜 신기하고 멋있더라고요.

┗ 그런데 여긴 채광이 계속 바뀌나 봐요? 신기하네.

┗ 가보면 더 신기해요. 2층에 있는 식당에서 밥 먹고 나왔는데, 처음 들어올 때랑 또 분위기가 완전 달라져 있더라고요.

┗ 대박… 그런 게 가능해요?

┗ 한번 가보시면 알아요. 한번 정도는 꼭 가볼만 함.

게다가 WJ 타워는, 단순히 건축적 아름다움만 가지고 있는 건물도 아니었다. 애초에 고층부만 WJ 스튜디오의 업무공간으로 쓰이고 있다 보니, 1층부터 5층 정도까지는 다양한 상업 시설이 입점한 것이다. 최근까지도 가장 핫한 커피 전문점인 카페 프레스코부터 시작해서, 인지도 높고 인기 있는 브랜드들이 너도 나도 이 WJ타워에 입점했던 것.

이미 상권이 형성되기 시작하던 성수동이지만, 이렇게 오래 머물며 여가를 즐길 만한 복합 문화시설은 아직 존재하지 않았고, 그래서 WJ 타워는 성수동 상권의 거점 역할을 하기 시작하였다. 검색 사이트에 '서울숲' 혹은 '성수동'이라는 단어를 검색하면, 다음과 같은 포스팅들이 주르륵 떠오를 정도로 말이다.

[서울숲 WJ 타워 : 성수동에 방문한다면, 꼭 한번 가봐야 하는 명소.]

[성수동 맛집. WJ 타워의 제론 베이커리.]

[카페 프레스코, 드디어 서울숲에도 입점!]

[요즘 핫한 WJ 타워, 주차정보 및 상세 후기.]

이렇게 WJ 타워의 이슈화가 커지자, 우진의 투자에 관심을 갖는 경제 분야 매체도 점점 더 많아졌다. 연예인들의 사소한 투자에도 관심 갖는 경제매체에서, 이제 연예인이나 다름없을 정도의 인지도가 생긴 우진의 투자 스토리는 흥미를 느끼지 않을 수 없는 훌륭한 소스였던 것이다. 그래서 다음과 같은 자극적인 기사의 내용들도 심심찮게 찾아볼 수 있었다.

[건축가 서우진. 그는 사실 투자의 귀재였다?]

[토지매입부터 시공까지… 100억 미만의 투자금으로 지어진 성수동 WJ 타워. 현재 추정 시세는 150~200억? 부동산 전문가 A씨. 200억도 아주 보수적으로 책정한 것….]

[WJ 타워 효과로, 서울숲 인근 지가 대폭 상승!]

[WJ 타워 흥행으로, 인근 상가 매출 급격히 상승해….]

따끈한 수제비 칼국수를 떠먹으며 스마트폰으로 기사를 보던 우진은 고개를 절레절레 저으며 중얼거렸다.

"부담스럽게… 이제는 별 얘기가 다 나오네."

우진은 유명해지는 것이 마냥 달갑지만은 않았다. 우진이 인정받고 유명해지고 싶은 분야는 건축 디자인에 한정된 것이었는데,

최근 기사를 보고 있자면 건축에 대한 이야기 이상으로 다른 가십 거리들이 더 크게 이슈되고 있었으니 말이다. 그런 우진의 맞은편에 앉아있던 어머니 주희가 웃으며 우진을 향해 이야기하였다.

"넌 이제 공인이잖니. 사람들 입에 오르내리는 건 감수해야지."

"그러게요. 이렇게 될 줄 몰랐던 건 아니지만…."

슬쩍 주변을 둘러본 우진은 다시 수제비를 떠먹기 시작하였다. 우진의 어머니 주희의 칼국수 집도 항상 손님으로 가득했기에 만약 정체를 들킨다면 소란스러워질 터였다. 그래서 우진은 조용한 목소리로 주희와 대화를 나누었다.

"엄마, 요즘 가게 매출은 어때요?"

"보다시피 좋지."

"힘들진 않으세요?"

"이제 네 말 듣고 주방장도 따로 고용했는데, 뭐. 내가 힘들 일이 뭐가 있겠니."

주희의 칼국수 집은 WJ 타워에서도 가장 좋은 자리에 자리 잡고 있었다. 우진이 상가 자리에 음식점들을 입점할 때 어머니의 칼국수 집을 가장 먼저 픽스해버렸던 것이다. 덕분에 주희의 칼국수 집은 개포동에서 장사할 때보다 거의 대여섯 배 이상의 매출을 올리고 있었지만, 우진은 너무 좋은 자리에 가게를 내어준 것이 조금 후회도 되었다.

우진 자신도 점심시간이든 저녁 시간이든 어머니의 칼국수 집에 편하게 식사하러 오고 싶었는데, 사람이 워낙 많다 보니 방문하기가 쉽지 않았던 것이다.

'그래도 요즘 장사 잘돼서, 항상 기분 좋으신 것 같으니 뿌듯하

기도 하고….'

국물 한 숟갈 남김없이 그릇을 싹 다 비운 우진이 천천히 자리에서 일어났다.

"잘 먹었어요, 엄마."

든든하게 배도 채웠으니, 이제 다시 오늘의 일정을 소화해야 할 시간이었다.

"우진이 너는 다시 사무실로 올라가니?"

주희의 물음에 우진이 고개를 저으며 대답했다.

"아뇨, 엄마. 전 이제 외부에 나가볼 일이 있어서요."

주희가 고개를 끄덕이며 말했다.

"그래, 네가 고생이 너무 많구나."

"고생은요. 다 제가 좋아서 하는 일인데요."

"아무리 좋아서 하는 일이라도, 너무 무리는 하지 말거라. 알겠지?"

"걱정해주셔서 고마워요, 엄마."

주희의 칼국수 집을 나온 우진은 엘리베이터를 타고 지하 주차장으로 향했다. 그 엘리베이터 안에서, 우진은 작은 목소리로 중얼거렸다.

"엄마 잔소리도 오랜만에 들어보네."

띵-

지하 3층의 주차장에 도착하자, 우진의 차가 곧바로 눈에 들어왔다. 대표인 우진을 위한 지정 주차 자리에 반듯하게 주차되어 있는 우진의 자동차. 차에 올라 시동을 걸며, 우진은 문득 생각하였다.

부릉-!

'그래, 엄마 말대로 여유를 조금 가져보는 것도 괜찮겠어.'

물론 오늘은 아니었다. 일단 당장 바쁜 일들을 어느 정도 정리하고 나면, 우진은 며칠 휴가를 가져보기로 다짐하였다.

— * —

오늘 오후, 우진에게 잡혀있던 일정은 다진건축의 임중우 사장을 만나는 일이었다. 성수동 전략정비구역의 설계 공모 발표가 있기 전, 청담동 부동산의 김 사장을 통해 소개받았던 인맥인 임중우 사장 말이다.

그를 만나는 이유는 당연히 '일' 때문이었다. 임중우 사장과 첫 미팅 이후 시간이 벌써 두 달 정도가 지나갔고, 그래서 다진건축과 WJ 스튜디오의 협업으로 진행되는 청담동 고급 타운 하우스 프로젝트도 꽤나 진전이 있었으니까. 어떤 실질적인 진전이라기보단, 프로젝트 전반에 걸친 계획이 이제 다 세워졌다고 할 수 있었다.

'오늘 임 사장님을 만나면, 이제 본격적으로 설계에 들어갈 수 있겠지.'

임중우 사장과 우진이 추구하는 최종적인 목표는 다진건설과 WJ 스튜디오가 합작으로 만들어낼 새로운 고급 주거 브랜드였다. 때문에 이 브랜드를 론칭하는 과정에서 양 사의 구체적인 역할과 프로세스를 확립할 필요가 있었으며, 이제 그와 관련된 논의가 얼추 끝난 상황이었다.

오늘 우진이 임사장을 만나기로 한 곳은 한남동의 고급 호텔 라운지였다. 이곳은 임 사장이 중요한 미팅이 있을 때 애용하던, 조용하고 프라이빗한 공간이었다. 호텔 정문에서 발레파킹 서비스에 차를 맡긴 우진은 빠르게 걸음을 옮겨 약속장소로 향했다.

띠링-

이어서 우진이 엘리베이터에서 내렸을 때, 이미 도착해있던 임 사장이 웃으며 우진을 맞아주었다.

"일찍 와 계셨군요!"

우진과 임중우는 오늘로 이제 두 번째 만나는 것이었지만, 그간 프로젝트 관련해서 종종 통화를 했기 때문인지 어색함은 거의 남아있지 않았다.

"하하, 저는 오늘 점심 식사도 여기서 했으니까요. 서 대표도 식사는 하셨지요?"

"물론입니다."

"이쪽으로 편히 앉으시지요. 오늘은 좀 여유를 갖고 이야기를 나눠봅시다."

"좋습니다, 사장님."

우진이 자리에 앉자, 곧 간단한 디저트와 음료가 탁자 위에 놓였다. 임중우가 워낙 단골이기 때문인지, 별다른 오더 없이도 테이블은 자연스레 세팅이 되었다. 달달하고 시원한 과일음료를 한 모금 마신 우진은 조금 더 기분이 좋아졌다. 우진이 주문한 음료가 아니라 얼마인지는 알 수 없었지만, 일단 무척이나 맛있었으니까. 그리고 잠시 우진이 숨을 돌린 뒤, 임중우 사장의 입이 다시 떼어졌다.

"그나저나, 대표님."

"네, 사장님."

"지난달에는 정말 놀랐습니다."

"네? 갑자기 그게 무슨….'

임중우가 웃으며 다시 말을 이었다.

"성수지구 공공사업 통합 설계권 말입니다."

"아…!"

"사실 저는 서 대표님께서 아무리 실력이 좋으시다 한들, 결국 사업권을 따내는 것은 실패하실 것이라 생각했었거든요."

"하하, 충분히 그렇게 생각하실 수 있지요."

"정말 놀랐습니다. 나이에 비해 노련한 분이시라는 건 그날 대화 만으로도 느꼈지만… 그래도 건축가 협회의 이해관계가 크게 엮여있는 사업권까지 가져오실 수 있을 줄은 몰랐으니까요."

우진과 임중우의 시선이 허공에서 살짝 마주쳤다. 그리고 중우의 표정을 본 우진은 그가 뭘 궁금해하는지 느낄 수 있었다.

'대체 내게 어떤 인맥이 있는지 그게 궁금하신 거겠지.'

우진의 프레젠테이션 퀄리티 자체도 놀라웠고, SNS를 활용하여 판을 묶어버린 한 수도 놀라웠다. 하지만 이 바닥에 벌써 수십 년을 있었던 중우는 우진이 가진 무기가 그것 외에도 더 있었을 것이라는 점을 꿰뚫어보고 있었다. 그래서 우진에게 슬쩍 물어본 것이었다. 이제 한배를 탄 우진의 역량이 어느 정도인지 궁금한 것은 너무 당연한 것이었으니까. 그렇다고 해서 우진이 있는 그대로를 전부 말해줄 리는 없었지만 말이다.

"이번 프로젝트를 직접 기획하신 시장님께서 워낙 대쪽 같은 분이셔서 가능했습니다."

"오호, 시장님이라…."

"강변북로 지하화부터 시작된 이번 프로젝트는 이번에 부임하신 구윤권 시장님의 첫 야심작이었죠."

"그랬지요."

"시장님께선 이 첫 단추가 구정물에 더럽혀지길 원치 않으셨습니다. 그 덕에 제가 좀 수월할 수 있었고요."

우진은 여기서 더 많은 이야기를 하지 않았지만, 어느 정도 수긍한 임중우는 고개를 끄덕였다. 우진이 어떤 직접적인 언급을 하지는 않았지만, 이 정도면 서울시장과 우진 사이에 조금이라도 친분이 있음은 짐작할 수 있었으니까.

'서울시장이라… 그쯤 되면 협회도 어쩔 수 없는 거물이 맞지.'

이어서 우진을 보는 임중우의 눈빛에 조금 더 큰 흥미가 어렸다. 그리고 그와 동시에, 한 가지 예감도 함께 떠올랐다. 어쩌면 WJ 스튜디오와 진행하는 이번 사업이, 중우가 처음 생각했던 것보다 훨씬 더 크게 성공할지도 모르겠다는 기분 좋은 예감 말이다.

— * —

예전부터 청담동에는 아파트보다 고급 빌라가 비교적 많이 들어서있었다. 특히 영동대교 남단에서부터 시작하여 성수대교 남단까지. 한강을 사이에 두고 성수지구 전략정비구역과 마주 보고 있는 이 지역은, 대부분의 주거시설이 고급 빌라와 단독주택으로 이뤄져있었던 것이다.

이런 주거환경이 만들어진 데에는 당연히 여러 가지 이유가 있겠지만, 그 이유 중 한 가지를 꼽아보자면 바로 이곳 대지의 '용도' 때문이라고 할 수 있었다. 일반적으로 아파트가 지어지는 대지인 제3종 일반주거지역에 비하여, 제2종 일반주거지역*인 해당 지역

---

* 용도지역의 주거지역 중 일반주거지역의 하나로, 중층주택을 중심으로 편리한 주거환경을 조성하기 위해 국토교통부장관·특별시장·광역시장이 지정하는 지역을 말한다.

은 아파트를 짓기에 훨씬 더 불리한 건축법이 적용되어 있으니 말이다.

일단 2종 주거지역은, 층수 제한부터가 15층 전후로 빡빡했으며, 용적률도 200퍼센트 전후로 3종 주거지역에 비해 많이 낮은 편이다. 같은 면적의 땅 위에 건축을 할 시, 3종 주거지역에 비하여 무려 20~30% 정도나 연면적에서 손해를 보는 것이다. 그래서 처음 강남이 개발되고 아파트가 들어설 때, 비교적 매력이 떨어지는 지역인 이곳이 통으로 묶여 개발이 진행되질 않았다.

정확히는 3종 주거지역들에 비해 우선순위가 밀렸다고 할 수 있을 터. 이미 해당 지역에 거주하던 다양한 원주민들에게 힘들게 땅을 매입하고 명도를 진행해가면서까지, 건설사에서 리스크를 지고 싶지 않았을지도 모른다. 처음 개발되던 시절만 하더라도, 강남은 부촌의 상징과 다름없는 지금의 모습이 아닌 논밭이나 다름없는 땅덩어리였으니까.

'물론 이제는 그렇지 않지만….'

어쨌든 그러한 이유로 대부분의 대지가 개별 명의로 쪼개져있던 이곳 청담동의 빌라촌은 제대로 개발만 된다면 금싸라기 땅이나 다름없는 곳이었다. 여전히 2종 주거지역으로 용적률이 낮은 것은 마찬가지였지만, 그 낮은 용적률을 커버하고 남을 정도로 사업성이 좋은 위치였으니 말이다.

최상류층을 위한 최고의 주거단지를 잘 조성한다면, 부르는 게 값일 정도로 높은 분양가를 책정할 수 있을 만한 곳. 우진은 이곳에 최고의 집을 짓기 위해, 그와 동시에 최고의 사업성을 뽑아내기 위해 지난 두 달 동안 끊임없는 고민을 거듭했다.

"그래서 말씀하셨던 그 1차 콘셉트 설계는… 언제 볼 수 있는 겁니까?"

이런저런 사적인 얘기가 오고간 뒤, 애가 닳았는지 임중우 사장이 먼저 본론을 꺼내기 시작하였다.

"하하. 그렇지 않아도, 이제 슬슬 보여드리려고 생각 중이었습니다."

"서 대표의 설계가 기대돼서, 어제 잠도 한숨 제대로 못 잤소."

임중우 사장의 농담 섞인 이야기에 우진은 대답 대신 웃으며 아이패드를 꺼내 들었다. 그것을 본 임중우는 흥미로운 표정이 되었다. 지금껏 설계 미팅을 하면서, 중우는 아직 종이나 노트북 대신 패드를 들고 나오는 경우를 본 적이 없었으니까.

2012년은 스마트기기의 본격적인 대중화가 시작되던 시점이었지만, 다진건설과 일을 하던 설계사무소의 대표들은 대부분 임중우와 비슷한 연배의 사람들이었으니 어쩌면 당연한 일이라고 할 수 있었다.

딸깍-

가벼운 거치대에 패드를 올린 우진이 임중우를 향해 다시 입을 열었다.

"지난번 통화하셨을 때… 저희 이번 프로젝트의 콘셉트를 도심 속의 럭셔리 맨션 같은 느낌으로 가자고 논의되지 않았습니까?"

우진의 물음에 임중우가 고개를 끄덕이며 대답했다.

"도심 속의 럭셔리 맨션. 그러면서도 타운 하우스의 느낌을 살려보자는 이야기를 했었지요."

임중우는 눈을 반짝이며 우진을 응시하고 있었다. 우진이 무슨 이야기를 꺼내려고 이렇게 빌드업을 하는지, 벌써부터 흥미진진한 모양이었다. 우진이 다시 말했다.

"맞습니다. 정확히 그렇게 이야기가 됐었고, 저는 그것에 기준을 갖고 첫 번째 콘셉트 설계와 디자인을 뽑아봤습니다." 우진이 패드의 화면을 몇 번 더 터치하자, 로딩 서클과 함께 잠시 화면이 암전되었다.

그리고 다음 순간.

"오…!"

임중우의 입에서, 저도 모르게 탄성이 새어 나왔다. 우진의 패드에 떠오른 것은, 다름 아닌 콘셉트 조감도였으니까. 콘셉트 조감도라고는 해도 그렇게 러프한 퀄리티도 아니었다. 오히려 이미지의 퀄리티만 놓고 보면, 거의 사진과 같은 수준. 다만 과연 이렇게 지을 수 있긴 한 건지, 비현실적으로 느껴질 만큼 아름다울 뿐이었다.

분명히 배후에 한강과 올림픽대로가 보이는, 강남 도심 한복판 위에 그려놓은 주거단지였음에도 불구하고 휴양지의 고급 리조트를 연상시킬 만큼, 아늑하고 전원적인 분위기를 연출하는 우진의 조감도. 중우의 눈이 그 화면에 꽂혀있는 사이, 우진의 설명이 천천히 시작되었다.

— * —

타운 하우스에 대한 정의는 다양하다. 하지만 그것을 한 문장으로 표현한다면, '하나의 정원을 공유하는 저층으로 건축된 공동주택'이라고 할 수 있을 것이다. 마치 집과 집을 이어 붙인 듯, 군락을 이루는 주거단지. 타운 하우스는 중세 유럽의 가톨릭 문화권에서

흔히 볼 수 있는 세장형(細長型) 주택에서 유래된 주거 양식으로, 도시의 인구밀도가 높아짐에 따라 생겨난 공동주택 양식의 하나라고 할 수 있었다.

"하지만 시간이 지나면서 이 타운 하우스라는 단어는, 유럽 귀족들이 도시 안에 갖고 있는 저택의 의미를 가지게 되었죠. 유럽의 귀족들은 자신이 소유한 영지 내에 Country house를 가지고 있지만, 수도에도 따로 거주할 주택이 하나 필요했으니까요."

"재미있군요."

"그렇게 쓰이던 타운 하우스라는 개념이 오늘날의 의미를 갖게 된 건, 아마 1900년대 이후 미국에서가 처음일 겁니다. 오늘날까지도 미국에선 주택단지를 타운 하우스라고 많이 부르더라고요."

중우는 우진이 왜 이 타운 하우스의 유래에 대한 설명으로 이야기를 시작했는지 알 수 없었지만, 그 내용 자체는 흥미로웠기에 잠자코 듣고 있었다. 우진의 이야기가 다시 이어졌다.

"그리고 아시다시피, 국내에서도 한때 타운 하우스가 유행하지 않았습니까?"

중우가 고개를 끄덕였다.

"그랬었지요. 지금은 사실상 망했지만 말입니다."

한때라고 해봐야, 2012년 기준으로는 고작 10년도 되지 않은 가까운 과거의 일이었다. 2007년 이후 부동산 시장의 활황기가 막을 내리면서, 본격적으로 내리막길을 걷기 시작한 게 바로 타운 하우스였으니까. 그 이유는 간단했다.

한국에서 유행했던 타운 하우스는 보통 50~60평대가 넘는 대형평수의 고급 주거였는데 덩치가 큰 데다 실용성이 떨어지는 타운 하우스는 아파트에 비해 환금성도 떨어지고 사치재에 가까웠으니 말이다. 심지어 우진이 아는 미래, 다시 부동산 활황기가 오는 2015년 이후에도 타운 하우스는 외면받았다.

현대인들은 점점 더 직주근접을 중시 여기기 시작하였으며 편리하고 실용적인 생활을 주거의 최우선적인 가치로 삼았는데, 타운 하우스는 보통 교외에 지어질 수밖에 없었으니 말이다. 서울 도심의 땅값은 세대수 대비 면적을 크게 차지하는 타운 하우스를 짓기엔 너무 비쌌으니까. 우진은 당연히 이러한 타운 하우스의 단점에 대해 잘 알고 있었다. 그런데 그는 대체 왜, 이런 이야기들을 꺼낸 것일까?

"사장님께선 이번 프리미엄 브랜드를 기획하시면서, '타운 하우스'라는 개념을 왜 떠올리셨습니까?"

프로젝트 기획 단계에서 '타운 하우스'라는 개념을 먼저 이야기한 것은 임중우였고, 그랬기에 나온 우진의 질문. 그에 중우가 담담한 목소리로 대답하였다.

"그야 서울의 빡빡한 도심 속에서, 전원의 로망을 제대로 살릴 수만 있다면… 그것이야말로 최고의 프리미엄 가치가 될 수 있다고 생각했던 거지요."

우진이 고개를 끄덕였다.

"맞습니다. 저 또한 청담동의 프리미엄 입지라면, 타운 하우스의 이런 단점들까지도 충분히 극복할 수 있을 거라 생각했지요."

"그런데 그 이야기는 왜…?"

중우가 고개를 갸웃했고, 우진은 다시 입을 떼었다.

"이 이야기들 속에, 제 설계의 방향성이 담겨있기 때문입니다."

"…?"

여전히 의아한 표정인 중우를 향해, 우진의 말이 다시 이어졌다.

"이 브랜드가 완전한 성공을 거두기 위해서는, 이 '타운 하우스'라는 주거 양식이 갖고 있는 요소들 중 최대한 장점만을 살려내야 하니까요."

"장점들이라…."

"단점은 제거하거나 보완하고, 장점은 더욱 현대인의 니즈에 맞게 발전시켜 가져오는 것."

잠시 뜸을 들인 우진이 패드의 화면을 터치하여 넘겼다.

"저는 그러한 맥락에서, 두 가지 키워드를 특히 중점적으로 생각했습니다."

펼쳐진 패드의 화면에는 여러 가지 레퍼런스 이미지들이 떠올라 있었고…

"그 두 가지 키워드는 바로… '셰어링'과 '프라이버시'입니다."

우진은 그 화면 가장 위에 떠올라있는 한 단어, 'Sharing'을 손가락으로 가리키고 있었다.

— * —

타운 하우스의 가장 큰 장점 중 하나는, 넓고 쾌적한 정원을 공동으로 사용할 수 있다는 점이다. 누구에게나 한 번쯤은 로망이었을 '정원 있는 집'. 특히나 아파트에 오래 거주한 사람이라면 탁 트인 정원에 대한 로망이 있을 수밖에 없는데, 땅값이 비싼 도심에서는 정원이라는 개념 자체가 실용적이지 못한 것일 수밖에 없다.

우진은 정원의 이러한 비실용적인 부분을 '공유'라는 개념으로 극복한 것이 바로 타운 하우스의 가장 큰 장점 중 하나라고 생각하였다. '호화로운 단독주택이라 하더라도 정원을 넓게 갖긴 쉽지 않지만…. 여러 세대가 공유하는 정원이라면 충분히 넓고 쾌적하게 만들 수 있으니까.' 하여 우진이 첫 번째 키워드로 'Sharing'라는 단어를 꼽은 것은 바로 이 부분과 관계가 있었다.

"혹시 아파트 '커뮤니티 센터'라는 개념에 대해 알고 계세요?"

중우가 대답했다.

"흠, 들어본 것 같기도 하고….'

"최근 신축 아파트에도 슬슬 등장하고 있는 개념입니다만, 입주민들이 함께 사용할 수 있는 공용시설들을 발전시킨 개념입니다."

"아하."

"타운 하우스가 가지고 있던 이 공공시설의 '공유'라는 장점을 신축 아파트에서 한 차원 진화시킨 개념이지요."

중우는 업계에서 오래 일했지만, 사실상 실무에서 손을 놓은 지는 오래였다. 지금의 그는 어디까지나 회사의 오너이자 투자자일 뿐. 그래서 이런 이야기들을 오랜만에 듣는 것이, 신선하고 흥미로웠다.

"어쩌면 요즘 신축 아파트 단지에서 주차장을 전부 지하로 내리고 단지 조경에 신경 쓰는 것도, 이런 공유정원과 같은 맥락이라고 생각할 수 있겠네요."

잠시 뜸을 들인 우진이 이야기를 계속하였다.

"하지만 이 Sharing이라는 개념과 필연적으로 상충하는 가치가 하나 있는데, 그 개념이 바로 'Privacy'라고 할 수 있을 겁니다."

우진이 이 두 가지 키워드를 꺼내든 이유가 바로 여기에 있었다. '공유'를 통해 대지를 최대한 효율적으로 사용하며 주거단지의 편리성을 극대화시키면서도 반대로 '사생활'이라는 측면에서 각 세대의 프라이버시(Privacy)를 최대한 보장해주는 것이, 이번 프로젝

트의 성패를 가를 수 있는 핵심이라고 생각한 것. 이제 우진이 무
슨 이야기를 하려는 건지 이해한 임중우는 더욱 흥미로운 표정으
로 그의 다음 이야기를 기다렸다.

— * —

천웅건설의 상무 박경완은 오랜만에 사옥의 최상층으로 향하는
엘리베이터를 타고 있었다. 상무로 승진한 이후에는 종종 이 엘리
베이터를 탈 일이 있었지만, 최근에는 밖으로 도는 업무가 많아서
인지 꽤 오랜만에 천종걸 대표의 호출을 받은 것.

땅-!

처음 이 엘리베이터에 오를 때만 해도 긴장으로 인해 식은땀까
지 흘렸던 경완이었지만, 이제 그의 표정에는 여유가 있었다. 엘리
베이터가 멈추고 문이 열리자, 그 앞에서 경완을 기다리고 있던 직
원이 고개를 살짝 숙여 보였다.

"상무님, 오셨습니까."

"내가 늦진 않았지?"

"네, 상무님."

"대표님께선?"

"집무실에 계십니다. 곧 나오신다고 하셨습니다."

"그래, 회의실로 가면 되지?"

"그렇습니다."

경완은 아직 오늘 천종걸 대표가 왜 자신을 호출했는지 전달받
지 못했지만, 그렇다고 불안하거나 하진 않았다. 대략 예상 가는
지점들이 있기도 한 데다, 애초에 책잡힐 만한 일을 한 적도 없었

으니 말이다.

조금 아쉬운 부분이라면 성수 전략정비구역의 시공사 입찰을 100퍼센트 따내지 못했다는 부분이었는데, 이 또한 사실상 최선의 결과나 다름없었다. 컨소시엄이라고는 해도, 결국 천웅건설이 따낸 지분이 절반 가까이 되었으니까.

'뭐, 왜 부르셨는지는… 뵙고 나면 알게 되겠지.'

비서실 직원의 안내에 따라 회의실에 먼저 도착한 경완은 따뜻한 차를 홀짝이며 천종걸 대표를 기다렸다. 그리고 잠시 후,

드르륵-

천종걸이 모습을 드러내었다.

"오셨습니까, 대표님."

"그래, 앉지."

항상 깔끔한 차림으로 회사에 출근하는 천종걸은 오늘도 말끔한 수트를 입고 있었다. 젊을 적부터 준수했던 외모 덕분인지, 마치 노년의 영화배우라고 해도 믿어질 법한 비주얼. 담백한 어조로 경완의 인사를 받은 천종걸은 그의 맞은편에 자리를 잡고 의자를 고쳐 앉았다. 이어서 경완과 눈이 마주친 종걸이 천천히 다시 입을 열었다.

"이야기는 들었네."

"성수지구 시공권 말씀이시지요?"

"그렇지. 최근 자네가 맡았던 일들 중, 그보다 더 큰 건이 있었던가?"

"없었지요."

찻잔을 들어 목을 축인 종걸이 느긋한 표정으로 다시 입을 열었다.

"일단 고생했다는 이야기부터 먼저 해주고 싶군."

"감사합니다."

"박 상무 덕에, 우리 회사 직원들 월급 나올 구석이 또 크게 하나 생겼어."

"별말씀을요."

시공권을 전부 따지 못해서 아쉽다는 등, 입 발린 소리를 하지는 않았다. 최선을 다했고 최선의 결과를 얻어내었으면 그뿐, 그 외적인 어떤 변명 같은 이야기를 할 필요는 없다고 생각했으니까. 그리고 종걸 또한 그런 담담한 경완의 태도가 마음에 들었는지, 만족스런 표정이었다. 종걸이 다시 입을 열었다.

"그 통합설계 디자인이 서우진 대표 작품이라고 했지?"

"그렇습니다, 대표님."

"조감도 보니 멋지던데."

그리고 종걸의 말을 듣던 경완은, 순간 살짝 놀랄 수밖에 없었다. 천종걸의 입에서 '멋지다'는 말이 나온 건, 처음 봤으니 말이었다. 좋든 싫든 평소에 어지간하면 본인의 '감상'에 대해 입에 잘 올리지 않는 천종걸이었기에, '멋지다'는 정도의 가벼운 표현도 꽤나 무게감 있게 느껴졌다.

그리고 놀람 다음으로 느껴진 것은 뿌듯한 감정이었다. 우진은 나이 차이와 별개로 경완에게 친동생 같은 존재였고, 업계의 입지 전적인 인물인 천종걸에게 그가 칭찬을 받았다는 사실이 경완에게도 기꺼울 수밖에 없었으니까.

"저도 그렇게 생각합니다. 서 대표 실력이야 예전부터 알고 있었지만⋯ 이번 성수동 설계안은 정말 최고였죠."

그래서 조금 들뜬 경완의 기분을 종걸도 느꼈는지, 살짝 웃으며 다시 말을 이었다.

"그 멋진 건축에 클리오 단독 브랜드를 걸지 못하게 된 점이 조금 아쉽긴 하군."

"저도 그렇습니다."

종걸의 말을 들은 경완은, 이번엔 살짝 의아한 기분이 들었다. 시공권을 100퍼센트 따지 못한 부분을 가지고 경완에게 어떤 핀잔을 주려고 꺼낸 이야기가 아님은 느껴졌는데, 그렇다고 아무 의미 없이 툭 던진 말도 아닌 것 같았으니 말이다.

'무슨 말씀을 하시려는 거지?'

그리고 다음 순간.

"그래서 말인데, 박 상무."

"네, 대표님."

이어진 천종걸의 이야기를 들은 박경완은 점점 더 눈이 크게 확대될 수밖에 없었다. 종걸의 입에서 나온 이야기가 전혀 예상치 못했던 종류의 것이었으니까.

"조만간 자리를 한번 만들어볼 수 있겠나?"

"자리라면…."

"서 대표를 한번 만나보고 싶어서 말이지."

"…!"

"자네가 서 대표와 친분이 꽤 있지 않은가?"

"그, 그렇습니다."

놀란 표정을 숨기지 못하는 경완을 보며, 종걸이 피식 웃었다.

"부담 가질 건 없어. 개인적으로 한번 부탁해보고 싶은 일이 있을 뿐이니 말이야."

종걸은 부담 갖지 말라 했지만, 경완은 더욱 기겁했다.

'개인적인 부탁이라니….'

그의 입에서 이런 얘기가 나올 줄 정말 상상도 못 했거니와, 그 부탁이 뭔지도 너무 궁금해진 경완이었다.

— * —

'Sharing'과 'Privacy'.

우진의 설계를 한마디로 표현하자면, 이 두 가지 상충되는 가치 안에서 두 마리의 토끼를 최대한 잡아내기 위한 치밀하고도 기발한 설계라고 할 수 있었다.

"아시다시피 뭔가를 공유하고 함께 사용해야 한다는 개념은, 부유한 상류층의 사람들일수록 달가워하지 않는 개념입니다."

"아무래도 그렇지요."

"그리고 이번에 저희 프로젝트가 타깃으로 삼아야 할 고객들은, 부유층 중에서도 최상위 계층이 될 겁니다."

"그 또한 맞습니다. 이만한 크기의 대지에 딱 30세대만 지을 텐데… 한 세대당 최소 분양가가 40억은 넘어야 사업성이 나올 테지요."

40억이라는 분양가를 담담한 표정으로 얘기하는 임중우. 하지만 40억이라는 수치도 최소치에 가까웠다. 우진은 그 이상을 생각하고 있었으니까.

'땅값만 1,000억, 공사비도 200억은 잡아야 할 텐데… 분양가 40억으로는 턱도 없지.'

애초에 이런 강남 한복판에 타운 하우스 느낌의 호화저택을 짓는다는 것 자체가 수지맞기 힘든 일이었지만, 그렇다고 해서 우진은 사업성을 포기할 생각이 없었다. 애초에 이번 프로젝트가 그 정도 수준으로 아슬아슬한 사업성을 가지고 있었다면, 시도도 하지 않았을 그였으니까.

우진이 다시 입을 열었다.

"그래서 저는 이 공유라는 개념에 대해, 사고의 전환을 한번 해 봤습니다."

"사고의 전환이라면…?"

"커뮤니티 시설 자체의 목적성을 공유에 두는 것이 아니라, 말 그대로 '커뮤니티' 그 자체에 두는 것이지요."

우진의 말을 정확히 이해하지 못한 임중우가 고개를 살짝 갸웃하였고, 우진의 설명이 다시 이어졌다.

"이 서른 세대 안에 속해있는 사람들이 서로 친분을 쌓고 커뮤니티를 형성하는 것."

"음…?"

"공유가 목적이 아닌, 친목을 도모하고 인프라를 구성하는 것."

"…!"

"이 단지 내의 모든 커뮤니티의 목적성을 그것에 두고 기획한다면 어떻습니까."

뭔가를 깨달은 듯 임중우가 생각에 잠겼고, 그런 그와 별개로 우진의 말은 계속해서 이어졌다.

"이 단지의 커뮤니티는, 더 이상 어떤 공간을 공유한다는 개념에서 시작된 효율성을 위한 장소가 아닙니다."

"그 말씀은…?"

"이 단지의 주민이 아니라면 접근조차 불가능한, 하나의 프리미엄 같은 개념이 되는 거지요."

"프리미엄이라… 꽤나 신선한 발상이네요."

중우는 이제야 우진의 이야기가 이해되기 시작했고, 그런 그의 이해를 돕기 위해 우진의 부연설명이 추가되었다.

"이를테면, 프리미엄 스포츠카 브랜드의… 리미티드 에디션 같은 느낌인 겁니다. 서른 명의 선택된 사람들만 이 집에 살 수 있게 되는 거죠. 그러니까 이 집에 산다는 사실, 이 단지의 커뮤니티를 이용할 수 있다는 사실 자체가 자신의 사회적 지위나 재력을 증명할 수 있는 어떤 증표 같은 게 되는 거죠. 이를테면… 스카이 캐슬 같은 개념이랄까."

우진의 말이 이어지면 이어질수록 중우의 표정은 시시각각 달라지고 있었고, 그 이야기가 일단락되었을 때 어느새 중우의 얼굴에는 흥미가 가득 어려있었다.

"그렇게 말씀하시니 확 와닿는군요."

하지만 그렇다고 해서, 이 모든 계획을 100퍼센트 수긍한 것은 아니었다.

"하지만 여기에는 문제가 하나 있지 않습니까?"

"어떤 문제를 말씀하시는 건지…."

"결국 그만한 프리미엄을 소비자가 느낄 수 있도록 만들어내야 한다는 문제 말이지요. 수십억을 자가 구매에 사용할 수 있는, 그런 재력가들로 하여금 말입니다."

중우의 말에 우진이 고개를 끄덕이며 대답했다. 그 지적은 너무 당연한 것이었으니까.

"그렇습니다."

우진이 패드를 터치하자, 화면이 몇 장 넘어갔다. 평면과 설계들을 보여주기 전에, 먼저 중우에게 보여주고 싶은 것이 있었던 것이다. 하여 잠시 후, 우진이 보여준 것은 준비해온 바로 그 '프리미엄'이었다.

"…!"

패드를 집어든 우진은 그것을 아예 중우에게 넘겨주었고, 다시 입을 열었다.

"한번 찬찬히 훑어보시지요."

"커뮤니티 기획안이라….

"커뮤니티 센터의 기획안뿐만이 아닙니다. 어떤 식으로 이 '프리미엄'이라는 것을 만들어낼지, 그리고 그렇게 만들어진 주거 프리미엄을 어떤 방식으로 브랜딩하고 마케팅하여 '스카이 캐슬'을 완성할 수 있을지."

"음…."

패드를 받아 든 중우는 집중해서 우진이 준비한 자료를 읽어 내려가기 시작하였고, 그런 그를 향해 우진이 한마디를 덧붙였다.

"타운 하우스의 형식을 빌려왔지만, 이것은 '타운'이라는 개념과는 다른 새로운 형태의 주거 방식이라고 생각합니다."

이번에는 중우가 물었다.

"여기 서 대표님께서 제안해주신 브랜드 네임 청담 아르코 (Arco)가… 혹시 말씀하신 그 프리미엄과도 관계가 있는 건지요?"

우진이 웃으며 대답했다.

"정확합니다."

그사이 중우는 다음 페이지를 넘기고 있었고 우진은 패드를 보고 있지 않음에도 불구하고, 그 내용을 정확히 이야기하기 시작하였다.

"고대 그리스의 폴리스 귀족정에서 최고의 귀족, 즉 1인자를 뜻하는 단어가 아르콘(Archon)이죠. 그리고 대저택을 의미하는 아르코디코라는 단어가 여기서 파생된 단어입니다."

흥미로운 표정으로 우진을 보는 중우를 향해 우진이 다시 말했고,

"아르코. 그러니까 제가 생각한 이 단어는 중의적인 의미를 가진다고 생각해주시면 됩니다."

중우는 뭐에 홀리기라도 한 듯, 그 이야기에 빨려 들어가고 있었다.

"그 최고의 품격이라는 게 주거 그 자체를 의미하기도 하면서, 이 아르코에 입주한 입주민들을 의미하기도 하는 거지요."

우진이 처음 기획한 주거 브랜드이자, 차후 고급 주거의 상징적인 의미를 갖게 될 한 단어 아르코(Arco)는 이렇게 청담동에서부터 시작되었다.

2012년의 가을

선선한 가을바람이 불어오는 10월 말의 출근길. 적당한 두께의 가을 코트를 챙겨 입은 우진은 오늘도 출근하기 위해 집을 나섰다. 서울숲 WJ 타워로 WJ 스튜디오의 위치가 옮겨온 뒤, 그렇잖아도 가까웠던 사무실은 이제 아예 도보로 도어 투 도어 5분 거리가 되어버렸고 그래서 우진은 아예 출근길에 차를 사용하지도 않았다.

'이제 날이 제법 쌀쌀해졌네.'

우진이 길거리에 나선 시간은 오전 7시였다. 아침 이른 시간부터 도로에는 차들이 꽤나 붐볐지만, 서울숲 외곽을 따라 이어진 도보 길에는 사람 그림자가 그리 많이 보이지 않았다. 차가운 새벽바람에 코트를 여민 우진은 금세 사옥에 도착하였다.

"좋은 아침입니다, 대표님."

"팀장님도 일찍부터 고생하십니다."

"하하, 별말씀을요."

건물 입구에서 우진을 가장 먼저 반겨준 사람은, WJ 빌딩 보안팀의 팀장이었다.

이제 제법 규모 있는 사옥을 운영하다 보니, 건물 관리나 보안과 관련된 인력들도 따로 꾸리게 된 것이다. 마주친 몇몇 직원들과 가볍게 인사를 나눈 우진은 엘리베이터를 타고 대표실로 올라갔다. 그리고 대표실에 도착한 우진이 가장 먼저 한 것은, 여느 때와 마찬가지로 라디오를 켜는 것이었다.

[네, 다음 뉴스입니다.]
[지난 월요일, 미국의 앨빈 로스와 로이드 새플리가 2012년 노벨 경제학상의 공동 수상자로 선정되어…]

아침 일찍 라디오로 뉴스를 듣는 것은 언제부턴가 우진의 일상 일부가 되어있었다. 아무리 회귀자라 하더라도 세상 돌아가는 모든 일들을 알 수는 없었고 전생 덕에 얻은 미래에 대한 통찰을 세상 돌아가는 소식들을 듣는 데 사용한다면, 더 큰 통찰력과 안목을 기를 수 있을 터였다.

[다음은 경제소식입니다.]
[정부가 내년부터 부동산 경기 활성화를 위해 금융규제 완화 카드를 꺼내 들었습니다.]
[한은에서는 기준금리 인하를 예고하였으며…]
[이러한 저금리 기조가 이어진다면, 앞으로는 투자가 더욱 활성화될 것으로…]

커피를 내리며 뉴스를 듣던 우진은 순간적으로 귀를 쫑긋 세우고 더욱 집중해서 라디오를 듣기 시작했다. 경제 관련 소식이야말로, 회사를 운영하는 오너의 입장에서 가장 집중해서 들어야 할 내용이었으니까.

[신임 기재부 장관으로 부임한 임 장관은, 재정확대 및 통화팽창 정책을 통하여 내수 활성화, 민생 안정, 경제 혁신 등의 목표를 이룰 것을 야심차게 발표했습니다.]

라디오를 듣던 우진은 커피를 홀짝이며 흥미로운 표정이 되었다.
'이제 시작인가?'
우진이 뉴스에 흥미를 보인 이유는 다른 것이 아니었다. 부동산 경기부양의 시작. 부동산 시장 활성화를 위해 금융 규제를 푸는 것은 2010년 중반부터 시작된 부동산 급등 랠리의 시작을 알리는 신호탄이나 다름없는 것이었으니 말이다.
'결국 큰 흐름은, 회귀 전과 똑같이 흘러가는 것 같은데….'
2012년 연말인 지금 2007년까지 급등했던 서울 부동산은, 장기 침체가 지속되고 있는 상황이었다. 우진이야 미래지식을 활용했다거나 특수한 상황을 활용하여 부동산으로 꽤 큰 차익들을 남겼지만 사실 일반적인 서울 부동산은 아직도 전 고점을 회복하지 못하고 있었으니까.
2013년부터 정부에서 지속적으로 푸시하던 정책이 '규제는 완화해줄 테니, 대출받아 집 좀 사라'는 것이었는데 이때만 해도 대출로 집을 사는 것만큼 미련한 짓은 없다는 게 대다수 사람들의 생각이었다. 원래 침체가 길어질수록, 평범한 서민들에게 집을 산다는 것은 무서운 법이었다.
'흐름에 맞춰 준비해야지. 아파트 투자로 돈을 벌 건 아니지만…

경기가 좋을 때 회사는 충분히 키워둬야 하니까.'

전생의 우진은 2013년에 20대 중반이었던 것을 두고두고 아쉬워했다. 일반적으로 20대 중반이라는 나이는 '집'을 살 수 있는 나이가 아니었고, 살 수 있기는커녕 관심조차 갖기 힘든 연령대였으니 말이다.

이때 집 한 채 사기만 했어도 살림살이가 훨씬 더 나았을 테니, 이것은 아마 우진뿐 아니라 수많은 사람들이 했던 생각이었을 터. 하지만 지금의 우진은 부동산이 급등할 미래를 안다고 해서 아파트를 사들일 생각은 별로 없었다. 사실 그럴 이유가 없다는 것이 더 정확한 표현일 터였다.

'직원들한테나 규제 풀리면 실거주 한 채씩 사라고 얘기해줘야지. 특히 진태 형은 연봉도 많이 올려줬는데… 이제 집 한 채는 좀 사지.'

우진은 앞으로 최소 10년 동안, 초저금리 기조가 지속될 미래를 미리 알고 있다. 저금리가 지속되는 것은, 레버리지 투자를 극대화할 수 있는 가장 좋은 환경. 이 기간 동안 우진은 WJ 스튜디오를, 수천억대 수주가 가능한 우량 기업으로 키워내는 것이 가장 큰 목표였다.

지금의 천웅건설이 지난 수십 년에 걸쳐 만들어낸 성공신화를, 우진은 길게 잡아도 10년 안에 만들어낼 자신이 있었다. 천웅이 단순히 건설 시공으로 메이저의 반열에 올랐다면, 우진은 그 위에 '건축 디자인과 설계'라는 소스까지 첨가해서 말이다.

'그나저나 벌써 2012년도 끝나가네. 시간 진짜 빠르구나….'

우진이 이런 얘기를 하는 사이, 라디오에서는 또 다른 주제의 뉴스가 흘러나오기 시작하였다.

[지난여름, 코엑스에서 열린 국제 리빙페어의 흥행으로, 해외에서 초청 전시가 새롭게 기획되었다고 합니다.]

[특히 해외 건축업계에서는 한국의 전통건축에 현대적인 감각을 더한 서우진 건축가의 작품에 많은 관심을 보이고 있으며…]

자신과 WJ 스튜디오의 이야기가 라디오를 통해 흘러나오자, 우진은 멋쩍은 표정이 될 수밖에 없었다.

'소식 한번 빠르네. 밀라노 페어가 결정된 게 지난주인데 말이지.'

이어서 라디오를 끈 우진은 크게 기지개를 한 번 켜고 본격적으로 자리에 앉았다. 오늘은 오전에 업무 대부분을 끝내야 하는 날이었기에, 더 이상 여유 부릴 시간이 없었다.

"자, 그럼 시작해볼까?"

오늘 우진은 오후에 조금 기대되는 일정이 잡혀있었다.

— * —

〈천년의 그대〉 제작팀은 오늘 이른 새벽부터 무척이나 분주하였다. 그 이유는 바로 오늘이 〈천년의 그대〉 촬영 마지막 날이기 때문. 특히나 제작팀의 컨트롤 타워나 다름없는 촬영감독은 신경 써야 할 부분들이 많아서인지 전날부터 한숨도 제대로 못 잔 상태였다.

하지만 그렇게 잠도 부족한 상태에서 촬영 현장에 나왔음에도 불구하고 촬영감독의 표정에는 생기가 가득하였다. 지난 반년 동안의 대장정에 오늘 마침표를 찍을 것이라는 생각을 하니, 없던 힘도 솟아나는 기분이었다.

"다들 세팅 빨리 못 해? 오늘 촬영 늦어지면, 날짜 하루 더 늘어나는 거야!"

일도 많고 탈도 많았던 〈천년의 그대〉 촬영이었지만, 지금 와서 생각해보면 이런 작품을 촬영할 수 있었던 것이 행운이라고 생각하였다. 무엇보다 스토리 라인부터 대본, 그리고 배우들과 촬영환경까지 이제껏 그가 겪어온 어떤 현장보다도 모든 것이 완벽했던 현장이 바로 〈천년의 그대〉 촬영 현장이었으니 말이다.
때문에 감독은 결과물도 자신이 있었다. 지금 필름 위에 담겨있는 〈천년의 그대〉 영상들은, 촬영 스태프 모두가 만족할 정도로 훌륭한 작품이었으니까.

'뭐 아직 CG부터 시작해서 후처리 작업들이야 많이 남아있지만… 오늘 촬영까지만 확실히 마무리되면 한시름 놓을 수 있겠어.'

일사불란하게 세팅되는 촬영장을 보며, 감독의 입가에 기분 좋은 미소가 걸렸다. 마지막 촬영 날인 오늘, 촬영 장소는 바로 이천에 있는 〈천년의 그대〉 세트장. 마지막 촬영이라 해서 꼭 드라마의 마지막 장면이 촬영되는 것은 아니었지만, 그것과 별개로 감독은 이 세트장에서 마지막 일정을 장식할 수 있다는 사실이 의미 있는 것이라고 생각하였다.
이 세트장은 〈천년의 그대〉의 정말 많은 부분을 차지하고 있었고, 단순히 세트장의 영역을 넘어 감독인 그에게 연출에 대한 영감을 던져주기도 했던 장소였으니 말이다. 게다가 코엑스에서 열렸던 국제 리빙페어는 드라마의 이슈 몰이에 크게 도움을 주기도 하였다.

'그럴 일은 없겠지만… 이번 작품 말아먹으면 감독 접고 다른 일 알아봐야지.'

속으로 잠시 실없는 생각을 하던 감독은 촬영 세팅이 마무리되어 가는 것을 확인하고는 자리에서 일어났다. 그리고 촬영이 시작되기 직전, 장비를 만지고 있던 스태프 하나에게 낮은 목소리로 물어보았다.

"봉식!"

"예, 감독님."

"그러고 보니 오늘, 소정 대표님 오신다고 했었지?"

"옙! 촬영 마지막 날이니, 와서 축하파티라도 참석하시겠다고…."

그런데 두 사람이 대화를 나누고 있던 그때, 마침 옆을 지나던 배우 성하영이 감독의 목소리를 들었는지 슬쩍 끼어들었다.

"오늘 아마 손님이 한 분 더 오실 걸요, 감독님?"

"음? 그건 또 무슨 말이야?"

의아한 목소리로 반문하는 감독을 보며, 하영이 웃으며 대답했다.

"서우진 대표님도 같이 오신다고 하더라고요."

"응? 서 대표님께서?"

하영이 어깨를 으쓱하며 덧붙였다.

"촬영하는 게 보고 싶으셨나 봐요."

"그래?"

"뭐, 여기 세트장 전체를 서 대표님께서 디자인하셨는데, 본인이 디자인한 곳에서 드라마가 제대로 촬영되는 건 아직 한 번도 못 보셨잖아요?"

"하긴, 궁금하실 만하네."

감독은 고개를 끄덕였다. 우진은 세트장을 디자인한 디자이너라는 사실만으로도 이 촬영에 충분한 지분이 있었지만 그것을 넘어 드라마에 직접적으로 투자한 투자자이기도 하였으니, 촬영장에 와서 현장을 좀 본다고 문제 될 건 없었다. 무엇보다 드라마에 큰 도움이 됐던 우진이라는 인물 자체에 호감이 있기도 했고 말이다. 그런데 문득 뭔가 궁금해진 감독이 성하영을 향해 다시 물었다.

"그나저나 하영이 너는 어떻게 나보다 먼저 그 얘길 들은 거야? 누구한테 들었어?"

하영이 웃으며 대답했다.

"누구한테 듣긴요. 서 대표님께 직접 들었죠."

감독의 눈이 살짝 커졌다.

"뭐? 서 대표님? 친분이라도 있어?"

하영이 뒷머리를 긁적였다.

"사실 뭐, 친분이라고 할 것까진 아니고… 얼마 전에 민우랑 같이 그 WJ 타워에 놀러 갔었거든요."

"아, 그 성수동 핫플?"

"네, 건물 구경도 할 겸 서 대표님이 초대도 해주셔서."

"어때, 좋디?"

"당연하죠. 저희 촬영하면서도 몇 번 지나다녔잖아요?"

하영의 대답에 감독이 입맛을 다셨다.

"으, 아깝다. 거기 건물에서도 촬영 한두 컷 했어야 하는데."

"이따 오시면, 한번 대표님께 부탁드려보시든가요."

"뭐? 우리 촬영 다 끝났잖아?"

"드라마 방영 뒤에 대박 나는 것 같으면, 번외편이라도 한두 화 집어넣을 내용 생각해두셨다면서요."

번외편이라는 이야기에 감독의 눈이 반짝이기 시작했다.

"흐음, 번외편이라… 그리고 그 촬영을 WJ 타워에서 한다라…."

그리고 많이 혹한 듯 보이는 감독의 반응에 더욱 뿌듯한 표정이 된 하영.

"제 아이디어 괜찮죠?"

"굿. 좋은데?"

하지만 그렇게 좋았던 분위기 속에서, 두 사람의 대화를 잠자코 듣던 스태프가 끼어들었다.

"하지만 그전에, 일단 대박이 나야…."

그리고 그 참견은 오늘 하루 종일 감독과 붙어있어야 하는 그에게 꽤나 잘못된 선택이었다.

"야, 봉식이. 너는 마 분위기 파악도 좀 하고! 어!"

감독의 격한 반응에, 피식 실소를 흘리는 하영.

"그러게 봉식 씨, 왜 감독님 행복회로 망가뜨려요?"

"흠흠, 저는 뭐 그냥 사실을 말씀드린 것뿐인데…."

그렇게 훈훈한 분위기 속에서 〈천년의 그대〉 마지막 촬영은 시작되었다. 그리고 빡빡한 일정을 지나 오후 타임이 되었을 즈음, 〈천년의 그대〉 세트장 앞 주차장에 까만색 세단 한 대가 모습을 드러내었다.

— ＊ —

소정과 함께 이천 세트장에 도착한 우진은 밝은 표정으로 차에서 내렸다.

텅-!

"꽤 기대되네요."

"기대요?"

"촬영을 직접 보는 건 처음이거든요."

설레 보이는 우진의 표정에, 소정은 웃을 수밖에 없었다. 함께 일을 하다 보니 어느새 우진이 20대라는 사실은 잊어버린 지 오래였는데 오랜만에 20대다운 순수한 표정을 본 것 같았으니까.

그렇다고 평소 우진의 표정이 음흉하다는 얘긴 아니었다. 다만 대부분의 경우 우진의 얼굴을 보고 있으면 무슨 생각을 하는 중인지 속내를 짐작키 어려웠는데, 오늘은 감정 그대로가 얼굴에 드러나니 신선한 기분이 들었을 뿐이었다.

"음… 사실 실제로 보면 별것 없어요. 너무 기대하시면 실망하실 텐데…."

소정의 이야기에 우진이 고개를 끄덕이며 답했다.

"뭐, 엄청난 걸 기대하는 건 아닙니다. 잘 모르는 새로운 분야에 대한 호기심 정도라고 해두죠."

"그렇다면 다행이고요."

소정과 나란히 세트장 입구에 들어온 우진은 자신이 디자인한 공간과 풍경을 감상하며 천천히 걸음을 옮겼다. 세트장이 좁은 것은 아니었지만 공간은 한정되어 있었고, 그래서 산책하듯 천천히 걷다 보니 곧 촬영 현장을 발견할 수 있었다.

장면 연출을 위한 특수 설비들을 작동시켜놔서인지, 공간 바닥부터 은은하게 깔려있는 새하얀 안개들. 청백색의 대리석으로 마감된 바닥 위에 조명과 함께 하얀 안개가 깔리니, 진짜 구름 위의 궁전에 온 것 같은 느낌이 들었다.

　'이런 효과까지 생각하고 디자인했던 건 아니지만… 생각보다 잘 어울리네.'

　혹여나 촬영에 방해가 될까 조심스레 근처에 다가가, 스태프들의 옆에 앉은 두 사람.

　"아, 안녕하세요, 대표님!"

　"쉿, 인사는 조금 있다가 하셔도 돼요. 일단 촬영에 집중."

　"넵, 알겠습니다."

　마침 꽤 길게 잡혀있는 신 하나가 촬영을 시작한 상황이었고, 우진은 마치 연극이라도 보듯 흥미롭게 그것을 구경하기 시작하였다.

— * —

　성하영, 작중 여주인공 '인서'의 눈에서 투명한 눈물이 흐르기 시작하였다.

　"대체 왜… 왜 그러셨던 건가요."

　구름 위로 솟아오른 아름다운 탑의 앞에서 인서와 서후가 서로를 마주 보았다. 천신궁 가장 높은 곳에 솟아오른 탑이자, 인세로 통하는 유일한 통로인 천신탑. 그 앞에서 서후와 인서는 또다시 선택의 기로에 서있었다. 분장 때문인지 더욱 창백하게 보이는 서후의 표정. 그 안에 복잡한 감정을 담은 채 서후가 인서를 향해 말했다.

"뭘 말이더냐."

"정말 몰라서 물어보시는 건가요?"

"…."

"같은 실수를… 대체 왜 두 번이나 반복해야 했던 거냐고요!"

서후가 만약 인간과 정을 통했다면, 그는 이미 신격을 잃어버리고 인간으로 살아가다 명을 다했을 것이다. 하지만 천 년 전 서후가 정을 통했던 인서는 인간이 아닌 반신의 존재였고, 그래서 서후에게 내려진 형벌은 신격의 소멸 대신 천 년 동안 모든 기억을 잃어버리는 형벌이었다.

그러나 운명의 장난이었던 건지, 천 년의 시간이 지난 뒤에 서후는 기억을 되찾음과 동시에 인서의 환생을 다시 만나게 되었다. 그리고 인서를 다시 만난 서후는 또다시 같은 선택을 할 수밖에 없었다.

"너를 처음 만났던 천 년 전의 그날 이후로, 너는 내 전부가 되었다."

"…."

"너 말고 다른 선택지는 없었다는 말이다."

"그게 대체 무슨 말이에요?"

"내가 다시 천신궁으로 돌아가 신위를 지킨다고 한들, 네가 옆에 없다면 그 모든 것은 아무런 소용이 없다는 말이다."

인서는 서후가 천신궁으로 올라 심판을 받게 되는 오늘이 되어서야 전생의 기억을 찾을 수 있었지만, 100일 전 인서를 다시 만난 첫 순간 서후는 이미 오늘을 예견하고 있었다. 인서는 지난 100일 동안 서후와 함께하며 온전히 행복한 시간을 보내온 한편, 서후는 행복함과 동시에 마음 한편에 그 이상의 아픔을 교차시키며 지내왔다. 그래서 슬플지언정 울지 않았고, 가슴이 찢어질지언정 부정하지 않았다. 서후가 여기서 눈물을 보인다면, 남겨질 인서는 더욱 괴로울 테니까.

인서의 눈에서는 눈물이 멈추지 않았지만, 서후는 울지 않았다.

"내가 당신이었더라면, 같은 선택을 하지 않았을 거예요."

인서의 마음에 없는 이야기에도, 서후는 여전히 담담하였다.

"그렇다 한들 상관없다. 이것은 너와는 관계없는, 나의 선택일 뿐이야."

두 사람을 휘감는 하얀 운무는 점점 더 짙어졌다. 천신탑의 전부가 안개 속에 잠기는 순간, 서후는 인세에서 사라질 것이고 인서는 기억을 잃어버릴 터. 살짝 입술을 깨문 인서가 서후의 두 눈을 마주 보았다. 이어서 그녀는 서후를 향해 달리기 시작하였다.

또다시 같은 천년의 반복이겠지만, 이제는 인서도 그런 것은 상관없었다. 여기서 돌아선다면 서후를 안아보지 못하고 다시 천 년이 지나겠지만, 지금 그의 품에 안긴다면 적어도 당장의 슬픔을 그의 체온으로 채워 넣을 수 있을 터였다.

천신탑의 경계를 건너 서후를 안는다면 '차원의 율법'을 어기게 된다. 하지만 그로 인해 어떤 형벌을 더 받게 된다 할지라도 천 년 전을 그대로 반복하고 싶지는 않았다. 인서도 이제 당장의 감정에 충실하기로 했다.

"…!"

생각지 못했던 인서의 돌발 행동에, 서후의 두 눈이 크게 확대되었다. 이어서 두 사람은 서로를 끌어안았고, 망설임 없이 입을 맞추었다. 천신탑을 감싸는 안개는 더욱 짙어졌다. 그리고 잠시 후, 그 짙은 운무는 결국 두 사람의 주변까지 하얗게 감싸 안았다.

—— * ——

"컷-!"
"수고하셨습니다!"
"으아아아! 끝이다아!!"
"고생하셨습니다!"
"와아아아아!"

사방에서 비명에 가까운 환호성이 터져 나왔다. 하나의 드라마를 제작한다는 것은, 수많은 사람들의 노고가 담기는 일. 그래서 모든 배우들과 스태프들은 감격할 수밖에 없었다. 특히나 그 결과물까지도 모두가 만족할 만큼 아름답고 훌륭한 것이라면, 그 감동이 배가되는 것은 당연한 수순이다.

"다들 너무 고생 많으셨습니다. 모두 고생하신 만큼, 드라마는 분명 대박 날 겁니다!"

하지만 이렇게 모두가 흥분한 가운데에서도, 아직 방금 전의 자세 그대로 멍한 표정을 짓고 있는 사람이 있었다. 그 사람은 바로 우진이었다.

'이거… 내가 알던 그 〈천년의 그대〉가 맞나?'

우진은 지금 온몸에 전율이 일고 있었다. 함께 같은 장면을 봤던 강소정 대표는 감탄하고 만족스러운 정도의 감정을 느끼고 있었지만, 우진은 그것을 넘어 온몸에 소름이 돋은 상태였다.

"우진 씨? 촬영 끝났는데요?"

"아, 대표님. 잠시만요."

강소정 대표와 우진의 보는 눈이 다르기 때문은 아니었다. 소정은 이 드라마를 본 적이 없고 대략적인 대본 내용만 알고 있다면, 우진은 방금 이 장면을 전생에 봤었던 그 드라마 〈천년의 그대〉의 안에 그대로 대입할 수 있었으니 말이다.

〈천년의 그대〉라는 드라마의 팬이었던 우진은 이 드라마를 여러 번 정주행했고 그래서 촬영의 시작부터 이 장면에 완전히 몰입할 수 있었다. 그리고 이렇게 몰입한 결과 촬영이 끝났음에도 불구하고 짙은 여운이 머릿속 가득 남을 수밖에 없었다.

'전생에 이 장면이 어땠었지? 이런 수준은 아니었는데. 절대로.'

전생에 봤던 같은 장면은 이미 머릿속에서 지워져 버렸다. 너무도 강렬히 몰입한 탓인지, 방금 전 보았던 천신궁과 두 배우의 열연만이 우진의 머릿속을 가득 채우고 있었다. 그래서 우진은 너무 신기했다.

'물론 전생에 그 〈천년의 그대〉 세트장 퀄리티와는 차원이 다른 세트장이긴 하지만….'

촬영장소가 바뀌었다는 사실만으로, 같은 배우, 같은 연출자가 찍은 같은 장면이 이렇게까지 다를 수 있다는 사실이 말이다.

'대박이야.'

이건 단순히 장소가 바뀐 효과만 있는 것이 아니었다. 바뀐 촬영장 덕에 더욱 작중 인물에 몰입할 수 있었던 배우들. 아름다운 공간 덕에 더욱 아름다운 연출 아이디어를 떠올릴 수 있었던 촬영팀. 이 모든 부분이 맞물리며 강렬한 시너지를 만들어내었기에, 이런 놀라운 결과가 만들어질 수 있었던 것이다.

"감독님이 기다려요."

강소정 대표가 손을 잡아끌자 그제야 자리에서 일어난 우진은 멋쩍은 표정이 되어 뒷머리를 긁적였다.

"촬영이 너무 인상적이어서, 정신을 못 차리겠네요."

우진의 말에 소정이 웃음을 터뜨렸다.

"프핫, 그 정도예요?"

"대표님도 감탄하신 것 아니에요?"

"저도 당연히 놀랐어요. 제가 생각했던 것보다 훨씬 멋졌으니까요."

"역시 그렇죠?"

소정은 오늘 우진의 새로운 모습을 보는 것 같아, 재밌기도 하고 기분이 좋기도 했다.

"그래도 서 대표님이 이렇게까지 몰입해서 보실 줄은 몰랐네요."

"저도 몰랐습니다."

"그렇게 감탄하셨으면, 우리 감독님께 어필 좀 해주세요."

"뭐라고요?"

"드라마 진짜 잘 나올 것 같다고. 오늘 감동했다고."

"아하."

"우리 감독님, 칭찬 정말 좋아하시거든요."

우진은 소정의 귀띔대로 하였다.

'칭찬은 고래도 춤추게 한다더니….'

자신이 느꼈던 그대로 그 감동 그대로를 가진 채 감독에게 아낌 없이 칭찬하였고,

"으하하핫! 서 대표님께서 그렇게 말씀해주시니, 드라마가 이미 대박 난 것 같습니다."

"그…런가요?"

"서 대표님께서 미다스의 손이라는 소문이 자자합니다."

"그, 그 정도는…."

감독의 표정은 날아갈 것처럼 화사해졌다.

'뭐, 없는 말을 한 건 아니니까 괜찮겠지.'

그리고 그날 촬영장이 정리된 뒤 이천에서 제일 유명하다는 고 깃집으로 회식을 간 촬영팀과 우진은 새벽까지 술을 마시며 기분 좋은 시간을 보냈다.

"그럼 대표님. 최고시청률 30퍼센트 넘으면, WJ 타워에서 번외 편 촬영 허락해주시는 겁니다?"

이미 술기운에 얼굴이 빨개진 감독의 말에 우진이 고개를 끄덕

이며 대답하였다.

"물론입니다. 그 정도야 어렵지도 않죠."

이번에는 맞은편에 앉아있던 성하영이 우진을 향해 말했다.

"어어! 그럼 이건 어때요?"

"응? 하영 씨 뭐 좋은 아이디어 있어?"

"우리 서 대표님이 카메오로 출연까지 하시는 거죠."

"오오!"

우진이 다급하게 손사래 쳤다.

"그, 그건 안 됩니다!"

하지만 이미 하영의 말을 들은 감독과 스태프들은 환호하는 분위기였다.

"오, 그거 진짜 좋은데요, 감독님?"

"크으…! 역시 우리 하영 씨가 아이디어가 좋단 말이야?"

우진의 옆에 앉아있던 소정도 들뜬 표정으로 말했다.

"왜 안 돼요, 우진 씨?"

"왜긴요! 제가 무슨 연기를 합니까? 드라마 망칠 일 있어요?"

민우가 실실 웃으며 말했다.

"형, 제가 도와드릴게요."

"뭘 도와줘?"

"제가 이래 봬도, 경력 10년이 넘은 배우 아닙니까."

"…?"

"저랑 같이 연기 특훈 한번 하시죠."

"아, 싫어!"

소정이 다시 말했다.

"좋네. 민우랑 같이 연기 좀 배우시고, 서 대표님 촬영 한번 가십시다.”

“하….”

“왜요. 서 대표님께도 의미 있는 추억이잖아요. 직접 디자인하신 세트장에, 투자하신 드라마에 등장하는 거.”

“굳이 등장까지 할 필요가….”

난감한 표정이 된 우진을 향해, 감독이 다시 말했다.

“그럼 이건 어때요, 서 대표님.”

“네?”

“최고 시청률 35퍼센트!”

“…?”

“35퍼센트 찍으면, 군말 없이 카메오 출연하시는 거로.”

그 뒤로도 시끌벅적 이야기가 쏟아졌지만, 우진은 이 이상 기억을 하지 못했다. 워낙 시끄러운 분위기 속에서 술도 많이 마셨기 때문에, 기억이 희미해진 것이다. 사실 의도적으로 잊어버린 것일지도 몰랐다.

‘몰라. 어떻게든 되겠지.’

시간은 또다시 흘러갔고, 가을이 지나 첫눈이 내렸다. 그렇게, 〈천년의 그대〉 첫 방영 날이 다가왔다.

— * —

12월 5일, 수요일 저녁 10시. 쏟아지는 관심 속에서 새로운 수목 드라마가 첫 방영을 시작하였다. 2012년 여름부터 시작해서 수많은 이슈 몰이를 했던, 연예계뿐 아니라 다양한 분야에서 관심을 받았던 드라마 〈천년의 그대〉.

저녁 10시가 되어갈 즈음, 많은 사람들이 기대에 찬 표정으로 TV 앞에 앉았고 그 사람들 중에는 당연히 우진 또한 포함되어 있었다. 오늘 우진은 7시에 칼같이 퇴근하였고, 퇴근 후 곧바로 신사동에 와있었다. 오늘 지인들과 함께 유리아의 가로수길 카페 프레스코에서 〈천년의 그대〉를 함께 시청하기로 오래전부터 약속했었으니까.

유리아의 카페 프레스코는 여전히 손님이 많았지만, 그래도 오픈 초기만큼 발 디딜 틈 없을 정도는 아니었다. 그래서 유리아는 오늘을 위해, 가장 자리가 적은 꼭대기 루프탑을 비워두었다.

"재엽 오빠, 왔어?"

"이야, 이게 다 뭐야?"

"뭐긴 저녁이지."

"크…! 진수성찬이네."

"내가 차린 건 아니지만, 여튼 맛있게 먹어."

"네 돈으로 차린 거면 그게 네가 차린 거지, 뭐."

"하긴 그것도 맞는 말이네."

"야, 서우진. 넌 오랜만에 형 봤는데 인사도 안 하고 치킨 뜯고 있냐?"

"아니, 입 안에 음식이 있는데 인사를 할 수는 없잖아? 빨리 와서 먹기나 해. 리아 누나가 너무 많이 시켰어."

오늘 리아의 카페 프레스코 루프탑에 모일 사람들은 총 일곱 명이었다. 리아와 우진, 재엽과 수하 그리고 무려 〈천년의 그대〉 주인공인 민우, 하영과 리아의 친한 친구이자 여배우인 윤진까지.

어쩌다 보니 하영은 오늘 모인 멤버들과 조금씩은 다 친분이 있었고, 특히 비슷한 연배의 배우인 윤진과는 꽤 친한 사이였던 탓에, 갑작스레 오늘의 모임에 합류하게 되었다.

"수하는 언제 온대?"

"아홉 시 좀 넘으면 도착한다던데?"

"그, 윤진이랑… 성하영 배우님은?"

"하영 언니는 민우랑 같이 올 거야. 이제 곧 도착할 때 됐어."

"그렇군."

먼저 도착한 우진과 재엽은 리아와 기분 좋게 떠들며 오랜만에 회포를 풀었고, 그러는 동안 나머지 인원들도 전부 도착해 자리에 모였다. 드라마의 주인공이자 오늘의 주인공이나 다름없는 민우와 하영이 도착했으며…

"제가 조금 늦었죠?"

"민우 왔어?"

"뭐, 드라마 시작하기 전에 도착했으면 됐지. 이쪽으로 앉아."

"하영 배우님, 오랜만입니다. 하하."

"엇, 재엽 선배님! 오랜만이에요!"

"선배님은 무슨, 말 편하게 해요."

"오빠가 먼저 말 편하게 해야 언니도 편하게 하지."

"앗, 서 대표님 와 계셨어요?"

"퇴근하고 배고파서 좀 일찍 왔습니다, 하하."

두 사람과 앞에서 만난 수하도 함께 들어왔다.

"뭐야, 재엽 오빠. 나는 안 보여?"

"재엽이 형한테 인사씩이나 바라지 말고, 이쪽으로 와서 치킨이나 뜯어."

"역시 우리 우진이밖에 없다니까."

늦게 도착한 사람들도 일정이 바빠 딱히 저녁 식사를 하지 않았는지 원탁에 둘러 놓인 빈백에 각기 자리를 잡고 앉아, 치킨을 비롯해 다양하게 세팅된 음식들을 맛있게 먹기 시작하였다. 그리고 다들 분위기에 적응하여 웃으며 맥주잔을 반 잔 정도씩 비웠을 즈음 벽에 크게 걸려있는 스크린에 드라마 〈천년의 그대〉의 인트로가 나오기 시작하였다.

"어, 시작한다!"

리아의 목소리에 떠들던 다른 사람들의 시선이 일제히 스크린을 향해 돌아갔고 그 순간 대문짝만 하게 확대된 자신의 얼굴 때문인지, 민우는 조금 민망한 표정이 되었다. 그런 민우의 표정이 재밌었는지, 재엽이 장난스레 웃으며 말했다.

"이야, 우리 민우 잘생겼네."

"민우 잘생긴 거 이제 알았어?"

재엽의 농담에 다들 웃음 지었고, 그 뒤로 리아의 핀잔이 이어졌지만 그 이후 장내는 다시 조용해졌다. 이제 슬슬 드라마가 시작되다 보니, 모두 드라마에 집중하기 시작한 것이다. 그런 와중에 민우의 바로 옆에 앉아있던 리아가 슬쩍 그를 향해 물었다.

"민우, 느낌 어때?"

"응?"

"드라마 말야. 대박 날 것 같아?"

리아는 별생각 없이 의례적으로 물어본 것뿐이었지만, 민우는 한 치 망설임 없이 대답했다.

"당연하지."

"오…?"

"드라마 진짜 재밌을 거야. 기대해도 좋아."

민우의 이 대답에, 리아뿐 아니라 바로 옆에서 그 목소리를 들은 윤진까지도 동시에 놀란 표정이 되었다.

'드라마 진짜 잘 나왔나 보네?'

'민우가 이렇게 말할 정도면….'

평소에 민우와 친분이 있는 두 사람은 그의 성격이 비교적 소심한 걸 알고 있었는데 드라마의 흥행 여부에 대한 질문에 이렇게까지 자신 있게 답할 줄은 몰랐던 것이다. 맞은편에 앉아있던 하영은 눈을 반짝이며 스크린을 응시하고 있었고 그것은 나머지 사람들도 마찬가지였다.

그리고 잠시 후, 〈천년의 그대〉 1화의 방영이 시작되었다.

— * —

한편 드라마 방영이 시작된 그 시점. 기대에 차 드라마를 시청하기 시작한 우진 일행들과 달리, 손에 땀을 쥐고 TV 앞에 앉은 사람들도 있었다. 그들은 다름 아닌 KSJ엔터의 대표 소정과 드라마 제작사인 미디트리(MediTree)의 관계자들이었다.

물론 드라마에 출연한 배우인 민우나 성하영 또한 어느 정도 긴장감을 가지고 본방을 시청 중이겠지만, 제작진이 느끼는 긴장감은 그것과 또 다른 차원의 것이었다. 일반적인 제작 스태프들이라면 모르되 적어도 지금 '이 자리'에 있는 사람들은 드라마에 최소 수억 이상의 지분을 갖고 있는 헤드들이었으니 말이다.

드라마에 가장 많은 지분을 가지고 있는, 컨트롤 타워라고 할 수 있는 강소정과 미디트리의 대표인 유인건 PD 그리고 우민철 KBC 전 드라마국 국장. 여기에 현장에서 직접 드라마를 촬영한 임수호 촬영감독까지. 이들은 전부 KSJ엔터 사옥에 모여있었고, 〈천년의 그대〉 첫 방영을 숨죽여 시청 중이었다.

물론 매주 방영되는 '연속극'의 특성상, 드라마에서 가장 중요한 것은 재미가 유지되는 것일지도 모른다. 하지만 그것과 별개로 이 첫 방영분의 시청률과 반응이 어느 정도인가에 따라 시청자가 유입되는 규모가 달라지는 것이었으니 다들 긴장하지 않을 수 없었던 것이다.

"PD님, 숨 쉬고 있는 거 맞죠?"

"그러는 강 대표는, 손을 왜 이렇게 떨어요?"

"떠, 떨긴요. 누가?"

"대표님요."

"…."

"거, 드라마 재밌게 보고 있는데, 시끄럽게 굴지 맙시다들."

"아니, 우 국장님."

"네?"

"입술이 바짝 마르신 것 같은데, 드라마 제대로 시청하고 계셨던 거 맞아요?"

"흠, 크흠!"

처음 드라마가 시작됐을 때, 이 자리에 모인 사람들은 단 한 사람도 제대로 드라마에 집중하지 못하고 있었다. 사실상 이 드라마의 성패에 미디트리라는 회사의 존폐까지 달려있었으니 화면이 잘

눈에 들어오지 않았던 것이다.

하지만 시간이 조금 지나 어느 정도 스토리가 전개되기 시작하자 다들 천천히 드라마에 몰입하기 시작하였다. 촬영감독인 임수호를 제외하면 완결된 영상을 시청해본 사람은 없었으니 스토리를 다 알고 있다 해도, 슬슬 드라마의 재미가 느껴지기 시작한 것이다.

"오, 연출 좋은데?"

"임 감독, 저거 자네 아이디어야?"

"흠흠, 영상 잘 뽑혔죠?"

〈천년의 그대〉 첫 방영분의 내용은 남자주인공 서후가 기억이 돌아오기 전 여자주인공 인서의 환생을 만나는 것에서부터 시작된다. 천 년 전의 기억이 전혀 없는 두 사람이 그럼에도 불구하고 서로에게 조금씩 끌리며, 일상적인 사건들에 휘말리는 풋풋한 스토리들.

아직 두 사람 사이의 인연에 대한 떡밥은 전혀 풀리지 않은 상황이었지만, 이성 간의 끌림이 담긴 풋풋한 감성만으로도 화면은 시청자들의 시선을 단번에 휘어잡고 있었다. 주인공인 민우와 하영의 연기가 단연 돋보이는 부분이었다. 그 스토리에 어느새 몰입해 시청하던 소정은 문득 속으로 이런 생각을 하였다.

'재밌어. 아니, 재밌나…? 재밌는 거 맞겠지? 난 재밌는데….'

소정이 그런 생각을 하는 사이, 첫 방영분의 스토리는 빠르게 흘러갔다. 문득 고개를 들어 확인한 시계는 벌써 10시 50분을 가리키고 있었던 것. 60분이 넘는 짧지 않은 시간임에도 불구하고, 소정은 이 시간이 어떻게 지나갔는지 모르겠는 심정이었다. 드라마가 재밌어서인지, 속으로 오만 가지 생각을 다 해서인지, 그 이유는 소정도 알 수 없었다.

"강 대표님 뭐 해요?"

"네?"

"아까부터 그렇게 폰을 만지작거리시네."

유인건 PD의 말에, 소정은 순간 움찔할 수밖에 없었다. 이제 방송국 주조정실에서는 어느 정도 시청률 데이터가 뽑혀있는 상황일 터. 친분이 있는 방송국 PD 하나에게 데이터가 뽑히는 대로 전화 좀 달라고 미리 언질을 해뒀으니, 소정은 본능적으로 스마트폰을 만지작거리고 있었던 것이다.

그리고 다시 십 분 정도가 지났을까? 첫 방영분의 클라이맥스가 스크린을 통해 흘러나오기 시작하였다. 인서에게 왜 끌리는지 본인도 이해할 수 없는 감정에 당황하던 서후. 폭우가 몰아치는 연출과 함께 서후가 기억을 잃었던 '그날'로부터 정확히 천 년의 시간이 흐른 시점이 도래했고, 서후의 머릿속에 잃어버렸던 기억이 하나둘 되살아나기 시작했다.

[이, 인서…! 인서였구나…!]

또다시 선택의 기로에 선 남자주인공 서후. 민우는 그런 서후의 내면을 완벽히 연기하기 시작하였고, 그와 동시에 과거의 몇 가지 장면들이 마치 주마등처럼 스크린을 스쳐 지나갔다. 이어서 마지막으로 인세와 천계를 잇는 문, 천신탑이 어둠 속에서 모습을 드러내었다. 그리고 그것은 〈천년의 그대〉 첫날 방영분의 마지막 장면이었다.

"…!"

속으로 오만 가지 생각을 하던 소정도, 이 마지막 10분만큼은 스크린에서 눈을 떼지 못하고 멍하니 화면을 응시하였다. 민우의 감정연기부터 시작되어, 물 흐르듯 과거에 대한 떡밥이 풀리는 흥미진진한 연출. '서후'가 과거를 회상하는 동안 조금씩 스쳐 갔던 천신궁의 신비로운 모습과 몰아치는 폭우 속에서 마지막을 장식하는 아름다운 천신탑의 모습까지.

이 장면들을 시청하는 동안 만큼은 소정 또한 모든 걱정들을 잊고 멍하니 드라마를 시청하였으며 그래서 스마트폰을 손에 쥐고 있었다는 사실마저도 까맣게 잊어버릴 수밖에 없었다.

"대박…."

멍한 표정을 짓고 있는 것은 소정뿐만이 아니었다. 이 영상을 두 번째 보는 촬영감독을 제외한 나머지 사람들은 드라마 방영분이 끝나고 엔딩 화면이 나오기 시작했음에도 불구하고 아직까지 화면에서 눈을 떼지 못하고 있었던 것. 그리고 이 때문인지, 소정은 스마트폰에 메시지가 와 있다는 사실도 눈치채지 못하고 있었다.

[대표님! 대박 났습니다! 대박이에요!]
[첫방 최고시청률 30퍼센트가 넘었다고요!]
[대표님, 지금 통화 가능하세요?]
[저기, 대표님?]

그 메시지 안에, 그녀가 그렇게 바라 마지않던 내용이 담겨있었음에도 불구하고 말이다.

천년의 그대

첫날 최고 시청률 33퍼센트. 우진은 전생에 〈천년의 그대〉 첫날 시청률이 얼마였는지 정확히 기억하지 못하지만, 하나만큼은 확실히 알 수 있었다. 바뀐 오늘의 시청률이 최소 1.5배 이상은 높다는 것 말이다. 〈천년의 그대〉, 아니 우진이 아는 2012년대의 그 어떤 드라마도, 첫날 시청률 앞자리가 3을 찍지는 못했다.

'최고시청률도 아니고 첫날 시청률이라니… 이슈화는 확실히 성공했구나.'

그래서 소정 대표와 통화하는 동안, 우진은 멍한 표정일 수밖에 없었다.

[우리가 해냈어요. 해냈다고요!]

전화 너머로 들리는 소정의 목소리에서는, 그녀의 흥분이 그대로 전달되고 있었다.

"그, 그러게요. 첫날 이 정도라니…."

우진의 떨떠름한 목소리에도 불구하고, 소정의 텐션은 전혀 떨어지지 않았다.

[고마워요, 서 대표님. 대표님 아니었으면 이렇게 대성공은 힘들었을 거예요.]

"아닙니다. 제가 뭘 한 게 있습니까."

[쓸데없이 겸손은… 대표님이 뭐 하셨는지는 전 국민이 다 알걸요?]

"세트장이 드라마에 영향을 뭐 얼마나 준다고요."

[그냥 세트장이 아니잖아요. 그냥 세트장이.]

"하하."

[그나저나 내기는 대표님이 이기셨네요?]

"내기요? 아…!"

첫 방영 시청률 내기를 떠올린 우진이 머쓱한 표정이 되었다. 사실 질 확률이 아주 높다고 생각한 내기를 이렇게 이겨버렸으니, 생각할 게 또 하나 늘어버렸다.

[어지간한 건 다 들어줄 테니까, 저한테 뭐 뜯어갈지 열심히 생각해두시라고요.]

"고민해보겠습니다."

소정은 그 뒤에도 거의 5분 정도를 신이 나서 떠들었다. 그리고 그 이야기도 부족했는지, 우진을 향해 다시 입을 열었다.

[저 지금 퇴근해서 바로 성수동 가려고요.]

"성수요? 성수는 왜…."

[오늘 같은 날, 한잔해야죠. 설마 빼려는 건 아니죠?]

"어 음… 그건 아니지만…."

[한 시간 뒤에 봐요! 오빠 집 잠깐 들렀다가 바로 1층으로 내려갈게요!]

"네, 그럼 조금 있다가…."

뚜- 뚜- 뚜-

할 말만 후다닥 하고 전화를 끊어버린 소정을 보며, 우진은 어이
없는 표정이 되었다.
'기분이 좋긴 좋으신가 보네.'
사실 기분이 좋지 않으면 그게 말도 안 되는 거긴 하다. 오늘의
시청률은 미래를 알고 있던 우진조차도 상상치 못했던 수치였으
니까. 흥분이 조금 가라앉은 우진이 속으로 머리를 굴려보았다.
'전생에서 〈천년의 그대〉는, 20퍼센트 미만 시청률로 시작해서
30퍼센트가 넘는 시청률을 기록하고, 최고시청률은 두 배 가까이
찍었다고 했었으니까.'
첫 방영의 시청률이 화제성에 가장 큰 영향을 받는다면, 전체 최
고시청률은 당연히 모든 부분에 걸쳐 영향을 받는다. 화제성으로
인한 시청자 유입도 중요하고, 그 시청자들을 사로잡을 수 있는 영
상미도 중요하며, 마지막으로 매화 다음 화가 궁금할 수밖에 없도
록 만드는 스토리와 연출까지도 너무 중요하다.
'그리고 다른 건 몰라도… 스토리나 연출은 사실 이미 걱정할 게
없지.'
첫 스타트를 전생에서보다 훨씬 높게 끊었으며, 그 이후의 부분
에서도 전생에서 제작됐던 〈천년의 그대〉보다 부족할 이유가 전
혀 없다. 물론 데이터를 단순하게 산술적으로 곱해서 환산할 수는
없겠지만, 만약 그렇게 주먹구구식으로 계산한다면 50퍼센트가
넘는 최고시청률이 나와도 이상하지 않다.

236

2000년대 초반의, 전 국민 중 모르는 사람이 없다고 하던 국민 드라마급의 시청률을 12년에 볼 수도 있게 된 것이다. 그렇게 되면 우진이 뿌려놓은 씨앗에는, 달콤한 열매가 열리는 것을 넘어 금덩이가 주렁주렁 매달리게 될 터였다.

　'너무 김칫국부터 마시지는 말자. 잘된 건 사실이지만, 항상 보수적으로 생각해야지.'

　투자금 회수와 함께 벌어들일 돈으로 또 뭘 할지 머리를 굴리던 우진은 고개를 절레절레 저으며 정신을 차렸다. 그리고 옆에서 우진의 통화를 듣고 있던 민우가 조심스레 우진에게 물었다.

　"형, 저희 대표님이신 것 같은데… 맞죠?"

　"맞아."

　"뭐라세요?"

　"뭘?"

　"뭐 시청률이라는가… 그런 소리를 들은 것 같은데…."

　민우의 이야기에 각자 웃으며 맥주를 마시던 다른 사람들의 시선도 우진의 입을 향해 모였다. 아무래도 다들 연예계 종사자들이다 보니, 관계자이건 그렇지 않건 오늘 재밌게 본 이 드라마의 시청률이 궁금할 수밖에 없는 것이다.

　그래서 우진의 말이 이어진 순간…

　"33퍼센트래."

　"네?"

　"오늘 순간 최고시청률."

　"…?!"

　"33퍼센트까지 찍었다고."

　너무 놀라 잠시 정지 상태였던 민우는 두 손을 번쩍 치켜들며 만

세를 부를 수밖에 없었다.

— * —

수요일 저녁이 지나고 목요일 아침이 되었다. 목요일은 원래도 일이 적지 않은 날이었지만, 이천시 문화국 직원들은 평소보다도 더 분주하게 움직이고 있었다. 바로 어제, 그들이 최근 진행 중인 프로젝트에 드디어 가시적인 성과가 나왔으니 말이다.

"재영 씨, 보고서 마무리됐어?"
"자, 잠시만요, 국장님. 10분 안에…."
"오늘 내가 시장님 만날 거라고 얘기했어, 안 했어?"
"죄송합니다! 바로 드릴게요."
"10분 넘기면 안 돼! 오늘 보고 못 올리면, 다음 주 월요일까지 또 밀린다고!"

이천시 문화국장 조용현은 일 처리가 무척이나 빠른 사람이다. 정확히는 어떻게 일하면 효율적으로 빠르게 진행되는지를 아는 사람이었다.
'지금이 타이밍이야. 밀어붙여야 돼.'

리빙페어가 크게 이슈화되고 〈우리 집에 왜 왔니〉에서 〈천년의 그대〉 특집이 방영된 이후 이미 〈천년의 그대〉 이천세트장을 중심으로 관광특구 개발 추진은 빠르게 빌드업되고 있는 상황이었다. 우진에게 얘기했던 인근 토지의 용도변경 건부터 시작해서, 관광

238

특구 후보지 지정을 위한 사전작업까지.

조용현 국장이 빠릿빠릿하게 움직인 탓에, 벌써 기안은 다 올라 가있었던 것이다. 하지만 그럼에도 불구하고 아직 사업 계획서는 상부에서 표류 중이었는데, 그 이유는 간단했다. 윗사람들이 좋아 하는 실질적인 성과. 어제 드라마가 방영되기 전까지만 하더라도, 그런 것이 없던 상황이었으니 말이다.

서우진과 세트장이 이슈화되면서 드라마에 대한 관심도가 크게 올라간 건 맞지만, 그것은 이 프로젝트의 가능성 정도를 타진할 수 있는 가시적인 결과물일 뿐 드라마의 흥행을 확정적으로 얘기할 수 있는 실질적인 성과는 아직 아니었으니까.

물론 민영기업이나 전문 투자사였다면 이 정도의 성과만으로도 눈에 불을 켜고 달려들겠지만, 이천시는 국가기관이었다. 어떤 이 익집단보다도 가장 보수적으로 움직일 수밖에 없는 집단인 것이 다. 하지만 시청률이라는 데이터가 명확하게 나온 지금이라면?

검색 포털에 따로 〈천년의 그대〉라는 키워드를 검색하지 않아 도, 거의 모든 매체가 이 드라마에 대한 이야기로 도배되어 있는 지금의 상황이라면? 이렇게 되면 이야기는 달라질 수밖에 없다.

이천시에서 예산과 노력을 투입하는 것 이상으로 결과물이 무조 건 나올 수밖에 없는 상황이었으니, 사업 진행속도가 차원이 달라 지는 것이다. 조용현이 타이밍이라고 생각하는 이유가 바로 여기 있었다.

'이제 물은 들어오기 시작했으니… 지금부터 미친 듯이 노를 저 어서 드라마 방영이 끝나기 전에 얼추 그림을 만들어봐야지.'

〈천년의 그대〉는 대략 20부작이라고 하였다. 시청자 반응에 따 라 번외편이 몇 화 정도 추가로 제작될 수는 있겠지만, 사전제작 드라마인 만큼 큰 틀에서의 변화는 거의 없다고 봐도 무방할 터. 매주 2회씩 방영되는 것을 생각하면 종영까지 대략 10주 정도 걸릴 것이었으니, 그 안에 최소한의 정비는 다 끝내두고 관광객을 받을 준비를 해야만 했다.

우진과 얘기했던 개발계획들이야 좀 더 시간을 두고 차근차근 진행해야겠지만 기본적인 도로정비와 주차시설, 경관정비 등 관광객들을 수용하기 위해 효율적으로 만들어낼 수 있는 최소한의 시설들은 당장 올해가 가기 전에 끝내놓는 게 조용현 국장의 목표였다.

부하직원이 허겁지겁 정리해 뽑아 올린 보고서를 받아든 조용현이 거울을 보며 옷매무새를 한 차례 다듬었다. 시장실에 보고를 올리러 가야 하기 때문이었다.

"그런데 국장님."

"왜?"

"이거, 일단 말씀 주신 대로 쓰기는 했는데… 이 계획이 정말 가능하긴 한 겁니까?"

"뭐가?"

"분양가요."

"아… 택지?"

"네. 아무리 드라마가 잘 된다고 해도 이 정도면 이천 도심에 조성했던 택지보다도 분양가가 비싼 수준이지 않습니까?"

부하직원이 이야기를 듣던 조용현이 피식 웃었다. 그의 말대로

240

지금 보고서상에 책정한 분양가는 개발될 택지의 위치를 생각하면 턱도 없이 부족한 수준이었으니까. 하지만 이건 충분히 실현 가능한 계획이었고, 그래서 조용현은 더 설명하지 않았다.

"되니까 그렇게 적었지. 사실 보수적으로 책정한 거야, 그 가격도."

"헐."

"나 보고 올리고 온다. 점심 시장님이랑 먹을 것 같으니까, 알아서 점심들 챙겨 먹어."

"예, 국장님!"

기분 좋게 문화국을 나온 조용현은 시장실로 걸음을 옮기기 시작하였다. 들뜬 걸음으로 빠르게 걷기 시작하는 용현. 그의 머릿속에는, 한 달 전쯤 우진과 통화했던 내용이 떠올라있었다.

— * —

[서 대표님! 일단 개발승인은 떨어졌습니다.]

[오! 정말입니까? 벌써요?]

[하하, 제가 좀 발 빠르게 움직였지요. 시장님께서도 꽉 막히신 분은 아니라, 가능성 자체는 확실히 있다고 판단하신 듯합니다.]

[빠르니까 좋군요. 그럼 토지 용도변경 건도 승인이 난 걸까요?]

[그건 아직입니다만… 조만간 진행될 수밖에 없을 겁니다.]

[아무래도 그렇겠죠?]

[네, 대표님. 어차피 택지개발이 원활히 진행되려면… 용도변경

은 선택이 아닌 필수에 가까운 부분이라서 말이지요.]

10월 말, 11월 초순쯤. 용현은 〈우리 집에 왜 왔니〉의 〈천년의 그
대〉 특집이 방영된 이후, 프로젝트에 속도가 나면서 우진과 통화
한 적이 있었다. 관광특구 지정이라는 커다란 플랜을 성공시키기
위해서는, 핵심 콘텐츠를 손에 쥐고 있는 우진과 최대한 긴밀하게
협업을 해야 했으니 말이다.

[그럼 다음 스텝은 이제 뭘까요? 용도변경이야 승인 떨어질 때
까지 기다려야 할 테고….]
[이제 도계위*와 협업해서 택지조성 계획 짜고, 분양준비 시작해
야죠.]
[아, 택지 분양이요?]
[네. 아마 택지 분양해서 확보한 자금이, 관광특구 지정에 필요
한 자금으로 쓰이게 되지 않을까 싶습니다.]

그런데 그날 통화에서, 용현은 우진으로부터 생각지도 못했던
이야기를 들었었다.

[그럼 그 택지 분양 일정은 대략 언제쯤으로 보시는지요?]
[설계 용역업체는 처음에 선정해두었고, 얼추 기본설계도 나와
있으니까….]
[진짜 빠르시네요.]

---

* 도시계획위원회. 도시기본계획 수립 및 도시 관리 계획 결정 등 도시의 전반적인 계
획과 관련된 사항을 심의 또는 자문하는 의사결정기구.

[빠르면 올해 말, 늦어도 1월 달에는 가능하지 않을까 생각하고 있었습니다.]

용현은 능력 있는 공무원이었고, 빠릿빠릿한 일 처리들이 바로 그 능력에서 나오는 것이었지만 그 체계적이고 빠른 실무만 생각하다 보니 한 가지 놓치고 있던 부분을 우진이 지적해줬던 것이다.

[혹시, 국장님.]
[말씀하시죠.]
[그 택지 분양은 최대한 일정을 좀 미뤄보면 안 되겠습니까?]
[네? 그게 무슨 말씀이신지….]
[말 그대롭니다. 올해 말은 너무 빠른 것 같고, 내년 1월도 좀 손해가 클 것 같아서요.]
[손해라고요?]

빠른 사업 진행은 곧 예산의 절약이고, 프로젝트 성공의 지름길이다. 그런 생각을 가지고 있던 조용현에게 우진의 이 말은 일견 이해할 수 없는 것이었지만 우진의 설명이 이어지기 시작하자, 용현은 무릎을 탁하고 칠 수밖에 없었다. 용현이 놓치고 있었던 것은, 어찌 보면 너무도 간단한 이치였으니 말이다.

—— * ——

[말 그대롭니다. 올해 말은 너무 빠른 것 같고, 내년 1월도 좀 손해가 클 것 같아서요.]

[손해라고요?]

[더 벌 수 있는 것을 덜 벌면, 그게 바로 손해 아닙니까?]

[⋯?!]

[물론 분양 일정이 밀린다면 다른 일정에 병목이 생기면서 조금 시간적인 손실을 볼 수는 있겠지만⋯ 그래도 택지분양만큼은 최대한 비싸게 해야 하는 것 아닐까요?]

우진의 얘기는 다른 것이 아니었다. 관광지로 개발될 이천시 〈천년의 그대〉 세트장 인근의 택지들을, 드라마가 론칭한 뒤 최고의 주가를 올리고 있을 시점에 분양하자는 것. 물론 10월에도 이미 우진과 소정의 노력으로 인해, 〈천년의 그대〉는 꽤 이슈화돼 있던 상태였다.

하지만 마케팅의 힘으로 이슈화시킨 것은 분명한 한계가 있었고 실제 드라마가 방영되어 대박이 난 것의 파급력과는 비교하기 힘든 부분이었다. 우진이 다시 말했다.

[지금도 시에서 매입했던 가격보다는 다섯 배 이상 비싸졌죠?]

[아마도 그럴 겁니다.]

[제 생각엔 드라마가 종영하기 직전인 2월쯤 분양한다면⋯ 그 열 배까지도 가격이 튀어 오를 수 있을 겁니다.]

[다섯 배가 아니라 열 배라는 거죠?]

[아뇨, 다섯 배의 열 배. 오십 배라는 겁니다.]

[⋯.]

조용현 국장은 우진의 그 말을 들었을 때 과장이라고 생각했다.

아무리 드라마가 대박이 난다고 한들, 택지 시세가 그 정도까지 튀어 오른다고는 상상하기 힘들었으니 말이다.

[그 가격이면 이천시 도심지 택지보다도 더 비싼 값인데….]
[제가 나름 부동산 전문갑니다. 한번 믿어보시죠.]

하지만 그렇다고 해도 12월에 분양하는 것이 손해라는 우진의 이야기만큼은 100퍼센트 동의했기 때문에, 그에 맞게 일정을 조율했다.

[뭐, 알겠습니다. 일정 조율이야 다시 하면 되는 거고… 분양 좀 늦어진다 해도 최종 플랜에는 차질 없게 맞춰보겠습니다.]
[감사합니다, 국장님.]

그리고 원래 분양 예정이었던 12월이 된 지금, 정확히는 〈천년의 그대〉가 방영을 시작하고, 하루가 지난 바로 지금.
'서 대표 말이 맞았어.'
소문을 듣고 모여든 투자자들 덕에 미친 듯이 치솟은 땅값을 확인하고는, 소름이 돋을 수밖에 없었다. 만약 그때 일정을 잡았더라면 10~11월의 시세에 맞춰 분양가를 산정했을 터. 택지분양으로 인한 수익이 반 토막 날 뻔했던 것이다. 그래서 시장에게 보고가 예정되어 있던 오늘 아침. 조용현 국장은 우진에게 다시 한번 전화를 걸어봤다.

[서 대표님!]

[하하, 국장님 출근하셨습니까?]

[예, 방금 출근했습니다.]

이번에 조용현이 아침 일찍부터 전화를 건 이유는 반대로 분양 일정을 더 늦추는 게 좋지 않겠냐는 이야기를 해보기 위함. 가파르게 상승하는 지가를 보고 있자니, 우진이 얘기했던 2월도 좀 빠르지 않나 하는 생각이 들었던 것이다. 하지만 우진의 대답은 단호했다.

[더 늦추는 건 안 됩니다, 국장님.]

[그런가요?]

[어차피 고점을 잡아 분양하려는 게 아니라, 가장 화제성이 높을 때 분양하고자 하는 겁니다.]

[가장 화제성이 높을 때라….]

[드라마의 화제성이 가장 높은 시점은 바로 종영 직전이지요.]

[그렇군요.]

[물론 드라마가 흥행에 성공했다는 전제하에서지만, 아마 그렇게 될 겁니다.]

우진은 분명 3, 4월이 지나면서 점점 더 가격이 오를 것이라고 얘기했지만, 그 상승곡선은 확연히 둔화될 것이라 하였다. 쉽게 말해 2월보다 더 늦게까지 기다리는 것은 시간적 손실이 더 클 것이라는 말이다.

그 말에 동의한 조용현은 오늘 결국 시장에게 보고하였고, 결과는 좋을 수밖에 없었다. 이번 프로젝트가 이천시에서도 가장 크게 신경을 쓰고 있었던 프로젝트인 만큼 어제 방영했던 〈천년의 그대〉 첫 화 방영분을, 시장도 집에서 시청했던 것이다.

"그래요, 조 국장."
"네, 시장님."
"어제 드라마는 잘 봤습니다."
"오…! 직접 보신 겁니까?"
"딸내미가 꼭 봐야 한다고 리모컨을 붙들고 있는데, 안 보고 배 길 수가 있어야지. 하하."

하여 조용현의 보고는 무척이나 순조로울 수밖에 없었으며…
"조 국장 보고서에 따르면, 사업성은 충분하다 못해 넘치는군."
"결국 마지막 남은 변수가 드라마 흥행 여부였는데, 어제 방영분 만 봐도 중박 이상은 확정이라 봐도 되지 않겠습니까?"
"동의합니다. 내가 시청률, 이런 데이터는 잘은 모르지만, 다른 드라마들 성적과 비교했을 때 압도적이라는 정도는 확실히 알 수 있겠어."
그리하여 예정보다 2배는 길어진 시간 동안의 보고 끝에, 용현 은 시장의 확답을 받아낼 수 있었다.

"내가 최선을 다해서 한번 도와보도록 하지요."
"감사합니다, 시장님."
"내가 감사하지. 조 국장이 일을 잘해준 덕에, 임기 내에 숙원사 업 하나 추가하게 생겼는데. 하하."
적어도 이천이라는 지역 안에서만큼은 가장 강력한 파워를 가진 이천시장의 전폭적인 지지. 그것을 얻어낸 이상, 이제 프로젝트 진행은 순풍에 돛을 단 격이라고 할 수 있었다.

— * —

12월 6일 목요일도 빠르게 흘러갔고, 〈천년의 그대〉 2화 방영이 시작되었다. 수요일보다 더 많은 사람들이 〈천년의 그대〉 본방을 사수하기 위해 시간에 맞춰 TV 앞에 앉았으며, 관계자들은 또다시 숨죽이고 시청률 추이를 지켜보았다.

1화의 최고 시청률은 '규격 외'라는 표현이 어울릴 정도로 엄청난 수치였지만, 그 막대한 유입이 2화에서는 어디까지 지켜질지 또 어제의 이슈를 통해 추가로 얼마나 많은 시청자들이 유입될지. 이 모든 데이터의 상승하락 곡선을 처음 확인할 수 있는 날이, 바로 2화가 방영되는 목요일이었으니 말이다.

우진조차도 9할 정도의 기대와 1할 정도의 조바심을 가지고 결과를 기다렸으며 그 결과는 역시 만족스러웠다. 드라마가 끝나고 10분도 채 지나지 않아서, 우진의 전화기가 요란하게 울린 것만 봐도 알 수 있는 사실이었다.

위이잉-

전화 너머로 들리는 목소리는, 어제와 다를 바 없이 흥분한 강소정의 목소리였다.

[최고 시청률이 1.5포인트나 더 올랐네요.]

"1.5포인트요? 그게 뭐예요?"

[아, 1.5퍼센트 더 올랐다고요.]

"아하!"

그리고 그녀의 상기된 목소리에, 우진도 기분이 더욱 좋아졌다. 소정은 이제 우진과 가장 가까운 사람들 중 한 명이었고, 그에 더해 지금 그녀의 기쁨은 우진 또한 공유할 수 있는 것들이었으니까.

'기왕 이렇게 된 거. 최고 시청률 한 50퍼센트 찍어버렸으면 좋겠네.'

하지만 다음 순간, 우진은 흠칫 놀랄 수밖에 없었다.

[그러니까 이제 준비하시죠. 서우진 씨.]

"뭘요?"

[왜 모르는 척하실까.]

"…."

소정의 입에서 예상치 못한 이야기가 나오기 시작했으니 말이다.

[35퍼센트까지, 이제 0.5포인트 남았잖아요.]

"그게, 그러니까….."

[빠르면 다음 주 수요일, 늦어도 그 다음 주면 35퍼센트는 찍을 것 같은데. 그렇지 않나요?]

"아마도 그렇겠죠….."

우진의 당황한 목소리에, 더욱 신이 난 소정이 계속해서 얘기했다.

[감독님이 오늘 오전에 저한테 그랬어요.]

"뭐라고요?"

[번외편 촬영 일정 슬슬 잡아야 하겠다고요.]

"그렇군요."

[그러니까 일정 알려주세요.]

"진짜, 해야 하는 겁니까?"

[네. 진짜 하셔야 하니까 하루만 좀 비워줘요, 서 대표님.]

사실 우진은 드라마에 출연하는 것은 어지간하면 하지 않으려고 했었다. 술자리에서 감독과 소정의 제안이 진심이라는 건 알았지만, 연기라는 것은 도무지 할 자신이 없었으니까. 예능에 출연하는 것과 드라마에 카메오로 출연하는 것은 또 다른 차원의 문제였다.

"후···."

그런데 그렇게 고민하는 우진의 상태를 눈치챘는지, 강소정의 말이 재빨리 다시 이어졌다.

[그럼 이건 어때요, 서 대표님.]

"네? 뭐요?"

[서 대표님만 출연하시면, WJ 스튜디오 브랜드도 그대로 노출시켜줄게요. 어때요?]

방금까지 어떻게 거절해야 하나 고민 중이던 우진조차도 저절로 눈이 번쩍 뜨이게 할 만한 제안.

"진짜요?"

[역대급 홍행 드라마에 PPL 공짜로 할 수 있는 기횐데. 이 정도

면 안 할 수가 없겠죠?]

"크윽…."

아무리 우진이 관계자고 투자자라 하더라도, 드라마 PPL로 자신의 회사 로고를 끼워 넣으려면 다른 투자자들의 동의를 받아야만 한다. 하지만 메인 투자자이자 디렉터인 소정이 우진의 출연을 빌미로 밀어붙인다면 얘기가 달랐다. 그래서 우진은 소정이 내민 손을 쉽게 뿌리칠 수가 없었고, 그것으로 우진의 출연은 결정되어버렸다.

[그럼 수락하신 걸로 알고, 감독님께 말씀드릴게요?]

"네…."

[좋았어!]

우진의 대답에 더욱 신이 난 소정은, 그 뒤로도 거의 10분이 넘게 떠들었다. 그래서 우진은 드라마가 끝난 뒤에도 한참을 거실 소파 위에 앉아있어야만 했다. 그리고 잠시 후 그녀의 전화를 끊었을 때, 리클라이너 위에 앉아 과일을 깎고 있던 주희가 우진을 향해 물어보았다.

"우진이, 여자친구 생겼니?"

"네? 아, 아니에요 엄마. 여자친구는 무슨."

"여자친구도 아닌데, 그렇게 통화를 오래해?"

"비즈니스 파트너예요."

"비즈… 뭐라고?"

"방금 본 드라마 기획사 대표님이세요."

"아아, 그렇구나."

뜬금없는 오해에 우진이 당황한 사이, 주희의 말이 다시 이어졌다.

"그나저나 이 드라마. 다음 화는 내용이 어떻게 되는 거니?"

"저, 저도 모르죠."

"이거 드라마가 감질나서 어떻게 다음 주까지 기다리냐."

"재밌으세요?"

"재밌으니까 그러지. 오늘은 가게 오시는 단골손님들도, 전부 〈천년의 그대〉 얘기하시더라니까?"

"하하, 다행이네요."

"그리고 그 남자주인공. 이름 뭐라고 그랬지?"

"민우요?"

"아, 그래. 민우! 다음에 그 친구 사인 좀 받아다 줘라."

"…."

"총각이 연기도 잘하고 참하게 잘생겼네."

"알겠어요, 엄마."

우진은 접시에 가지런히 놓인 과일을 먹으며, 꽤 오랜 시간 동안 어머니와 이야기를 나누었다. 별달리 특별할 건 없는 이야기였지만, 하나뿐인 가족과 보내는 시간만큼 의미 있는 것도 없는 법이었다. 그리고 이렇게 이야기를 나누던 중, 불쑥 우진이 화제를 전환하였다.

"그나저나 엄마, 혹시 연말에 시간 되세요?"

"연말이면, 이달 말 말하는 거니?"

"네, 12월 마지막 주요."

"내 시간이야 만들면 되는데… 왜? 무슨 일 있어?"

"엄마 모시고 제주도라도 한번 다녀오면 어떨까 해서요."

"제주도?"

"우리, 가족 휴가 가본 지 오래됐잖아요."

"…."

이런저런 이야기 중에 갑자기 나온 얘기였지만, 순간 울컥했는지 주희는 말이 없었다. 그런 그녀를 향해 우진이 다시 입을 열었다.

"전에 엄마가 그러셨잖아요."

"뭐라고?"

"좋아하는 일이라도 너무 무리 말고, 여유도 좀 갖고 하라면서요."

"내가… 그랬나?"

"네, 그러셨어요."

갑작스레 나온 이야기이기는 했지만, 우진은 두 달 전부터 생각하고 있던 계획이기도 했다. 어머니의 수제비 집에서 점심을 먹으며 들었던 이야기를 잊고 있던 게 아니었던 것이다.

"나야 아들이랑 여행 가면 당연히 좋은데… 괜찮겠니?"

주희의 물음에 우진이 빙긋 웃으며 대답했다.

"네, 시간 미리 비워놨으니까, 전 걱정 않으셔도 돼요."

그렇게 두 번의 〈천년의 그대〉 방영과 함께 12월 둘째 주도 훌쩍 지나갔다. 〈천년의 그대〉와 별개로 WJ 스튜디오의 연말 일정은 바쁘게 흘러갔고, 우진은 어머니와 약속한 대로 마지막 주의 시간을 비우기 위해 더욱 열심히 사방으로 뛰어다녔다. 당연히 그동안 〈천년의 그대〉는 계속 방영되었고, 회차마다 시청률은 계속해서 상승하였다.

[수목드라마 〈천년의 그대〉. 이대로 역대 최고 시청률 갱신하나?]
[현재까지 최고 순간 시청률 41.25%. 진정한 국민 드라마로 등극한 〈천년의 그대〉.]
[〈천년의 그대〉 5화에 등장한 '서후'의 집 서울숲 클라시아 포레스트는 대체 어디?]

2012년 연말은, 계속 좋은 소식만 들려왔다. 깔끔하게 일 처리를 끝내놓은 우진이 제주도에 가서도 마음 편히 휴가를 즐길 수 있도록 말이다. 그런데 제주도에서 돌아와 기분 좋게 한 해를 마무리한 우진은 새해가 밝자마자 뜻밖의 전화를 받게 되었다.

방해꾼

연말에는 행사가 많다. 그것은 어떤 기관을 막론하고 대부분의 경우 그렇다. 일 년이라는 시간은 결코 짧은 시간이 아니며 그동안 있었던 일들을 정리하고 마무리하는 과정 안에는, 사람과 사람 사이의 관계를 정리하는 것까지도 당연히 포함되어 있으니 말이다.

특히나 인맥으로 시작되어 인맥으로 굴러가고 있는 건축가협회와 같은 기관은, 일반적인 경우보다도 더 행사가 많을 수밖에 없었다. 그래서 협회장 권주열은 오늘도 중요한 사람을 만나고 있었다.

"하하, 이게 누구신가. 우리 후배님 아니신가."
"잘 지내셨습니까, 선배. 별일 없으시지요?"
"나야 뭐 별일 있겠는가. 일단 앉지."

권주열이 오늘 만난 사람은 그의 한 학번 후배이자 국토교통부의 운영지원과에 재직 중인 김지환이었다. 비록 일이 잘 풀리지는 않았지만, 성수지구 통합 설계라는 큰 건을 물어다줬던 바로 그 후배.

김지환은 그의 인맥 중에서도 손에 꼽을 만큼 중요한 인물이었고, 그래서 바쁜 연말에도 이렇게 챙겨서 약속까지 잡은 것이었다. 삼청동에 있는 단골 술집에서 만난 두 사람은 기분 좋게 웃으며 술잔을 가볍게 부딪쳤다.

"연말이라 바쁘실 텐데, 이렇게 시간 내줘서 고맙네."

주열의 인사에 지환이 멋쩍은 표정으로 대답했다.

"아닙니다, 선배님. 저야말로 이렇게 잊지 않고 매번 챙겨주셔서 감사할 따름이지요."

"하하, 올해는 내가 미안해서라도 자네를 챙기지 않을 수가 없었어."

"네? 그게 무슨···."

"성수지구 설계 건 때문에 말이야."

"아, 그것···."

"자네가 그렇게까지 신경 써줬는데, 멍청한 놈을 믿었다가 말아 먹지 않았는가 말이야."

이제는 시간이 좀 지났지만, 성수지구 설계 건에서 헛발질했던 일은 아직까지도 두 사람에게 뼈아픈 상처였다. 발표 날 무력하기 그지없는 모습을 보였던 이호설계사무소를 빠르게 손절함으로써 최악의 상황까지 가지는 않았지만, 거의 반년에 걸쳐 판을 까는 데 들어간 노력과 수고는 그대로 매몰 비용이 되어버린 것이었으니 말이다.

그 매몰 비용이라는 것이 꼭 금전적인 것만을 의미하는 것은 아니었다. 인맥과 권력이라는 것도 결국 무한히 솟아나는 자원이라고 볼 수는 없었으니까. 권력은 마치 전장의 무사들이 사용하는 무구(武具)와 같아서 휘두를 때마다 조금씩 무뎌지는 것은 물론, 그것을 '잘' 사용하지 못한다면 더 빨리 이가 빠지게 되는 법이다.

"후후, 그게 선배님 실책은 아니지 않습니까?"
"그렇다고는 해도, 내가 자네에게 미안해야 할 일은 맞지."
"좋은 날, 기분 좋게 만났으니, 그런 이야기는 조금 있다가 다시 하시죠."
"하하, 알겠네. 그럼 술이나 한잔 더 받으시게."
"그렇지 않아도 그 건과 관련해서, 드릴 이야기도 좀 가져왔습니다."
"오호라, 기대해도 되겠나?"
"물론입니다."
쨍-

다시 한번 잔을 부딪친 두 사람은 이런저런 이야기들을 기분 좋게 나누었다. 성수지구 건을 제외하더라도 두 사람이 함께 진행한 프로젝트는 꽤 많았고, 다른 프로젝트들은 대부분 순항 중이었으니 말이다. 하지만 술이 좀 들어가고 이야기가 깊어질수록, 결국 올해 가장 뼈아픈 실패였던 성수지구 프로젝트의 이야기는 다시 나올 수밖에 없었다.

특히 권주열은 그들이 공들여 깔아놓은 판을 날름 가져간 서우진이라는 존재가 매일같이 눈엣가시처럼 거슬렸는데 우진으로 인해 가장 큰 피해를 본 사람이 바로 눈앞에 있다 보니, 그와 관련된 이야기를 꺼내지 않을 수가 없었던 것이다. 김지환이 준비해왔다는 '그 이야기' 또한 우진과 관련 있는 이야기였고 말이다.

"내년 초에 아마 인사이동이 있을 예정이라지?"

"그렇습니다, 선배."

"너무 상심 마시게. 어쩌다 보니 오물이 좀 튀기는 했지만, 자네가 좌천되는 일은 없을 거야."

"휴우, 정말 선배님만 믿습니다."

김지환은 기재부에서 나온 감사를 무사히 통과하긴 했지만, 그 과정에서 완전히 피해가 없었던 것은 아니었다. 건설사와 결탁한 몇 가지 부당한 정황 정도는 발견될 수밖에 없었으며 그것으로 인해 인사고과에서 손해를 크게 본 것이다.

다만 물증이 없는 정황일 뿐이라는 점, 대형 건설사의 청탁이 어느 정도 관례 시 됐었다는 점에서 참작을 받았기에 망정이지, 지환으로서는 탄탄대로와 같던 공무원 인생이 그대로 끝날 뻔한 위기나 다름없었다.

"그런 의미에서 후배님."

"예, 선배."

"혹시 자네가 준비해왔다는 그 이야기가 서우진이랑 관련된 이야기는 아닌가?"

주열의 질문에, 김지환의 목소리가 살짝 낮아졌다. 주변에 듣는 사람은 아무도 없었지만, 본능적으로 목소리를 낮춘 것이다.

"역시 예리하십니다, 선배님."

"자네가 먼저 얘기 꺼낼 때까지 기다리려 했는데, 도무지 궁금해서 참을 수가 있어야지."

"요즘 그 친구 잘나가던데, 선배님께서도 그 꼴 좀 그만 보고 싶지 않으십니까?"

"물론일세. 그러니 어서 썰 좀 풀어 봐."

당연한 얘기겠지만, 주열과 지환은 우진의 인맥이 기재부나 서울시까지 닿아있다고는 생각지 못했다. 하지만 사건의 정황을 파악하던 중에 감사가 들어온 것이 우진과 관련 있는 일이었다는 정도는 알아차릴 수 있었고, 그래서 우진이 공모에 당선되기 위해 감사원에 투서를 쓴 것이라고 지레짐작했던 것이다.

건축가협회와 국토부 간의 유착관계는 업계에 조금만 있어도 알수 있는 공공연한 사실이었으니 조금만 머리를 잘 써도 한번 찔러볼 수는 있는 부분이라고 생각했다. 건축가협회의 눈치를 전혀 볼필요가 없는 거의 유일한 업체가 바로 WJ 스튜디오였기 때문에, 성립 가능한 가정이었다.

'이 새끼가… 한번 해보자는 거지, 이거?'

그래서 그때 이후로 지환은 우진에게 이를 갈고 있었고, 얼마 전괜찮은 떡밥을 하나 찾을 수 있었다.

"선배님, 혹시 최근에 방영 중인 〈천년의 그대〉라는 드라마 아십니까?"

지환의 물음에, 주열이 고개를 끄덕이며 대답했다.

"알고 있지. 서우진이 관련된 드라마 아냐 그거."

"맞습니다."

"그 드라마는 왜?"

"아신다면, 그 세트장을 서우진이 설계하고 시공했다는 사실도 아시겠군요."

주열이 다시 고개를 주억거렸다.

"알고 있네. 전통건축의 지읒 자도 모르는 애송이가 디자인한 쓰레기를 언론에서는 아주 물고 빨고 난리더군."

주열의 얼굴에는 노골적인 불쾌감이 어려있었다. 이미 색안경을 쓰고 있는 그가 보기에 우진이 디자인한 〈천년의 그대〉 세트장은 그저 전통건축을 모방한 모조품에 지나지 않았던 것이다. 그런 그의 표정을 슬쩍 확인한 지환이 다시 말을 이었다.

"그렇다면 혹시 이것도 알고 계십니까?"

"뭔데?"

"그 세트장 부지 인근이 지금, 이천시 주도하에 지구 단위 개발 지역으로 지정됐다는 사실 말입니다."

"음…?"

"그리고 한술 더 떠서, 세트장 부지부터 인근 수천 평 땅이 서우진이 명의로 되어있더군요."

"…!"

주열의 두 눈이 휘둥그레 커졌고, 지환의 입에 의미심장한 미소가 걸렸다.

"뭔가 느낌 오는 것… 없으십니까?"

지환과 주열의 두 눈이 허공에서 마주쳤다. 그리고 주열의 입가에는 반쯤 일그러진 미소가 걸려있었다.

"허허, 그래. 어린놈이 벌써 이렇게 더러운 짓부터 한단 말이지?"

"그러니까 말입니다."

"서우진이 명의 토지는 확인된 부분이고?"

"물론입니다."

여기까지 이야기한 순간, 두 사람은 이미 확신하고 있었다. 우진과 이천시 사이에, 어떤 부당한 거래와 유착관계가 있을 것이라고

말이다. 물론 그런 사실이야 전혀 없었지만, 사람은 원래 자신이
가진 시야로 세상을 바라보는 법.

"오랜만에 감사원에 전화 한번 넣어봐야겠어."
"그쪽에도 인맥이 있으십니까?"
"그랬으니 이번에 자네도 꺼내 온 것 아냐."
"하아… 그랬겠군요. 역시 대단하십니다."

한층 기분이 좋아진 두 사람은, 천천히 계획을 짜기 시작하였다.

"단순히 감사만 넣을 생각으로 얘길 꺼낸 건 아니겠지?"
"물론입니다, 선배."
"그럼 자네가 생각해온 계획을 먼저 말해보시게."
김지환의 입꼬리가 슬쩍 말려 올라갔다.
"지난번엔 저희가 짜놓은 판을 그쪽에서 쓸어갔으니, 이번에는
반대로 뺏어와야 하지 않겠습니까?"
그리고 지환의 그 얘기를 들은 주열은 기분 좋게 웃을 수밖에 없
었다. 그의 이야기는, 주열이 떠올린 그것과 완벽히 일치했으니 말
이다.
"역시 자네야, 하하."
웃음을 터뜨리는 주열의 입술 사이로, 그의 하얀 이가 드러났다.

— * —

새해 첫날. 그러니까 신정 연휴를 제외한 새해의 첫날에 우진이

출근하자마자 받았던 '뜻밖의 전화'라는 것은, 다름 아닌 이천시 문화국 국장 조용현의 전화였다.

[새해가 밝자마자 또 이렇게 업무 관련 전화를 받으셔서 어쩝니까, 하하.]

"뭐, 저야 원래 일과 여가의 구분이 딱히 없는 사람입니다만… 국장님께서 연초부터 고생이십니다."

[하하, 저도 뭐 비슷합니다.]

"그건 그렇고, 새해 복 많이 받으세요, 국장님."

[아, 내 정신 좀 봐. 새해 인사를 빼먹었네요. 대표님께서도 새해 복 많이 받으십시오!]

사실 긴밀한 협업관계인 지금, 새해 첫날 안부 전화를 하는 것은 딱히 이상할 것 없는 일이라고 할 수 있었다. 조용현 국장과 우진의 관계는, 비즈니스적인 측면에서 아주 우호적인 상황이었으니 말이다. 다만 우진이 '뜻밖'이라는 생각을 한 것은, 그 전화에 담긴 내용 때문이었다.

"그나저나 국장님, 업무 관련해서 문의하고 싶은 부분이 있다 하셨는데…."

[아, 그거요. 여쭤봐야지요. 그것 때문에 전화 드린 거였는데요.]

"네, 말씀하세요."

[오늘 오전에 감사관이 저희 문화국을 찾아왔거든요.]

"감사관… 이라면?"

[아, 저희 이천시 감사담당관 말입니다.]

그 내용이란 바로, 관광지 조성을 위한 지구단위계획 설립 과정에서 부당이득을 취한 정황이 신고되었다는 것.

"음… 부당이득이요?"

[그렇습니다. 이거 사실 되게 곤란한 상황이거든요.]

"저희가 잘못한 부분이 없는데, 곤란해질 게 있습니까?"

[감사라는 게 원래 그렇잖습니까. 털어서 먼지 안 나오는 것도 쉽지 않지만… 먼지가 안 나온다 해도 몽둥이찜질은 아픈 법이거든요.]

"뭐, 그야 그렇죠. 사업 진행 속도도 더뎌질 수밖에 없고…."

우진은 고개를 갸웃할 수밖에 없었다. 그가 실무 담당관에게 어떤 금품 같은 것을 수수한 적도 당연히 없었으며, 이러한 개발계획 수립을 먼저 제안한 것도 이천시청 쪽이었으니 어딘가에서 위법 정황을 발견했다는 이야기 자체가 이해되질 않았으니 말이다.

'감사라… 뭐 별 탈 없이 끝나긴 하겠지만, 상당히 귀찮아지겠는데, 이거.'

하지만 다음 순간, 이어진 조용현의 이야기를 듣는 과정에서 우진은 뭔가 묘한 구석을 찾을 수 있었다.

[서 대표님. 대단히 죄송스러운 질문이긴 합니다만, 저희 문화국 직원이라든가, 이천시 관계자라든가… 따로 접촉해서 뭔가 제가 모르는 일을 진행하신 적은 없으시지요?]

"물론입니다. 제가 그럴 이유가…."

[저도 그렇게 생각합니다. 그런데 대체 왜 감사원에서….]

"감사원이요?"

[네, 감사원에서 압력이 내려왔나 보더라고요. 그런데 또 저희 담당관에게 다이렉트로 전화한 사람은 국토부 직원이고. 이거 뭐 어떻게 굴러가는 건지, 참….]

'국토부 직원'이라는 단어를 들은 순간, 우진의 촉이 살짝 움직 인 것이었다.

— * —

감사원이란, 국가 행정기관과 공무원의 직무에 대한 감찰을 목 적으로 설립된 대통령 직속의 국가 최고 감사기관이다. 공무와 관 련된 거의 모든 비리에 제재를 가할 수 있는, 모든 감사기관의 사 령탑인 셈이다. 우진이 의아한 이유가 바로 여기에 있었다.

중앙 기관의 어떤 비리를 감사하는 것도 아니고 지자체일 뿐인 이천시의 공무집행에 대한 감사를 이 감사원에서 직접 지시했다 는 것이 일반적인 경우라면 일어나기 힘든 상황이었으니 말이다. 물론 감사원이 당연히 그러한 권한과 힘을 가지고 있는 것은 맞았 지만, 이천시와 같은 지자체는 대한민국에 수없이 많았다.

때문에 그런 크고 작은 기관 전부에 감사원이 직접적으로 영향 을 주는 것이 물리적으로 가능할 리 없는 것. 그래서 보통 지방 기 관의 감사는, 각 피감사기관이 가지고 있는 1차 감독기관, 혹은 감 사담당관이 하게 된다.

중이 제 머리 못 깎는 것 아니냐는 의문을 제기할 수도 있겠지만, 그것은 결코 그렇지 않다. 어떤 공무를 수행함에 있어 하나의 기관

안에서 모든 부분이 소화되는 경우는 보통 없었으니까.

예를 들어 이천시에서 이번에 진행 중인 〈천년의 그대〉 세트장 인근의 지구 단위 개발의 경우 도시계획위원회나 경기도청 같은 다른 기관과의 협업이 필수적으로 진행된다. 이 협업 과정에서 각 기관의 감사담당관은 자연스레 연계기관의 감사업무를 병행하게 되니, 감사 시스템이 제법 촘촘하다 할 수 있는 것이다.

'그런데 이걸 감사원에서, 게다가 국토부에서까지 태클을 걸었단 말이지?'

지금 이천시와 우진이 진행 중인 지구단위계획은 전국적으로 봤을 때 정말 규모가 작은 사업장이다. 아무리 생각해도 감사원이나 국토부가 직접 움직일 이유가 없는 수준. 그래서 우진은 일단 이렇게 얘기하였다.

"뭐, 국장님께서도 이미 그렇게 생각하시는 것 같지만… 제 쪽에 어떤 문제는 전혀 없으니 안심하셔도 됩니다."

[넵, 알겠습니다. 정말 혹시나 해서 전화드린 겁니다, 하하.]

"그리고 혹시 가능하시면…."

[네?]

"이천시 감사담당관에게 연락 들어온 국토부나 감사원 직원 정보 좀 공유해주셨으면 합니다."

[엇, 그야 어렵진 않지만….]

"별 뜻은 없습니다. 어떤 정황 때문에 감사가 들어오는 건지, 한번 물어보기나 하려고요."

[기분 나쁘신 것은 알겠지만, 가능한 한 그런 연락은 피하시는 게 좋을 수도 있습니다.]

"그쪽에서 더 공격적으로 나올까 봐서죠?"

[그렇습니다. 잘 아시네요.]

우진이 웃으며 답했다.

"걱정하실 것 없습니다. 저도 저 위에 계신 분들 심기 불편하게 해드릴 생각은 없으니까요. 좋은 말로 궁금한 부분 몇 가지만 물어볼 겁니다."

[그렇다면, 알겠습니다.]

"프로젝트 진행에 다른 애로사항은 없으시죠?"

[물론입니다. 감사 때문에 골치가 좀 아파진 것 말고는… 걱정 않으셔도 됩니다.]

"네, 항상 감사드립니다, 국장님!"

[저도 마찬가집니다! 그럼 또 연락드리겠습니다.]

뚝-

조용현 국장과의 전화를 끊은 우진은 의자에 등을 푹 기대며 잠시 생각에 빠졌다.

'세상에 원인 없는 결과는 없는 법인데….'

아직 어떤 확증이 있는 것은 아니지만, 우진은 갑작스레 들어온 감사에 어떤 목적이 있을 것이라 확신하였다. 그 의도가 정확히 뭔지는 아직 감이 오지 않았지만, 찬찬히 찾아본다면 분명히 찾아낼 수 있을 것이라 생각했다.

'다 지어놓은 밥에 재를 뿌리는 걸, 그대로 두고 볼 수는 없지.'

어차피 감사가 시작된다고 해도 딱히 걸릴 것은 없었지만, 그렇다고 순순히 저들의 의도대로 움직여줄 생각은 없었다. 원래 달콤한 열매가 열리는 곳에는 날파리들이 꼬이는 법. 우진의 머리가 빠르게 굴러가기 시작하였고, 잠시 후.

위이잉-
우진의 스마트폰으로 조용현 국장의 메시지가 날아왔다.

[감사원 사무1처 ○ ○ ○]
[010-0000-0000]
[국토교통부 운영과 ○ ○ ○]
[010-0000-0000]

— * —

오전 회의가 끝난 뒤, 우진은 진태를 따로 대표실에 불렀다. 이렇게 꺼림칙한 일이 있을 때에는, 최대한 빠르게 행동하는 것이 우진의 방식. 그중에서도 가장 먼저 해야 할 일은, 당연히 정보수집이었다.

"형, 지난번에 우리 도와주셨던… 기재부 정책기획과 팀장님 명함 가지고 있지?"
"어, 당연히 가지고 있지. 네가 잘 챙겨놓으라며."
"그분께 식사라도 한번 대접하고 싶다고, 연락 넣어줄 수 있어?"
"식사? 갑자기?"
"이것저것 물어보고 싶은 게 좀 있는데… 뜬금없이 전화를 걸 수는 없잖아?"
"아하."
"지난번에 도와주셔서 성수지구 무사히 따냈으니, 맛있는 밥이라도 한 끼 대접하고 싶다고 연락 좀 넣어줘."

"알겠어."

"새해 인사도 할 겸, 겸사겸사. 내가 직접 전화 걸까 생각도 해봤
는데, 아무래도 그때 직접 소통했던 형이 하는 게 나을 것 같아서."

"뭐, 좋아. 사람 좋으셔서 어렵지는 않을 듯."

우진은 구윤권과 황종호라는 강력한 인맥을 가지고 있었지만,
이런 일에 그 인맥의 도움을 받을 수는 없었다. 닭 잡는 데 소 잡는
칼을 휘두를 수는 없었으니 말이다. 그래서 차선으로 생각한 것이
프로젝트 진행 과정에서 생긴 실무 인맥이었고, 정부 부처의 실무
진과 연결고리를 만들어두는 것은 꼭 이번 일이 아니라도 필요한
부분이었으니 진태를 통해 자리를 만들려는 것이었다.

"뭐, 다른 건 필요한 거 없고?"

"응, 다른 얘기는 회의에서 다 했잖아."

"오케이, 알겠어."

그리고 진태가 나간 뒤, 우진은 이제 직접 수집 가능한 정보들을
찾아보기 시작하였다. 기재부 실무인사를 만나서 뭘 물어보기라
도 하려면, 사전정보가 필요했으니 말이다.

'감사원 사무 1처라··· 여긴 뭐 공개된 게 없는 기관인 것 같고.
국토부 운영과 조직도 정도는 찾아볼 수 있을 것 같은데···.'

감사가 들어오게 된 경위가 어떻게 된 건지, 최소한의 가닥이라
도 잡아야 구린 구석을 파헤칠 수 있을 것이라 생각한 것이다. 그
런데 국토교통부 홈페이지에서 조직도를 살펴보던 우진은 생각했
던 것보다 더 큰 단서를 하나 잡을 수 있었다.

'국토교통부 운영과장… 김지환?'

그렇게 꼼꼼하게 검색을 한 것도 아니고 조직도를 훑어봤을 뿐이었는데, 낯익은 이름을 발견할 수 있었던 것이다.

'어디서 들어본 이름인데….'

그리고 잠시 후.

우진의 머릿속에, 작년 여름의 기억이 또렷이 떠오르기 시작하였다.

— * —

[그러니까, 어르신. 저쪽에서 꼬리를 자르고 도망갔다는 거죠?]

[아무래도 그렇지 않은가 싶네, 서 대표. 정황이야 확실하지만, 국토부 쪽에서 싹 다 손절하고 꽁무니를 빼버리니… 기재부 감사관도 어쩔 방법이 없다는군.]

[하긴… 최종 개표에서 제 설계가 만장일치로 결정됐다는 건, 국토부에서 건축가협회를 버렸다는 뜻이겠지요.]

[하여간 촉 하나는 좋은 놈들이라니까. 확 잡아다가 족쳐버리려고 했는데 말이지.]

[그럼 이번 일로 징계받은 사람도 아무도 없는 겁니까?]

[징계는 한 사람 받았어.]

[어떤…?]

[국토교통부에 김지환 운영과장이라고, 이번 프로젝트 담당했던 실무인력이지.]

[아, 그렇군요.]

[사실 나는 그 친구가 수상한데, 더 추궁할 수 있는 상황이 아니

라서 아쉽구먼.]

　[수상하다는 말씀은….]

　[담사 담당관에게 들은 얘긴데, 그 김지환이라는 친구가 협회장 학교 후배거든.]

　[아…!]

　[정황은 너무 확실한데 증거가 없으니, 원… 뭐, 그래도 혼쭐이 나기는 했을 게야.]

　[결과적으로 일은 잘 풀렸으니, 더 신경 써주실 필요는 없습니다, 어르신.]

　[내가 서 대표 신경 쓰는 줄 알아?]

　[예?]

　[원래 내 성질머리가, 그런 놈들 보면 가만두질 못하거든.]

　[아….]

　[확 감방에 처넣어버렸어야 하는데, 아쉽단 말이지. 아쉬워.]

　[….]

　성수지구 통합설계와 관련된 모든 결과가 정해진 이후, 우진은 황종호에게 감사 인사를 하기 위해 술자리를 한 번 가진 적이 있었다. 국토교통부의 운영과장 '김지환'이라는 이름은, 다름 아닌 그때 들었던 이름인 것이다.

　'뭔가 가닥이 좀 잡히는 것 같기도 하고.'

　물론 김지환이라는 그 사람이, 직접 이천시에 전화를 넣은 것은 아니었다. 다만 김지환이 과장으로 있는 부서의 부하직원이 전화를 넣었다는 사실만으로도, 의심할 만한 여지는 충분하다 못해 넘치는 것. 이번 프로젝트가 국토부 운영과와 연결고리가 있는 프로젝트도 아니었으니, 우진의 의심은 너무나도 당연한 것이었다.

'이 정도 되는 인물이라면 충분히 감사 요청을 넣을 힘이 있지. 어쨌든 지구단위계획이라는 게, 국토부의 영향력 아래 있는 프로젝트니까.'

조금은 막막하던 상황 안에서 단서를 하나 찾은 우진의 표정이 밝아졌다. 하지만 그것도 잠시뿐, 우진의 머릿속에 다시 의문이 떠올랐다.

'그럼 이천시에 감사를 넣은 게… 단순히 내게 앙심을 품었기 때문일까? 그것도 좀 말이 안 되잖아?'

당시 우진의 영향력 때문에 국토부에 감사가 내려간 것은 사실이었지만, 국토부가 그것을 알 방법은 없었다. 우진이 직접적으로 액션을 취한 게 없기도 했지만, 우진이 기재부를 움직일 만한 힘이 있다고 저들이 생각할 수 없었으니 말이다. 게다가 김지환이라는 인물이 징계를 먹은 것은 결국 설계 쪽의 비리 때문이 아닌 시공사 선정 과정에서 비합리적인 정황이 포착됐기 때문. 우진의 상식으로는, 애초에 자신을 타깃으로 앙심을 품을 이유가 없던 것이다.

'만약 나에 대한 앙심으로 감사를 넣은 거라면… 어지간히 쪼잔한 수준이 아닌 건데….'

단순히 그런 의도라면, 우진은 오히려 허탈한 심정이었다. 저들의 의도대로 움직이고 그렇지 않고를 떠나서, 어떻게 대응할 방법이 없었으니 말이다. 사실 개발 사업에 대한 감사라는 것은 국토부에서 얼마든지 종용할 수 있는 지극히 합법적인 행정절차였고, 단지 우진에게 똑같이 돌려주기 위한 심보로 감사를 넣은 것이라면 우진의 입장에서는 얌전히 감사를 받는 방법밖에 없었던 것이다.

'정말 그게 다야? 사람이 그렇게 옹졸할 수가 있다고?'

우진은 그 뒤에도 좀 더 정보를 수집해봤지만, 딱히 그 이상의 무언가를 찾아낼 수는 없었다. 그래서 조금은 찜찜한 상태로, 결국 일단락 지을 수밖에 없었다.

'만약 그게 감사의 이유였다면, 이걸 다행이라고 생각해야 하는 건지….'

이 일을 제외하고도 할 일은 산재해있었기 때문에, 우진은 일단 다른 업무로 다시 돌아올 수밖에 없었다. 어차피 감사가 진행된다 해서 켕길 것도 없었으니, 심각한 상황도 아니었고 말이다.

며칠 뒤에는 진태를 통해 약속을 잡은 기재부 실무자도 만나볼 수 있었지만, 그를 통해서도 딱히 더 핵심적인 단서를 얻을 수는 없었다. 다만 우진이 찾아냈던 그 김지환이라는 사람에 대해서, 좀 더 확실한 정보를 들을 수 있었을 뿐이었다.

"아, 국토부 운영과장님이시라면, 작년에 감사대상이셨던 그분이 맞습니다."

"역시 그렇지요?"

"무슨 문제라도…?"

"아, 아닙니다. 그냥 궁금해서 여쭤본 겁니다."

그래서 우진은 일단 여기에 더 이상 신경 쓰지 않기로 했다. 괜히 감사에 신경 쓰며 심력을 소모한다면, 그것이 김지환의 의도대로 움직여주는 것이라 생각했으니까.

'감사 준비나 철저히 해놔야지. 어차피 받을 감사라면, 최대한 깔끔하게 털어버리는 게 중요하니까.'

하지만 그렇게 보름 정도가 지난 뒤, 바쁜 일정 속에 이번 일을 거의 잊고 있던 우진은 생각지 못했던 곳에서 뜻밖의 단서를 얻을 수 있었다.

"네, 국장님. 설계 공모가 지난주에 끝났다면서요?"

[예, 대표님.]

"괜찮은 곳에서 지원이 많이 들어왔나요?"

[음, 그게….]

"왜 그러세요?"

[적어도 열 곳 이상은 공모를 넣을 줄 알았는데, 딱 한 곳에서만 지원이 들어왔거든요.]

"네?"

어디서 많이 봤던, 마치 작년의 데자뷰 같은 그런 상황.

[금성설계사무소라고, 도시계획·설계 쪽으로는 꽤 규모가 있는 회사가 들어와서 다행이긴 한데….]

"…?"

[한 군데밖에 들어오질 않았으니, 일단 여기로 진행하면 되겠지요?]

조용현 국장의 목소리를 들은 우진의 머릿속이 번개같이 회전하기 시작하였다.

— * —

같은 설계의 영역이라 하더라도, 건축설계와 도시계획 설계는 완전히 다른 영역이다. 그러니까 카테고리가 어느 정도 겹칠 수는 있을지언정, 건축을 잘한다고 도시계획을 잘할 수 있다는 건 아니라는 말이다. 그래서 우진은 처음부터, 이번 설계에 대한 미련이 전혀 없던 상태였다. 제대로 해보지 않은 분야까지 욕심내기에는 이미 지금도 할 일이 산더미같이 많았으니까.

'세트장이 관광 상품으로 더욱 성공하기 위해서라도… 도시계획은 최대한 전문성 있는 업체에서 해줘야지.'

하지만 건축가협회는 다르다. 협회에 소속된 설계사무소들 중 덩치가 있는 대부분의 사무소들은 도시계획설계까지도 취급하는 곳들이 많았고, 그래서 우진은 곧바로 이 모든 상황을 꿰뚫어볼 수 있었다. 끝내 맞추지 못했던 퍼즐의 마지막 한 조각을, 오늘 조용현 국장의 전화로 찾아낸 것이다.

'그래, 역시 단순히 나에 대한 보복의 일환으로 감사를 진행했을 리는 없어. 감사 한 번 진행하는 데 저쪽에서도 적잖은 인력 소모를 해야 하니까.'

그러니까 우진이 여기서 찾아낸 마지막 퍼즐 조각이라는 것은, 바로 건축가협회가 연관되어 있다는 사실이었다. 우진이 연관되어 있는 사업장이라는 사실을 모를 리 없는데, 이런 식으로 작년 성수지구 설계 공모 때와 똑같은 패턴을 그대로 반복했다는 말은 이번에는 확실한 승산이 있다고 생각한다는 것일 터.

우진은 감사를 통해 자신을 밀어내고 택지조성부터 시작해서 모든 설계권을 싹 빼앗아가는 것이 저들의 계획임을 비로소 알아차릴 수 있었다.

'노골적으로 이렇게 나온다는 건, 날 이길 확실한 패를 가지고 있다는 얘길 거고… 그 패라는 건 아무래도….'

우진의 입가에 묘한 미소가 걸렸다.

'내가 비리를 저질렀다는 확신이겠지.'

만약 우진이 협회장 권주열의 성향을 더 확실하게 알고 있었더라면 국토부 운영과의 압력이 들어왔다는 사실을 확인한 순간 여기까지 떠올릴 수 있었을지도 모른다. 하지만 우진은 권주열이라는 사람에 대해 그렇게 잘 알지 못했고, 그래서 우진 자신의 비리를 확인조차 하지 않은 상황에서 움직일 줄 예상하지 못했던 것이다. 우진이 원래 예상했던 수준은, 감사 이후 우진의 비리가 밝혀지면 그때 추가적인 액션을 취하지 않을까 하는 정도.

'이것 참… 뭐 눈엔 뭐만 보인다더니….'

저들의 계획을 알았음에도, 우진은 전혀 기분이 나쁘지 않았다. 아니, 오히려 기분은 좋아졌다. 기존에는 타격유무를 떠나 대응할 방법이 없는 속수무책의 상황이었다면, 이제는 저들이 반대로 사업권을 따내려는 상황이었으니 제대로 물을 먹여줄 수 있게 된 것이다. 물을 먹여줄 방법은 간단하다.

'당황한 척 연기 좀 해주다가… 미끼를 물면 그대로 싹 낚아 올리면 되겠지.'

[저기… 대표님? 들리세요? 갑자기 전화가 왜 이러지.]

뚜- 뚜-

우진이 갑작스레 말을 멈추자 전화가 먹통이 됐다고 생각했는지, 조용현 국장이 전화를 끊어버렸다. 그에 우진은 곧바로 다시 전화를 걸어, 하려던 이야기를 마무리하였다.

"아, 제가 잠깐 생각 좀 하느라 대화가 끊겼네요. 죄송합니다."

[아, 그랬구나. 저는 제 전화가 가끔 이래서, 또 먹통 된 줄 알고….]

"일단 말씀하신 대로, 공모 참가사가 한 곳뿐이니 거기로 진행해야죠, 뭐."

[네. 저도 이미 그렇게 생각은 하고 있었는데, 알고는 계셔야 할 듯하여 확인 차 전화드렸던 겁니다.]

"네, 국장님. 감사합니다."

그리고 이 부분이 일단락되자, 조용현 국장이 다음 이야기를 꺼내었다.

[그런데 참가사가 한 곳뿐이니 좋은 점도 있네요.]

"어떤 점이요?"

[심사 과정이 간소화될 수 있잖습니까.]

"아하."

[물론 금성설계사무소라는 곳의 역량검증은 필요하겠지만, 기존에 잡아뒀던 일정보다 일주일 이상은 단축할 수 있을 것 같아서요.]

"그건 좋네요."

조용현이 다시 말을 이었다.

[그런 의미에서, 대표님.]

"네, 말씀하세요."

[이제 사실상 기본설계 업체까지 선정된 거나 다름이 없으니, 곧바로 다음 공모 진행해보는 건 어떨까 해서요.]

"다음 공모라면….'

[아직 사업계획안이 다 나온 건 아닌데, 아마 공공시설 부지만 2천 평 정도는 지정될 테니까요.]

관광특구로 지정되기 위해서는 관광객의 유치가 기본이지만, 그렇게 유입된 관광객들을 수용할 수 있는 시설들과 문화공간이 필수적이다. 그중에서도 가장 중요한 것이 바로 숙박 시설. 대부분의 콘도나 호텔부지가 민간사업으로 진행되긴 하겠지만, 이천시 예산으로 진행될 공공시설들이 분명히 있는 것이다.

그런 공공시설들에 대한 설계 공모도 당연히 이뤄져야 했으니, 조용현 국장은 이에 대한 이야기를 하고 있는 것. 우진은 그의 의도를 알아챘지만, 짐짓 모른 척 어깨를 으쓱하며 답했다.

"그야, 국장님 재량이죠. 공모야 언제든 진행해주시면⋯."

[하하, 건축설계 공모 쪽으로는, WJ 스튜디오도 참여하겠다고 하시지 않았습니까. 그래서 이렇게 이야기를 해드리는 거죠.]

"아하."

[뭐, 원래도 그럴 생각은 없었지만, 감사까지 들어오는 마당에 특혜를 드리는 건 당연히 아닙니다.]

"그야 당연하죠."

[하지만 공모 일정 정도야, 미리 귀띔 드릴 수 있는 거 아니겠습니까? 하하.]

"감사합니다, 국장님. 그럼 조만간 진행하시는 거로 알고, 저희도 준비 좀 해두겠습니다."

[아마 대부분 민자사업으로 빠질 거라 큰 건이 많지는 않을 텐데, 그래도 굵직한 거 한두 개는 있을 겁니다.]

조용현 국장과 대화를 좀 더 나눈 우진은 전화를 끊은 뒤 곧바로 회의를 소집하였다. 원래도 프로젝트를 허투루 준비하던 상황은 아니었지만, 더 치밀하게 계획을 세워야 할 이유가 하나 더 늘어났다.

— * —

새해의 첫 달도 순식간에 전부 지나갔다. 그리고 시간이 이만큼 지났다는 것은, 〈천년의 그대〉 방영도 반환점을 지났다는 이야기 였다. 12월 초에 첫 방영을 시작했던 〈천년의 그대〉는 1월의 셋째 주 목요일이 지난 지금, 어느새 14화까지 방영이 끝난 상태였다. 그리고 우진뿐 아니라 많은 사람들이 예상했듯, 〈천년의 그대〉의 주가는 날이 갈수록 가파르게 상승곡선을 그리고 있었다.

[〈천년의 그대〉, 성하영. 애틋한 로맨스 연기로 '시선 집중'.]

[〈천년의 그대〉. 이번 주도 자체 최고 시청률 0.2% 경신!]

[수목드라마 〈천년의 그대〉. 시청률 고공행진은 어디까지?]

[돌아온 아역배우 민우! 이제는 아역배우 아닌, '국민배우' 등 극!]

[〈천년의 그대〉 민우(작중 서후)에게 다시 찾아온 선택. 천 년 전의 사랑은 다시 이뤄질 수 있을까?]

〈천년의 그대〉가 휩쓸고 다니는 폭풍적인 인기 때문에, 동시간 대 방영한 타 방송국 드라마들이 전부 조기종영을 이야기할 정도. 그래서 소정은 오늘도 함박웃음을 지을 수밖에 없었다.

[강 대표님, 이거 너무하시는 것 아닙니까?]

"뭐가요?"

[아니, 혼자 다 해먹으시면 어떡합니까. 최고시청률 47퍼센트라 니… 2013년에 이게 말이 되는 얘깁니까.]

"프하하. 그러니까 권 대표님도, 제가 투자하랄 때 하셨어야죠."

[딱 한 번 권유하고 마는 사람이 어디 있습니까? 삼고초려까진 아니더라도 두 번은 물어봐 주셨어야죠.]

"어머, 분명히 두 번은 물어봤던 것 같은데… 왜 기억을 왜곡하실까."

[멱살을 잡아서라도 제 돈을 뺏어가셨어야죠….]

"푸훗. 아무튼 조만간 제가 한턱 낼 테니까, 시간이나 잡아 봐요."

[후우. 배 아파서 밥이 목구멍에 잘 넘어갈진 모르겠습니다만… 그래도 얻어먹긴 해야겠으니. 알겠습니다, 곧 다시 연락드리겠습니다, 소정 씨.]

"그래요. 유인건 PD님도 대표님 오랜만에 뵙고 싶다니까, 같이 뵙죠."

[하, 유 PD 그 인간… 보나 마나 깐족거릴 텐데….]

"흐흐흐, 이게 다 업보 아니겠어요?"

점심 식사를 마친 직후, 친한 기획사 대표와 통화를 마친 소정은 콧노래까지 흥얼거리며 짐을 챙기기 시작하였다. 물론 퇴근하려는 것은 아니었다. 이렇게 대낮에 퇴근할 수 있을 정도로, 소정이 할 일 없는 사람은 아니었으니까. 다만 오늘은 꽤 중요한 일이 오후에 있었기 때문에, 외근을 나가는 것이었다.

"감독님, 준비 다 되셨죠?"

"저야 아까 준비 끝났습니다만… 같이 가자셔서 일부러 일찍 나왔더니, 무슨 통화를 그리 오래 하세요?"

"호호, 누구한테 자랑 좀 하느라고요."

"드라마요?"

"당연하죠."

"그런 거라면 인정합니다."

사옥 로비에 있던 임수호 감독과 만난 소정은 곧바로 주차장으로 내려가 차에 함께 탔다. 두 사람의 목적지는 성수동. 오늘 소정의 오후 일정은 다름 아닌 서울숲 클라시아 포레스트에 있었다. 운전석에 앉은 소정이 시동을 걸자, 옆에 앉아있던 임수호가 문득 다시 입을 열었다.

"그런데 말입니다, 대표님."

"네?"

"서 대표님은 진짜 어떻게 꼬신 겁니까?"

"ㅍㅎㅎ."

"제가 아무리 뽐뿌 넣어도 꼼짝도 않으시던데."

"다 방법이 있죠."

"혹시 미인계라든가."

"물론 제가 한 미모 하긴 하지만, 아쉽게도 그건 아니네요."

오늘 오후 두 사람의 일정은, 다름 아닌 〈천년의 그대〉 촬영 일정이었다. 이미 사전제작이 끝나 방영 중인 드라마에 촬영 일정이 잡힌 이유는, 당연히 번외편이 확정되었기 때문이었다. 처음부터 임수호 감독이 계산에 넣어두고 있었던, 종방 이후 들어갈 번외편 스토리. 그러나 조금 달라진 점은, 수많은 사람들의 요청으로 번외편이 생각보다 길어졌다는 점이었다.

원래 1화나 2화 정도로 끝내려고 했던 번외편을, 무려 여섯 편이나 촬영하게 된 것. 심지어 이미 여섯 편으로 계획된 번외편들 중, 네 화 분량은 전부 촬영이 끝난 상태였다. 그래서 오늘 촬영하기로 계획된 부분은 우진이 카메오로 등장하기로 약속한 촬영 분량이었다.

"서 대표님 연기 연습도 엄청 열심히 하셨다던데."

소정의 이야기에, 감독이 반색하며 반문하였다.

"오, 그래요?"

우진이 그렇게 많은 비중을 차지하는 스토리는 아니었지만, 그래도 꽤 중요한 장면들에서 카메오로 활약하기로 되어있었으니 말이다. 하지만 다음 순간, 그의 기대감은 그대로 사라질 수밖에 없었다.

"민우가 그랬어요. 소질은 없는데, 열심히 하긴 하더라고."

"…."

"그래도 로봇을 사람 만들어놨다고, 편집만 잘하면 최악은 면할 수 있을 거래요."

"거, 너무 냉정한 평가 아닙니까."

"감독님이 잘 커버해주세요. 우리 서 대표님, 흑역사는 면해야죠."

"노력이야… 해보겠습니다."

오늘 촬영될 번외편의 스토리는, 작중에 여주인공 인서가 주소를 잘못 찾아 엉뚱한 집을 찾아가는 에피소드였다. 〈천년의 그대〉에서 현대에 환생한 인서는 WJ 스튜디오의 신입사원으로 설정되어있었는데, '서후'의 집을 찾아간다는 것이 WJ 스튜디오 대표인 우진의 집을 잘못 찾아가는 것으로 오해가 시작되는 스토리였던 것이다.

다행히 실제 우진의 집에서 촬영될 예정은 아니었지만, 그래도

우진의 집과 같은 아파트인 서울숲 클라시아 포레스트에서 촬영
될 예정인 번외편. 소정은 우진의 발연기가 기대되는지 운전하는
와중에도 계속해서 피식피식 실소를 터뜨렸고, 오늘 촬영에 고민
이 가득해진 임수호 감독은 한숨을 푹푹 내쉬고 있었다. 그렇게 30
분 정도가 지났을까? 두 사람은 성수동에 도착할 수 있었다.

Cameo

금요일 아침. 우진은 표정이 썩 좋지 않았다.

"대표님 표정이 좀 창백하신 것 같은데…. 착각인가?"

"착각이 아닐걸."

"음?"

"아침부터 기분도 안 좋아 보이시고, 목소리도 착 잠기셨더라고."

그리고 그 안 좋은 표정은, 시간이 지날수록 더 심해지고 있었다. 정확히는, 점심시간이 다가올수록 말이다.

"대표님, 오늘 무슨 일 있으세요?"

"아, 네? 아뇨, 왜요?"

"기분이 좀 안 좋으신 것 같아서…."

"아… 그런 것 아닙니다. 속이 좀 더부룩한가 봐요. 걱정 마시고 일 보세요."

"네, 대표님."

직원들에게는 별일 없다 말했지만, 사실 우진은 오늘 별일이 있었다. '그 일' 때문에 출근해서 지금까지도, 계속 극도의 긴장 상태였고 말이다.

'아, 역시 괜히 한다고 했나? 아냐. 그래도 WJ 스튜디오 PPL을 공짜로 할 수 있는 기횐데….'

수많은 서울시민들을 앞에 두고 디자인 피티를 할 때도 떨지 않았던 우진이었건만, 오늘은 그 어느 때보다도 더욱 긴장한 상태였다. 그 이유는 다름 아닌, 오늘 하기로 약속되어 있는 〈천년의 그대〉 번외편 촬영. 촬영 시간은 오후 2시부터였지만, 우진은 긴장 탓에 아침밥부터 제대로 넘어가지 않았다.

"대표님, 점심 먹으러 안 가?"
"먹고 와, 석구."
"너 아침도 제대로 안 먹었다며. 다이어트라도 하냐?"
"진태 형이랑 먹고 와. 오늘 속이 좀 부대껴서 그래."
"어쩔 수 없지, 뭐."

직원들은 오늘 우진에게 촬영 일정이 있다는 사실을 알고 있었지만, 설마 그것 때문에 우진의 상태가 이렇게 좋지 않다고는 상상할 수 없었다. 디자인 피티는 물론 〈우리 집에 왜 왔니〉 예능에 출연할 때도 우진이 긴장한 모습을 봤던 사람은 아무도 없었으니 말이다.

하지만 사람들의 생각과 달리 우진의 입장에서 예능과 연기는 완전히 다른 차원의 것이었다. 〈우리 집에 왜 왔니〉 촬영은 사실상 우진이 잘 알고 잘하는 것이 주제인 프로그램에서 그것을 하면 되는 상황이었지만, 연기는 머리털 나고 처음 접해보는 분야였으니까.

연기를 잘하기는커녕 대사나 까먹지 않을지, 그것부터가 걱정인 우진이었다. 그래서 대부분의 직원들이 밖으로 나간 점심시간. 우진은 홀로 아주 심각한 표정이 되어 대표실에 앉아있었다. 양손에는 대본을 꼭 쥔 채로 말이다.

'하… 오늘따라 연기하시는 배우님들이 존경스럽네.'

그리 길지도 않은 대본을 이미 수백 번도 넘게 읽었지만, 그래도 양손으로 꼭 붙들고 있어야 심신에 평화가 찾아오는 우진. 그런데 잠시 후, 그렇게 우진 홀로 앉아있던 대표실에 손님 한 명이 찾아왔다.

똑- 똑-

"들어오세요."

"우와, 여기가 대표실이구나!"

"일찍 오셨네요."

"오늘 같은 날 아니면 언제 이렇게 맘 놓고 구경하겠어요?"

"저희 사무실이요?"

"네. 정확히는 WJ 타워죠."

그 손님의 정체는 다름 아닌, 오늘 우진과 호흡을 맞춰야 할 WJ 스튜디오의 신입사원 성하영.

"커피라도 한 잔 타드릴까요?"

"오오! 대표님이 직접 타주시는 커피라니, 영광입니다."

"잠시만 기다려요."

"그런데 대표님, 표정이 왜 이렇게 창백해요?"

"저도 잘 모르겠습니다만….

신입사원 치고는 꽤나 고급스럽고 예쁜 오피스룩을 차려입고 온 하영은, 우진이 따라준 커피를 받아들고는 배시시 웃어 보였다.

— * —

시간이 지나 점심시간이 끝나고, 1시 반 정도가 되자, 촬영 인원들이 속속들이 WJ 타워로 모였다. 대표실이 있는 WJ 타워 최상층 로비는 제법 많은 사람들을 수용할 수 있을 만큼 큰 공간이었고, 이곳에 〈천년의 그대〉 촬영 팀들이 모인 것이다.

오늘의 메인 촬영 장소는 'WJ 스튜디오 대표 서우진'과 '남자주인공 서후'가 사는 주상복합인 서울숲 클라시아 포레스트였지만 첫 장면은 WJ 스튜디오 사옥에서 찍고 넘어가야 했다. 작중에서 '인서'는 WJ 스튜디오의 인턴이었고, 장면의 시작은 정직원이 되기 위해 대표자 면접을 보는 것이었다.

그러니까 오늘의 첫 번째 촬영장은, 다름 아닌 우진의 집무실이었던 것이다. 그런데 로비에 모인 사람들 중에는, 촬영과는 별로 상관없어 보이는 인물들도 몇몇 있었다.

"헤이, 우진!"

"뭐야. 네가 왜 여기 있어?"

"우진이 〈천년의 그대〉에 출연한다는 소식을 들었는데, 이 제이든 님이 가만히 있을 수는 없지."

"가만히 있었으면 좋겠는데."

어디서 오늘 우진이 촬영한다는 소식을 들었는지, 잔뜩 흥분한 표정의 제이든이 로비에 와 있었던 것이다. 창백한 우진과 완전히

286

상반된 표정을 한 제이든은 우진의 핀잔에도 전혀 기죽지 않은 모습이었다.

"그렇지 않아, 우진."

"어째서?"

"우진은 드라마 촬영이 처음이잖아?"

"그런데?"

"이 제이든 님이 연기 코치를 해줄 수 있어."

"그게 무슨 말도 안 되는 소리야?"

"우진의 대사는 항상 너무 dry하거든."

"…?"

"우진은 제이든에게 reaction을 좀 배울 필요가 있어."

"리액션은 무슨. 시끄러워."

오늘도 제이든의 이야기에 영양가는 별로 없었다. 하지만 그것과 별개로 그의 호들갑은 우진이 긴장을 푸는 데 꽤 도움을 주었다.

'후우. 제이든이 도움 될 때가 다 있네.'

우진이 잠시 제이든과 떠드는 사이, 촬영 장비는 전부 다 세팅이 되었다. 그래서 우진은 슬슬 촬영 준비를 위해 감독과 이야기를 나누러 갔고, 그사이 도착한 민우가 제이든을 발견하고는 반갑게 인사했다.

"오, 제이든!"

"민우!"

"진짜 오랜만이야. 별일 없지?"

"제이든이야 항상 바쁘지. 하지만 오늘 우진의 연기를 코치하기 위해 시간을 좀 냈을 뿐이야."

　재작년 크리스마스에 처음 알게 됐던 두 사람은, 그때 함께 만났던 석현까지 셋이 친분을 유지하고 있었고, 그래서 오랜만에 만났음에도 꽤 친근하게 대화를 나누고 있었다. WJ 스튜디오에서 찍을 짧은 장면에 민우가 출연하는 컷은 없었기 때문에, 분주하게 움직이는 관계자들 중 민우는 여유가 좀 있었다.

　"음, 이제 슬슬 촬영 시작인가."
　"Holy! 인서다!"
　"제이든, 목소리를 조금만 낮춰주면 안 될까."
　"내가 인서를 눈앞에서 보다니! Bloody Hell!"
　"…."
　"걱정 마, 민우. 촬영을 시작하면 제이든은 조용할 거야. 제이든은 눈치가 제법 빠른 편이거든."
　"촬영 방금 시작했는데?"
　"OK. I got it."

　촬영 스태프들의 눈초리를 한번 받은 제이든은 입을 딱 다물고 촬영장 구석에 쭈그려 앉았다. 그리고 잠시 후, 본격적인 촬영이 시작되었다.

—— ＊ ——

　천 년의 시간이 지난 뒤, '서후'는 또다시 같은 선택을 했다. 또

다를 것 없는 천 년을 다시 보내게 되더라도 한 치 망설임 없이 다시 인서를 선택한 것이다. 하지만 이것이 천 년 전과 같은 선택이었음에도 불구하고 결과는 완전히 달랐다. 이것이 허락되지 않은 금단의 사랑인 것은 다를 바 없었지만, 서후와 인서 모두 기억을 잃지 않았던 것이다.

그 이유는 다른 것이 아니었다. 서후는 천 년 전과 다를 바 없이 천신의 핏줄을 가지고 있었지만, 환생한 인서에게는 더 이상 신녀의 피가 흐르고 있지 않았으니까. 천 년 전의 사랑이 천신궁의 순혈과 신녀의 사랑이었다면 이제는 신녀가 아닌 인간과의 사랑이 되었던 것이다.

때문에 더 이상 죄가 없는 인서는 형벌을 받을 필요가 없었고, 오히려 인서의 업보까지 떠안게 된 서후는 과거보다 더 큰 형벌을 받게 되었다. 신격을 가진 자가 인간과의 사랑을 선택함으로써 받게 되는 형벌. 그것은 바로 신격의 박탈이었던 것이다.

서후의 몸에는 더 이상 신의 피가 아닌 인간의 피가 흐르게 되었던 것. 그래서 인간이 된 서후 또한, 더 이상 기억을 잃을 필요는 없었다. 그리고 이것은 다름 아닌 서후가 가장 원하던 결말이었다.

천 년 전 처음 인서를 선택했던 그 순간부터, 서후는 이미 신격 대신 그녀와의 사랑을 택했던 것이었으니까. 그래서 〈천년의 그대〉 외전은 이 모든 사건들이 지나간 뒤 행복하게 사랑하는 두 주인공의 모습을 그린 것이었다.

또각- 또각-

그래서 오늘도 인서는 오전부터 기분이 들떠있었다. 오늘도 면접을 본 뒤 퇴근하면, 서후와 데이트를 할 예정이기 때문이었다.

물론 면접을 잘 봐야 한다는 부담감 때문에 떨리는 것은 별개였다. 그래서 대표실에 들어가는 인서의 표정은 살짝 얼어있었다.

똑- 똑-

인서가 대표실 문을 두들기자, 안에서 젊은 남자의 목소리가 들려왔다.

"들어오세요."

왜인지는 모르겠지만 마치 로봇이 국어책을 읽는 것처럼 어색함이 흘러넘치는 목소리.

그리고 다음 순간…

"컷-!"

촬영이 시작된 지 정확히 10초 만에, 감독의 '컷' 소리가 촬영장에 울려 퍼졌다. 아마도 우진이 첫 대사부터 틀렸기 때문일 것이었다.

—— * ——

"아니, 서 대표님. 그냥 평소에 하시던 것처럼 하면 된다니까요?"

"펴, 평소에 하던 대로 한 겁니다만…."

"하… 그래도 처음보단 확실히 나아졌으니까, 이번에 딱 끝내보죠. 알겠죠?"

"최선을 다해볼게요."

"그럼 다시, 레디…!"

역시나 촬영은 쉽지 않았다. 드라마 본방에서는 고작 3분도 차지하지 않는 짧은 장면임에도 불구하고 NG 컷이 벌써 열 번 이상 반복된 것이다. 그래도 촬영장 분위기가 나쁘지는 않았다. 대부분의 스태프들과 배우들이, 이렇게 고생하게 될 거라고 처음부터 예상하고 왔으니까. 우진과 친분이 있는 사람들은, 우진의 발연기에 킬킬거리는 재미도 있었다.

"Holy! 제이든이 지금 들어가서 해도 우진보단 잘하겠어."

제이든의 말에 옆에 있던 민우가 조심스레 동의했고,

"흠, 어쩌면 그럴지도….."

그 옆에 있던 석현이 꺽꺽거리며 웃었다.

"그래도 뭔가 진도가 조금씩은 나가고 있잖아?"

"한번 NG가 날 때마다, 5초씩은 더 찍고 있는 것 같아, 민우."

"발전이 있다는 건, 아주 긍정적인 일이지."

"맞아, 우진에게 학습능력이 있다는 얘기니까."

"크흠."

세 사람이 작은 목소리로 떠드는 사이 어느새 촬영은 다시 속행되었고, 그래도 이제 꽤 익숙해졌는지 처음 1분 정도는 NG 컷 없이 촬영이 속행되었다.

"안녕하십니까! 이번에 조 팀장님 추천을 받은 유인서라고 합니다!"

"반갑습니다, 인서 씨. 일단 앉으세요."

미리 세팅되어 있던 커피를 한 모금씩 마시며, 가볍게 대화를 시작하는 두 사람.

"인서 씨가 설계팀에서 인턴 했죠?"

"네, 대표님!"

"어떻던가요. 일은 할 만했어요?"

"다들 잘 가르쳐주셔서… 어려운 건 없었습니다!"

"하하, 너무 긴장하지 마세요. 사실 조 팀장님이 추천하셨으면, 반 이상은 이미 결정됐다고 봐도 되는 거니까요."

"감사합니다!"

아직까지 많이 딱딱하기는 하지만, 그래도 큰 실수 없이 꽤 긴 대사들을 성공적으로 넘어간 우진. 하지만 다음 순간…

"그래도 업계에서 저희 회사만큼 야근이 없는 회사도 없어요. 그렇죠?"

"네! 물론이죠. 설계팀에 야근이 이렇게 적은 회사는 처음 봐요."

"하, 하하. 제가 야근 같은 건 정말 싫어하거든요. 업무라는 게 원래 정해진 시간에 효율적으로 해야…."

감독의 NG컷이 떨어지기 전에, 우진은 저도 모르게 두 눈을 질끈 감고 말았다. 대사에 몰입하여 말하다 양심에 찔린 탓에, 순간적으로 말문이 막혀버린 것이다.

'설계팀 어제도 야근했는데….'

"컷-!"

NG 컷을 외친 감독도 영문을 모르는 표정이었지만, 촬영장에 있던 몇몇은 우진의 말문이 막힌 이유를 알고 있었다.

"Bloody Hell! 우진은 거짓말쟁이야."

"맞아, 아무래도 대본을 바꿔야 할 것 같아."

그 사람들은 바로 우진이라는 악덕 업주 밑에서 일해본 경험이 있는 한 사람과 바로 어제까지도 우진과 함께 야근했던 다른 한 사람이었다.

— * —

몇 번의 고비가 있긴 했지만, 우진의 첫 연기 경험은 무사히 마무리되었다. WJ 스튜디오에서 촬영하는 동안 긴장이 풀리고 어느 정도 적응이 된 것인지, 오히려 클라시아 포레스트로 촬영장을 옮기고 나서는 순조롭게 촬영이 이어졌던 것이다.

"컷! 여기까지!"
"다들 수고하셨습니다!"
"고생 많으셨습니다."
"이야, 벌써 시간이 이렇게 됐네."

물론 큰 탈 없이 촬영이 끝났다는 것이 우진이 연기를 잘했다는 말은 아니었다. 당연히 연기 초짜인 우진은 연기를 못할 수밖에 없었으니까. 다만 조금의 민폐는 끼쳤을지언정 큰 흑역사 생성 없이 촬영이 마무리되었다는 데에, 우진은 감사할 따름이었다.

"서 대표님, 정말 수고 많으셨습니다."
"제가 무슨 수고는요. 저 때문에 다들 고생 많으셨죠. 특히 감독님께서 정말 수고 많으셨습니다."

이제는 우진과 꽤 친해진 감독이 우진에게 농담을 건네었다.

"하하, 아닙니다. 너무 기대를 안 해서 그런지, 기대보단 잘해주시던데요?"

"기대를 얼마나 안 하셨길래…."

"소정 대표님이 그러셨거든요."

"뭐라셨는데요?"

"서 대표님 연기에는 소질이 없는 것 같다고…."

"후… 이 싸람이…."

말에 앞뒤를 잘라버린 임수호 감독의 날조에, 당황한 소정이 손사래를 치며 말을 끊었다.

"제가 언제요! 민우가 그랬다니까요, 민우가!"

이러자 불똥은 민우에게 튀어버렸고 말이다.

"와, 대표님! 그걸 그렇게… 너무 하시네, 진짜…."

그 모습을 보던 임수호 감독의 입에서 호쾌한 웃음이 터져 나왔다.

"으하하핫."

꽤 길게 이어진 촬영 탓에 날은 벌써 어둑어둑해졌지만, 촬영팀의 분위기는 무척이나 밝았다. 이들이 촬영 중인 드라마 〈천년의 그대〉는 새로운 역사를 쓰는 수준으로 성적을 계속해서 갱신하고 있었으며 그에 따라 촬영 스태프들에게도 인센티브가 두둑이 떨어지고 있었으니 말이다.

물론 돈이 전부가 아니었다. 이 촬영장에서 함께하고 있다는 사실만으로도, 스태프들은 큰 보람을 느끼고 있었으니까. 자신들이 피땀 흘려 만들어낸 드라마, 그것이 최고의 성적을 내고 있다는 사실은 충분히 뿌듯할 만한 것이었다.

"그런 의미에서 감독님."

"예?"

"오늘 맥주나 한잔하고 가시는 건 어때요?"

"강 대표님이 사시는 겁니까?"

소정이 우진을 힐끔 보며 말했다.

"우리 서 대표님 집 앞까지 찾아왔는데, 오늘은 서 대표님이 사
시겠죠. 안 그래요?"

어느새 분장을 지우고 옆에 나타난 하영이 추임새를 넣으며 동
조하였고,

"역시, 우리 대표님!"

민우가 슬쩍 끼어들었다.

"대표님 누구요? 여기 대표님 두 분이신데."

"당연히 중의적 표현이지. 서 대표님도, 강 대표님도 다 우리 대
표님 아니겠어?"

하영의 재치 있는 대답에 좌중에 다시 웃음이 번졌고, 다른 메인
스태프들, 배우들도 눈을 초롱초롱 빛내며 우진을 응시하였다. 그
에 우진은 어쩔 수 없다는 듯, 어깨를 으쓱하며 대답하였다.

"뭐, 좋습니다. 시간이 늦어서 그리 오래 있지는 못하겠지만…
간단하게 맥주라도 한 잔씩 들고 가시죠!"

촬영장이 정리되자 촬영팀 절반 정도는 귀가하였고, 나머지 절
반은 성수동 포차에 다들 모였다. 이제 이 번외편까지 포함하여 촬

영 일정이 세 번밖에 남지 않았으니, 다들 긴장은 많이 풀어진 상태였다.

"오늘 촬영분 방영되는 날, 성수동으로 퇴근해야겠어요."
"네? 굳이?"
"방영시간에 맞춰서 오빠네 집에 가있을 테니까, 대표님도 올라오세요. 알겠죠?"
"…사양합니다."
"아, 왜요. 이런 게 다 추억인 건데, ㅎㅎㅎ."

잔이 오가고 이야기가 깊어질수록, 분위기는 더욱 무르익어갔다. 좋은 사람들과 긍정적인 이야기를 나누다 보니, 적성에 맞지 않는 연기를 하느라 쌓였던 피로도 금세 풀리는 기분이었다. 그렇게 기분 좋은 분위기 속에서, 우진의 다사다난했던 하루도 마무리되었다.

— * —

다음 날 아침, 우진은 새벽같이 출근하여 사무실에 나왔다. 전날 술을 마시기는 했지만, 기분 좋을 정도로 가볍게 마신 것이었기 때문에, 컨디션은 오히려 더 가뿐했다. 약간의 알코올 덕에 숙면을 취한 것. 물론 단순히 몸이 가뿐하다는 이유로 일찍 출근한 것은 아니었다.

우진이 대표실에 도착한 것은 정확히 새벽 6시 30분이었고, 아무리 몸이 가뿐해도 이렇게까지 서둘러 나올 이유가 되진 않으니까. 다만 우진은 오늘 오전 안으로 해야 할 일이 무척이나 많을 뿐이었다.

'오전 내로 검토해야 할 설계만 산더미네.'

모니터를 켠 우진은 사내 메일로 도착한 PDF 파일 무더기를 오픈했다. 캐드에서 작업된 도면을 보기 편하게 PDF 파일로 Export한 것. 파일의 제목들은 다음과 같았다.

[CheongdamArco 247Type Floor Plan.pdf]
[CheongdamArco 198Type Detail Plan.pdf]
…후략…

"흠, 뭐부터 봐야 하나. 74평이 더 변경할 게 많으니까… 이것부터 볼까."

우진이 오늘 검토해야 할 도면들은, 다름 아닌 우진의 새 사업장 '청담 아르코'의 도면들이었다. 지난 몇 달 동안 Arco(아르코)라는 브랜드의 디자인 R&D와 함께, 이 아르코가 데뷔하게 될 첫 작품인 Cheongdam Arco(청담 아르코)의 디자인 설계가 계속해서 진행되었던 것이다.

그래서 오늘 내로 우진은 다진건설 측에 최종 설계를 공유하기로 했다. 물론 실시설계는 빠진 기본설계였다. 아직 시공 가능한 설계작업까지는 시간이 좀 더 필요했다.

"흠…."

247타입, 그러니까 청담 아르코에 구성되어 있는 평형 중 '74평형'의 도면을 먼저 펼쳐 든 우진이 평면도부터 꼼꼼히 살피기 시작하였다. 완전히 처음 보는 도면은 당연히 아니었다. 콘셉트 설계부터 모든 부분에 있어서 우진이 직접 참여한 도면이니까. 다만 도면을 완성하기까지 몇 가지 솔루션이 추가로 필요한 상황이었는데, 오늘은 그에 대한 검토를 해야 했다.

도면을 꼼꼼히 살피던 우진이 고개를 끄덕이며 속으로 중얼거렸다.

'아예 247타입 전체를 복층구조로 빼버렸네. 확실히 이렇게 해버리면 프라이버시 측면에서는 강화할 수 있지.'

복층의 가장 큰 단점은, 당연히 집 안에 계단을 둬야 한다는 점이다. 젊은 사람들이야 주거공간 내에 계단이 있어도 크게 불편치 않지만, 40대만 넘어가도 계단을 오르내리는 것은 꽤 부담인 것이다. 다른 종류의 공간들보다도 이용자의 편안함에 훨씬 더 민감할 수밖에 없는 주거공간에서 복층이 드문 이유가 바로 이것. 그런데 WJ 스튜디오의 설계팀은 전체 세대의 30퍼센트나 차지하는 74평형이라는 타입 전체를 복층구조로 변경하였고, 그것을 보며 우진은 고개를 끄덕였다.

이것은 어떤 이유에서였을까?

'테라스동 층수를 3층으로 낮추고 이렇게 열 세대를 나란히 배치해버리니까, 진짜 휴양지에 있는 테라스 하우스 느낌 나네.'

주거의 프라이버시 침해에는 여러 가지가 있겠지만, 가장 많은 지분을 차지하는 요소 중 하나가 바로 층간소음이다. 윗집, 아랫집에서 들려오는 소음들도 스트레스지만, 반대로 이웃에게 소음을 줄까 봐 노심초사하는 것도 스트레스인 법.

그래서 설계팀은 74평형을 아예 따로 분리해서, 한 라인에 한 세대만이 들어가도록 설계해버렸다. 1층은 개인 주차공간이 들어가는 필로티에 할애하고 2층, 3층을 복층구조로 한 세대가 다 사용하게 만듦으로써 74평형 전 세대를, 이 층간소음 스트레스로부터 완전히 자유로운 세대들로 만들어준 것이다.

게다가 옥상층 전체를 서비스 면적으로 구성하여 루프탑 테라스로 만들어버렸으니 복층의 단점을 가지고 있다곤 하지만, 그 이상의 충분한 매력을 만들어준 것. 우진은 이 과감한 선택에 박수를 보내고 싶었다.

'247타입 평면 진짜 괜찮게 뽑혔네. 그런데 이렇게 저층 동이 따로 분리되면… 뒷동 저층에 조망권을 가려버리진 않을까?'

74평형 평면구성을 만족스럽게 검토한 우진은 이번엔 건축 입면도를 꺼내어 모니터에 띄웠다. 최초설계에서 청담 아르코는 8층짜리 한 개 동으로 설계됐었는데 이렇게 저층 동을 따로 분리해서 전면에 배치하면, 뒷동의 시야를 가려버릴 우려가 있었기 때문이다.

각 세대에 수십억 단위 분양가가 책정되어 있는 프리미엄 주거의 특성상, 조망권이 보장되지 않는 세대가 일부 생기게 되면 메리트가 많이 떨어질 수밖에 없을 터. 하지만 우진은 뒷동의 입면 배치에서 흥미로운 부분을 발견하게 되었다.

'오호, 뒷동 저층부를 아예 커뮤니티 센터로 채워버렸네?'

거의 호텔처럼 고급스럽게 꾸며진 로비와 입주민 헬스장이 대부분의 면적을 차지하고 있는 1층. 수영장과 사우나, 스크린골프 등으로 채워져있는 2층. 여기에 소규모 스크린 영화관과 라운지 카페, 게스트 하우스 등으로 채워져있는 3층까지.

안 그래도 고지대에 고층 동을 배치한 데다 3층까지 전부 커뮤니티 시설로 제외해버리니, 거주 세대 중에서는 조망권을 침해받는 세대가 단 한 세대도 생기질 않는 것이다. 전 세대 한강 조망이라는 처음 목표까지 지켜내면서, 훌륭한 솔루션을 만들어낸 것.

'앞 저층동 2층까지는 조망이 애매할지 몰라도, 결국 복층구조라 3층부터는 한강이 훤히 보일 테니… 이 정도면 충분히 전 세대 한강 조망이라고 할 수 있겠네.'

물론 모든 부분이 만족스러운 것은 아니었다. 몇 가지 아쉬운 점들도 우진의 눈에 띄었으니까. 하지만 전반적으로 수정된 설계가 상당히 만족스러웠던 우진은 일부 도면에 코멘트를 달기 시작했다.

└ 공사비가 더 들더라도 일부 필로티 주차공간으로 빠져있는 1층 부는 전부 커뮤니티 시설로 빼는 게 좋을 것 같습니다.

└ 어차피 거창한 커뮤니티가 들어갈 만큼 면적이 나오지는 않지만, 컨시어지 서비스의 일환으로 조식을 제공할 수 있는 공간이 들어가면 좋을 것 같군요.

└ 북측 한강뷰도 물론 중요하지만, 반대편 시티뷰도 최대한 살리는 게 좋을 것 같습니다.

└ 현재 배치대로라면 뒷동 3호 라인과 1호 라인이 조망 간섭이 일어날 것 같은데… 조금 설계 수정이 필요해 보입니다.

주거설계는 항상 시행착오와 문제점 개선의 연속이다. 게다가 이번 청담 아르코는 우진의 첫 브랜드라고 할 수 있는 아르코의 첫 번째 작품. 건축주나 다름없는 다진건설에서도 설계를 재촉하지 않았으니, 우진은 최대한 다듬고 다듬어서 할 수 있는 최고의 주거를 디자인해내고 싶었다.

누구라도 브로슈어를 한번 읽어본다면, 분양계약을 하지 않고 배길 수 없을 정도로 말이다. 물론 청담 아르코의 브로슈어는 그것을 분양받을 만한 고객들에게만 제공될 예정이었다.

'오늘 오후에 최종 수정 끝나면 이제 기본설계는 마무리 지어도 되겠어.'

흡족한 표정으로 고개를 끄덕인 우진은 오전 내내 검토한 설계들을 다시 압축하여 설계팀 메일로 보내두었다. 정신없이 집중해서 일에 몰입해있다 보니, 대표실에 걸려있는 시계는 벌써 11시를 가리키고 있었다.

"다행히 시간은 좀 남았는데… 그래도 여유롭게 출발하는 게 맞겠지?"

책상 구석에 놓아두었던 차 키를 꺼내 든 우진은 외투를 걸쳐 입고 대표실을 빠져나갔다. 오늘 우진은 꽤 중요한 사람과의 점심 약속이 있었다.

부릉-

운전대를 잡은 우진이 향한 곳은 바로 종각역이었다.

Noblesse

1월 말의 한파는 꽤나 매서웠다. 두꺼운 코트를 입었음에도 불구하고, 옷 사이를 비집고 한기가 새어 들어오는 느낌이 들 정도로 말이다.

텅-

주차장에 내린 우진은 흐트러진 옷깃을 여민 뒤, 천천히 걸음을 옮기기 시작하였다. 오늘 우진의 약속장소는 종각에 있는 천웅건설의 본사. 건물 엘리베이터를 향해 걸어가는 우진의 표정에는, 약간의 긴장감이 어려있었다.

'그 양반이 날 보자고 한 이유가… 대체 뭘까?'

띵-!

엘리베이터를 탄 우진은 약속장소인 3층 버튼을 눌렀다. 그리고 잠시 후 엘리베이터 문이 다시 열렸을 때,

"여, 서 대표. 왔어?"

우진의 귓전에 가장 먼저 들린 것은 반가운 목소리였다.

"상무님, 잘 지내셨죠?"

"나야 뭐, 언제나 비슷하지."

우진을 발견한 경완은 환하게 웃으며 그를 맞아주었다.
거의 몇 개월 만에 봤기 때문인지, 두 사람 모두 적잖이 반가운
표정이었다.

"요즘 일은 좀 어때요?"
"우리? 연말에 수주를 좀 못 따긴 했는데… 실적 자체는 그렇게
나쁘지 않아."
"사실 못 딴 게 아니라 안 딴 거 아니에요?"
"왜 그렇게 생각해?"
"이미 한도액 꽉 찼을 것 같아서요."
"크, 너는 우리 재무제표라도 들여다봤냐? 귀신이 따로 없네, 이
거."

꽤 오랜만에 만났음에도 불구하고, 두 사람은 조금의 어색함도
없이 이런저런 이야기를 주고받으며 걸음을 옮겼다. 나이 차이를
넘어, 둘은 막역하다는 단어가 어색하지 않은 친구나 다름없었으
니 말이다.

"물 들어올 때 노 젓는답시고, 밑도 끝도 없이 수주 따다가 흑자
도산 하는 건설사 많잖아요."
"그치."
"천웅이 큰 회사긴 하지만… 작년 초까지 입찰한 사업장이 좀 많
아야죠. 그 정도 입찰했으면, 제운건설이라도 부담될 것 같은데

요?"

"그건 아니고. 제운 너무 무시하지 마라. 거기가 그래 봬도, 자금
력 하나는 빵빵한 회사야. 돈만 놓고 보면 아직 SH물산도 한 수 접
어줘야 할 걸?"

"흠, 그런가…."

두 사람은 계속해서 걸었다. 오늘 천웅건설 사옥에 와서 가장 처
음 만난 인물은 박경완이었지만 사실 우진과 약속을 잡은 사람은
따로 있었으니까. 그래서 지금 둘은, '그 사람'을 만나기 위해 걷는
중이었다.

"그런데 어디로 가는 거예요?"

"엘리베이터 타러."

"음? 그럼 왜 3층에서 내리라고 했어요?"

"그 엘리베이터는 최상층까지 안 가거든."

"아…!"

"임원들 쓰는 엘베 따로 있어. 따라와."

오늘 우진과 만나기로 약속되어 있는 사람. 그 사람은 바로, 이
천웅건설 사옥에서 가장 높은 곳에 앉아있는 사람이었던 것이다.

저벅- 저벅-

걸음을 옮겨 3층 로비를 가로지르자, 한눈에 봐도 고급스런 마
감으로 디자인되어 있는 엘리베이터가 우진의 눈에 들어왔다. 임
원들만 주차가 가능한 지하 1층 주차장과 사옥 꼭대기의 세 개 층

만 운영한다는 임원 전용 엘리베이터. 경완이 다가서자 그 앞을 지키던 보안요원이 고개를 살짝 숙여 보인 뒤 엘리베이터 버튼을 눌러주었고, 잠시 후 엘리베이터가 도착하였다. 그 일련의 과정들을 잠시 지켜본 우진이 엘리베이터에 타자마자 감탄하였다.

"와, 그래도 제가 천웅 사옥 꽤 많이 와봤다고 생각했는데, 이런 엘리베이터가 있는 줄도 몰랐네요."

경완이 웃으며 대답했다.

"직원 중에도 모르는 애들 꽤 될 걸?"

"하긴, 동선상 이쪽으로 올 일이 잘 없을 테니까… 관심 없으면 모를 수도 있겠네요."

이어서 엘리베이터가 움직이기 시작하자, 경완이 흥미롭다는 표정으로 우진에게 물었다.

"그나저나, 서 대표."

"네?"

"넌 안 떨리냐?"

"제가요? 왜요?"

"난 이 엘리베이터 처음 탈 때, 진짜 식은땀이 줄줄 흘렸었거든."

"아하."

"설마 우리 대표님을… 무슨 동네 아저씨 정도로 생각하고 만나러 가는 건 아니지?"

"에이, 설마요. 그럴 리가."

경완에게는 담담한 듯 얘기했지만, 사실 우진도 긴장하고 있었다. 천웅건설에서 가장 높은 사람 천종걸. 그를 만나러 가는 상황에서 우진이라고 긴장이 안 될 수는 없었으니 말이다. 단순히 천종걸이 커다란 건설사의 대표라서가 아니었다.

그는 한국 건설업계에서 입지전적인 인물이었고, 전생에서부터 우진이 꽤 존경하던 인물이었으니까. 그런 사람과 이렇게 대면하게 된다는 것 자체가, 긴장될 만한 일인 것이다. 게다가 왜 만나자고 한 것인지 용건을 모른다는 점도 우진을 긴장시키는 데 한몫하였다.

'그냥 얼굴 한번 보고 싶다는 얘길, 어디까지 믿어야 할지….'

띵-

우진이 그런 생각을 하는 사이 엘리베이터는 도착하였고 엘리베이터에서 내린 두 사람은 곧 대표실 앞까지 다다를 수 있었다. 문 앞에 선 경완이 한 차례 헛기침을 한 뒤 입을 열었으며,

"대표님, 저 왔습니다."

잠시 후, 대답 대신 커다란 문이 천천히 열렸다.

끼이익-

— * —

천종걸은 천웅건설을 세운 창업자가 아니다. 천웅건설이라는 회사를 처음 세운 것은 종걸의 아버지였으니까. 하지만 작은 중소건설사에 불과했던 천웅건설을 이렇게 대기업의 반열에 올려놓은 것은 그 누구도 아닌 천종걸이었으며, 그래서 천종걸은 우진의 전생에서도 한국의 뛰어난 기업인들을 논할 때 항상 거론되던 인물 중 한 사람이었다.

때문에 이 건설이라는 카테고리 안에서 천종걸이라는 인물의 사업적 감각은 객관적인 사실들만 놓고 보아도 그 누구보다 뛰어난

것일 수밖에 없었다. 젊은 시절 유학을 다녀온 탓일까? 그는 거의 삼십 년 전부터 건설사의 '브랜드'에 대해 이야기하던 사람이었다.

[소비자는 그 어떤 상품을 고를 때보다도, '집'이라는 상품을 선택할 때 가장 많은 고민을 하지.]
[그 수많은 고민 속에서도 선택받을 수 있는 집을 짓기 위해서, 우리는 천웅이라는 브랜드의 가치를 지속적으로 관리하고 발전시킬 필요가 있는 거다.]

심지어 클리오라는 프리미엄 브랜드의 론칭을 처음 제안했던 것도, 대표이사인 천종걸이라고 했었다. 물론 브랜드의 구체적인 디자인 방향성이나 디테일은 실무진들이 전부 했겠지만, 이 혁신적인 방향성을 떠올렸다는 사실만으로도 천종걸은 높은 평가를 받을 만한 사람인 것이다. 때문에 종걸은 그 자신의 사업적 역량에 대해서, 커다란 자부심도 갖고 있는 사람이었다. 그런데 최근 몇 년 동안 그런 종걸의 눈에 계속 밟히는 한 사람이 있었다.

[흠, 박경완이 그 친구가… WJ 스튜디오에 설계를 한번 맡겨보자고 했다고?]
[네, 실력은 어느 정도 있는 업체 같은데, 업력이 너무 짧고 무엇보다 대표자 나이가 너무 어린 게 마음에 걸립니다.]
[박경완이가 안목은 괜찮은 녀석인데… 흠. 도면 한번 올려 보내 봐.]
[공모 도면을 직접 보시게요?]
[재밌잖아. 도면을 보기도 전에 색안경부터 낄 필요는 없지.]

처음 '그'가 종걸의 눈에 들어온 것은, 청담 선영아파트의 수주 때였다. 고작 2년 전의 이야기일 뿐이지만 그때만 해도 아직 제운건설이나 SH물산에 비해서는 인지도가 많이 부족했던 천웅건설. 솔직히 박경완이 한번 수주전을 해보겠다고 했을 때만 하더라도, 종걸은 반신반의했다.

20대 젊은 대표의 설계에, 이제 처음 론칭한 클리오라는 새내기 브랜드를 들고 청담 선영아파트의 수주전을 정말 따낼 수 있을 거라고는 크게 기대하지 않았던 것이다. 그런데 그 20대의 청년은 거짓말처럼 그 일을 해냈고 딕분에 천웅건설은 청담 최고의 입지에 클리오의 이름을 꽂아 넣을 수 있게 되었다.

이렇게 되니 종걸이라고 한들, 그 청년에게 관심이 생기지 않을 수 없던 것이다. 그래서 이미 그때부터 종걸은 우진이라는 사람을 한번 만나보고 싶다는 생각을 하고 있었다.

'언제 한 번 감사 인사라도 해야겠군. 가능하면 우리 천웅의 사람으로 만드는 것도 괜찮겠어.'

하지만 종걸도 워낙 바쁜 사람이다 보니, 그 생각은 쉽게 실현되지 않았다. 그때까지만 해도 우진에 대한 관심은 흥미 이상이 아니었기 때문에 계속해서 우선순위가 밀렸던 것이다. 그런데 이렇게 시간이 지나는 사이, 그 작은 신생 설계사무소의 대표는 어느새 거인이 되어 있었다.

물론 WJ 스튜디오가 천웅과 비교할 수 있을 정도로 큰 회사가 되려면 아직 멀었지만, 회사의 크기를 떠나 이 건설이라는 분야에서 쌓은 인지도만큼은 종걸도 인정할 만한 수준까지 성장해버린 것이다.

[이번 성수지구 사업장도, 그 서우진이 작품이라는 거지?]

[그렇습니다, 대표님. 정황을 보니… 판을 깐 것도 서우진 대표인 것 같습니다.]

[놀랍군. 이 정도의 판을 움직일 능력이라….]

이것은 천웅건설을 직접 키워낸 종걸이 보기에도, 믿을 수 없을 정도로 놀라운 성장이었다. 그래서 종걸은 더 늦기 전에, 우진이 가진 그릇의 크기를 한번 확인해볼 필요가 있다고 생각했다. 우진의 그릇이 여기까지라면 상관없겠지만, 이 속도대로 계속해서 성장한다면 근시일 내에 천웅과 비슷한 위치에 설 수 있을 것이라고 생각했으니까.

'건설이라는 카테고리에서만 놓고 본다면 쉽지 않겠지만… 건축 디자인의 영역까지 끌고 온다면 얘기가 달라지겠지.'

누군가 종걸의 이러한 생각을 들었더라면 지나친 비약이라며 웃어넘겼을 테지만, 적어도 종걸은 그렇게 생각하였다.

'확실한 우군으로 만들어둬야 할 인물인지. 그걸 확인해볼 필요가 있겠어.'

만약 오늘 이 자리에서 확인한 우진의 그릇과 역량이 종걸이 생각했던 수준보다 훨씬 크고 뛰어나다면, 종걸은 자신이 가진 인프라를 아낌없이 투자해볼 생각이었다. 그의 생각에 이제 천웅건설이라는 회사는 고이기 시작한 커다란 웅덩이였고, WJ 스튜디오가 가진 젊은 에너지는 천웅건설에 새로운 변화를 줄 수 있는 훌륭한 촉진제 역할을 해줄 터였다.

'반대로 WJ 스튜디오는 더욱 빠르게 성장할 수 있겠지. 회사가 커지면 커질수록, 자본과 인프라의 역할은 더욱 중요해지는 법이니까.'

그래서 종걸은 오늘의 만남이 무척이나 기대되었다. 이 젊은 사업가가 어떤 생각을 하고 있을지, 그로부터 또 어떤 신선한 이야기를 들을 수 있을지. 그래서 자신에게 얼마나 새로운 자극을 줄 수 있을지, 이 모든 것이 기대된 것이다.

약속시간이 되기 삼십 분 정도 전부터 대표실에 앉아 이런저런 생각을 하던 종걸은 따뜻한 차를 한 모금 홀짝이며 창밖을 내려다보았다. 해가 지나면서 계속 바뀌어가는 서울의 전경이 한눈에 내려다보이는 천종걸의 대표실. 이곳에 앉아 상념에 잠기는 것은, 종걸이 가장 좋아하는 여가 중 하나였다. 그런데 그렇게 눈을 감고 있던 종걸의 귓전으로, 작은 발소리가 들려오기 시작했다.

저벅- 저벅-

그에 종걸은 눈을 떴고, 의자를 돌려 책상 앞에 앉았다.

끼익-

그리고 다음 순간,

"대표님, 저 왔습니다."

대표실 안으로, 그가 아끼는 부하직원의 목소리가 나지막이 흘러들어왔다.

— * —

우진은 전생에 천종걸을 본 적이 있었다. 준공행사에 나왔던 천종걸의 모습을 꽤 먼발치에서 본 적이 있었던 것이다. 우진의 시간으로 따지자면 10년도 더 된 오래전에 기억이었지만, 그것은 아직도 머릿속에 생생하였다. 천종걸의 인상은 그만큼 강렬했었으니까.

'진짜 대기업 총수는 그런 느낌이구나, 했었지.'

그래서 우진은 그때의 선명한 기억과 지금 눈앞에 천종걸을 자연스레 대조해볼 수밖에 없었다. 그리고 그 결과, 우진은 적잖이 놀랄 수밖에 없었다. 오늘 만난 천종걸의 이미지는 우진이 전생에 봤던 그 사람과 또 다른 것이었으니까.

'나이 차이 때문에 그런 건가….'

전생의 우진이 종걸을 봤던 것은 30대 중반이 넘어서의 일이었다. 그러니까 나이로 따지자면, 지금보다 십 년도 더 뒤의 종걸을 봤던 것. 예순이 다 된 나이에서 십 년의 차이는 결코 적지 않은 것이었고, 그것은 외모에서도 여실히 드러났다.

우진의 기억 속에 있던 종걸이 좀 더 근엄하고 태산 같은 제왕의 이미지였다면 지금 우진의 앞에 앉아있는 종걸은 사나운 호랑이 같은 느낌이었던 것이다. 그 어떤 범접하기 힘든 분위기는 확실히 전생의 기억이 더 강렬했다.

우진이 전생에서 느꼈던 천종걸이라는 인물은, 그와 다른 세계에 존재하는 귀족 같았으니까. 하지만 그때보다 확실히 강렬한 부분이 하나 있었으니, 그것은 바로 에너지였다. 검은 머리카락이 한 올도 보이지 않을 정도로 새하얀 백발을 했음에도 불구하고, 종걸에게서는 여느 젊은이 못지않은 에너지가 느껴진 것이다.

그리고 한 가지 더, 우진은 본인이 이번 생에서 얼마나 크게 성장했는지를 종걸을 통해서 확실하게 느낄 수 있었다. 이제 우진은 그와 같은 세계에 살고 있었다.

"처음 뵙겠습니다. 서우진이라고 합니다."

공손히 고개를 숙여 보이며 인사하는 우진을 향해, 종걸이 껄껄 웃으며 대답하였다.

"반갑습니다, 서우진 대표. 난 천종걸이라고 합니다."

"하하, 잘 알고 있습니다. 천웅의 대표님을 제가 모를 리가요."

"나 또한 서 대표님 이야기 많이 들었습니다. 차 한잔하시면서 편히 앉으시지요."

"감사합니다."

아들뻘을 넘어 거의 손자뻘의 후배인 우진이었지만, 종걸의 말투에서는 우진에 대한 존중이 느껴졌다. 다만 그의 화법에는 묘한 구석이 있었는데, 우진에게 존칭을 하면서도 절대로 본인을 낮춰 부르지는 않는다는 점이었다.

본인을 칭할 때 '전'이나 '제가'라는 말 대신, '나' 혹은 '내가'라는 말을 자연스레 사용한다는 것. 이것은 상황이나 관계, 경우에 따라 어쩌면 무례해 보일 수도 있는 화법이었지만, 종걸에게서는 전혀 그런 것이 느껴지지 않았다. 오히려 이런 그의 화법이, 천종걸이라는 사람에게 너무 잘 맞는 옷처럼 느껴질 정도였다.

"만남을 먼저 청해놓고, 이렇게 오라 해서 미안합니다."

"아닙니다. 그리 멀지도 않은데요."

"그래도 여기까지 오셨으니, 식사는 근사한 것으로 대접하겠습니다."

"하하, 감사합니다."

두 사람이 대화를 시작하자, 경완은 가만히 앉아 그것을 듣기 시작하였다. 처음에는 따로 축객령(逐客令)이 없더라도 두 사람이 대화하는 동안 나가 있으려 했는데, 막상 이야기가 시작되는 것을 보니 호기심이 생긴 것이다. 경완이 아는 사람들 중 업계에서 가장 뛰어난 두 오너가, 무슨 대화를 나눌지는 궁금하지 않을 수 없는 것이었다.

두 사람은 딱히 경완을 신경 쓰지 않았고, 계속해서 이야기가 이어졌다. 그리고 대화의 시작은 훈훈할 수밖에 없었다.

"대표님께서 이렇게 연락을 주셔서, 무척이나 기분이 좋았습니다."

"그래요?"

"인정받은 기분이라고 해야 하나…."

그 솔직한 대답에 종걸은 나지막이 웃었고, 우진의 말이 다시 이어졌다.

"그리고 사실 대표님께선, 제가 꼭 한번 만나 뵙고 싶었던 분들 중 한 분이셨습니다."

종걸이 재밌다는 표정으로 반문했다.

"그래요? 이유를 알 수 있을까요?"

"제가 WJ 스튜디오를 처음 시작할 때, 가장 많은 도움을 받았던 곳이 천웅이지 않습니까."

"허허, 도움이라면…."

"여기 박경완 상무의 도움이 컸지요. 처음 천웅건설의 건축모형을 발주받을 수 있었기에, 사업을 키울 시드머니를 빠르게 마련할 수 있었던 거니까요. 해서 감사 인사도 꼭 드리고 싶었고, 일에 대한 이야기도 나눠보고 싶었습니다."

회귀 이후, 우진이 사업을 시작한 그 시작점에는 바로 천웅건설
이 있었다. 물론 우진이 전생의 기억과 능력을 통해 천웅건설의 시
공현장에 도움을 준 것이 시작이었지만, 그것과 별개로 경완의 호
의와 도움이 아니었더라면, WJ 스튜디오가 이렇게 빨리 성장하는
것도 불가능했을 테니 말이다. 경완이 보여준 신뢰와 도움이 아니
었다면, 우진의 성장은 몇 년 이상 늦어졌을 터였다.

"하하, 우리 박 상무가 큰일 했군요. 그런 일이 있는 줄은 또 몰랐
네."
"아, 모르셨군요."
"내가 서 대표님에 대한 이야기를 처음 들었던 건, 청담 클리오
수주전 때였습니다."
"아…."

천종걸 대표는 천웅건설이라는 커다란 회사의 수장이었고, 우진
이 당시 맡았던 건축모형 제작 외주는 완전한 현장실무나 다름없
는 일이다. 이런 일까지 종걸의 귀에 들어갈 일 없던 것은, 어쩌면
당연한 일. 조금 멋쩍은 표정이 된 우진을 향해, 종걸의 말이 다시
이어졌다.
"그래서 나 또한 사실 우리 천웅을 도와줘서 고맙다는 인사를 하
기 위해 한번 뵙자 했던 건데… 이거, 천웅에서 서 대표께 도움을
드렸던 적도 있었군요?"
"그때뿐이었겠습니까? 사실 수주전 때도 제가 도움을 드렸다기

보단, 서로 도움을 받았던 것이지요."

"허허."

"천웅에서 저와 제 회사를 믿어줬기 때문에, 저희도 그런 멋진 기회를 잡을 수 있었으니까요."

훈훈하게 이야기가 시작된 덕분인지, 조금은 딱딱했던 분위기가 금세 자연스러워졌다. 물론 편한 자리가 되었다는 건 아니다. 애초에 그럴 수는 없는 자리였으니까. 천종걸이 빙긋 웃으며 말했다.

"다른 부분은 다 차치하고라도, 서 대표님이 20대라는 사실은 지금도 믿기지가 않는군요."

살짝 뜨끔한 우진이 되물었다.

"어째서 그렇게 생각하십니까?"

"모름지기 20대라 함은, 패기도 넘치고 자만도 좀 하고 그럴 때가 아닙니까."

"저도 나름대로 패기는 있다고 자부합니다만…."

"으하하핫."

뭐가 그리 재밌는지 돌연 웃음을 터뜨린 종걸이 눈을 반짝이며 다시 입을 열었다.

"20대에 그 정도 이루었으면, 보통은 세상 모든 것이 발아래로 보이기 마련입니다."

"…."

우진은 가만히 그 이야기를 들었고, 종걸은 계속해서 얘기했다.

"그 나이에 이 정도를 이뤄냈다는 말은, 반대로 실패를 경험해보지 못했다는 이야기니 말이지요."

종걸의 눈이 날카롭게 빛났다.

"물론 사람의 그릇이나 역량에 따라 그 정도의 차이가 있을 수는 있겠지만… 실패를 경험해보지 못한 사람이 자만하는 것은 너무도 당연한 이야깁니다."

"그런… 가요?"

"한데, 지금 내 앞에 계신 서 대표께는 전혀 그런 것이 느껴지지 않는군요."

저도 모르게 살짝 긴장한 우진이 나지막한 목소리로 대답했다.

"칭찬으로 이해하겠습니다."

"물론 칭찬입니다."

우진의 실제 나이는 이제 마흔이 넘었다. 그러니까, 살아온 세월 말이다. 하지만 전생까지 포함해 모든 세월을 더해도 눈앞의 천종걸과 비교하면 짧은 인생경험을 가지고 있었다. 그래서 우진은 꽤 오랜만에 '어른'을 마주한 기분이었다.

'자만이라….'

반면에 지금 우진과 마주한 종걸은 육십 년에 가까운 인생을 살아오면서 한 번도 경험해보지 못했던 신선한 경험을 하는 중이었다. 대화가 이어지면 이어질수록 우진은 계속해서 놀라운 모습을 보여줬으니 말이다.

무엇보다 종걸이 가장 놀란 것은 우진에게서 느껴진 '건축'에 대한 진실된 열정이었다. 우진이 하는 이야기의 대부분은 돈이나 성공이 아닌 건축이 가진 본질에 초점이 맞춰져있었으니까.

"이렇게 재밌는 이야기들을 듣게 될 줄은 몰랐습니다."

"제가 하는 일들이 좀 다이내믹하긴 하죠, 하하."

"같은 업계지만, 우리 천웅과는 다른 뷰를 가지고 계시는군요."

"그래도 건축이라는 공통분모 하나만큼은 확실하지요."

어쩌면 이것은 종걸에게 있어서 경험이라기보단 신선한 충격인지도 몰랐다.

'자만이란 본디 숨기려 해도 숨기기 힘든 법이거늘.'

20대의 성공한 사업가라 하여, 자신감이 하늘을 찌르는 당돌한 젊은이를 상상했었다. 그것이 나쁘다 생각지도 않았다. 실제로 우진의 나이에 그만한 자수성가를 이뤄낸 케이스는 전대미문이라 할 만한 것이었으며, 그에 대한 자신감 또한 이뤄낸 결과물의 일부라고 생각했으니까.

그래서 사실 종걸은 오늘, 그 이십 대의 패기를 한번 쿡쿡 찔러볼 생각이었다. 아직 다 여물지 못한 열매가 완전히 영글었을 때 얼마나 아름다운 과실이 열릴지, 그것을 나름대로 판단해보기 위해서 말이다.

하지만 지금 종걸의 눈앞에 앉아있는 이십 대의 청년은, 그런 종걸의 예상과 계획을 완전히 깨 부숴버렸다. 종걸의 눈에 비친 그는, 이미 전부 여물은 사업가이자 건축가였던 것이다.

"서 대표의 이야기들은 정말 재미있군요. 옛 생각도 나고…."

"하하, 그렇습니까?"

그래서 이야기를 나누던 도중, 웃으며 대화를 나누던 종걸의 눈빛이 살짝 달라졌다.

"그래, 이번 성수지구의 설계 건이 끝나고 나면… 다음 방향성은 정해두신 게 있습니까?"

"뭐, 진행 중인 프로젝트야 많습니다. 클라우드 파트너스에서 시행하는 지식산업센터도 곧 착공이고… 아시다시피 천웅에서 주신 일도 몇 가지 남아있고요."

종걸이 고개를 저었다.

"그런 미시적인 관점에서의 프로젝트를 말하는 게 아닙니다."

그제야 종걸의 질문 의도를 이해한 우진이 고개를 끄덕이며 답했다.

"저희 WJ 스튜디오의 사업 방향성이 궁금하신 거로군요."

종걸의 눈이 다시 빛났다.

"바로 그렇습니다. 사실 업계에 WJ 스튜디오만큼, 특별한 회사는 드무니 말입니다."

종걸이 웃으며 한마디 덧붙였다.

"왠지 평범한 건설사의 길을 걸으려는 것 같지는 않아서 말이지요."

종걸의 이 질문에 우진은 마른침을 삼킬 수밖에 없었다.

'무슨 속내일까.'

WJ 스튜디오의 사업 방향성이 궁금하다는 이 질문. 여기에 어떤 대답을 하느냐에 따라서, 어쩌면 천종걸이라는 사람과 우진의 관계의 방향성이 꽤 달라질 수도 있겠다는 생각이 들었으니 말이다. 그래서 우진은 짧은 순간 수많은 생각들을 떠올렸다. 하지만 그 결과, 결국 우진의 입에서 나온 이야기는 있는 그대로의 본질이었다.

"건축을 하기 위해서는 돈이 필요합니다. 꽤 많이 필요하죠."

예상치 못한 우진의 첫마디에, 종걸은 더욱 재미있다는 표정이 되었다.

"허허, 그렇지요."

지금까지 건축과 열정에 대해 이야기한 우진이 돈 얘기를 가장 먼저 할 줄은 몰랐으니 말이다. 하지만 우진의 이야기는 반전에 반전을 담고 있었다.

"제가 사업을 키우고 돈을 버는 이유는, 단지 그 때문일 뿐입니다."

"그 때문일 뿐이라…."

우진의 의미심장한 이야기를 종걸이 짧게 되뇌었고, 우진이 다시 입을 열었다.

"저는 WJ 스튜디오가, 지금보다 더 멋진 건축을 하고 더 아름다운 건물을 지을 수 있는 회사가 되길 바랍니다."

종걸이 진심을 담아 고개를 끄덕였다.

"멋지군요."

어쩌면 뜬구름 잡는 이야기처럼 들릴지도 모르겠지만, 우진은 지금 현실과 이상에 대한 이야기를 동시에 하고 있었다. 우진의 마지막 말이 다시 이어졌다.

"제 능력이 닿는다면… WJ 스튜디오를 세계에서 가장 멋진 건축을 하는 회사로 만들어보려 합니다."

종걸이 고개를 끄덕였다. 이것으로 그의 질문에 대한 답은 충분했다.

— ＊ —

우진의 말은 어찌 들으면 너무 거창하고 막연하게만 들릴 수도 있는 것이었다. 아름답고 멋진 건축을 한다는 말 자체가, 너무 추상적인 이야기였으니 말이다. 하지만 우진의 말에 담긴 본질은 '아름답고 멋진 건축'에 있지 않았다.

다만 WJ 스튜디오라는 회사가 앞으로 나아갈 때, 모든 가치 중에 가장 우선시할 '건축'이라는 하나의 키워드에 있음을 이야기하기 위한 수식일 뿐이었다. 종걸은 우진이 이야기하고자 하는 그 말을 정확하게 이해하였고, 그래서 그의 대답이 무척이나 멋지게 느껴졌다.

'WJ 스튜디오라는 회사가 이렇게 빠르게 성장할 수 있었던 데엔… 확실히 그럴 만한 이유가 있었군.'

사업이라는 것은 오로지 돈만을 바라보고 할 수 있는 것이 아니다. 오너가 돈과 자본만을 좇다 보면 사업체는 중심을 잡기 어렵고, 그러다 보면 결국 회사는 무너지고 만다. 종걸은 이러한 이치를, 불혹이 훨씬 넘어서야 깨달았다.

심지어 그의 아버지이자 천웅건설의 회장 천명철이라는 훌륭한 스승이 있었음에도 말이다. 그런데 지금 눈앞에 앉아있는 이십 대의 젊은 사업가는, 본능적으로 그러한 이치를 따르고 있었다. 놀랍지 않을 수 없는 일이었다.

우진이 한 이야기들을 잠시 음미한 종걸이 천천히 다시 입을 열었다.

"WJ 스튜디오에는, 앞으로 정말 많은 돈이 필요하겠군요."

종걸의 그 말에 우진이 가볍게 웃으며 답했다.

"그렇습니다. 아무래도 세계에서 가장 멋진 건축을 하려면, 한두 푼이 필요한 건 아닐 테지요."

종걸도 웃으며 다시 말했다.

"서 대표가 지금 잡고 있는 그 중심을 잃지만 않는다면, 충분히 많은 돈을 벌 수 있을 겁니다."

"세계 최고의 건물을 디자인하고 건축할 수 있을 만큼이요?"

우진의 당돌한 반문에 종걸의 웃음이 좀 더 짙어졌다.

"목적지에 도착하기 전에, 나침반이 고장 나지만 않는다면 말이지요."

종걸이 말하는 나침반이라는 것은, 우진이 지금껏 잃지 않고 있는 건축에 대한 열정이자 꿈일 것이었다. 우진은 그것을 어렵지 않게 알아들었고, 그래서 기분이 더욱 좋아졌다. 오늘 처음 만나 그리 오래 대화를 나누지 않았음에도 불구하고 종걸은 우진이 갖고 있는 본질을 알아봐주었으니 말이다.

"내 이야기가 아니어도 이미 본능적으로 알고 계신 것 같지만…."

마지막 말을 속으로 곱씹고 있는 우진을 향해, 종걸이 한마디를 덧붙였다.

"돈이라는 것은 마치 인격체와 같아서, 자신에게 너무 집착하는 사람으로부터는 오히려 멀어지기 마련입니다."

"…!"

나지막한 종결의 목소리가 장내에 울려 퍼졌다.

"그것만 기억하신다면, 서 대표의 나침반이 망가질 일은 없을 것 같군요."

— * —

천웅건설 사옥의 꼭대기에서, 종결과 우진의 대화는 생각보다 더 길게 이어졌다. 서로 공통분모가 많은 같은 업계의 오너이다 보니, 대화할 이야기는 무궁무진했던 것이다. 물론 우진이 가진 식견이나 역량은, 아직 종결이 가진 것에 비하면 많이 모자랄 수밖에 없었다.

오랜 세월 동안 채워진 연륜과 경험이라는 것은, 우진으로서도 쉬이 따라갈 수 없는 부분이었으니까. 다만 미래를 경험했던 우진에게는 종결이 갖지 못한 통찰력이 있었고, 그래서 대화는 결코 일방적이지 않았다.

"오늘 정말 즐거웠습니다, 서 대표."
"저도 마찬가집니다. 초대해주셔서 감사합니다."

식사를 대접한다는 이야기에 어디 밖으로 나가나 싶었지만, 그들은 저녁 식사까지도 사옥 내에서 함께하였다. 우진이 종결과 이야기를 나누던 바로 그 옆방에, 고급 레스토랑 못지않게 훌륭한 음식들이 세팅되어 있었던 것이다. 그래서 맛있는 음식까지 배부르게 먹은 우진은 정말 기분 좋게 천웅 사옥을 나설 수 있었다. 게다가 우진은 그 와중에, 나름의 실속까지도 하나 챙겼다.

"아 그리고, 서 대표."

"예, 대표님."

"아까 준 브로슈어는 퇴근 후에 한번 꼼꼼히 읽어보겠습니다."

"아, 하핫. 감사합니다."

최근에 만들어진 청담 아르코의 브로슈어를 챙겨 와서, 종걸에게 타이밍 맞춰 슬쩍 건넨 것이다. 물론 명목은 건축과 디자인이었다. 우진이 생각하는 건축과 디자인의 방향성, 그것을 보여준다는 명목으로 종걸에게 브로슈어를 건네었던 것이다. 하지만 당연하게도, 그 안에 다른 꿍꿍이도 가지고 있었다.

'천종걸 대표쯤 되면, 충분히 노블레스라고 할 수 있지.'

아르코는 한국의 최고 상류층을 타깃으로 론칭될 것이다. 그리고 그만한 상류층에게 이 청담 아르코가 얼마나 어필이 될지는 종걸을 통해서 충분히 알 수 있을 것이다.

'크게 기대는 없지만, 만약 천 대표가 관심을 보인다면….'

종걸과의 만남이 끝나고 성수로 돌아오는 길. 우진은 오늘의 만남이 앞으로 그에게 어떤 영향을 줄 수 있을지, 더욱 궁금해지기 시작하였다.

— * —

천종걸 대표와의 특별한 만남이 있고 난 뒤, 우진의 일상은 다시 여느 때처럼 바쁘게 흘러가고 있었다. 1월이 끝나고 2월이 다가오면서, 개인적으로나 사업적으로나 많은 일들이 진행된 것이다.

하지만 그 많은 일들 중에도 우진이 최근 가장 많이 신경 쓴 것은 바로 이천시 지구단위계획과 관련된 일들이었다. 특히나 우진이 신경 쓸 수밖에 없는 부분은 다름 아닌 건축가협회와 관련된 일들. 작정하고 판에 뛰어든 건축가협회에 물을 먹여주려면, 한시도 긴장을 놓칠 수는 없었으니 말이다.

"금성설계사무소는 좀 알아봤어, 형?"
우진의 말에 진태가 고개를 끄덕이며 대답했다.
"알아봤지."
"어때?"
"네가 말한 대로 협회 소속 설계사무소긴 하던데, 딱히 어떤 정황 같은 건 찾지 못했어."
"흠… 그래?"
"내가 뭐 흥신소 수준으로 뒷조사를 다 할 수는 없는 노릇이라 깊게 파보지는 못했는데…."
"아, 나도 그렇게까지 원한 건 아냐."
"여튼 확인된 건, 협회 쪽이랑 친분은 확실히 있다는 정도?"
"그렇군."
"정황만 봤을 땐, 공모 자체는 아주 정상적으로 입찰 들어간 것 같았어."
"오케이. 알겠어, 형."

연초 조용현 국장과의 통화가 있었던 뒤 우진이 가장 먼저 했던 일은 진태를 통해서 금성설계사무소에 대한 정보를 알아보는 일이었다. 금성설계사무소와 건축가협회 사이의 비리를 찾아내어,

그들을 쳐내려는 목적은 아니었다. 도시계획설계 공고에 이 업체 한 곳만 공모입찰을 들어온 것은 못마땅했지만, 당장 이곳을 쳐내는 것은 우진의 입장에서도 여러모로 어려운 일이었으니까.

'확증을 찾기도 힘들겠지만, 찾아서 쳐낸다고 해도 재입찰 공고를 띄우고 하면 시간이 한 달은 딜레이 되겠지.'

게다가 이번 기회에 건축가협회에 제대로 한 방 먹여주기 위해서는, 그들이 발을 쉬이 뺄 수 없도록 좀 더 깊숙이 들어올 수 있게 유도해야 했다. 일단 도시계획설계 입찰까지는 저들이 의도한 대로 눈감아주는 것이 여러모로 나은 선택지였던 것이다.

그래서 진태에게 금성설계사무소에 대한 조사를 맡긴 것은 겸사겸사였다. 만약 조사 과정에서 협회와 연관된 떡밥을 찾아낸다면 차후 협회를 공격할 무기가 될 수 있을 것이며, 일단 이곳에서 도시계획설계를 진행하게 될 테니 실제로 실력이 있는 곳인지도 확인하고 싶었으니까. 만약 너무 실력이 없는 곳이라면, 계획이 딜레이 되더라도 다른 방법을 찾아야 했다.

"그럼 그 부분은 됐고…."

우진의 말이 다시 이어졌다.

"업체 실력은 어때?"

그 질문에, 이번에는 생각지 못했던 반응이 나왔다.

"이 부분은 뭐, 따로 알아보고 할 것도 없었어."

"그건 무슨 말이야?"

우진의 반문에, 진태가 어깨를 으쓱하며 대답하였다.

"도시계획 쪽에서는 워낙 유명한 회사더라고."

"아… 그래?"

"국책사업 경험도 상당한 것 같고… 이쪽으로 포트폴리오가 워낙 많아서, 그렇게 걱정할 필요는 없을 것 같았어."

성수지구 설계 공모 때와 달리, 이번에는 협회에서 확실히 실력 있는 업체를 밀어 넣었던 것이다.

'하긴. 같은 실수를 두 번 반복하지는 않겠지.'

그래서 우진은 일차적으로 안도할 수 있었다. 만약 이번 업체가 너무 실력이 부족하다면, 시간적으로 큰 손해를 보더라도 어떻게든 갈아 치워야 했으니까.

'그나마 다행이네.'

협회 입장에서는 우진이나 다른 업체에 밀리지 않으려고 실력 있는 회사를 밀어 넣은 것이었지만, 결과적으로 우진에게는 도움이 된 셈이었다.

"여튼 알아봐줘서 고마워."

"별말씀을."

"아르코 프로젝트는 잘 진행되고 있지?"

"다진건설 쪽 회신 기다리고 있어."

"회신은 지난번에 왔던 것 아냐?"

"아, 설계확정은 끝났고, 이제 일정 잡아야지."

"그렇군. 일정 나오면 바로 회의 잡아줘."

"알겠어."

진태가 대표실에서 나가고 나자, 우진은 곧바로 전화기를 들었다. 이어서 그가 전화한 사람은 다름 아닌 조용현 국장이었다.

"네, 국장님. 통화 가능하시죠?"

[예, 가능합니다. 무슨 일 있으신가요?]

"하하, 다른 건 아니고요. 제가 지난번에 나름대로 검증 한번 해본다고 했었잖아요?"

[아…! 금성설계사무소를 말씀하시는 거군요.]

"네, 그렇습니다."

[어떻던가요? 저희 문화국에서는 내부적으로 나쁘지 않다고 봤거든요.]

"제 생각도 같습니다."

[오, 그럼 진행할까요?]

"넵! 진행해주시면 될 것 같아요."

조용현 국장과 통화하면서, 우진의 시선은 달력에 가 있었다.

'일단 지금까지는 일정에 무리 없고… 이대로라면 내달 말이나 3월 초쯤에는 택지분양이 가능하겠어.'

그리고 우진의 표정이 조금 더 밝아졌다. 〈천년의 그대〉의 번외편까지 전부 방영이 끝나면 2월 말이 되고, 한창 최고의 주가를 달릴 그쯤에 택지분양을 올리는 최상의 시나리오대로 상황이 흘러가고 있었으니 말이다.

'한 가지 변수는 역시 감사인데….'

궁금한 것이 생긴 우진이 다시 수화기에 대고 입을 열었다.

"그나저나, 국장님."

[네, 대표님.]

"지난번에 말씀하셨던 그 감사 건… 혹시 시작된 건가요?"

우진의 질문에, 조용현이 쓴 목소리로 대답했다.

[네, 그거, 어제부터 시작됐어요.]

그리고 그 목소리의 원인을 짐작한 우진이 짧게 한숨을 내쉬었다.

"휴우, 힘드시겠네요."

[뭐, 다른 거야 힘들 게 없는데, 페이퍼워크가 진짜 고통이죠.]

"강도가 꽤 센가 보네요?"

[그러게요. 뭐 털어먹을 게 있다고 이렇게까지 하는 건지 모르겠는데….]

"흐음…."

[대표님께서도 미리 준비 좀 해두세요. 아마 저희 쪽 감사 끝나면, 바로 대표님께 넘어갈 것 같으니까요.]

잠시 뭔가를 생각하던 우진이 다시 입을 열었다.

"대충 제 쪽으로 언제쯤 넘어올 것 같은가요?"

[음… 아무래도 한 달은 걸리지 않을까요?]

"한 달이라… 이천시 쪽 감사가 끝나는 데 걸리는 시간인 거죠?"

[그렇죠. 대표님께선 결국 외부 관계자고 감사를 할 땐 항상 내부감사가 먼저니까.]

"알겠습니다, 국장님. 말씀 주셔서 감사합니다."

우진의 말에, 조용현 국장이 조금 궁금한 목소리로 되물었다.

[그런데 대표님, 시기는 왜 물어보세요?]

그리고 그 질문에 우진이 웃으며 대답하였다.

"그냥 얻어맞고만 있을 순 없잖아요? 이쪽에서도 한 방 먹여줘야죠."

[네?]

우진의 한쪽 입꼬리가 슬쩍 말려 올라갔다.

"그런 게 있습니다. 여튼 프로젝트는 문제없을 테니 너무 걱정 마세요, 국장님."

덪

〈천년의 그대〉 종영 날은 2013년 2월 7일 목요일이었다. 물론 이 종영 날이라는 건, 처음 방영을 시작할 때 정해져있던 날. 그러니까 촬영팀에서 새로 촬영한 '번외편'을 제외한 본편의 종영이라는 말이다.

그리고 재밌는 것은, 〈천년의 그대〉 마지막 편이 방영되는 주까지도 번외편에 대한 오피셜한 발표가 나가지 않았다는 점이었다. 그래서 그 주 월요일부터, 각종 커뮤니티에는 〈천년의 그대〉에 대한 떡밥이 끊이지를 않았다.

제목 : 천년의 그대 정말 이번 주에 끝인가요?

내용 : 스토리상으로 보나 극 중 분위기로 보나… 이번 주가 끝이 맞긴 한데, 너무 아쉬워 미치겠네요.

매주 수요일 저녁만 되면 TV 앞에 앉았었는데, 앞으로 천년의 그대 없으면 허전해서 어쩌나 싶고…

…중략…

제발 몇 편이라도 더 늘려주면 안 되나요?

누가 처음 시작했는지는 알 수 없지만 방송국 시청자 게시판에는, 연장 방영을 해달라는 문의가 끊이지를 않았다. 스토리상 연장이 될지 안 될지 같은 문제는 시청자들에게 중요하지 않았다. 이미 배우 하나하나에 몰입해 있는 시청자들은 그들과 좀 더 오랜 시간을 함께하고 싶은 것뿐이었으니까.

하지만 방영 마지막 주 수요일이 다가올 때까지도, 방송국은 묵묵부답일 뿐이었다. 추가 방영에 대한 긍정도 부정도, 그 어떤 제스처도 보여주지 않았던 것이다. 그래서 대부분의 시청자들은 원래 예정대로 방영이 끝나는 것으로 생각했다. 사실 〈천년의 그대〉가 사전제작 드라마인 것을 다들 알고 있었으니, 미련은 있을지언정 큰 기대를 가지지 않았던 것이기도 했다.

└ 최종화 본방까지 사수하고 나면, 주말마다 1화부터 다시 정주행해야지….

└ 다시 보기는 어디서 하는 게 좋나요, 여러분?

└ 이천시에 있다는 세트장은 언제 민간 오픈하는 거예요? 오픈하면 바로 가서 구경하고 싶은데….

그런데 예정되어 있던 최종화의 바로 전 화가 방영되는 2월 6일 수요일. 오늘도 본방 마지막까지 TV 앞에서 엉덩이를 붙이고 앉아 있던 시청자들은, 뜻밖의 선물을 받을 수 있었다. 예고편까지 전부 다 끝나고 난 뒤, 방금까지 스크린 속에서 열연하던 반가운 얼굴들이 다시 등장한 것이다.

[안녕하세요! 시청자 여러분! '인서'입니다!]

[안녕하세요, '서후'입니다!]

시청자들이 기다리고 기다리던 그 소식을 전해주기 위해, 두 배우가 작중 복장을 그대로 입은 채 직접 카메라 앞에 선 것.

[어머, 서후 씨. 이번 주가 〈천년의 그대〉 본방 마지막 주라면서요?]
[그러게요. 시청자 여러분께서도 아쉬우시겠지만, 저희도 너무 너무 아쉽답니다.]
[벌써 2월이라니. 정말 믿기지가 않아요!]

두 사람은 작중에서 보여준 케미를 뽐내기라도 하듯, 유쾌하게 한마디씩 주고받으며 분위기를 띄웠다. 이어서 잠시 후, 두 사람은 곧 시청자들에게 기쁜 소식을 전하였다.

[그래서 말인데요, 서후 씨.]
[네, 인서 씨.]
[저희가 시청자 여러분께, 깜짝 선물을 하나 가져왔잖아요?]
[하하, 그렇죠!]
[이제 더 뜸 들이지 말고, 이제 슬슬 공개해볼까요?]
[좋습니다.]
[그럼 준비하시고….]
[하나… 둘… 짠!]

두 배우가 카메라를 향해 손을 뻗자, 스크린이 암전되면서 짧은 영상이 시작되었다. 〈천년의 그대〉 본방에서 공개되지 않은, 짧은 작중의 비하인드 스토리가 담긴 영상. 3분도 채 되지 않는 영상이 었지만 그것은 몰입감이 충분히 넘쳤고, 두 배우가 준비했다는 선물은 그 영상의 끝에 있었다.

[〈천년의 그대〉를 시청해주시는 시청자 여러분, 정말 감사드립니다.]
[저희 〈천년의 그대〉는 여러분의 성원에 힘입어 앞으로 3주간 추가 방영을 하게 되었습니다.]
[추가 방영분은 방금 보셨던 바와 같이 번외편의 개념으로 이해해주시면 좋을 것 같습니다.]
[저희 〈천년의 그대〉를 사랑해주셔서, 다시 한번 진심으로 감사드립니다.]
[〈천년의 그대〉 제작진 일동 올림.]

그리고 이 '선물'이 전파를 타고 나간 순간, 인터넷 커뮤니티는 활활 불타오르기 시작했다.

— * —

"소정 씨."
"네?"
"반응은 좀 어때요?"
"무슨 반응이요?"
"방영 3주 연장 떡밥 어제 나갔잖아요."

"아, 그거···."

"제가 바빠서 모니터링을 못 했거든요. 다들 좋아하시죠?"

오늘 우진과 소정은 꽤 오랜만에 점심을 함께 먹었다. 두 사람이 점심을 먹은 곳은 서울이 아니었다. 오늘은 이천시 문화국 직원들과 몇 가지 실무조율을 위해 이천에 내려와 있었으니 말이다. 다만 미팅 시간이 좀 애매해서 둘이 먼저 만나 점심을 먹었던 것이다.

"더 말하면 입 아프죠."

"하하, 그 정도예요?"

"한두 화도 아니고 무려 여섯 화나 더 방영한다니까, 다들 난리 났죠, 뭐."

가볍게 식사를 마친 두 사람은, 약속시간에 맞춰 이천시청에 들어섰다. 오늘 두 사람이 이곳에 온 것은, 조만간 민간에 오픈될 예정인 〈천년의 그대〉 드라마 세트장 때문. 단순히 세트장만 오픈하는 것이라면 이천시청에까지 올 이유는 없었다.

이미 오픈을 위해 받아야 할 인허가는 전부 받아놓은 상태였으니까. 다만 단순히 '오픈'만 할 게 아닌 여러 가지 이벤트들을 준비해야 했기 때문에, 시청과의 조율이 필요했던 것이다.

"추가 방영 일정에 맞춰서, 프로모션 계획은 얼추 나온 거죠?"

"걱정 마세요. 그렇잖아도 사업지원팀에서, 굿즈부터 시작해서 프로모션 전략까지 전부 세팅해뒀으니까요."

우진은 오늘 이 자리에 직접 나와준 소정이 고마웠다. 사실 오늘의 미팅은 세트장 사업과 관련된 부분이 가장 비중이 컸고, 때문에 세트장에 지분이 없는 KSJ엔터에서는 프로모션 담당자 한 사람 정도만 와도 충분히 미팅을 진행할 수 있었으니까. 그럼에도 더 나은 사업 방향성을 위해 이렇게 직접 자리에 함께 해준 것이었으니, 우진의 입장에서는 고마운 게 당연하였다.

"역시 꼼꼼하시네요."
"호호, 어느 안전인데. 꼼꼼하게 브리핑해드려야죠."
"어느 안전인데요?"
"당연히 우리 투자자님 안전이죠."

두 사람은 가벼운 농담과 함께 사업 이야기를 하며 약속 장소로 들어섰다. 그리고 잠시 후,
"하하, 두 분 대표님 오셨습니까!"
이천시 문화국장 조용현을 비롯해 실무진들이 자리에 들어왔고, 그와 함께 회의가 시작되었다.

— * —

공직 감사기관의 사무관인 조 사무관은 연신 서류를 훑어보며 고개를 갸웃하였다.
"이상해. 진짜 이상하단 말이지."
"왜요, 사무관님."
"분명히 뭔가 있는데, 아무리 뒤져봐도 찾을 수가 없어."

"으음….'

"이럴 리가 없는데….'

    감사원의 하위기관에서 감사관의 역할을 하는 조 씨가 이번에 맡은 감사는, 이천시에서 추진 중인 지구단위 개발 사업의 업무감사였다. 명분은 심플했다. 국책사업이라 할 수 있는 이천 관광산업 개발 과정이 적법한 절차하에 합리적으로 진행되고 있는지 그것을 확인하고 감시·감독해야 한다는 것.

    수많은 사업장 中에 왜 여기가 감사대상 사업장으로 선택되었는지는 실무자가 알 수 없는 영역이었다. 다만 한 가지, 조 사무관이 경험으로 알고 있는 것이 하나 있었는데 그것은 보통 이렇게 선정된 사업장의 경우, 조금만 털어도 먼지가 펑펑 쏟아진다는 사실이었다.

    위에서 언급했듯 국내에 개발이 진행되는 사업장은 한두 곳이 아니었고, 감사원이라 해도 그 모든 곳을 감사할 인력은 없었으니 보통 감사원에서 감사 지시가 내려오는 경우는, 윗선의 이해관계가 포함되어 있거나 실제로 구린내가 이미 진동을 하는 경우였던 것이다. 그래서 처음 상부로부터 이번 감사를 지시받았을 때, 조 씨는 이미 머릿속으로 계산을 다 때려놓은 상태였다.

    [이거, 척 보면 척이네요.]

    [그렇지?]

    [너무 뻔하잖아요. 드라마 세트장 주변으로 지구단위 계획 세우고, 용도 변경해서 택지개발하고….]

이번 개발을 추진한 이천시 문화국의 실무 관계자들과 〈천년의 그대〉를 제작한 KSJ엔터 그리고 세트장을 소유하고 있는 WJ 스튜디오까지. 이 세 개 회사 간에 비밀리에 이뤄진 뒷돈 거래가 있을 거라는 계산을 말이다.

[얼마쯤 해먹었을까?]

[글쎄요. 천년의 그대 요즘 핫하던데. 제작비만 100억 썼다는 거 보면, 이쪽에도 몇 십억 정돈 바르지 않았을까요?]

[그치? 게다가 세트장 주변에 필지 대부분이 서우진 대표 명의더라고.]

[캬… 그럼 그려지네요.]

[용도변경에 포함된 토지는 일부긴 한데, 그 외 필지들도 아마 매입가보다 몇 배는 가격이 올랐을 거야.]

[실적 올리기 좋겠네요.]

[그러니까 가서 싹 다 털어와. 먼지 한 올 남기지 말고 탈탈 털어오란 말이야.]

그렇다고 해서 정의감에 불탄다거나, 반드시 비리를 파헤치겠다는 사명감 같은 게 있는 것은 아니었다. 이 일을 하면서 그는 이미 수많은 비리의 현장들을 보아왔고, 감사의 손길이 닿지 않은 비리의 현장들이 아직도 많다는 사실을 알고 있었으니 말이다. 단지 이 것은 그의 일이었고, 비리 적발은 곧 그의 실적이었으니 그런 의미에서 의지를 불태웠던 것뿐이라고 할 수 있었다.

'이번 기회에 잘하면 승진이라도….'

하지만 감사가 진행된 지 벌써 3주 차가 된 지금, 이렇게 넘쳐나던 감사관 조 씨의 의욕은 엄청나게 꺾여버린 상황이었다.

'아니, 어떻게 털어도, 털어도… 먼지 하나 안 나올 수가 있지?'

내부감사가 끝나가는 지금 조 씨가 찾아낸 비리라고는, 문화국 직원들의 회식 때 지출된 비용 30만 원이 회계 실수로 장부에서 누락되었다는 정도였으니 말이다. 이것도 분명 공금횡령이라면 공금횡령이었지만, 이거 하나를 물고 늘어지는 것은 감사관의 체면을 구기는 일일 뿐이었다. 장부를 한 손으로 꾹 움켜쥔 채 중얼거리는 그를 보며, 옆에 있던 수사관이 슬쩍 물어보았다.

"혹시… 말입니다."

"응?"

"비리가 진짜 없는 건 아닐까요?"

수사관의 그 말에, 조 씨가 어이없는 표정으로 반문했다.

"야, 너 바보냐?"

"옙?"

"개발계획 나오기 전에, 여기 서우진 대표가 토지를 싹 다 쓸어담았어."

"그랬죠?"

"개발계획도 모르는데, 미쳤다고 이 촌구석에 땅을 그만큼이나 사?"

잠깐 생각하던 조 씨가 조심스레 되물었다.

"세트장 지어지면 값 오를 거라고 생각한 거 아닐까요?"

"그게 말이 돼?"

"왜 안 돼요?"

"드라마가 이렇게 터질 줄, 시작도 전에 어떻게 아냐?"

"흠… 그런가….."

"분명히 뭔가 있어."

"그렇군요."

"뭔가 있는데… 내가 못 찾은 게 분명해."

"…."

"어떻게 이렇게 철저할 수가 있는 거지?"

나름 일리 있는 조 씨의 말에, 수사관은 더 이상 토를 달지 않았다. 하지만 그럼에도 그는 이 사업장에 비리가 없을지도 모른다는 생각을 아직까지 하고 있었다.

'근데 생각해보면… WJ 스튜디오쯤 되는 회사 오너가 불법을 저지르면서까지 이럴 필요가 있나?'

서우진이 어지간한 연예인 이상으로 이슈화되면서, WJ 스튜디오라는 회사는 많은 대중들에게 알려졌다. 그러다 보니 최근 WJ스튜디오의 추정 연매출에 대한 기사도 떴었는데, 그것만 해도 이제 천억 단위가 훌쩍 넘어가는 상황. 게다가 이제 공인이 되어 대외적인 이미지까지 중요해진 서우진이 군이 이런 불법을 저지를 이유가 있는지, 수사관은 고개를 갸웃할 수밖에 없었다.

'뭐, 이제 내부감사 끝나가니, 그쪽 까보면 알게 되겠지.'

어깨를 한 차례 으쓱한 수사관은, 담배를 한 대 태우기 위해 시청 옥상으로 올라갔다. 조 사무관의 말대로라면, 늦어도 다음 주 안에는 결판이 날 터였다.

— ＊ —

회의가 전부 마무리된 뒤, 우진과 소정, 그리고 조용현 과장은 시청 뒤쪽에 있는 카페로 자리를 옮겼다. 오늘은 프로젝트 팀과 함께 저녁 식사가 예정되어 있었는데, 그사이 시간이 조금 비어서 차라도 한잔할 겸 나온 것이다.

물론 시청 안에도 깔끔한 카페테리아가 있다. 하지만 우진은 굳이 두 사람을 데리고 시청 밖으로 나왔는데, 그에는 당연히 이유가 있었다. 눈과 귀가 없는 곳에서 나눠야 할, 꽤 중요한 얘기들이 있었으니까.

딸랑-

평일 오후 시간이라 사람이 많지 않은 카페에서도, 우진은 가장 구석 자리를 잡고 앉았다. 회의가 기분 좋게 마무리된 덕에, 화기애애한 세 사람의 분위기. 프로젝트에 대한 이런저런 이야기를 나누는 사이 탁자 위에 커피가 한 잔씩 놓였고, 그것을 한 모금 홀짝인 우진이 슬슬 운을 떼었다.

"그나저나 국장님."

"네, 대표님."

"감사는 어떻게 돼가세요? 이제 마무리될 때 다 된 것 같아서요."

우진의 질문에, 조용현이 한숨을 푹 쉬며 대꾸하였다.

"하, 이제 다 끝나가긴 합니다."

"별 탈 없죠?"

"탈이 있을 리가요. 뭐, 잘못한 게 없는데."

"하하."

일단 우진은 안도의 한숨을 내쉬었다.

'다행이야.'

물론 이천시 문화국에 우진과 관련된 비리는 존재할 수 없었지만 그것과 별개로 다른 자잘한 건수들이라도 발각되면 프로젝트에 제동이 걸리는 것은 마찬가지였으니 말이다. 〈천년의 그대〉 본편이 전부 다 끝난 지금, 이미 감사로 인해 일정이 몇 주일 밀린 마당에 여기서 더 프로젝트가 지지부진해지는 것은 꽤 손실이 큰 것이었다.

'다른 건 몰라도 택지분양만큼은… 3월 안에 마무리 지어야 하니까.'

우진이 그런 생각을 하고 있는데, 조용현 국장이 웃으며 한마디 덧붙였다.

"아, 생각해보니… 직원 한 놈이 어쩌면 징계 먹을 수도 있을 것 같긴 합니다."

"왜요?"

"회식비용 30만 원을 실수로 누락시켰다더라고요."

"…."

그 말에 옆에서 듣고 있던 소정이 눈을 크게 뜨며 되물었다.

"그 정도로도 징계 먹어요?"

용현이 어깨를 으쓱하며 대답했다.

"모르죠, 저희도 감사는 처음 받아보는 거라…."

징계라는 말에 살짝 놀랐던 우진이 소정의 심각한 표정을 보고는 웃음을 터뜨렸다. 이제 한국에서 손에 꼽는 대형 기획사의 대표가 된 그녀였건만, 이렇게 한 번씩 백치미를 보여줄 때가 있었다.

'뭐, 그게 소정 씨 매력이지.'

어쨌든 이천시가 내부감사를 무사히 통과했음을 확인한 우진은 이제 슬슬 준비해온 이야기를 꺼내기 시작하였다.

"국장님께서 저번에, 갑자기 감사가 왜 들어왔는지 모르겠다고 하셨었죠?"

우진의 의미심장한 물음에, 조용현의 두 눈이 반짝였다.

"네, 그랬었죠."

"그 이유에 대해서 조금 말씀드려볼까 하는데요."

"…!"

지난 한 달 동안, 우진은 가지고 있던 의심을 확신으로 바꾸는 데 성공했다. 건축가협회와 국토교통부. 성수지구 통합설계에 손을 뻗쳤던 두 집단이, 이번 감사의 배후라는 그 추측 말이다. 확신을 가질 수 있게 된 배경은 간단했다. 그들의 움직임, 즉, 정황을 확실히 발견했으니 말이다. 이번에도 우진에게 도움을 준 사람은 다진건설의 사장 임중우였다.

[대표님 말씀대로, 협회에서 이천시 개발 사업에 참여할 업체를 내부선정 중이라 하더군요.]

[역시….]

[공공으로 큰 건이 세 개나 나온다면서요?]

[관광인프라 쪽으로는 거의 백지나 다름없던 곳에 주춧돌부터 쌓아 올리는 사업이니까요.]

[자잘한 것까지 다 해서 참여업체 스무 곳을 선정하고 있던데….]

[재밌네요.]

[예?]

[국가에서 공모를 통해 선정해야 할 업체선정을, 협회 내부에서 하고 앉았으니 말입니다.]

[하하하. 뭐, 모든 사업장이 이렇지는 않았겠지만, 협회는 이제 까지 많은 사업장을 이런 방식으로 따냈으니까요.]

협회 소속 여러 사무소들과 거래하는 다진건설의 입장에서는, 이러한 협회 내부 정보를 알아보는 것은 어렵지 않은 일이었다.

'어차피 협회를 통하지 않으면 공공 설계 쪽은 입찰조차 넣기 힘든 형국이었으니… 어쩌면 당연한 현상일지도.'

이런 일이 완전한 대외비도 아니었고, 업계 내에서는 공공연히 다 알고 있는 사실이었으니 말이다.

[다진에서도 입찰 한번 들어와 보실 생각 있으십니까?]

[하하, 그렇지 않아도 협회에서, 저희 쪽으로도 연락이 오더군요.]

[오…?]

[사업장 한 곳 정도 저희 쪽에 내어줄 수 있다고. 생각 있냐고 묻더이다.]

[….]

[당연히 저희는 거절했으니, 오해는 마시지요.]

[음? 거절하실 이유가 있습니까? 어차피 비리야 그쪽에서 저지르는 거고, 다진건설 입장에선 그냥 일거리가 생기는 건데….]

[허헛, 그럴 리가 있겠습니까.]

[피(Fee)라도 요구하던가요?]

[정확하십니다.]

[징글징글하네요.]

[뭐, 명목이야 협회 운영비 충당 같은 이유인데… 누구 주머니 속으로 피가 들어갈진, 뻔히 보이지요.]

우진이 볼 때, 건축가협회의 계획은 간단했다. 그들이 생각할 때 우진이 비리를 저질렀다는 건 이미 기정사실이나 다름없는 부분이었고, 하여 그 비리가 밝혀지는 순간 무주공산이 된 사업장을 협회에서 싹 다 점령하려는 것이다.

공모에 참가한 업체 하나의 비리가 밝혀졌다고 해서 어떻게 협회에서 사업장을 다 먹을 수 있겠냐고 반문할 수도 있겠지만, 이것은 생각보다 간단한 이치였다.

우진의 비리가 밝혀졌다는 사실은 그와 연루된 이천시청 직원들의 비리도 같이 밝혀졌다는 이야기겠고 그렇게 되면 프로젝트를 진행하던 실무자들까지 줄줄이 엮여 들어갈 수밖에 없을 터였다.

'프로젝트 진행하던 실무진들이 잘려나간다고 해도, 이천시는 이 프로젝트를 결코 포기할 수 없을 테지. 〈천년의 그대〉가 워낙 대박이 터진 상황이니까.'

관광특구 지정은 이천시의 오랜 숙원사업이다. 실무진 몇이 비리를 저질렀다 해서 프로젝트를 포기한다? 불가능한 선택지였다.

'이런 상황에서 국토부가 시를 살살 꼬드기면, 자연스레 주도권은 그쪽으로 넘어갈 거야. 이때 협회가 슬쩍 한 다리 걸치면… 빈집 터는 건, 말 그대로 식은 죽 먹기겠지.'

우진은 자신의 추측들이 9할 이상 맞아떨어질 것이라고 확신했다. 그래서 오늘 회의가 끝난 뒤, 이렇게 조용현 국장에게 운을 뗄 수 있었던 것이다. 이제 저들의 움직임에 어떻게 대응할지 완벽하게 그림이 그려진 상황이었으니, 그 대응을 위해 함께 호흡을 맞춰줘야 할 조용현 국장에게 정보를 줄 필요가 있었던 것이다.

생각을 정리한 우진이 담담한 목소리로 이야기를 시작하였고…

"그러니까 이걸 어디부터 설명드려야 하나…."

성수지구 설계 공모 때 있던 일부터 쭉 이야기를 들은 조용현은 곧 어이없는 표정이 될 수밖에 없었다.

"그게… 정말입니까?"

조용현은 무척이나 불쾌한 표정이었다. 이번 프로젝트는 그로서도 정말 열정을 다해 준비한 사업이었고, 그런 그의 노력에 오물이 튄 기분이었으니 기분이 나쁜 건 당연한 것이다.

"그렇지 않다면 갑자기 이렇게 감사가 나올 이유가 없지 않겠습니까?"

"하… 이상하다고는 생각했지만…."

우진이 웃었다.

"결과적으로는 어차피 문제 될 것 없지 않습니까?"

"그야 그렇지요. 그들이 생각하는 비리 같은 건… 애초에 존재치도 않았으니까요."

조용현의 푸근한 얼굴에 짜증이 어렸다. 이 무의미한 감사 때문에 지난 3주 동안 했던 야근부터 억울했지만, 가장 짜증 나는 것은 프로젝트가 지체됐다는 점이었다. 건축가협회가 아니었다면, 〈천년의 그대〉 본편이 방영되기 직전에 택지분양까지 마칠 수 있는 최고의 일정이었으니까. 항상 사람 좋은 미소만 짓고 있던 그가 이런 표정을 지을 수도 있다는 사실을 우진은 오늘 처음 알았다. 우진이 다시 입을 열었다.

"그래서 말입니다, 조 국장님."

"예, 대표님."

"혹시 얼마 전에 통화할 때, 제가 했던 말 기억하십니까?"

잠시 생각하던 조 국장이 뭔가 기억난 듯 탁자를 살짝 두들기며 입을 열었다.

"아, 한 방 먹여주시겠다고 하셨던…?"

우진이 웃었다.

"네."

조용현이 은근한 목소리로 다시 물었다.

"뭔가 계획이라도 있으신 겁니까?"

불쾌함이 가득했던 조용현의 두 눈이, 어느새 다시 반짝이고 있었다. 사실 그 '한 방 먹여준다'는 것이 업무 외적으로 귀찮은 일들을 감수해야 할 확률이 높았지만, 그럼에도 협회에 한 방 먹여줄 수 있다면 그 귀찮음 정도는 얼마든지 감수할 수 있을 것 같았다.

"일단 저들이 어떻게 움직일지는 너무 뻔합니다. 그렇지 않습니까?"

우진의 물음에, 용현이 고개를 끄덕였다.

"그렇죠."

우진이 기분 좋게 웃었다.

"그럼 그 길목에 덫을 놓으면 되지 않겠습니까?"

우진의 말이 다시 이어졌다.

덫에 사냥감이 걸려들게 하려면, 두 가지 기본적인 조건이 충족되어야 한다. 첫째, 사냥감이 이동할 길목을 미리 예측하여 그 위치에 덫을 놓을 것. 둘째, 그 덫 안에 먹음직스런 먹이를 놓아 사냥감의 걸음을 붙잡을 수 있을 것.

사냥감이 어떻게 움직일지 알았으니 첫 번째 조건은 충족되었고, 그래서 우진이 고민했던 것은 덫 안에 어떤 먹음직스런 먹이를 놓을 것이냐는 부분이었다. 그리고 그 고민의 결과 우진이 내어놓은 해답은 바로 이것이었다.

"일반적인 경우라면, 저들이 가장 먹음직스러워할 미끼는 바로 '돈'일 것입니다."

우진의 말에, 조용현이 고개를 갸웃하며 대답했다.

"일반적인 경우라… 그럼 지금은 그렇지 않다는 말씀이십니까?"

"저들이 돈에 움직였다고 생각하십니까?"

"네, 당연히…."

우진이 고개를 저었다.

"물론 그 이유가 적지 않겠지만, 그보다 더 큰 이유는 아마 저 때문일 겁니다."

"…!"

"이번 프로젝트를 통해 크게 이득을 챙기는 것보다도, 제 몰락을 보고 싶은 것이 저들의 가장 큰 행동 동기라는 겁니다."

"그렇게 쪼잔하다고요?"

용현이 이해하기 힘들다는 표정으로 반문했지만, 우진은 다시
한번 고개를 끄덕였다.

"충분히 그럴 만한 위인들입니다. 애초에 그렇지 않았더라면, 이
번 사업장에 제가 연관됐다는 사실도 알지 못했겠지요."

우진의 말은 충분히 일리가 있었다. 이런 개발 사업의 경우 국가
기관에 고시가 되긴 하지만, 그 고시에 우진이나 WJ 스튜디오와
관련된 내용이 올라가는 것은 아니니 말이다. 그러니까 우진이 이
프로젝트에 관여하고 있다는 사실을 알려면 우진에게 지속적으로
관심을 갖고 있어야 한다는 건네, 건축가협회쯤 되는 커다란 단체
가 우진을 지속적으로 관찰한다면 그 이유는 당연히 우진에 대한
앙심일 터였다. 조용현이 생각에 잠긴 동안, 우진이 다시 입을 열
었다.

"이제 이천시 감사가 끝났으니, 제 쪽으로 화살이 넘어올 차례
아닙니까?"

용현이 대답했다.

"그렇지요."

"저는 이번 감사에서, 미끼를 던져놓고 낚시를 한번 해볼 생각입
니다."

"낚시라면…?"

"그렇게 거창한 건 아닙니다. 제가 스페인 건축가와 일을 할 때
터놓은 해외계좌가 있는데, 평계를 대면서 그 계좌를 한동안 숨겨
볼 생각이거든요."

"음…?"

우진이 웃으며 말을 이었다.

"해당 계좌의 입출금 내역은, 아마 10회도 채 되지 않을 겁니다.

당시 설계 수수료를 받는 데 사용한 것 외에는, 계좌를 열어보지도 않았으니까요."

우진의 입에 걸린 웃음이 짙어졌다.

"하지만 저들은 그 계좌 안에, 최소한 몇억 이상의 비자금이 있다고 생각하겠지요."

우진의 계획을 이해한 조용현이 마주 웃으며 대답했다.

"이번 프로젝트가 마무리되면, 제게 보내려고 빼놓은 돈인가요?"

다 식어버린 커피를 한 모금 홀짝이며, 우진이 대답하였다.

"정확합니다."

사냥꾼과 사냥감

이천시에서 회의가 있었던 그날 이후. 바로 다음 주 초에 감사담당관으로부터 전화가 바로 걸려왔다.

[안녕하십니까. WJ 스튜디오의 서우진 대표님 번호 맞지요?]
"네, 제가 서우진입니다만."
[아, 반갑습니다. 이천시 감사담당관 ○○○이라고 합니다.]

예상했던 타이밍에 예상했던 전화가 왔기 때문에, 우진은 담담할 수밖에 없었다. 하지만 속으로 담담한 것과 별개로, 약간의 연기는 할 필요가 있었다.
"감사… 담당관님이시리고요?"
[네, 그렇습니다.]
"감사를 담당하시는 분께서 제겐 무슨 일로…."

과하게 당황한 척을 할 필요는 없었지만, 너무 태연한 것도 이상한 법.

[이천시에서 진행 중인 개발사업과 관련해서 감사가 진행되는 중인데… 서 대표님께 협조 요청드릴 부분이 조금 있어서 말입니다.]

[어떤 부분일까요?]

우진은 일부러 조금 떨떠름한 목소리를 내며, 담당관과 감사 일정을 잡았다.

"그럼 말씀하신 서류는, 수요일까지 전부 준비해두겠습니다."

[감사합니다, 대표님. 일정이 빠듯해서 죄송합니다.]

"아, 아닙니다. 별말씀을요."

[그럼, 수요일에 뵙겠습니다.]

"별 탈이 날 일이야 없겠지만… 모쪼록 잘 부탁드립니다."

사실 감사담당관도, 우진이 감사를 어느 정도 생각했을 것이라고 예상하고 있었다. 이천시 문화국이 감사를 받은 사실을 우진이 당연히 알고 있을 테니 확실하진 않더라도 본인에게도 감사가 올 확률이 있다는 정도는 눈치챌 것이라 생각한 것이다.

그래서 감사 준비 기간을 많이 주지 않은 것이었지만, 사실 우진은 수요일까지도 필요 없었다. 당장 내일 감사가 들이닥친다 하더라도 완벽하게 대응이 가능할 정도로, 이미 준비는 끝난 상황이었으니까.

'이제 시작인가.'

전화를 끊은 우진이 짧게 기지개를 켰다. 이제 미리 준비해 둔 떡밥을 조금씩 풀어줄 때였다.

───── ✷ ─────

건축가협회의 협회장 권주열은 최근 꽤나 똥줄이 타고 있었다. 연말에 후배 지환과 만나 자신만만하게 시작한 계획이, 조금씩 삐 끗하는 듯한 느낌을 받고 있었으니 말이다.

"뭐? 내부감사가 끝났는데, 건진 게 아무것도 없다고?"
[그게…. 일단 표면적으로는 그렇습니다, 선배.]
"표면적? 말장난은 하지 말자고. 대체 이거 상황이 어떻게 돌아 가는 거야?"

사실 주열과 지환은, 우진을 직접 감사할 필요도 없을 줄 알았다. 비리 정황이 너무도 확실했으니, 내부감사만 한번 진행하면 우진 의 비리들이 굴비처럼 줄줄이 엮여 나올 것이라고 생각했던 것이 다. 하지만 내부감사가 끝난 시점에 먼지 한 톨 나오지 않은 상황 이 되어버렸으니.

이미 우진의 비리를 기정사실화 한 채로 모든 플랜을 진행해버 린 주열의 입장에서는 똥줄이 탈 수밖에 없었다. 만약 우진의 비리 가 밝혀지지 않는다면 여러모로 생각하기도 싫은 상황이 펼쳐질 테니까.

'설마 그런 상황이 되진 않겠지만….'
가장 크리티컬한 것은, 이미 각 설계사무소로부터 받아먹은 '협 회 운영비'다. 적게는 수백만 원에서 많게는 수천만 원에 달하는 돈을 운영비 명목으로 받아 챙겼는데, 만약 우진에게서 비리가 발 견되지 않아 사업장을 가져오는 게 어려워진다면, 그 돈을 전부 다시 토해내야 하는 상황이 되는 것이다.

'으음, 너무 성급하게 움직였나.'

불안해하는 주열의 수화기 너머로, 지환의 목소리가 다시 들려왔다.

[너무 걱정 마시죠, 선배. 저쪽에서 생각보다 철저히 준비했나 본데, 어차피 결과는 달라지지 않을 겁니다.]

"흠."

[선배님께서도 정황은 전부 확인하시지 않았습니까?]

"정황이라면… 서우진이 땅 산 거 말하는 건가?"

[그렇습니다.]

주열은 잠시 생각에 잠겼고, 잠시 뜸을 들인 지환이 다시 말을 이었다.

[어차피 서우진이가 돈을 바르지 않았을 확률은 없습니다.]

"그야 그렇지."

[뭐 끽해봐야 차명계좌에 따로 돈을 돌려놨다거나, 이면계약서를 썼다거나… 그 정도 수작을 부려놨을 것 같은데, 아시다시피 한국 감사기관이 그렇게 녹록치 않거든요.]

"하긴, 요즘 감사 살벌하게 하긴 하더만."

[아마 수요일부터 서우진을 직접 털기 시작할 겁니다. 그땐 뭐라도 나올 테니 걱정 마십시오.]

지환의 이야기를 듣다 보니, 주열은 조금 마음에 안정을 찾을 수 있었다.

'그래. 제까짓 놈이 이제 와서 발버둥 쳐봐야, 이미 외통수나 다름없지.'

그가 듣기에도 지환의 말들은, 조목조목 다 맞는 이야기였으니 말이다.

"아무튼, 철저히 준비해서 헛발질하는 일 없도록 하고."

[예, 선배님.]

"조만간 또 진행 경과 보고하도록 해."

[알겠습니다. 심려 끼쳐드려 죄송합니다.]

"아니, 자네가 죄송할 건 없지. 서우진이 그놈이 생각보다 능구렁이였던 건데 말이야."

하지만 지환과의 전화를 끊은 뒤, 주열은 감사 결과만 기다리며 가만히 있을 수는 없다는 생각을 하였다. 만에 하나라도 우진이 비리 은폐에 성공하여 아무런 제지도 받지 않는다면, 역풍이 불어올게 두려웠던 것이다. 그래서 주열은 어딘가로 다시 전화를 걸기 시작하였다.

"여, 김 기자. 요즘 별일 없지?"

주열이 전화를 건 곳은, 협회에 자주 출입하는 메이저 방송국의 기자.

"내가 괜찮은 소스를 하나 가지고 있는데 말이야."

주열이 선택한 것은, 이번 프로젝트에 대한 공론화였다. 우진은 이미 일반적인 건축 디자이너를 넘어 공인이었고 그러한 공인이 가장 무서워할 것이, 자신의 치부가 언론을 통해 대중에게 알려지는 것이었으니 말이다. 시궁창 싸움이 될 것은 알고 있지만, 우진이 비리를 저지른 게 확실한 이상 주열은 잃을 게 없는 선택이라고 생각한 것.

"자네 내일이나 모레 시간 되나?"

이것은 꽤나 즉흥적이고 감정적인 선택이라고 할 수 있었다.

"그럼 그때 보지. 내가 점심 한 끼 사도록 하겠네."

하지만 이때만 해도 주열은 알 수 없었다.

이 전화 한 통이, 본인에게 얼마나 치명적인 부메랑이 되어 돌아올지를 말이다.

— * —

WJ 스튜디오 직원들에게 1월이 프로젝트의 진행 때문에 정신없이 바쁜 달이었다면, 2월은 단어 그대로 혼란 그 자체였다. 빡빡하게 들어오는 감사에 대응한다고 페이퍼 워크가 늘어있는 마당에, 주열이 언론 플레이까지 시작했으니 말이다.

사실이 어떻든 우진에 대한 안 좋은 기사와 여론이 퍼지는 것은 회사 차원에서 큰 손실이었고 때문에 WJ 스튜디오의 마케팅 팀에서는 이에 대한 대응을 하지 않을 수 없었다. 대응하지 않고 묵묵히 있는다면, 사실이 어떻든 대중은 언론을 믿게 될 테니까. 아침부터 쏟아지기 시작한 기사를 확인한 진태가 출근하자마자 대표실로 달려왔다.

"우진아, 기사 봤어?"

"당연히 봤지."

"이거 이놈들 진짜 악질인데?"

"그러게. 나도 언플까지 할 줄은 생각 못 했는데."

처음 기사를 봤을 때, 우진도 혀를 내둘렀다. 건축가협회에서 언론 플레이까지 할 것이라고는 우진조차 전혀 예상하지 못했던 부분이었으니 말이다. 기사는 제목부터가 꽤나 자극적이었고, 그 밑에 달린 댓글들도 이미 감정적이었다.

[WJ 스튜디오 서우진 대표. 이천시 관광산업 개발에 부당이익 취득?]
[이천시 〈천년의 그대〉 세트장 인근 수천 평 토지, WJ 스튜디오의 '서우진 대표' 명의로 알려져….]

└ 와, 서우진 그렇게 안 봤는데, 대박이네.
└ 어린 나이에 벌써 하는 꼬라지하고는….
└ 이십 대에 좀 유명해지더니, 결국 너도 똑같은 토건 적폐구나.

하지만 그렇다 해서 당황한 것은 아니었다. 이것이 그들에게 자충수라는 것은, 누구보다 우진이 가장 잘 알고 있었으니까.
'이 정도면 지능 문제 같은데….'
물론 당장은 괜찮은 전략일지도 모른다. 이러한 언론 플레이는 감사가 들어온 시점에서 우진에게 꽤 큰 부담을 줄 수 있는 선택지였으니까.

"너 그런데 왜 이렇게 태연하냐."
"뭐가?"

"이거 꽤 큰일 난 거 아냐?"

"왜?"

"댓글에 벌써부터 악플 달리고 난리던데."

진태의 걱정에, 우진은 웃어 보였다. 당장이야 불쾌하고 타격도 있을지 몰라도, 결국 진실이 밝혀지는 순간 지금 우진에게 쏟아진 이 화살이 그대로 건축가협회에 돌아갈 테니 말이다.

'어쩌면 이게 기회일지도.'

게다가 이렇게까지 이슈화된 상황에서 우진의 완벽한 결백이 밝혀진다면. 대중들의 그 부정적인 관심들은 긍정적인 여론으로 변할 것이고, 오히려 그것을 흡수해버릴 수도 있을 것이었다. 이런 상황에서 중요한 것은 분노하며 열을 내는 것이 아니었다. 우진은 언제나 그래왔듯, 지금의 이 상황을 가장 이상적으로 풀어갈 수 있을 방법을 찾을 뿐이었다.

"마케팅 회의 한번 열자, 형."

"회의?"

"어떤 식으로 대응해야 할지, 가이드를 잡아줘야 할 것 아냐."

"흠….'"

우진이 웃으며 말을 이었다.

"사내 분위기는 어때? 설마 내가 진짜 비리를 저질렀다고 믿는 분위기는 아니지?"

우진의 물음에 진태가 손사래를 치며 대답했다.

"그럴 리가 있나. 사내에서 네 인기가 얼마나 좋은데."

"그럼 다행이고."

진태가 한마디 덧붙였다.

"다들 걱정하지. 분명히 뭔가 잘못된 것 같은데, 대표님 마음 상하실까 봐 걱정된다고 말이야."

진태의 답에 우진은 약간이나마 남아있던 불쾌한 감정조차 싹 날아갔다. 우진에게 중요한 것은, 그와 관련 없는 불특정 다수의 비난이 아니었으니 말이다. 그와 가까운 사람들, 함께 일하는 사람들. 그들이 우진을 믿고 지지해준다는 것만으로 우진은 충분하다고 생각하였다.

"보다시피 난 멀쩡하거든?"

우진의 말에 진태가 헛웃음을 터뜨렸다.

"그래, 그래 보인다. 걱정돼서 뛰어온 게 민망할 지경이야."

우진도 피식 웃으며 고개를 끄덕였다.

"그러니까 다들 걱정 말고, 회의나 소집해줘. 기왕 판 깔린 거, 제대로 한번 붙어보려니까."

"오케이."

"그리고 오늘 회의는 최소 실장급 이상으로만 소집해줘."

"왜? 실장급으로 제한하면 다섯 명뿐이잖아?"

"오늘 논의할 내용들 중에, 대외비가 좀 있을 예정이거든."

"알겠어. 그렇게 할게."

진태가 대표실에서 나선 뒤, 우진은 컴퓨터 앞에 앉아 빠르게 타자를 치기 시작하였다. 지금까지는 거의 혼자 계획하고 고민하였지만, 이제는 그가 그려놓은 그림을 직원들에게 공유하고 함께 대응해나가야 할 상황이 되었으니까.

'이번 기회에 협회 놈들… 아주 뿌리까지 태워버려야지.'

하루, 이틀. 그렇게 일주일. WJ 스튜디오를 향한 감사는 더욱 집요해졌고, 매일매일 언론은 활활 불타올랐다. 처음에는 우진을 비난하던 여론이 압도적으로 많았지만, 이제 기사들을 보면 반반 정도로 여론형성이 되어있었다.

WJ 스튜디오의 마케팅 팀이 밤샘 근무까지 마다치 않으며 최선을 다해 대응했기 때문. 재밌는 것은 이렇게 우진의 비리에 대한 떡밥이 활활 타오르는 와중에도, 오히려 〈천년의 그대〉의 시청률은 계속해서 상승했다는 점. 의도치 않게 노이즈 마케팅이 된 셈이라고 할 수 있었다.

"후, 서우진이 이 새끼. 진짜 보통 놈이 아닌데?"

[이제 진짜 다 왔습니다, 선배. 조금만 더 기다리시면….]

"뭘 얼마나 더 기다리라는 거야? 언플도 이제 한계야. 저쪽에서 이렇게 버티고 있으면 답이 없다니까?"

[그래도 이번에는 확실합니다.]

"뭐가?"

[서우진이 스페인에 터놓은 해외계좌를 찾았거든요.]

"…!"

[계좌 까기만 하면 끝납니다. 이놈이 끝까지 숨기려는 것 보니까, 여기 다 들어가 있어요.]

그리고 이 과정에서 인내심이 한계까지 다다른 권주열은 드디어 본인의 손으로 완벽한 외통수를 두기에 이르렀다.

[건축가협회 회장 권주열. WJ 스튜디오 서우진 대표에게 고소장 던져.]

['투명하게 진행돼야 할 국책사업에 비리와 특혜는 용납할 수 없다.']

['이번 유착행태로 인해 설계 공모에서 피해를 본 중소 설계사무소들을 대표하여 서 대표를 고소하겠다.']

건축가협회장이 직접 나서 고소장까지 던지자, 겨우 균형을 맞추던 여론은 다시 우진을 비난하는 쪽으로 기울었다.

하지만 그 기사가 뜨고 바로 다음 날,

[WJ 스튜디오의 서우진 대표, 건축가협회를 '무고죄'로 고소.]

참고 참았던 우진이 드디어 칼을 꺼내 들었다.

— * —

〈천년의 그대〉 드라마가 번외편까지 마무리 단계에 들어서면서 KSJ엔터테인먼트는 한창 분주하게 막바지 일정을 소화하고 있었다.

"K전자에서 PPL 요청했던 건, 이번 주 방송에 나가는 거 맞죠?"

"맞습니다, 대표님."

"광고비는 들어왔죠?"

"네, 지난주에 들어왔습니다."

"이번 주가 진짜 마지막이니까, 다들 신경 좀 더 써주세요."

"알겠습니다, 대표님!"

촬영은 물론 방영까지 다 끝나가는 이 시점에서, KSJ엔터가 바

뻔 이유는 다른 것이 아니었다. 〈천년의 그대〉를 모르면 간첩이라는 이야기가 나올 정도로 최고의 주가를 올리고 있는 지금의 상황을, 최대한 KSJ엔터의 자산으로 소화해내기 위해 할 일이 많았던 것이다.

단순히 PPL 등으로 벌어들이는 수익금만을 말하는 게 아니다. 이 시점에서 가장 중요한 것은, 이번 드라마로 인해 일약 스타가 된 소속사 배우들을 완전히 반석 위에 올려놓는 것이었으니까.

아무리 드라마가 대박이 났다 한들, 시간이 지나면 대중에게 잊히기 마련이다. 때문에 그렇게 인기가 식기 전, 민우 등의 소속사 배우들의 입지를 더욱 견고하게 만들어줄 필요가 있었다.

'민우야 섭외 들어온 예능만 열 개가 넘으니 골라 가면 될 것 같고… 가능하면 재영이나 소영이도 끼워 넣어야겠어.'

그래서 KSJ엔터의 대표이자 거의 모든 영업을 직접 하는 소정은, 요즘 몸이 두 개라도 부족할 정도로 바빴다. 물론 물리적으로 바쁘고 힘든 것과 별개로, 언제나 활력은 넘쳤지만 말이다. 일이 이렇게 잘 풀리고 있는 상황에서, 힘이 넘치지 않으면 그게 이상한 것이었다.

"임 감독님 오셨지?"

"네, 대표님."

"식사는 예약해뒀고?"

"넵. 그… 지난번에 한식집으로 예약해뒀습니다."

"좋아, 그럼 난 다녀올게."

"네! 식사 맛있게 하세요, 대표님!"

"유정 씨도 밥 맛있게 먹어!"

〈천년의 그대〉 제작진과 점심 약속을 가기 위해, 오늘도 기분 좋게 대표실을 나선 소정.

"대표님, 왜 이렇게 늦어요?"

"아니, 오전 회의 끝나고 바로 튀어왔는데, 늦긴 뭘 늦었다고 그래요?"

"갈비탕 시켜놨어요. 괜찮죠?"

"오늘은 비냉이 좀 당기긴 했지만… 뭐 좋아요. 갈비탕도 맛있지."

하지만 이렇게 모든 것이 잘 풀리고 기분 좋은 상황에서 한 가지 마음에 걸리는 것이 있었으니 그것은 다름 아닌, 그녀의 '동업자' 때문이었다. 이 모든 결과물을 함께 만들었으며, 그 누구보다 그녀에게 큰 의지가 되는 사람.

"음, 오늘도 이 뉴스 또 나오네."

"뭐요?"

"그… 서우진 대표님 뉴스요."

"아…."

함께 고생하여 달달한 과실을 따먹어야 할 이 시점에, 생각지도 못한 이유로 고생 중인 우진이 항상 마음에 걸렸던 것이다.

"건축가협회서 어제 고소장 날렸나 보더라고요."

임수호 감독의 말에, 소정이 화들짝 놀라며 반문했다.

"고소장이요?"

"네, 설계 공모에 참여한 스무 개 설계사무소 대표로 서 대표님

고소했다던데….”

“…!”

“잘 좀 해결됐으면 좋겠네요. 진짜 고생 많으시겠네….”

연예인이나 다름없는 셀럽이 된 우진의 비리 스캔들로, 근 일주일 동안 떠들썩한 언론과 네티즌들. 우진을 욕하는 사람이 많아지면 많아질수록, 마음이 아프고 왠지 모르게 미안한 소정이었다.

‘우리 서 대표님 상처 많이 받으시겠는데….’

소정은 우진이 비리를 저지르지 않았다는 사실을 누구보다 잘 안다.

아니, 그 사실을 아는 것과 별개로, 우진이 그럴 위인이 절대로 아니라는 것까지도 잘 알고 있다.

‘아마 나였더라면 화를 참기도 힘들었겠지.’

그래서 소정은, 우진이 진심으로 존경스러웠다. 주변 사람들의 걱정에도 오히려 우진은 의연하기 그지없었으니까. 그런데 이런 생각을 하고 있던 그녀의 귓전으로, 유인건 PD의 목소리가 들려왔다.

“그나저나 이거, 이번 주 방영분 때문에 저희까지 불똥 튀는 건 아니겠죠?”

“불똥이요?”

눈을 살짝 치켜뜨는 소정을 보며, 유인건 PD가 조금 작아진 목소리로 대답했다.

“아, 다른 뜻은 아니고… 만에 하나의 경우를 말씀드리는 거죠. 이번 주 수요일 방영분에 서 대표님 카메오로 나오잖아요?”

"…."

"만약 서우진 대표가 비리로 진짜 엮여 들어간다면, 저희도 뭔가 대책을 세워야…."

하지만 유인건의 말은 더 이어질 수 없었다. 소정이 불쾌한 표정으로, 그의 말을 잘라버렸으니 말이다.

"그럴 일 없고, 그런 일이 생긴다 하더라도 어쩔 수 없습니다."

"…!"

"서 대표님 덕 많이 봤는데, 뭔가 상황이 더 악화된다면 오히려 저희가 도와드려야죠."

"그, 그야 그렇지만…."

"대책이라는 게 뭔데요? 서 대표님 출연 장면을 편집이라도 하자는 건가요?"

소정의 차가운 목소리에, 유인건 PD는 물론 임수호 감독까지도 당황했다. 사실 유인건 PD의 이야기가 정 없어 보일 수도 있는 건 맞았지만, 두 사람이 생각할 때 못 할 이야기를 한 수준은 아니었으니까.

임수호 감독도 우진을 좋아하긴 하지만, 그래도 할 수만 있다면 우진이 출연하는 장면을 편집하고 싶었던 것이다. 우진에 대한 여론이 더 안 좋아진다면, 우진이 카메오로 출연하는 방영분이 논란이 될 여지는 충분했다.

아삭-

소정은 말없이 깍두기를 하나 집어 먹었고, 어색한 침묵이 잠시 흘렀다. 그러자 눈치를 보던 임수호 감독이, 멋쩍은 목소리로 화제를 돌렸다. 어차피 소정의 반응으로 볼 때, 두 사람이 생각했던 제안은 씨알도 안 먹힐 것 같았다.

"자, 이 얘긴 그만하시고, 원래 하려던 프로모션 이야기나 좀 시
작해보시죠."

"네, 좋아요."

"그럽시다."

임수호 감독의 이야기를 시작으로 화제는 완전히 전환됐지만,
소정의 머릿속은 여전히 복잡하였다.

'오늘 퇴근하면, 전화라도 한번 드려봐야 하나…'

마음 같아서는 오랜만에 성수동으로 퇴근해 술이라도 한잔하고
싶었지만, 우진이 지금 얼마나 바쁠지 누구보다 잘 아는 그녀였다.
그런데 그녀가 이렇게 복잡한 생각들을 정리하고 있던 그때. 음식
점 구석의 TV에서는 속보가 새로 떠오르고 있었다.

[〈속보〉 WJ 스튜디오의 서우진 대표, 감사결과 비리 사실 전혀
없어.]

[대형 로펌에 컨택한 WJ 스튜디오. 건축가협회를 '무고죄'로
고소.]

— * —

무고죄란 타인으로 하여금 형사처분 또는 징계처분을 받게 할
목적으로, 허위 사실을 고발하는 죄다. 한마디로 쉽게 정의한다면
'허위신고'인 셈. 타인에게 억울한 누명을 씌워 피해를 입힐 수 있
는 이 범죄는 사법적으로도 꽤 중범죄에 속하는 것이었다.

씌워진 누명의 정도에 따라 죄질도 달라지긴 하겠지만, 기본적

으로 '강제추행' 같은 강력범죄와 법정형이 비슷할 정도였으니까.

우진이 처음 팠던 함정이 바로 이것이었다. 건축가협회에서 확신을 가지고 우진을 먼저 고소하기 전까지, 참고 인내한 이유가 바로 여기에 있었던 것이다.

'원래 이렇게까지 할 생각은 없었지만….'

처음 건축가협회에서 훼방을 놓기 시작했을 때만 해도, 우진의 목적은 그들이 허탕을 치고 물을 먹게 하는 정도였다. 하지만 감사가 시작되고 언론플레이까지 하는 행태를 보고 있자니, 우진도 화가 끝까지 치밀어 오를 수밖에 없었다.

민사소송이라는 것이 얼마나 귀찮고 많은 자원을 소모해야 하는 일인지 잘 아는 우진이었지만 그런 귀찮음을 감내하고라도 이번 기회에 참초제근을 결심한 것이다. 하여 건축가협회에서 고소장이 날아왔을 때, 우진은 두 주먹을 불끈 쥘 수밖에 없었다.

"드디어 왔네."

우진의 말에, 진태가 고개를 끄덕이며 한숨을 푹 쉬었다.

"진짜 네 말대로 됐네. 어떻게 사실 확인도 안 된 상태에서 고소까지 때릴 수 있지?"

우진이 피식 웃었다.

"내가 말했잖아."

"뭘?"

"지능 문제라니까."

"하하."

"어떻게 이 정도까지 좁은 시야를 가지고, 건축가협회 회장까지 했는지…."

우진은 기다렸다는 듯, 곧바로 소송을 준비하였다. 무고죄로 역고소를 하기 위해서는 일단 건축가협회에서 걸어온 소송에서 승소를 하는 게 순서였지만. 이렇게 특별한 경우에는 그럴 필요도 없었다.

"재무실장님."
"네, 대표님."
"이제 감사팀에 계좌 보여줘도 될 것 같습니다."
우진의 이야기에, 재무실장이 안도의 한숨을 쉬며 답했다.
"드디어… 됐습니까?"
"네, 그동안 버티시느라 고생 많았습니다."
"하하, 제가 뭘요. 대표님께서 고생하셨지요."

우진이 버티고 버티는 동안 감사도 거의 막바지인 시점이었고 우진의 스페인 계좌가 깨끗하다는 사실만 입증되면 우진의 무죄는 곧바로 증명되는 상황이었으니, 우진이 법원에 갈 필요도 없이, 감사원을 통해서 '무고'가 입증되어버리는 형국이었던 것이다.
건축가협회의 언론플레이 덕에 이번 사건에는 범국민적인 관심이 모여있었고 때문에 국가 감사원에서 '무고'를 증명해준 것이 언론에 보도되는 순간, 건축가협회에서 고소를 강행하는 것은 불가능에 가까웠다. 이것이 '무고죄'를 명분으로 한 우진의 역고소가 곧바로 성립할 수 있었던 이유였다.

"윤 실장님. 보도자료 뿌릴 준비 다 끝나셨죠?"
"네, 대표님. 준비는 지난주에 다 끝났습니다."

"윤 실장님께선 참느라 고생 많으셨습니다."

"하핫, 별말씀을."

"이제 한번, 판을 뒤집어 보죠."

사실 인맥이라면, 우진도 건축가협회 못지않게 빵빵하게 가지고
있었다. 지금까지는 사냥감이 덫을 밟는 것을 기다려야 했기에 몸
을 움츠리고 있었지만, 미리 준비해놓은 화력은 오히려 건축가협
회의 언론플레이를 아득히 넘어설 수준이었던 것이다.

이것은 너무도 당연했다. 정계나 공직계에는 권주열의 인맥이
더 많을지언정 방송가와 언론 쪽에는 우진의 인맥이 압도적으로
많았으니까. 그래서 우진이 움직이기 시작하자 언론은 일제히 건
축가협회를 공격하기 시작했다.

단순히 이번 사건만 가지고 언론플레이를 했느냐? 우진은 그
정도로 녹록한 사람이 아니었다. 지난번 성수지구 통합설계 때 정
리해뒀던 히스토리부터 시작해서, 그동안 건축가협회에서 자행
해 온 수많은 불합리한 행태들을 언론을 통해 폭탄 투하해버린 것
이다.

이 모든 일련의 과정들은 우진에게 고소장이 도착한 시점으로부
터 고작 한나절 만에 일어난 일들이었는데, 옆에서 지켜보던 진태
도 혀를 내두를 정도였다.

딸깍-

우진이 준비해뒀던 마지막 메일을 언론사에 쏘아 보내고 자리에
서 일어서자, 옆에서 우진의 서류업무를 돕던 진태가 탄성을 터뜨
렸다.

"와… 이걸 이렇게까지 준비해뒀던 거야?"

우진이 피식 웃으며 대답했다.

"끝장을 본다고 했잖아."

"진짜 끝장을 봤네."

우진의 말이 다시 이어졌다.

"아마 저쪽에서는 어떻게 대응도 못 할 거야."

"그렇겠지?"

"내가 감사에, 언론공격에 멘탈 터졌다고 생각하고 있을걸?"

우진의 이야기에, 진태는 고개를 주억거릴 수밖에 없었다. 그의 사정을 속속들이 다 알고 있는 진태가 옆에서 보기에도 어떻게 이렇게까지 침착할 수 있는지 신기한 수준인데, 우진을 잘 모르는 사람들은 이렇게 반격까지 준비했다는 사실을 꿈에도 예상할 수 없을 터였다.

"훗차."

옷걸이에 걸려있던 코트를 둘러 걸친 우진이 가방을 챙겨 걸음을 옮기기 시작했다. 오늘 저녁 식사는 국내에서 손에 꼽을 만큼 커다란 로펌의 실무자와 함께하기로 되어 있었다.

"그나저나 로펌은 어떻게 컨택한 거야?"

진태의 질문에, 우진이 대수롭지 않은 듯 대답했다.

"재무실장님이 도와주셨지."

"그런 대형 로펌이 그냥 연락한다고 움직여?"

우진이 웃으며 고개를 저었다.

"그냥 연락했겠어? 떡밥을 같이 던졌지."

"떡밥?"

"이게 사실, 이길 수밖에 없는 재판이잖아."

"그렇…지?"

"거의 공짜 수임료인데, 마다할 이유가 있겠어?"

"아하."

다시 고개를 끄덕이는 진태를 향해 우진이 한마디 덧붙였다.

"황종호 어르신 인맥을 조금 빌리기도 했고…."

진태와 함께 사무실을 나선 우진은 엘리베이터를 타고 내려가면서 한 사람의 얼굴을 떠올렸다. 기사를 통해 몇 번 접했었던, 탐욕이 득실거리는 권주열의 얼굴.

'아마 한두 시간 내로, 그 사람 귀에도 소식이 들어가겠지.'

업계 안에서만큼은 항상 절대 갑의 위치에 있던 협회장 권주열이 이 역풍을 마주했을 때 어떤 표정이 될지 우진은 너무 궁금했다. 가진 것이 많고 잃을 것이 많은 사람일수록 그것이 무너져 내리는 현실을 직면했을 때, 더욱 크게 절망하고 좌절하는 법이었으니까.

"네, 변호사님. 지금 막 시동 걸었습니다."

그리고 우진이 로펌으로 출발하고 있던 바로 그 시각. 우진의 예상보다 더 빨리 이 소식을 접한 권주열은 뒷목을 잡고 자리에서 쓰러지고 있었다.

"혀, 협회장님!"

"밖에 누구 없어?"

"119 불러! 빨리!"

— * —

어쩌면 냉정하고 슬픈 얘기일 수도 있지만 자본주의 사회에서 사법 재판이라는 것은, 돈의 힘에 꽤나 큰 영향을 받을 수밖에 없다. 이것은 사법 비리를 얘기함이 아니다. 재판장이 로비를 받거나 관계자들이 뒷돈을 받는다는 이야기가 아니라는 것이다.

다만 법의 심판 앞에서 자신을 온전히 변호하고 억울한 일을 당하지 않기 위해서는 실력 있는 변호사들을 고용해야 하는데 여기에는 꽤 많은 돈이 필요할 뿐이었다. 특히나 이권이 많이 걸려있는 재판일수록, 그것을 지켜내거나 빼앗기 위해서는 더 많은 돈이 필요한 법.

조금 극단적인 예를 들자면, 상대가 대응하기 힘들도록 수많은 법률전문가를 고용하여 고소장을 한 트럭으로 때려버리기도 하니 이런 공격을 받았을 때 충분한 자본이 없다면, 그대로 당할 수밖에 없는 것이다. 변호사 한두 사람으로는 고소장 검토조차 제대로 하지 못할 테니까.

그리고 이런 의미에서, 우진은 건축가협회보다 못할 이유가 전혀 없었다. 국민 여론까지 완전히 자신의 편으로 만들어버린 지금, 연매출 천억 단위가 넘는 회사의 대표가 된 우진이 '고작' 건축가협회 정도에 자금력으로 밀릴 수가 없는 것이다.

"합의해주실 생각은….."
자문 변호사의 물음에, 우진이 간결하게 대답했다.
"당연히 없죠."
"알겠습니다."
그리고 이어진 우진의 질문에…
"끝까지 밀어붙이면 어떻게 될까요?"

변호사가 가볍게 웃으며 대답했다.

"걱정 마시지요. 이 정도면 최소 몇 년 정도는 실형 때릴 수 있을 겁니다."

만족스러운 대답에 우진도 마주 웃었다.

"말년에 고생 좀 하시겠군요, 하하."

미리 모든 것을 준비해놓은 우진은 협회가 정신조차 차리지 못할 정도로 미친 듯이 밀어붙였다. 그렇지 않아도 이슈화된 현 상황을 더욱 부각시켰고, 법의 테두리 안에서 활용할 수 있는 모든 수단을 전부 활용하였다.

특히나 인터넷에 다시 떠돌며 수백만이 넘는 뷰를 달성하고 있는 영상은 다름 아닌 서울시에서 열렸던 '성수지구 통합설계 공모' 발표 영상이었다. 압도적인 우진의 발표 영상과 대비되는 말까지 더듬는 이호설계사무소의 발표 영상.

우진은 '이호설계사무소'가 협회 측에서 밀어준 회사라는 증언까지도 참여했던 대표들로부터 미리 확보해두었고 이것까지 기사화되어 동시다발적으로 웹상에 올라가기 시작하니, 불리하던 여론은 단숨에 우진의 편이 되어버린 것이다.

판세가 뒤집히는 데 걸린 시간은 고작 한나절 정도. 우진의 부도덕함을 비꼬던 댓글들은, 어느새 건축가협회의 부정함을 성토하는 내용으로 싹 다 바뀌어 있었다.

ㄴ 와… 이때 욕먹었던 찐따 같던 발표자가 건축가협회 소속이었다는 거지?

ㄴ소름 돋네. 이런 실력으로 지금까지 공공건축 해먹은 게 몇 군

데나 될까?

└ 하… 이런 쓰레기들이 판을 치니, 공공건축 디자인 수준이 다들 그 모양이지.

└ 이호설계사무소 여기는 건축설계 면허는 있는 곳 맞음? 우리 학교 학부생도 이거보단 잘 하겠다.

물론 이호설계사무소의 입장에서는 억울한 부분도 있다. 실제로 이 당시 발표했던 수준보다는 훨씬 더 괜찮은 실력을 가진 곳이 이호설계사무소였으니까. 하지만 그런 억울함까지 우진이 신경 써 줄 이유는 없었다. 만약 아무것도 모르는 상황에서 당시 공모에 참여했더라면 우진 또한 피해자의 입장이 되었을 테니까.

└ 그나저나 이거 영상 처음 봤는데, 서우진 진짜 대박이네.

└ 맞음. 솔직히 이 정도로 실력 있는 건축가가 지금 한국에 있음?

└ 나도 이번에 영상 처음 봤는데, 진짜 대단하네.

└ 젊은 놈이 무섭게 치고 올라오니까, 협회 꼰대들이 못마땅했나봄.

└ 정확하네요. 딱 그 꼴인 듯.

└ ㅋㅋㅋ 서우진 욕하던 애들 다 어디 갔냐. 젊은 놈이 돈독 올라서 글러먹었다더니.

└ 다들 민망하겠지.

└ 그래서 이거 결말은 어떻게 날까?

여론이 한 번 봇물처럼 터져 나오기 시작하자 그것을 저지하는 것은 불가능에 가까웠다. 건축가협회가 여론몰이를 할 때야 우진이 비리를 저질렀다는 확증을 갖지 못한 상태였지만, 이번에 우진의 역공은 본인의 결백과 함께 건축가협회의 완전한 비리증거까지 함께 첨부된 상태였으니 말이다.

이런 상황에서는 협회장 주열이 가진 막강한 권력과 인맥도 아무런 소용이 없었다. 아무리 부패한 권력이라 하더라도 민심의 눈치는 볼 수밖에 없었고 여기서 건축가협회의 손을 들어주는 순간 성난 대중은 등을 돌릴 것이다.

'아무리 권력이 막강하다고 한들, 손바닥으로 하늘을 가릴 수는 없는 법이지.'

하여 우진이 역공을 시작한 뒤, 정확히 3일이 지난 시점. 아침 일찍 출근한 우진의 대표실 전화기가 요란하게 울리기 시작했다.

딸각-

이어서 모닝커피를 마시고 있던 우진이 담백한 목소리로 전화를 받았다.

"네, 실장님. 무슨 일이시죠?"

[아, 대표님. 그게….]

"네?"

[건축가협회 쪽에서 전화가 와서 말입니다.]

"누구한테요. 저한테요?"

[넵, 건축가협회 협회장 권주열이라고 하는데….]

당황한 우진은 헛웃음을 지었다. 아무리 상황이 급박하다고 한들, 설마 자신에게 전화까지 할 줄은 몰랐던 것이다.

'무릎 꿇고 빌기라도 하려는 건가.'

어차피 우진은 권주열에게서 듣고 싶은 말이 없었다. 그가 어떤 소리를 하더라도, 이번 소송에서 합의는 없을 예정이기 때문이다. 하지만 그것과 별개로, 대체 무슨 말을 하려는 건지 궁금해졌다.

[제 선에서 자를까요?]

"연결해주세요."

[굳이 그렇게 안 하셔도….]

"궁금해서 그래요."

[넵?]

"무슨 헛소리를 싸지를지."

[아, 알겠습니다.]

우진의 말이 끝나자 다시 송신음이 울렸다. 그리고 다음 순간,

"예, 전화 바꿨습니다. 서우진입니다."

수화기 너머에서, 칼칼한 목소리가 들려오기 시작했다.

[나, 협회장 권주열인데.]

협회장의 첫 마디를 들은 우진은 더욱 어이가 없어지는 것을 느꼈다.

'뭔데 아직까지 이렇게 뻣뻣하지?'

까마득한 후배에게 굽신거리는 것이야 힘들지언정 아쉬운 상황이 되었으면 적어도 예의는 차릴 줄 알았으니 말이다. 하지만 화가 난다기보다 말 그대로 어이가 없을 뿐, 피식 웃은 우진이 능청스런 목소리로 다시 입을 열었다.

"협회에서 제겐 무슨 일로⋯."

너무도 태연한 우진의 목소리에 반대로 당황했는지, 잠시 동안 수화기에선 정적이 흘렀다. 그리고 다음 순간, 화를 꾹 눌러 담은 권주열의 목소리가 다시 이어졌다.

[설마 진짜로 몰라서 묻는 건 아닐 테지만⋯.]

"⋯."

[협회에 원하는 게 뭔지 궁금해서 전화를 했네.]

"원하는 거요?"

[소송 계속해서, 서로 남는 것도 없잖나?]

"남는 거라⋯."

[자네가 이겼어. 그러니까 이제 소모전은 끝내자고.]

너무도 뻔뻔한 주열의 목소리에, 우진은 살짝 화가 치미는 것을 느꼈다. 하지만 그것도 잠시, 우진의 목소리는 더욱 차가워졌다.

"거래라는 건, 말입니다. 서로 뭔가 아쉬운 게 있어야 성립되는 것 아닙니까?"

[그게 무슨⋯.]

"협회에서 제게 줄 수 있는 게 있습니까?"

[뭐라?]

당황한 권주열의 반문에 잠시 뜸을 들인 우진이 다시 입을 열었다.

"협회가 저보다 실력이 있습니까, 비전이 있습니까 아니면 돈이라도 많습니까."

[이⋯ 이 새끼가⋯!]

주열의 입에서는 육두문자가 튀어나오기 일보 직전이었지만, 우진은 멈추지 않았다.

"당신이 업계 선배라는 사실이, 저는 너무 부끄럽습니다."

[너 미쳤어?]

"아직도 뭐가 잘못됐는지 모르시겠다면, 콩밥 먹으면서 잘 생각해보시지요."

우진의 담담한 이야기에, 주열은 완전히 말문이 막히고 말았다. 하여 그가 할 수 있는 말은 의미 없는 발악뿐이었다.

[너, 서우진이. 정말 끝까지 가보자는 거야?]

"제가 어딜 끝까지 갑니까?"

[앞으로 한국에서 건축 안 할 거야? 연예인 행세 좀 하더니, 눈에 뵈는 게 없어?]

"앞으로 한국에서 건축 못 하는 건, 제가 아니라 당신입니다."

[…!]

"더 하고 싶은 얘기 없으니, 전화는 이만 끊겠습니다."

뚝-

우진이 전화를 끊은 뒤에도 다시 전화가 걸려왔지만, 우진은 비서실에 지시하여 협회 번호를 완전히 차단시켜버렸다.

'자신이 사냥꾼이 아니라 사냥감이었다는 게… 아직도 실감이 안 나는 모양이지.'

그리고 자리에 앉아, 아직까지 김이 모락모락 피어오르는 커피를 천천히 홀짝이기 시작하였다.

"후후."

회귀 이후 우진은 자신뿐만 아니라 이 세상도 달라진 줄 알았다.

전생에서는 그렇게 부조리하고 캄캄하던 세상이었건만 새로운 삶을 살게 된 이후에는 꿈과 희망이 가득했으니까. 하지만 이제는 확실히 깨달을 수 있었다.

'세상은 바뀐 게 없어.'

세상이 바뀐 게 아니라, 세상을 보는 우진의 시야가 달라졌음을. 부조리하던 세상이 꿈과 이상으로 가득 찼던 게 아니라, 그 꿈과 이상을 지킬 수 있는 능력이 자신에게 생긴 것이었을 뿐임을.

끼익-

여유로운 표정으로 창밖을 내려다보던 우진은 문득 의자를 돌려 다시 책상 앞에 앉았다. 그리고 우진의 시선이 닿은 곳은, 책상 구석에 놓여있던 달력이었다.

"음… 오늘이 드디어 방영날인가?"

날짜와 요일을 확인한 우진은 멋쩍은 표정이 되었다. 수요일인 오늘은, 우진이 카메오로 출연했던 회차가 드디어 방영되는 날. 해당 회차의 방영 이전에 여론을 뒤집을 수 있었던 것은 다행이었지만, 그래도 자신이 드라마에 출연한다는 사실은 아직까지 적응이 되지 않았다.

'그래도 뭐… 상황이 잘 맞아떨어져서, 홍보 효과는 극대화되겠네.'

의자에 잠시 기댄 우진은 조금 더 고민을 시작했다. 그의 예상대로라면 내일 우진이 〈천년의 그대〉에 깜짝 출연하면서, 이번 사건과 우진의 발자취가 한 번 더 언론에 재조명될 터. 이런 더없이 훌륭한 기회를 어떻게 하면 더욱 극대화시킬 수 있을지, 그게 고민되기 시작한 것이다. 그리고 잠시 후 뭔가 떠올랐는지, 우진은 어디론가 전화를 걸기 시작하였다.

띠띠- 띠띠띠-

이어서 전화를 받은 것은, 비서실의 실장이었다.

"실장님, 통화 가능하시죠?"

[예, 대표님. 어쩐 일이신지….]

"아, 다른 건 아니고 제가 개인 명의로 매입해둔 필지가 좀 있지 않습니까?"

[필지라면… 아, 이천 말씀하시는 거죠?]

"예. 세트장 인근에 사뒀던 땅 말입니다."

[넵, 알고 있습니다. 그런데 그건 왜….]

잠시 뜸을 들인 우진이 다시 말을 잇기 시작하였다.

"그 필지 중에서 이번에 택지개발에 포함되면서… 용도변경된 땅이 일부 있지 않습니까?"

[예, 있죠.]

"아마 이번에 택지분양 확정되면 토지보상금 나올 텐데… 그 돈 전부 지역사회에 기부하려 합니다."

[예? 기부라고요?]

우진의 말을 들은 비서실장은, 순간 당황하여 놀란 목소리가 될 수밖에 없었다. 우진이 사둔 땅은 더 많았고 토지보상금을 받게 될 토지는 그중 일부에 불과했지만, 그래도 액수로 환산하면 십억 단위가 넘을 그 금액을 선뜻 지역사회에 기부하겠다는 말이 믿기 힘들었으니 말이다. 비서실장의 반응에, 우진이 웃으며 대답했다.

"기부는 하지만, 왼손이 한 일을 오른손도 알게 할 생각입니다."

[그 말씀은….]

"전 국민 중에 제 선행을 모르는 사람이 없도록, 마케팅 팀에서 신경 좀 써주시죠."

[아…!]

아무리 우진이라고 해도 십억이 넘는 돈이 아깝지 않을 리가 없다. 천억 단위가 넘는 매출은 회사의 매출이지, 우진 개인의 자산과는 별개였으니 말이다. 하지만 우진은 더 큰 그림을 보고 있었다. 그가 당장 기부하는 것은 십억일지언정, 그것으로 우진이 얻을 수 있는 무형의 가치는 그보다 훨씬 더 클 것이라 생각했다. 특히나 이렇게까지 우진의 행적이 이슈화된 상황이라면, 그 파급력은 어마어마할 게 분명했다.

[마케팅팀과 회의해서, 전략 수립해보도록 하겠습니다.]

"너무 오래 고민하지 마세요. 보도자료는 늦어도 내일 나가야 합니다."

[예, 알겠습니다. 최대한 빨리 움직이겠습니다.]

그리고 이렇게까지 모든 상황이 마무리되자, 우진은 속이 후련해지는 것을 느꼈다.

'됐어. 이 정도면 난 할 만큼 했지.'

업무를 빠르게 마무리한 우진은 오랜만에 정시에 퇴근하여 집에 돌아왔다. 그리고 시간이 지나 저녁이 되었을 때, 우진은 TV 앞에 앉아있었다.

비 온 뒤에는 땅이 굳는다

 우진의 〈천년의 그대〉 카메오 출연은, 사전에 전혀 알려지지 않은 깜짝 출연이었다. 게다가 우진에 대한 대중의 관심이 최고조에 달해있던 시점에서의 출연. 때문에 실제로 우진이 얼굴을 비춘 것이 10분도 채 되지 않는 분량이었음에도, 방송이 끝나자마자 이에 대한 이야기로 커뮤니티들이 들썩거렸다.

 물론 그 반응들 대부분이 우진에 대한 호감 표시와 칭찬이었다. 그래서 우진을 비롯한 〈천년의 그대〉 관계자들은 안도의 한숨을 내쉴 수 있었다. 만약 오늘 방영 전에 우진의 누명이 벗겨지지 않았더라면, 지금과는 완전히 다른 양상이었을 테니 말이다.

 ㄴ 뭐야, 서우진이잖아?

 ㄴ ㅋㅋㅋ미친. 서우진이 아예 카메오로 출연했네?

 ㄴ WJ 스튜디오 PPL할 때부터 혹시나 하긴 했지만… 진짜 직접 나올 줄이야.

 ㄴ 연기 개 어색해. ㅋㅋㅋㅋㅋ

 ㄴ 일반인이 이 정도면 훌륭하지, 뭐. 오히려 생각보다 잘하는

데?

　└ 서우진 팬 1명 검거.

　└ 예능인이라 그럼. 일부러 웃겨주려고 저렇게 연기하는 듯.

　└ 그나저나 저거 WJ 타워에서 찍은 거지?

　└ 그런 듯?

　└ 저기 진짜 서우진 대표실인가 봐, 대박.

　└ 와 ㅈㄴ 멋있다. 저런 데서 일하면 무슨 기분일까?

　방영이 끝난 뒤 사옥 로비에 앉아 인터넷 기사들을 검색해보던 소정이, 안도의 한숨을 내쉬며 중얼거렸다.

　"다행히 잘 끝났네."

　그러자 그녀의 맞은편에 앉아있던 임수호 감독도 고개를 끄덕이며 대답했다.

　"그러게 말입니다, 대표님. 진짜 어제저녁까지만 해도… 오늘 방영 나가고 어떻게 될지 계속 마음 졸이고 있었다니까요."

　만약 우진에 대한 여론이 회복되지 않은 채 오늘 방영이 되었더라면, 분명 네티즌들의 반응은 싸했을 것이다. 〈천년의 그대〉 드라마의 이미지 또한 적잖은 타격을 입었을 것이고 말이다. 물론 소정은 그러한 결과까지 감수할 생각으로 오늘의 방영을 강행한 것이었지만, 그래도 이렇게 최상의 결과가 나온 것은 정말 다행인 일이었다. 한층 기분이 좋아진 소정이 방긋 웃으며 다시 입을 열었다.

　"진짜 올해, 연초부터 다이내믹하네요. 그죠?"

　소정의 얘기에, 임 감독이 고개를 끄덕이며 대답했다.

　"그러게 말입니다, 대표님. 설마 이런 결과까지 예상하시고 방영을 강행하셨던 겁니까?"

임 감독의 질문에 소정이 피식 웃었다. 아무리 우진에 대한 믿음이 대단하다 한들, 이번에는 그녀도 어쩔 수 없을 거라고 봤으니 말이다. 차후에 우진이 누명을 벗고 이미지를 회복하면, 그때 〈천년의 그대〉가 입은 피해도 같이 복구할 계획이었던 것. 하지만 임수호 감독에게 굳이 그런 이야기까지 할 필요는 없었기에, 소정은 적당히 둘러대었다.

"글쎄요. 제 통찰력이라고 해두죠, 호호."

임 감독과 몇 마디 더 대화를 나누던 소정은, 탁자 위에 놓여있던 차를 홀짝이며 잠시 생각에 잠겼다. 이제 내일, 목요일이면 〈천년의 그대〉라는 대장정이 전부 막을 내리게 된다. 본편에 이어 번외편 여섯 편까지, 모두 방영이 끝나게 되는 것이다. 지난 2년간, 그녀가 가진 모든 것을 갈아 넣었다고 해도 과언이 아닌 프로젝트 〈천년의 그대〉. 그 대장정이 드디어 끝났다는 생각이 드니, 조금은 긴장이 풀어지는 소정이었다.

'내일 방영만 잘 마무리되면, 진짜 한동안 일 생각은 놓고 푹 쉬어야지.'

한동안이라 해봐야 길어도 한 달을 넘지 못할 것이다. 그녀 없이 회사가 굴러가는 데에는 한계가 있었고, 소정 또한 쉬다 보면 좀이 쑤시는 타입이었으니까. 그리고 이런 생각을 떠올리던 소정은 문득 한 사람의 얼굴이 다시 떠올랐다. 그녀 못지않게, 아니 어쩌면 그녀보다도 훨씬 더 바쁘게 움직였던 한 사람.

'우진 씨 지금 뭐하려나. 전화나 한번 해볼까?'

사실 소정은 엊그제부터, 우진에게 연락해보고 싶던 것을 계속 참고 있었다. 건축가협회와의 여론전으로 스트레스를 받고 있을 그에게 부담을 줄 수도 있다는 생각이 들었으니까. 하지만 이제 모든 일이 깔끔히 마무리되었으니, 전화 한 통이 그에게 부담을 주지는 않을 터였다.

띠리링―

곧바로 스마트폰을 들어 우진의 번호를 누른 소정은 로비에서 일어나 대표실로 향했다.

"저, 전화 좀. 감독님 먼저 퇴근하세요."

"네, 대표님. 오늘 정말 고생 많으셨습니다."

"내일 봬요!"

그리고 잠시 후,

[여보세요.]

소정의 수화기 너머로, 우진의 담담한 목소리가 울려 퍼졌다. 그에 소정은 다짜고짜 물어보았다.

"우진 씨, 내일 저녁. 바빠요?"

[네? 갑자기 그게 무슨…?]

"내일 성수동으로 퇴근할게요. 한잔해요."

어차피 주말에는 〈천년의 그대〉 제작진 회식이 있었고, 거기에 우진도 잠시 얼굴을 비추기로 했지만, 그것과 이건 다른 맥락이었다.

[뭐… 좋아요. 마지막 본방이나 같이 사수하시죠.]

"콜!"

이번 프로젝트를 진행하면서, 가장 의지됐고 가장 믿음직스러웠던 동료. 소정은 이 대장정의 마침표를 그와 함께 찍고 싶었다.

— ✱ —

　수많은 사람들의 관심 속에 시작된 〈천년의 그대〉 마지막 회차. 본편의 스토리가 아님에도 불구하고 이 마지막 회차는, 〈천년의 그대〉의 또 다른 클라이맥스였다. 〈천년의 그대〉 안에 숨겨져있던, 본편에서 풀리지 않은 모든 떡밥이 한 번에 공개되는 화였으니까.

　그래서 단골 칵테일 바에 앉아 소정과 함께 본방을 사수하던 우진은 완전히 몰입해서 마지막 화를 감상하였다. 우진은 〈천년의 그대〉 모든 방영분 중 이 번외편의 마지막 편이 가장 재미있게 느껴졌다. 우진의 개입 때문인지 번외편의 스토리는 전생의 〈천년의 그대〉와도 완전히 다른 양상이었으며, 그래서 내용을 다 알고 있던 우진조차도 예상할 수 없는 전개였으니까.

　'이런 떡밥도 있었어? 내가 알던 〈천년의 그대〉랑은 좀 다른데….'

　마지막 회차가 재밌던 것은 우진뿐만이 아니었는지 번외편 방송이었음에도 불구하고, 방영 최고 시청률에서 크게 떨어지지 않은 높은 시청률이 끝까지 유지되었다. 성수동 칵테일 바에서 우진과 함께 그 마지막 장면을 시청하던 소정은, 저도 모르게 눈물을 글썽였다. 너무 기뻐서 혹은 벅차오르는 감격으로 인해 차오른 눈물일 것이었다. 그 모습을 물끄러미 바라보던 우진이 넌지시 물어보았다.

　"뿌듯하시죠?"

　우진의 물음에, 소정은 대답 대신 고개를 끄덕였다. 그런 그녀를 마주 보며, 우진은 빙긋 미소 지었다.

　소정이 〈천년의 그대〉 마지막 장면에 빠져있는 동안, 우진은 슬쩍 스마트폰을 열어보았다. 드라마도 충분히 재밌었지만, 지금쯤 그 이상으로 흥미로운 떡밥이 인터넷을 뜨겁게 달구고 있기 때문이었다. 우진이 준비했던 마지막 한 수. 그 한 수란 바로, 목요일 마지막 회차 방영 직전에 인터넷에 뿌려진 새로운 기사들이었다.

[WJ 스튜디오 서우진 대표. 논란됐던 이천시 토지보상금, 지역사회에 전액 기부!]

그 기사들은 이 순탄한 흐름에 날개까지 달아주고 있었다. 우진이 의도하고 예상했던, 바로 그대로 말이다.

[17억에 달하는 토지보상금 전액, 지역사회에 그대로 쾌척한 서우진!]
[국가사업으로 인해 의도치 않게 발생한 이익금, 지역사회의 발전에 이바지하고 싶었다.]
[이천시장, 서우진 대표가 기부한 금액, 이천시 관광산업 발전에 그대로 투입 예정.]

사실 우진의 누명이 벗겨진 뒤에도, 우진을 공격하는 네티즌들은 아직까지 남아있었다. 어쨌든 우진이 국가사업으로 인한 차익을 본 것은 분명하고, 때문에 겉으로 드러나지 않은 어떤 거래가 분명히 있을 거라는 등 젊은 나이에 성공한 우진을 시샘하는 이들은 음모론부터 시작해서 다양한 악플을 아직까지 달고 있었던 것이다. 하지만 우진의 이 한 수로 인해, 그런 악플들은 기도 펼 수 없게 되었다. 이전까지도 거의 모든 명분이 우진에게 있었지만 이제 우진의 명분은 완전무결해졌다.

　└ 와, 이걸 다 기부한다고?
　└ 끝까지 서우진 까던 애들 다 어디 갔냐?
　└ 이래도 까는 애들은 까겠지?
　└ ㄴㄴ 여기서 어떻게 더 깜. 서우진, 진짜 존경한다.
　└ 건축가협회 버러지 새끼들. 진짜 우진이는 얼마나 억울했을
까?
　└ 이번 기회에 협회는 아예 해체하자, 그냥. 업계 암 덩어리들인
듯.
　└ 와, 서우진 개 멋있어. 오늘 종방 하자마자 어제 방영분 다시
보러감.
　└ 222222 더러운 협회랑은 차원이 다르네, 그냥.

　그리고 이런 기사의 반응과 더욱 타오르는 여론을 실시간으로
보고 있는 사람이 한 명 더 있었다. 그는 바로 우진의 지시를 받아
이 기사를 언론에 직접 배포한, WJ 스튜디오의 마케팅 실장. 기사
를 모니터링하던 그는 혀를 내두르며 감탄하고 있었다.
　'반응이 진짜 엄청나네.'
　평소에도 항상 기대 이상의 결과를 만들어내던 우진이었지만,
이번 한 수는 정말 상상조차 하지 못했던 것이다. 거의 이십억에
달하는 돈을 서슴없이 쾌척하는 배포와 큰 그림을 볼 줄 아는 시
야. 그는 우진이 정말 존경할 만한 상사라는 생각을 새삼 다시 하
게 되었다.

'우리 회사… 어쩌면 대표님 말씀처럼 정말 세계적인 건축회사가 될지도 모르겠어.'

〈천년의 그대〉 마지막 화는, 평소보다 30분이나 더 길게 방영되었다. 국민 드라마라는 수식어가 어색하지 않을 정도로 역대급 성적을 보여준 〈천년의 그대〉였기에, 드라마에 여운이 가득할 수많은 팬들을 위해 방송국에서 이례적으로 시간을 좀 더 빼준 것이다. 하여 이 방영이 전부 끝났을 때, 한국 최고의 검색포털 검색어 1위와   2위는, 바로 다음과 같았다.

[1위 - 천년의 그대 종방]
[2위 - 서우진 기부]

— * —

좋은 흐름이 이어질수록, 우진은 더욱 바쁘게 움직였다. 드라마가 모두 끝난 것과 별개로, 우진의 일들은 아직 마무리되지 않았으니 말이다. 소송전이야 로펌에서 알아서 처리해주겠지만 건축가협회의 몰락으로 인해 대부분 WJ 스튜디오의 일감으로 들어온 지구단위계획의 공공건축 설계 일정이 코앞으로 다가온 것.
게다가 주말에는 드디어 〈천년의 그대〉 세트장이 대중에게 오픈되었는데, 이천에는 말 그대로 구름같이 많은 인파들이 몰려들었다. 소정의 배려로 배우들의 사인회까지 함께 열리기는 했지만, 그것을 감안하더라도 어마어마한 수준이었다. 여기서 재밌는 것은, 원래 사인회 같은 것이 예정되어 있지 않던 우진까지도 함께 날벼

락을 맞았다는 점이었다.

"형, 거기서 뭐해요. 여기 옆에 앉아요, 빨리."

"나? 나는 왜?"

"우리만 고생시키고, 형은 구경만 할 생각이었어요?"

"응?"

"형도 같이 사인하셔야죠. 아마 오늘 오는 사람들 중에 형 사인 받고 싶은 사람도 엄청 많을 걸요?"

"에이, 그 정도는 아닐 텐데."

민우의 권유에 얼떨결에 그의 옆자리에 앉았건만, 〈천년의 그 대〉 출연진들 못지않게 우진의 앞에도 셀 수 없이 많은 팬들이 줄 서서 사인을 받았던 것.

"으아앗! 서 대표님이다!"

"민우 사인 받고 바로 서우진 사인 받아야지."

"난 서우진 사인부터 먼저 받을래."

"대박! 서우진이다!"

덕분에 사인회가 열리는 한 시간 동안, 우진도 손목이 시큰거릴 만큼 사인을 해야만 했다.

"와, 민우. 물귀신 작전 뭔데."

"ㅎㅎㅎ. 거봐요, 형. 팬들이 좋아하잖아요."

우진만 열심히 일하는 것은 당연히 아니었다. 우진 덕에 공공설 계 건만 열 건이 넘게 들어온 WJ 스튜디오의 설계팀은 밤낮없이

야근을 해야 했으며 〈천년의 그대〉 PPL로 인해 급부상한 WJ 스튜디오의 브랜드 이미지를 더욱 펌핑하기 위해, 마케팅팀도 쉴 틈이 없었다.

하지만 이렇게 야근을 불사하며 일을 하면서도, 불평을 하는 직원은 한 사람도 없었다. 일단 그 어떤 직원보다도 가장 열심히 일하는 사람이 대표 서우진이었으며, 한 사람 한 사람이 열심히 일하는 만큼 회사가 성장하는 것도 피부로 체감될 정도였으니 말이다. WJ 스튜디오의 직원들은 모두가 이 회사에 주인의식을 가지고 있었다. 회사가 성장하면 성장하는 만큼 그 보상이 모든 직원에게 돌아오는 회사가 WJ 스튜디오였으니까.

폭풍같이 몰아치던 폭우가 그치고, WJ 스튜디오의 하늘이 다시 맑게 개었다. 그러는 사이 2월이 지났고, WJ 스튜디오는 더욱 내실 있는 회사가 되었다. 그렇게 3월이 되었을 때, 우진은 어느새 K대 디자인과의 졸업반이 되어있었다.

졸업반

3년이라는 시간은 결코 짧은 시간이 아니다. 하지만 그 3년이라는 시간을 우진만큼 빠르게 보낸 사람도 드물 것이었다. K대의 입학부터 시작해서 WJ 스튜디오라는 회사를 이만큼 키워내기까지 우진은 정말 쉴 새 없이 달려왔으니까.

텅-

그래서 오랜만의 등굣길, 운전석에 앉은 우진은 감회가 새로울 수밖에 없었다.

'내가 벌써 졸업반이라니….'

3학년이 된 이후부터 우진은 다른 학생들의 절반도 등교를 하지 않았다. 그래서 학교생활이 끝나간다는 생각이 들자, 문득 아쉬운 마음이 들었다. 이렇게 정신없이 달려오다 보니, 전생에 로망이었던 캠퍼스 라이프는 거의 즐기지도 못했으니 말이다.

'돌이켜보면, 새내기 때부터 너무 조급하게 달려온 게 아닌가 싶기도 하고… 조금은 더 학창시절을 즐겼어도 됐을 텐데.'

물론 디자인학부 학생들에게 풋풋한 캠퍼스 라이프라는 건 사실 허상과도 같은 것. 아마 착실히 학교에 다녀온 우진의 동기들이 그의 이런 생각을 알았더라면, 욕부터 한 바가지 쏟아내었을 터였다. 지금 우진의 삶이야말로, 거의 모든 과 동기들에게 로망과도 같은 것이니까. 다른 학생들에게는 우진의 이런 생각이, 단순히 배부른 소리로만 들릴지도 몰랐다.

부우웅-

우진이 등교하는 시간은 출근 시간이 조금 지난 10시경이었고, 그래서 도로는 비교적 한적했다. 하여 생각보다 학교에 일찍 도착한 우진은 주차장에 차를 대놓고 캠퍼스에 들어섰다.

오늘은 3월 4일 월요일. 새 학기 첫날이자 새내기들의 입학식이 있는 날이어서 그런지, 학교가 제법 붐볐다. 한껏 들뜬 얼굴로 등교하는 새내기들을 발견한 우진의 입에 기분 좋은 미소가 걸렸다. 그들을 보고 있자니, 3년 전 이맘때 자신의 모습이 떠올랐으니 말이다. 오리엔테이션을 다녀와 처음 등교를 했던 그날의 설렘. 우진은 아직 그것을 기억하고 있었다.

'좋을 때다, 좋을 때야.'

학교에 도착하자마자 우진이 가장 처음 향한 곳은 학과장 윤치형 교수의 교수실이었다. 이제 본인의 유명세를 자각하고 있는 우진은 학생들의 눈에 띄지 않게 조심해서 과 사무실까지 도착했고, 그를 맞아준 사람은 올해 새롭게 학과 조교가 된 08학번 선배였다. 그녀는 우진이 새내기 때, 3학년 졸업반 과 대표였다.

"이야, 이게 누구야. 우진이 아냐?"

"혜영 선배, 조교 해요?"

"어쩌다 보니 그렇게 됐어, 히히. 대학원 등록금도 아낄 수 있고 좋지, 뭐."

"아, 잘됐네요, 선배."

"조교 자리에 앉아있으니까 우리 과 셀럽 얼굴도 다 보고 이거 좋은데?"

"셀럽은 무슨요. 교수님 안에 계세요?"

"잠깐 학과회의 가셨는데, 이제 곧 오실 거야. 들어가있어."

"넵, 선배."

"커피라도 한 잔 타줄까?"

"그렇게까지 해주실 필요는···."

"아냐, 어차피 교수님 것도 타드려야 하고 나도 한 잔 먹으려고 했고. 따뜻한 아메리카노 한 잔 어때?"

"좋죠, 감사합니다."

혜영은 우진과 그렇게 친분이 있는 선배는 아니었지만, 그래도 과대를 해서인지 후배들과 두루 친한 타입이었다. 그래서 그녀와 어색함 없이 반갑게 인사를 나눈 우진은 학과장실 옆 접견실에 먼저 들어가 앉아있었다. 곧 혜영이 따뜻한 커피를 두 잔 내어왔고, 그것을 한 모금 정도 홀짝였을 때 윤치형 교수가 도착하였다.

"이야, 우리 우진이! 못 본 새에 더 훤칠해졌는데?"

우진을 발견한 윤치형 교수는, 치아까지 드러내며 환하게 웃었다. 가장 아끼는 제자 중 한 사람을 오랜만에 만났으니, 기분이 좋지 않을 수 없었다.

"교수님, 잘 지내셨죠?"

기분 좋게 인사를 나눈 두 사람은, 푹신한 소파에 마주 앉았다. 학기 첫날에 우진이 학교에 온 이유는, 사실 수업 때문이 아니었다. 잠시 커피로 목을 축인 두 사람이, 곧 대화를 시작하였다.

— * —

두 사람이 이렇게 대면하는 것은 꽤 오랜만이었기 때문에, 두 사람의 대화는 일상적인 것들부터 시작되었다. 우진으로서는 치형으로부터 학과 일들을 듣는 것이 제법 재미있었고, 반대로 치형은 최근 우진에게 있었던 일들에 대해 궁금한 게 많았으니 말이다.

"교수님, 요즘 기분 좋으시겠습니다?"

"왜?"

"선빈이한테 들었는데, 올해 S대 이겼다면서요?"

"이겨? 아…! 학과 선호도 순위?"

"네. 디자인과 준비하는 동생들도 요즘은 S대보다 저희 학교 더 오고 싶어 한다고… 하하."

하지만 그런 대화들이 그렇게 오래 이어지지는 않았다.

"그나저나 뭐 급한 일 있으시다더니. 이렇게 잡담만 떨어도 되는 거예요?"

우진이 오늘 학교에 온 가장 큰 이유는, 치형의 부름 때문이었으니까. 며칠 전 우진에게 전화를 건 치형이, 중요한 일이 있다며 시간을 좀 내어달라고 했던 것이다.

"아, 그렇지 않아도 이제 슬슬 얘기 꺼내려 했지."

"무슨 일이세요?"

"일단 나한테 설명 듣기 전에…."

"…?"

"혹시 우진이 너희 회사, 전시 디자인 쪽 포트폴리오도 좀 가지고 있냐?"

"네? 전시요?"

우진의 반문에 잠시 뜸을 들인 치형은 대답 대신 옆 책장에 꽂혀 있던 파일 하나를 꺼내어 우진에게 건네었다.

"일단 이거부터 한번 읽어봐라."

그리고 그 파일 표지에는, "2017 국제 모터쇼"라는 글씨가 큼지막하게 붙어 있었다.

'모터쇼…?'

우진은 석현이나 제이든만큼 차를 좋아하진 않는다. 하지만 어느 정도 차에 관심은 있었기에, 국제 모터쇼라는 단어에 호기심이 동하기 시작했다.

'2017 모터쇼라면… 서울 모터쇼일 텐데.'

한국에서 열리는 가장 큰 모터쇼는 서울 모터쇼와 부산 모터쇼다. 그중 홀수 해에 열리는 모터쇼가 서울 모터쇼였으니, 연도만 봐도 우진이 짐작할 수 있었던 것. 기대 반 호기심 반이 된 우진은 천천히 파일을 넘겨 내용물을 읽기 시작하였으며, 윤치형 교수는 커피를 홀짝이며 그 모습을 가만히 지켜보았다. 그리고 파일의 첫 페이지를 넘긴 우진은 순간 두 눈이 크게 확대되었다.

'음…?'

전시 기획서의 첫 페이지부터, 전혀 예상치 못했던 내용을 발견할 수 있었으니 말이다.

[전시장소 : 마곡지구 M-TEC(Magok Trade Exhibition Center) 신설 전시장. (건축 예정)]

우진은 오랜만에 머릿속을 쥐어짜, 전생의 기억을 끄집어내 보았다.

'서울 모터쇼가 킨텍스 아닌 곳에서 열린 적이 있었던가?'

우진의 전생에서 서울 모터쇼는, 사실 이름만 서울 모터쇼일 뿐 일산 킨텍스에서 열리던 일산 모터쇼였다. 물론 2000년대 초반까지는 코엑스에서 모터쇼가 개최됐었지만, 2005년 이후로는 항상 일산에서 모터쇼가 개최됐으니까. 그 이유는 다른 것이 아니었다. 코엑스는 10년 전에도 이미 전시공간이 포화상태였으며, 특히 모터쇼같이 넓은 면적이 필요한 전시를 하기에 협소한 편이었던 것이다.

게다가 국제 모터쇼를 개최하기에 인천, 김포 화물공항청사가 더 가까운 킨텍스가 여러모로 편했기 때문에, 2005년에 킨텍스에서 개최한 이후로는 다시 코엑스로 돌아올 이유가 없었던 것. 그래서 우진은 킨텍스도 코엑스도 아닌 이 엠텍(M-Tec)이라는 마곡 전시장이 너무도 생소했다.

전생의 기억을 아무리 뒤져보아도, 서울 모터쇼를 마곡 전시장에서 개최했던 적은 한 번도 없었으니까. 아무래도 우진의 회귀가 불러온 나비효과가 점점 더 크게 미래의 흐름을 바꿔놓는 듯하였다.

'재밌긴 한데… 좀 무섭기도 하네.'

놀란 것과 별개로 더욱 흥미가 생긴 우진은 파일을 꼼꼼히 읽어

내려가기 시작하였다. 대체 이 기획안이 왜 윤치형 교수를 통해 들어왔는지 또 윤치형 교수는 왜 이 기획안을 우진에게 보여주는 것인지.

궁금한 것은 한두 가지가 아니었지만, 일단 이 파일 안의 내용들을 읽어보는 게 우선일 것이었다. 그리고 기획서에 담긴 내용들이 상당히 흥미로웠기 때문에 우진은 술술 그것을 읽어 내려갔다.

[〈서울 모터쇼〉는 국제 전시 중에 가장 규모가 큰 전시 중 하나다.]

[하여 그 이름에 걸맞게 서울 내에서 더욱 규모 있게 개최하여 국제적 인지도를 키우고자….]

[COEX와 SETEC, AT 센터 등의 기존 서울시 내 전시장의 전시 수용량이 한계에 다다랐으므로….]

[마곡 신도시의 지구 단위 개발 계획(특별계획 3구역)에 전시장 부지를 약 98,000m^2만큼 할당하여, 포화상태인 서울 전시장의 수요를 분산하는 것을 목적으로 한다.]

윤치형이 건네준 기획 파일은, 도시계획 설계도까지 꽤 자세히 포함되어 있는 계획안이었다. 제목만 놓고 보면 2017 서울 모터쇼의 기획서였지만, 그 안에 마곡 엠텍(M-Tec) 컨벤션센터의 건축계획까지도 포함되어있는 문서였던 것이다.

하여 그 내용을 확인하던 우진은 꽤 여러 번 놀라게 되었다. 그중에서도 특히 이 전시장의 규모에 가장 놀랐는데, 그 이유는 우진이 예상했던 것보다도 훨씬 더 크기 때문이었다.

'거의 10만 제곱미터잖아? 이 정도면 킨텍스랑 비교해도 안 좁

은데?'

우진이 알기로 코엑스의 면적이 4만 제곱미터가 되지 못한다. 그래서 서울 내 새로운 전시장을 기획한다기에 넓어도 5~6만 제곱미터를 넘지 않을 줄 알았는데, 10만 제곱미터가 넘는 부지가 할당되어 있으니 놀라는 게 당연한 것이다.

'잘만 완성되면 진짜 멋지겠는데….'

우진은 점점 더 기획서에 빨려 들어가듯 집중하였다. 보통 사람이라면 몇 초만 훑어봐도 흥미를 잃을 만큼 복잡한 사업계획서에 불과했지만 개략적인 수치만 봐도 그림이 그려지는 우진의 입장에서는 이 기획서만큼 재밌는 문서도 없는 것이다. 기획안을 보는 우진은 어느새 부지에 지어질 건축물을 상상하고 있었다.

[이렇게 신설될 마곡 엠텍(M-Tec)의 첫 번째 전시로 100만이 넘는 관광객의 모객이 가능한 서울 국제 모터쇼를 진행한다면, 새로운 컨벤션센터를 국제적으로 알리는 데 큰 도움이 될 것이다.]

[이에 13년 5월까지 설계안을 확정하고, 겨울이 되기 전에 착공 일자를 잡기로 한다.]

모든 기획안 전체를 정독한 것은 아니었지만, 그래도 우진은 거의 30분이 넘는 시간 동안 파일을 읽어 내려갔다. 하여 마지막 페이지까지 전부 다 읽었을 때, 우진의 두 눈은 어느새 반짝이고 있었다. 슬슬 지루해지던 찰나 우진이 파일을 덮자, 치형이 기다렸다는 듯 우진을 향해 입을 떼었다.

"다 봤냐?"

"네, 다 봤습니다."

우진은 다 식어버린 커피를 뒤늦게 한 모금 마셨다. 이어서 치형을 향해 궁금했던 것을 묻기 시작했다.

"이거 어디서 난 겁니까, 교수님?"

"어디서 났냐니?"

"보니까 아직 공시도 안 뜬 대외비인 것 같아서요."

"맞지."

"교수님께서 관계자는 아니실 테니, 궁금해서 여쭤보는 겁니다."

우진의 질문에 치형이 웃으며 설명하였다.

"우진이 너, 내 전문분야가 전시 디자인 쪽인 건 알고 있지?"

"네, 교수님."

"내가 지금까지 참여한 전시설계가 얼마나 많겠냐."

"…."

"너도 잘 알겠지만, 업계 생각보다 안 넓다?"

"그렇… 죠."

"아마 지금쯤, 나 말고도 여기저기 기획서 받아봤을 거야."

사실 조금 전까지만 해도, 우진은 긴가민가했다. 치형이 이 기획서를 자신에게 왜 보여줬는지 그 진의를 정확히 알 수 없었던 것이다. 하지만 이제는 확신할 수 있었다.

'기회를 한번 줘보시려는 것 같은데….'

그리고 우진이 그런 생각을 하고 있던 그때 우진과 눈이 마주친 치형이 씨익 웃으며 다시 물었다.

"어때, 서우진."

"네?"

"욕심 좀 나지?"

치형의 입가에 걸린 미소가 점점 더 짙어지기 시작하였다.

우진의 이야기

욕심이 나지 않느냐? 당연히 욕심이 날 수밖에 없다. 어떤 카테고리를 막론하고 이런 대규모의 건축설계는 건축가로서 쉽게 접할 수 없는 기회였으니 말이다. 하지만 우진은 선뜻 대답할 수 없었다. 그렇게 좋은 기회인 만큼, 조금 더 조심스러울 필요가 있었으니까. 그래서 잠시 뜸을 들인 우진은 먼저 윤치형에게 물어보았다.

"교수님께서는요?"
"응?"
"저보다도 교수님께서 욕심나실 만한 프로젝트 같아서요."
"하하."
"교수님께서는 공모에 참여하지 않으십니까?"

우진의 질문에, 윤치형이 너털웃음을 터뜨렸다. 이야기를 꺼내는 순간 덥석 하겠다고 할 줄로만 생각했는데, 그가 예상했던 것보다 우진의 생각이 더 깊었으니 말이다. 우진이 보통의 20대와 다르다는 사실을 치형은 다시 한번 느낄 수 있었다.

"하하핫, 내가 교수 생활을 하면서, 제자에게 이런 얘길 듣는 날이 오게 될 줄은 몰랐다."

"주제넘었다면 죄송합니다."

"에잉, 주제넘기는 무슨. 우진이 넌 이제 국내에서 제일 핫한 건축사무소 대표 아니냐."

"아직 멀었습니다."

"겸손은….

치형은 피식 웃으며 커피잔을 들었다. 그리고 우진의 두 눈을 슬쩍 살펴보았다. 일견 담담해 보이지만, 열망이 느껴지는 우진의 눈동자. 그것을 확인한 치형이 천천히 다시 입을 열었다.

"이 프로젝트, 당연히 나도 욕심이 난다."

우진은 가만히 그의 이야기를 경청하기 시작했고, 치형의 말이 다시 이어졌다.

"하지만 너도 봤다시피 일정이 너무 빠듯하고, 도저히 준비할 여력이 안 돼."

그 말에 우진이 살짝 당황하며 물었다.

"기획서에는 마감이 5월로 되어있던데, 그거 픽습니까?"

"하하, 왜?"

"진짜 5월이 마감이면 저도 못 합니다. 일정은 아직 조율 중인 거 아닙니까?"

우진은 적잖이 놀란 표정이었다. 우진이 본 문서는 기획 초안에 가까운 것이었고, 보통 이런 초안에 명시된 일정이 조율되는 것은 당연한 수순이었기에 애초에 5월이라고 쓰여있던 일정은 신경 쓰지도 않았던 것이다.

그런데 진짜 그 일정 그대로라면? 아무리 우진이라 해도 불가능하다. 전시관 한 동 뽑아내기도 힘든 일정일 것이다. 우진의 놀란 표정이 재밌었는지 치형의 입가에 웃음이 더 짙어졌다.

"그야 당연하지. 5월은 가일정일 뿐이야."

"아…."

안도하는 우진의 표정을 보며, 치형이 피식 웃었다.

"하지만 실제 일정이 픽스된 것도 사실이다."

"그래요?"

"나도 확인해봐야 하는데, 아마 8월이나 9월 초쯤일 거야."

"아하."

"그래도 빠듯한 건 마찬가지지."

우진의 머리가 다시 빠르게 돌아가기 시작했다. 치형의 말처럼, 8월이나 9월이라고 시간이 많이 남은 것은 아니다. 워낙 설계 규모가 크다 보니, 기본설계만 하더라도 몇 개월은 잡아야 하니까. 만약 우진의 회사도 프로젝트가 많이 산재해있다면 포기했어야 할 수준.

'클라우드 파트너스 쪽에는 설계 다 넘겼고. 지금 남아있는 프로젝트가….'

하지만 다행히 지금 WJ 스튜디오에 남아있는 대형 프로젝트는 청담 아르코 정도가 전부였고, 때문에 우진의 머릿속에는 충분히 해볼 만하다는 계산이 섰다.

"그 정도면 할 만한 것 같은데…."

조심스레 다시 운을 떼는 우진을 보며 치형이 피식 웃었다.

"우진이 너야 네 회사가 있고 직원들이 있지만, 나는 혼자 아니냐."

"음….."

"게다가 학기 초라 학과 일도 쌓여있고… 난 도저히 일정을 맞출 자신이 없다."

치형의 그 설명에 우진이 고개를 끄덕였다. 이야기를 듣고 보니, 그에게는 정말 여력이 없을 것 같았으니 말이다. 그래서 우진은 마음 편히 얘기할 수 있었다. 이 프로젝트, 한번 해보고 싶다고 말이다.

"그럼… 제가 한번 해봐도 괜찮겠습니까?"

그리고 치형은 장난스런 표정으로 이렇게 대답하였다.

"그래, 처음부터 네게 주고 싶었던 프로젝트였으니까."

"감사합니다…!"

"단….."

"…?"

"내 부탁을 하나 들어줘야 한다. 그렇게 어려운 건 아니야."

생각지 못했던 치형의 대답에 고개를 갸웃하는 우진.

"어떤 건지, 여쭤도 되겠습니까?"

그런 그를 향해, 치형이 다시 한번 씨익 웃어 보였다.

"오늘 시간 좀 비워뒀다 했지?"

"네, 교수님."

"파릇파릇한 후배들 위해서, 봉사 한번 해라."

"예?"

툭-

404

치형은 대답 대신 작은 팸플릿을 하나 탁자 위에 던져 올렸고, 그것을 본 우진은 영문 모를 표정이 되었다.

〈K대 디자인학부에 입학한 것을 환영합니다.〉

그것은 다름 아닌 신입생들에게 주어지는 입학식 팸플릿이었으니 말이다.

"이건 왜…?"

이어서 우진의 질문이 끝나기도 전에 치형이 다시 입을 열었다.

"거기 목차 보면, 입학식 축사 보이지?"

우진이 떨떠름한 표정으로 고개를 끄덕였다.

"네, 보이긴 하는데요…."

치형은 정말 별거 아니라는 듯, 툭 하고 한마디를 덧붙였다.

"그거, 네가 해라."

"네?!"

"왜 못 들은 척하고 그래? 축사, 네가 하라고."

"하지만…!"

입학식 팸플릿에는, 분명 '공간디자인학과 학과장 윤치형'이라고 연사(演士)가 명시되어 있다. 그래서 우진은 더 당황했지만, 치형은 별것 아니라는 듯 이렇게 대답했다.

"왜, 싫어?"

"여기, 교수님 성함 적혀있는데요?"

치형이 씨익 웃었다.

"뭐, 어때."

"…."

"어차피 신입생들, 나 같은 노땅이 판에 박힌 소리 하는 것보다 네가 단상 위에 올라오는 걸 몇 배는 더 좋아할걸?"

"그래도…."

"네가 올라가면 진짜 아무 소리나 해도 좋아할 거다."

"진짜 제가 합니까?"

"그래. 그냥 한 20분 정도 신입생들 놀아준다고 생각해."

치형의 말에 우진은 고개를 절레절레 저었다. 너무 갑작스럽기도 했지만, 이렇게 즉흥적으로 이래도 되나 싶었으니 말이다. 하지만 치형은 장난이 아닌 진심이었고, 우진도 그것을 알고 있었다.

"내가 이만한 프로젝트도 물어다줬는데, 대타 한번 못 뛰어주냐?"

그래서 우진은 한숨을 푹 쉬며, 고개를 끄덕일 수밖에 없었다.

"뭐… 알겠습니다. 할게요."

"크크. 좋아, 좋아."

그리고 혹시나 하는 마음에, 한마디를 덧붙였다.

"그런데 교수님."

"왜?"

"입학식… 저 때문에 망쳐도 모릅니다?"

우진의 그 이야기에 윤치형은 그저 웃어 보일 뿐이었다.

— ＊ —

K대 디자인학부의 2013년도 입학식은, 학부 건물의 학술회의장에서 정오에 시작되었다. 거의 오백여 명을 수용할 수 있는 커다란 학술회의장은 11시 30분부터 신입생들로 빼곡하게 들어찼고, 바라 마지않던 꿈꾸던 학교에 입학해서인지 모두가 들뜬 표정으로 자리에 앉아있었다.

올해로 스물한 살. 재수 끝에 K대 공간디자인과에 입학한 수영 또한, 그러한 신입생들 중 한 사람이었다. 작년에 제법 괜찮은 서울 상위권 디자인 대학에 붙었음에도 불구하고, K대 디자인학부에 입학하겠다는 일념으로 피나는 노력 끝에 재수에 성공한 수영.

그녀에게 오늘 이 입학식 자리는 그야말로 꿈에 그리던 자리였고, 그래서 자리에 앉아 입학식의 시작을 기다리고 있는 동안에도 수영의 가슴은 콩닥콩닥 뛰고 있었다. 그녀는 입학식 팸플릿을 손에 꼭 쥔 채 내용을 정독하고 있었다.

'학회장 선배님 질문 시간도 있네. 이때 궁금한 것들 여쭤도 되겠지?'

이미 오리엔테이션에서 학교생활에 대한 이야기들을 많이 들었지만, 그래도 아직 궁금한 것 투성이인 새내기 수영. 그녀에겐 오늘 이 자리의 모든 것들이 기대되었다. 입학식 팸플릿에 연사로 이름을 올린 사람들이 평소에 존경하던 유명한 디자이너들이라는 사실도 설레는 이유 중 하나였다.

'우와, 오늘 입학식 축사는 윤치형 교수님이시네? 존경하던 분인데….'

팸플릿까지 다 읽은 그녀는 자세를 고쳐 앉았다. 이제 곧 입학식이 시작될 시간이었다. 그리고 그녀의 시선이 단상에 닿았을 때, 마침 한 사람이 단상 위로 올라와서 마이크를 잡고 있었다.

"안녕하세요, 신입생 여러분. 시각디자인과 학생회장 오영선입니다."

K대의 입학식은 학과 단위가 아닌 학부 단위로 진행된다. 그렇기에 오늘 이 자리에는 공간디자인과뿐 아니라 모든 디자인학부의 신입생들이 전부 모여있었고, 그래서 입학식을 진행하는 스태프들도 디자인학부 내 모든 학과의 선배들이 섞여있었다. 그래서 수영은 내심 그녀의 학과인 공간디자인과의 선배가 단상 위에 올라오기를 기다리고 있었다. 특별한 이유가 있는 것은 아니었다. 다만 오리엔테이션에서 봤던 과 선배의 얼굴이 보이면 반가울 것 같은, 일종의 소속감 비슷한 것이었다.

'2학년 과대 선배 오신다고 했던 것 같은데….'

그런데 그녀가 이런 생각을 하고 있던 그때, 수영의 옆자리에 앉아있던 동기 하나가 문득 그녀에게 말을 걸었다.

"수영 언니."

"응?"

"오늘 우진 선배 학교 오셨다던데, 혹시 본 적 있어요?"

낯익은 이름을 들은 수영은, 화들짝 놀라며 반문하였다.

"우진 선배라면… 그, 서우진 선배?"

"당연히 그 우진 선배죠."

"2학년에 김우진 선배도 있잖아."

"그 선배 이름 때문에 항상 고통받는다던데…."

서우진이라는 이름을 들은 수영은 그렇지 않아도 설레던 마음이 더욱 두근대기 시작하였다. 우진은 그녀뿐 아니라, 올해 공간디자인과에 입학한 신입생들 대부분에게 선망의 대상이었으니 말이다. 저도 모르게 말이 빨라진 수영이 동기를 향해 다시 물어보았다.

"무튼 그게 중요한 건 아니고, 서우진 선배 오늘 오셨다고?"

"그렇다니까요, 언니? 아까 임시 과대 오빠가 봤다던데."

"대박."

"입학식에 오시려나요?"

"제발, 그랬으면 좋겠다."

우진은 이제 일반인에게도 연예인이나 다름없을 정도의 유명인이었지만, 건축이나 디자인을 전공하는 학생들에게는 그 이상의 의미가 있는 인물이었다. 과장 없이 우진 때문에 공간디자인과에 지원하는 학생들이 작년부터 과반수가 넘을 정도였다.

그 증거로 K대 디자인학부 안에서도 공간디자인과의 경쟁률이 타 과의 5배가 넘었다. 우진이 입학하던 해만 하더라도 시각디자인과의 경쟁률이 가장 높았던 것을 생각하면, 이것은 누가 봐도 우진의 영향이라 할 수 있었다.

"사인 한 장만 받고 싶다. 친구들한테 자랑해야 하는데…."

"제 친구는 오늘 인문대 입학식 갔는데, 우진 선배 보러 뛰어오는 중이래요."

"으, 지금 입학식에 앉아있을 때가 아닌가? 우진 선배 과실에 계시는 거 아니야?"

"헉. 언니, 나 화장실 좀…."

"어딜 혼자 가려고…!"

"헤헤, 언니도 같이 가볼래요? 과실에 진짜 우진 선배 있을 것 같아."

"그, 그러다가 입학식에 오시면?"

"으… 으으… 어떡하지."

두 신입생은 작은 목소리로 연신 촐싹대었다. 우진의 실물을 영접할 수만 있다면, 입학식이 중요하지 않은 것은 사실이었으니 말이다. 그런데 두 사람이 진지하게 고민 중이던 바로 그때, 단상 위에서 입학식을 진행하던 사회자의 목소리가 그녀들의 귓전으로 흘러들어왔다.

"자, 의상디자인과 김진철 교수님의 말씀 지금까지 잘 들었습니다. 디자이너로서의 첫 발자국에 대한 이야기, 정말 인상 깊었는데요…."

오늘 입학식의 사회를 맡은 시각디자인과의 3학년 학생회장 오영선의 목소리.

"그럼 다음 순서는 공간디자인과의 학과장이신 윤치형 교수님!"

그런데 그녀의 말이 끝난 순간, 그녀의 뒤편에 있던 다른 학생 하나가 양손으로 엑스를 그리며 단상 위로 뛰어올랐다. 그는 사회자의 귀에 빠르게 한마디를 속삭이고 내려갔고, 놀란 표정이 된 그녀가 방금의 말을 정정하며 다시 입을 열었다.

"아, 혼란을 드려 죄송합니다, 신입생 여러분. 윤치형 교수님의 일정으로 인해, 순서가 조금 바뀌었네요."

그리고 그와 동시에, 학술회의장은 조금씩 웅성이기 시작하였다.

"해서 이번 순서는…!"

어느새 단상 반대편에서 무척이나 낯익은 남자 한 명이 천천히 걸어 올라오고 있었으니 말이다.

"저희 K대 디자인과의 자랑! 여러분 모두 아주 잘 알고 계실, 공간디자인과 서우진 선배님의 입학식 축사가 있겠습니다!"

영선의 말이 끝난 순간, 장내에 있던 모든 사람들의 시선이 동시에 단상 위로 고정되었다. 오늘 입학식에 참석한 신입생은 물론, 스태프로로 와서 회의장 뒤편에서 잡담을 떨고 있던 2, 3학년 학생들까지.

"…!"

그리고 그와 동시에.

"와아아아!"

"서우진! 우진 선배다!"

장내가 떠나갈 듯 어마어마한 함성이, 학술회의장에 울려 퍼지기 시작하였다.

— * —

윤치형은 쉽게 말했지만, 사실 입학식 축사라는 게 그렇게 가벼운 행사는 아니다. 그것은 신입생들이 처음 학교에 와서 느낄 첫인상에 가장 큰 영향을 끼치게 될 행사였으며 대외적으로도 학과의 위상과 직결되는 것이었으니까.

그렇다면 입학식의 축사가 어째서 학과의 위상과 관련이 있다는 걸까? 그 이유는 간단하다. 보통 입학식의 축사에서는 해당 학교 출신의 선배가 후배들을 위한 이야기를 하는데, 그 선배가 얼마나 저명(著明)한 사람인지에 따라 학교의 위상이 더욱 돋보일 수 있으니 말이다.

예를 들어, 오늘 K대 디자인학부의 입학식 축사를 우진이 했다는 사실이 언론을 통해 알려진다면 서우진이라는 건축가이자 기업가의 모교가 K대라는 사실을 더 많은 사람들이 알게 되는 것. 그런 의미에서 꽤 즉흥적이기는 했어도, 윤치형 교수의 결정에 아무도 반대하지 않았다. 우진이 최고의 주가를 달리고 있는 이 시점에서, 그것은 아주 괜찮은 선택이었으니까.

"반갑습니다, 후배님들. K대 공간디자인학과 10학번 서우진이라고 합니다."

물론 그 덕분에 우진은 계획에도 없던 연설을 하게 되어, 꽤 머리를 싸매야 했지만 말이다.

"서우진! 서우진!"
"야, 선배님 존함을 어! 그렇게 막 부르면 되겠어? 어!"
"우진 선배 잘생겼어요!"
"잘생겼다!"
"와아아!"

우진이 단상 위에 올라오자, 장내의 열기는 더욱 후끈 달아올랐다. 대부분의 신입생들은 찰칵거리며 우진의 사진을 찍고 있었고, 일부는 아예 영상을 찍기도 하였다. 그에 사회자가 제지하려 했지만, 우진이 웃으며 만류하였다.

"괜찮습니다."
"아, 넵. 선배님!"

이어서 잠시 심호흡을 한 우진은 천천히 좌중을 둘러보았다.
'내가 이 자리에 서게 되다니… 감회가 새롭네.'

K대의 역사상 아직 졸업조차 하지 않은 학부생이 입학식 축사의 연사로 나선 것은 처음 있는 일이다. 그만큼 오늘 이 자리가 특별하다는 뜻. 그래서 우진은 보고 읽을 종이 한 장 들고 오지 못했을 지언정, 머릿속으로는 수많은 고민을 하였다.

처음 디자이너의 꿈을 가지고 이 학교에 온 신입생 후배들에게, 어떤 이야기를 해주는 것이 가장 좋을지에 대해서 말이다. 그리고 그 고민 끝에, 우진은 '자신의 이야기'를 해주기로 결정했다.

"먼저 이 자리에 계신 모든 후배님들의 입학을 진심으로 축하드립니다. 여러분은 그 누구보다 많이 노력하셨고, 명실상부 한국 최고의 디자인학교 중 한 곳에 입학하셨습니다. 여러분들께선 모두, 축하받을 자격을 가진 분들입니다."

우진 특유의 담담한 목소리가 울려 퍼지기 시작하자, 시끌벅적했던 장내는 점점 조용해졌다. 우진의 등장에 흥분했던 신입생들이 하나둘 그의 목소리에 집중하기 시작한 것이다. 이제 첫 마디에 불과했지만, 진정성 있는 우진의 목소리가 신입생들의 가슴을 울리기 시작한 듯하였다.

"또한, 부족한 제가 오늘 이런 영광스런 자리에 설 수 있게 허락해주신 윤치형 교수님께 진심으로 감사드립니다."

우진은 차분히 다시 말을 이어갔고, 이제 장내는 완전히 조용해졌다. 신입생들은 물론, 스태프로 나와 있던 학부생들까지도 초롱초롱 눈을 빛내며 우진을 보고 있었다. 사실 학생들의 입장에서 입학식 축사라는 것은 굉장히 따분하고 틀에 박힌 행사로 인식되는 것이었지만, 오늘은 아무래도 조금 다른 모양이었다.

사실이 어쨌든 우진은 신입생들과 연배가 얼마 차이 나지 않는 젊은 디자이너이자 가까운 선배였고, 그런 그라면 고리타분한 이야기를 하지 않을 것이라고 생각했는지도 몰랐다. 마른침을 삼킨 우진이 다시 입을 열었다.

"이 자리에 서기 전, 저는 꽤 많은 고민을 했습니다."

우진의 입에서 또박또박 명료한 목소리가 흘러나왔다.

"내가 과연 신입생 후배님들의 인생에 단 한 번뿐인 입학식 연사로서 자격이 있을까?"

"이제 디자이너의 길 위에 처음 선 후배님들에게, 내가 과연 어떤 이야기들을 해줄 수 있을까?"

방금 전까지 우진이 고민했던, 그 진심이 담겨있는 한마디, 한마디.

"이것은 결코 제가 이뤄낸 일들에 대한 겸손에서 비롯된 생각이 아니었습니다."

우진은 신입생들의 면면에서 꿈의 첫 발자국을 내디뎠던 자신의 과거 모습을 보았기에, 더욱 있는 그대로의 이야기를 해주고 싶었다.

"돌이켜보면 저는 말 그대로 무척이나 운이 좋은 사람이었으니까요."

운이 좋았다.

우진은 정말 운이 좋은 사람이었다. 세상 누구에게도 주어지지 않았을, 인생을 다시 한번 살 수 있는 기회를 얻은 행운아였으니까. 물론 그 이야기를 이 자리에서 할 수는 없는 노릇이었지만, 그것을 제외한 모든 이야기들을 솔직하게 해볼 생각이었다. 남들은 하지 못했던 특별한 경험을 후배들과 나누는 것. 그것만으로도 충분히 의미가 있을 테니까.

"그래서 저는 여러분께 선배로서의 어떤 조언보다는, 지난 3년간의 제 이야기들을 짧게 나눠보려 합니다. 그것이 여러분께 어떤 도움이 될 수 있을지는 모르겠지만, 적어도 흥미로운 이야기일 테니까요."

그리고 우진이 하려는 이야기의 시작점은, 3년 전의 바로 이 자리에서부터였다.

— * —

우진의 이야기는 그가 처음 예상했던 것보다도 꽤 길어졌다. 축사에 따로 정해진 시간이 있는 것은 아니었지만, 그래도 거의 삼십 분이 넘게 이야기가 이어졌으니 말이다. 하지만 입학식장에 앉아 있는 그 누구도 따분해하거나 졸지 않았다.

그것은 축사라기보다 한 사람의 일대기였고, 적어도 K대 디자인학부 입학식에 앉아있는 새내기들에게는 그 누구보다 선망하던 사람이 살아왔던 과정에 대한 이야기였으니 말이다.

"여러분, 학교 후문 쪽에 돈가스 집 아시죠? 그 바로 뒤 건물 2층이 WJ 스튜디오의 첫 사무실이었습니다."

처음 신입생 때 회사를 차려 건축모형 외주를 했다는 이야기가 나왔을 때에는 여기저기서 탄성이 새어 나왔다.

"와… 1학년 때 세운 회사였어?"

"하긴, 그랬으니까 벌써 이렇게 큰 회사가 될 수 있었겠지."

"진짜 레전드네."

우진의 비하인드 스토리에 대해 모르는 신입생들의 입장에서는 본인들과 같은 나이에 창업을 했다는 사실 자체가 놀라웠으니까. 1학년의 신분으로 SPDC 대상을 수상했던 이야기가 나올 때는 다들 부러워하였다. 우진의 창업이 다른 세계의 이야기 같았다면, SPDC의 수상은 이 자리에 있는 모두가 꿈꾸는 것들 중 하나였으니 말이다.

"SPDC는 제게 정말 많은 경험을 하게 해줬습니다. 제 머릿속에만 항상 존재하던 건축을 처음 현실 세계로 끄집어낼 수 있었던 기회였으니까요. 그것은 건축 디자이너를 꿈꾸던 제게 그 어떤 경험보다도 값지고 소중한 경험이었습니다."

천웅건설 박경완 상무와의 인연과 스토리는 다들 흥미진진해 하였으며, 〈우리 집에 왜 왔니〉의 출연진들과 관련된 에피소드는 모두의 눈을 반짝이게 만들었다.

"제가 처음 임수하 배우님을 어디서 만났는지 아세요? 마포 클리오 모델하우스에서였습니다. 당시 모형 외주와 홍보관 인테리어를 맡았던 전 관계자로 있었고, 배우님은 손님으로 오셨었죠. 그때 임수하 배우님을 만나지 못했더라면, 아마 제가 〈우리 집에 왜 왔니〉에 출연하는 일도 없었을 겁니다. 제가 운이 좋았다는 말, 이제 실감 좀 나시지요?"

"하하하하."

스페인의 건축 거장 브루노와 왕십리 패러필드에서 협업했던 이야기는 신입생들에게 너무도 신기했고, 특히 영국 AA스쿨에서 있었던 국제 컨퍼런스의 이야기가 나올 때에는 모두가 숨죽이고 우진의 말에 귀 기울였다.

"영국에 가서 제가 가장 많이 느꼈던 건, 해외의 유명 디자이너라 해도 우리와 크게 다르지 않다는 점이었습니다. 그들도 단지 디자인을 사랑하는 사람들일 뿐이었고, 그들이 추구하는 건축도 우리가 추구하는 건축과 다를 바 없었던 거죠."

물론 성수지구 설계에 참여했던 이야기도 나왔으며, 최근 가장 크게 이슈됐던 〈천년의 그대〉와 관련된 스토리도 하지 않을 수 없었다. 하지만 이 모든 과정 안에서 부정적인 이야기들은 꺼내지 않았다. SPDC에서 김기태와 있었던 일이라든가, 최근 건축가협회와 있었던 일 등 말이다.
학부의 입학식이라는 자리는 긍정적인 에너지가 넘치는 자리였고, 이런 곳에서 굳이 부정적인 얘기를 언급하고 싶지 않았으니까.

"말씀드리면서 생각해보니, 이 모든 일이 3년 안에 일어났다는 사실이 저도 믿기지 않네요. 하하."

우진은 처음 말했던 것처럼 자신의 이야기들을 늘어놓았지만, 이런 이야기들을 해나가는 과정 속에 아무런 메시지도 담겨있지 않은 것은 아니었다. 그래서 우진의 이야기가 끝나갈 즈음, 입학식장 안에 있던 학생들 중 우진을 단지 '운이 좋았던 사람'으로 생각하는 이는 아무도 없었다. 단순히 운만 좋은 사람이라기에, 우진은 너무 많은 일들을 해왔고 지금도 해가고 있었으니까.

"처음부터 말씀드렸지만, 저는 운이 좋았습니다."

쉼 없이 이야기한 탓인지, 우진의 목소리는 처음보다 조금 잠겨 있었다.

"하지만 제가 가진 것이 단순히 '운' 하나뿐은 아니었습니다."

그렇다고 해도 우진의 한마디 한마디는, 신입생들의 귀에 또렷하게 틀어박혔지만 말이다.

"저는 항상 꿈을 가지고 있었고, 언제나 도전했습니다. 그렇게 거창한 꿈이 아닙니다. 제 꿈은 그저 건축을 하고 싶다는 것뿐이었으니까요."

우진은 지난 3년간 느껴왔던 것을 최대한 그대로 전달하기 위해 노력하였다.

"거창한 계획이 있었던 것도, 완벽한 미래설계가 있었던 것도 아닙니다. 다만 꿈이라는 나침반을 잃지 않았고, 그 방향으로 항상 걸으려 노력했다고 해야 할까요."

하여 마지막으로 우진이 신입생들을 향해 꺼낸 이야기는 전생의 우진이 40대에 했던 후회에 대한 성찰이라고 할 수 있었다.

"우리는 경험하지 못한 분야에 대해 본능적인 공포심을 갖고 있습니다. 하지만 그 두려움 때문에 도전하지 않고 정해진 길만 가려 한다면, 단지 정해진 일만 일어날 뿐이죠."

막연한 두려움 때문에 원하는 것들을 선택하지 못했던, 전생의 자신에 대한 성찰. 처음 단상에 설 때만 하더라도 이런 이야기까지 하게 될 줄은 몰랐지만, 우진은 어느새 열성을 다해 말하고 있

418

었다.

"여러분이 열망하는 길을 향해 망설임 없이 걸었으면 좋겠습니다. 개척되지 않은 길이라 하여 망설이실 필요 없습니다. 그렇다고 일부러 아무도 가지 않는 길을 걸으려고 할 필요도 없습니다."

우진은 신입생들 하나하나와 눈을 마주치며, 한마디를 덧붙였다.

"다만 그 길이 어떤 길이든, 여러분이 진정 원하고 갈망하던 길이었으면 좋겠습니다."

그리고 이것으로, 우진의 축사에 마침표가 찍혔다.

"여러분 모두가 이 교정에서, 각자의 길을 찾을 수 있게 되길 진심으로 기원하겠습니다. 다시 한번 입학을 축하드리고, 환영합니다."

우진의 말이 끝나는 순간, 고요하던 장내에서 우레와 같은 박수가 다시 터져 나왔다. 고막을 때리는 그 박수 소리를 들으며, 우진도 어쩐지 가슴이 뻥 뚫리는 기분이었다.